O MODO HETEROGÊNEO
DE CONSTITUIÇÃO DA ESCRITA

O MODO HETEROGÊNEO DE CONSTITUIÇÃO DA ESCRITA

Manoel Luiz Gonçalves Corrêa

Martins Fontes
São Paulo 2004

Copyright © 2004, Livraria Martins Fontes Editora Ltda.,
São Paulo, para a presente edição.

1ª edição
julho de 2004

Acompanhamento editorial
Helena Guimarães Bittencourt
Preparação do original
Lilian Jenkino
Revisões gráficas
Alessandra Miranda de Sá
Maria Fernanda Alvares
Dinarte Zorzanelli da Silva
Produção gráfica
Geraldo Alves
Paginação/Fotolitos
Studio 3 Desenvolvimento Editorial

Dados Internacionais de Catalogação na Publicação (CIP)
(Câmara Brasileira do Livro, SP, Brasil)

Corrêa, Manoel Luiz Gonçalves.
O modo heterogêneo de constituição da escrita / Manoel Luiz Gonçalves Corrêa. – São Paulo : Martins Fontes, 2004. – (Coleção texto e linguagem)

Bibliografia.
ISBN 85-336-2009-8

1. Escrita – Pesquisa 2. Redação (Vestibular) 3. Redação de trabalhos de pesquisa I. Título. II. Série.

04-3981 CDD-410.72

Índices para catálogo sistemático:
1. Escrita : Constituição : Modo heterogêneo :
Lingüística : Pesquisa   410.72

Todos os direitos desta edição reservados à
Livraria Martins Fontes Editora Ltda.
Rua Conselheiro Ramalho, 330 01325-000 São Paulo SP Brasil
Tel. (11) 3241.3677 Fax (11) 3105.6867
e-mail: info@martinsfontes.com.br http://www.martinsfontes.com.br

Índice

Agradecimentos **VII**
Apresentação **IX**
Introdução **XI**
   A escrita como objeto de pesquisa **XI**
   A redação no evento vestibular **XIV**
   A seleção do *corpus* **XX**

1. Como apreender o imaginário sobre a escrita: três eixos de representação 1

   O modo heterogêneo de constituição da escrita e as práticas sociais do oral/falado e do letrado/escrito **2**
   Sobre a metodologia: rastros da *individuação* do sujeito **10**
   O texto e o método: para onde olhar **34**

2. O escrevente e a representação da gênese da escrita 81

   Implicações teóricas da consideração do imaginário sobre a gênese da escrita **83**
   A gênese da escrita no conjunto de textos analisados **90**

3. **O escrevente e a representação do código escrito institucionalizado** *165*

    Implicações teóricas da consideração do imaginário sobre o código escrito institucionalizado *168*
    O código institucionalizado no conjunto de textos analisados *183*

4. **O escrevente e a dialogia com o já falado/escrito** *229*

    Implicações teóricas da consideração do imaginário sobre a dialogia com o já falado/escrito *236*
    A dialogia com o já falado/escrito no conjunto de textos analisados *253*

Conclusão *293*
Bibliografia *301*

Pelas diferentes formas de participação neste trabalho, agradeço a:

Ataliba Teixeira de Castilho
Helena Hathsue Nagamine Brandão
Luiz Antonio Marcuschi
Maria Augusta Bastos de Mattos
Maria Cândida D. Mendes Barros
Neide Medeiros Santos
Raquel Salek Fiad
Sírio Possenti
Vânia Cristina Pires Nogueira Valente
(pelas pacientes instruções sobre o uso do computador quando da elaboração da tese)

e

Aos colegas (Sônia e Sueli, incluídas) do Departamento de Lingüística da FCL-Unesp, *campus* de Assis (SP),

Aos colegas (Cris, Wânia e Rogério, incluídos) do
Dep. de Ciências Humanas da FAAC-Unesp,
campus de Bauru (SP).

A todos os amigos.

Agradecimento especial

A Bernadete,
pelo acompanhamento atento,
pelas contribuições,
por ter tornado possível a realização deste trabalho.

Apresentação

Na oportunidade que ora se oferece de publicação de minha tese de doutoramento, esclareço que o resultado que agora apresento procura levar em conta não só a minha própria leitura – distanciada de sete anos da versão original – como também observações pontuais advindas dos seus dois principais momentos de avaliação: o do exame de qualificação, do qual participaram como banca os professores Ataliba Teixeira de Castilho e Sírio Possenti; e o da defesa, do qual participaram, além desses dois professores, também os professores Luiz Antonio Marcuschi, Helena H. Nagamine Brandão e, na qualidade de suplentes (mas generosamente presentes), as professoras Raquel Salek Fiad e Maria Augusta Bastos de Mattos. Nesses e em todos os outros momentos, teve participação fundamental a orientadora do trabalho, professora Maria Bernadete Marques Abaurre.

Reitero, portanto, os agradecimentos a esses professores pelas valiosas contribuições que me foram dadas.

Defendido em 1997, o trabalho que deu origem a este livro recebe agora, além desses ajustes localizados, uma revisão geral com o objetivo de tornar o livro mais acessível. Com essa mesma preocupação, mas preservando a tese principal, procurei ainda sintetizar algumas informações de cunho teórico.

Uma última observação, esta de cunho pessoal, é o registro da participação afetiva de meus pais. A eles, pelo colchão de afeto em que descanso, dedico este livro.

Manoel Luiz G. Corrêa

Introdução

A escrita como objeto de pesquisa

Numa época em que se discute o declínio da escrita em favor de outros modos de comunicação, sobram, ao lado dessa, muitas outras razões para o seu estudo. O presente livro é movido pelo interesse em melhor conhecer seus segredos para contribuir com esse conhecimento tanto para a atividade didática com o texto como para as mais diversas áreas científicas em que seja relevante explorar a relação sujeito/linguagem a partir da consideração do texto escrito.

Tornada simbólica pelo homem, e guardando, embora remotamente, marcas da capacidade imagética do ícone, a escrita, e em especial a escrita do tipo alfabético, impera sobre as mais variadas formas de registro. Três razões destacam-se na sustentação desse império. Em primeiro lugar, porque sua matéria – entendida como traços gráficos passíveis de manipulação técnica – é fixável no plano, ou seja, é registrável espacialmente e, ao oferecer-se, de modo invariante, à apreensão visual, permite que tudo quanto tenha o rótulo de "escrita" seja percebido como algo palpável, concreto. Mas não só por essa razão. Também porque, no que se refere ao caráter simbólico da escrita alfabética, esta, ao apreender e segmentar a dimensão sonora e as unidades significantes do enunciado oral – fazendo-o de maneira satisfatória, ainda que imperfeita –, permite que o material apreendido no produto gráfico adquira grande flexibilidade em relação ao objeto de sua apreensão, tornando-o, a partir de então, suscetível às experimentações possibilitadas pelo registro dado à visão. Ainda que de passagem, é bom que se diga, porém, que, para o observador comum, essa flexibilidade é apagada e, em seu lugar, fixa-se a idéia da materialização, explícita e fiel, na escrita, da própria coisa significada. Uma última razão, também ligada a seu registro espacial, é que, ao olhar das sucessivas gerações, a visibilidade invariante do produto gráfico acrescenta-lhe a propriedade de permanecer no tempo. Sua matéria gráfica, seu caráter simbólico próprio e seu produto invariante no tempo, eis as três razões que justificam o império da escrita alfabética sobre outras formas de registro.

Dizer que é fixável no espaço, flexível em relação ao objeto que apreende e invariante no tempo é, porém, mais do que justificar um império. É evidenciar as propriedades fundamentais da escrita, quando esta é vista como uma tecnologia. Aparentemente antagônicas, essas propriedades permitem isolar aspectos do real (aí incluída a própria enunciação falada) para comunicá-los, tirando a prova definitiva da grande possibilidade de abstração que essa tecnologia permite.

Entretanto, não se pode esquecer de que um dos mitos que mantêm a força desse império e que é tomado como efeito direto do papel atribuído a essa tecnologia é o da permanência do sentido por ela registrado. O fato de que a "visibilidade invariante" do registro gráfico freqüentemente seja confundida com uma suposta invariância do sentido do texto não é nenhuma novidade, mas ainda persiste na fabricação de numerosos equívocos. Expressões populares como "Valeu o escrito" mostram o espaço assertivo aberto pela escrita e sua suposta força de preservação de um sentido único para o texto. Fatos como esse já evidenciam que a escrita não pode ser vista apenas como uma tecnologia. Embora essa sua condição seja um fator de mediação no estabelecimento de sentidos para o texto, não se pode afirmar que é o único nem o mais importante. Antes e depois de sua invenção ou de seu uso, há sujeitos que se definem pela relação que mantêm entre si, com outros modos de inserção na linguagem e com o mundo. Logo se vê que essas relações, embora afetadas pela tecnologia da escrita, não se reduzem a ela e também a afetam, tendo um papel determinante no estabelecimento e na atribuição de um sentido para o texto, seja ele escrito ou falado.

Ao lado dessa crença, há também a de que, na escrita, não há variação sociolingüística. Além de fazer crer que essa invariância asseguraria a pureza da língua, essa visão desconsidera os usos populares da escrita. Sem contar que, nos chamados usos elevados da escrita, outros mediadores interferem tanto na variedade lingüística como no sentido do texto. Basta lembrar, por exemplo, o trabalho dos copistas, dos comentaristas de textos, dos editores, cujas tarefas de reprodução não apenas servem a um certo fim – uma encomenda, uma interpretação (em geral, de época e, portanto, datada), um público consumidor –, mas também podem servir mais a esse fim do que à reprodução fiel do texto, no limite, impossível. Nada disso, porém, é evidente para a apreensão visual do material gráfico, exercida pelo observador incauto. Para ele, que vive sob o império da escrita, a sua presunção de concretude, a sua suposta possibilidade de materializar a coisa significada e a pretendida invariância do sentido são as características que, de fato, a definem.

Afora esses aspectos mais gerais, a escrita produzida na escola tem um interesse ainda mais vivo. Penso, por exemplo, na possibilidade de abordá-la do ponto de vista de sua sempre dada e, ao mesmo tempo, sempre inédita relação com a oralidade. Quanto mais forem considerados os fatores co-atuantes na constituição do escrevente e quanto mais a escrita for tomada no seu processo de apreensão não-exaustiva da oralidade, menos regulamentação normativa será solicitada e melhores frutos serão colhidos. Considerando-se o escrevente como parte fundamental do processo dessa apreensão da oralidade pela escrita, altera-se o próprio sentido da expressão "língua literária", tradicionalmente entendida como a língua que se sobrepõe aos dialetos – "nenhum dos quais", segundo o que então se acreditava, "se impõe aos demais" – para tornar-se a língua oficial e comum de um povo, sentido que ainda aparece em Saussure (1975, pp. 226-7). Tal alteração de sentido ocorre quanto mais se abre, no espaço de comunidade simbólica criado pela escrita, a possibilidade de observar a intervenção do escrevente a partir da imagem que ele próprio faz (aspecto do ineditismo da escrita) da língua escrita (aspecto do que já está institucionalizado para a escrita, em parte por meio da representação socialmente construída sobre a chamada "língua literária"). Dentre os segredos que a escrita desperta, destacam-se, pois, esses fatores de constituição do escrevente e o desvendamento das representações que ele faz da relação entre oralidade e escrita.

Com o objetivo de desvendá-los, utilizo-me, como material para análise, de um conjunto de redações do Vestibular/1992 da Universidade Estadual de Campinas (Unicamp). Antes, porém, de descrever esse material, proponho ao leitor uma rápida caracterização do evento discursivo que cerca a produção desses textos, a saber, o próprio Vestibular Unicamp.

A redação no evento vestibular

Um dos pioneiros na avaliação da produção textual dos alunos, desde 1987, o vestibular da Unicamp tem-se caracterizado pela aplicação de provas dissertativas sobre as diferentes áreas de conhecimento. O vestibular proposto em 1992, que é o foco de interesse deste trabalho, apresentou duas fases: na primeira, uma prova de redação e doze questões gerais sobre História, Geografia, Biologia, Química, Física e Matemática; e, na segunda, provas dissertativas específicas sobre essas áreas de conhecimento e sobre língua estrangeira (Inglês ou Francês) e Língua Portuguesa e Literatura.

Pela influência positiva que a Universidade gostaria de exercer sobre o ensino médio, mas também – do ponto de vista do aluno – pelo risco que um tal instrumento de avaliação pode representar para o sonho de tornar-se aluno de uma universidade pública, a prova de redação tem sido objeto de muita atenção por parte dos envolvidos no concurso: de um lado, a Comissão Permanente para os Vestibulares, órgão da Universidade, responsável pela concepção, elaboração e correção das provas; e, de outro, escolas secundárias – talvez com mais destaque para as particulares –, cursos pré-vestibulares, pais, professores e alunos. Para se ter uma idéia da atenção requerida, basta observar que, no cômputo das provas da 1.ª fase do vestibular/1992, seu peso corresponde a 62,5% do total de pontos, fato que justifica as preocupações apontadas: a valorização da expressão escrita, por parte da Universidade; o risco de não corresponder à expectativa da Universidade, por parte do candidato.

Elaborada para medir a capacidade "de organizar as idéias, de estabelecer relações, de interpretar dados e fatos e de elaborar hipóteses explicativas para conjuntos de dados relativos a quaisquer áreas de conhecimento" (Manual do candidato: vestibular nacional Unicamp/1993, p. 23), essa prova tem apresentado, quanto ao quesito *adequação*, três opções, envolvendo cada uma delas, de modo articulado: um tema, um tipo de texto (dissertação, narração ou carta) e uma coletânea de textos que, conhecida no momento da prova, deve ser utilizada adequadamente para contribuir para a "discussão e/ou desenvolvimento do tema" (*id., ibid.*) escolhido. A fuga ao tema e/ou a não-obediência ao tipo de texto escolhido e/ou, ainda, a não-utilização da coletânea têm como conseqüência a anulação da prova do candidato. Cada uma das três opções deve adequar-se ainda à "modalidade escrita em língua padrão" (*id., ibid.*).

Destacam-se, portanto, na prova de redação, dois aspectos ligados a sua elaboração e correção. A prova é, ao mesmo tempo e nessa ordem, um exercício de leitura e de produção do texto. Desse modo, embora o candidato esteja diante de um exame que vai avaliar a sua capacidade de produção, devem também estar integradas a seu texto marcas de sua capacidade de recepção do texto escrito. A concepção dessa prova tem, pois, a escrita como eixo organizador, uma vez que, no processo de sua realização, o aluno estará diante do texto escrito tomado, primeiramente, como um dos elementos catalisadores de seu próprio processo de escrita (uma das funções da coletânea) e, em seguida, como produto final, no texto entregue ao examinador.

As opções postas para o aluno e a proposta que articula tema-coletânea-tipo de texto colocam-no em posição de ativar seu conhecimento prévio: (a) acerca de um assunto – e do que ele pode render em termos de associações possíveis; (b) acerca dos textos da coletânea – e de sua relação com outros textos, lidos ou não pelo aluno; e (c) acerca de um certo tipo de texto – e de sua relação com os mais variados tipos de texto que o aluno já produziu durante sua vida escolar pregressa. É, pois, num sentido amplo de leitura que o evento de linguagem que rege a produção da redação procura captar o modo particular de leitura do candidato. Como produto dessa leitura particular, procura-se captar, também, a capacidade do candidato de adequar sua bagagem de conhecimento ao tipo de conhecimento institucionalizado por uma comunidade específica: a universitária. A exigência de adequação solicitada ao escrevente e a situação típica de prova – presença de examinadores, tempo limitado, espaço dividido com dezenas de concorrentes, entre outros fatores – sintetizam o que se poderia chamar o contorno etnográfico do evento de linguagem – o próprio vestibular – que cerca a produção das redações.

Esquematicamente e numa aproximação ao que propõe Himes (*apud* Brown & Yule, 1985, pp. 37-46), esse evento de linguagem contaria com um remetente [*addressor*]: o candidato-escrevente; um destinatário [*addressee*]: a Universidade, personificada nos participantes da banca de correção; uma audiência [*audience*]: pais, professores, colegas, vizinhos, parentes; um tópico [*topic*]: o assunto a ser tratado; um local para tomada do exame [*setting*]: sala com dezenas de concorrentes, tempo limitado, examinadores, restrições quanto ao uso de certos instrumentos e quanto a certos comportamentos, como o de trocar idéias com os colegas; um canal [*channel*]: escrita; um código [*code*]: variedade de prestígio e registro formal de linguagem, sintetizados pela noção institucionalmente forte, mas descritivamente ainda imprecisa de "norma escrita culta"; uma forma-mensagem [*message-form*]: dissertação, narração ou carta; uma chave [*key*]: avaliação quanto à qualidade da produção; e um propósito [*purpose*]: ser convincente diante da banca examinadora.

Esse contorno etnográfico compõe, do ponto de vista da instituição que o organiza, um evento que, ao valorizar a leitura em seu sentido amplo, privilegia uma avaliação essencialmente lingüística. Pretendendo ser um exame que leva em conta a capacidade de leitura do mundo por parte do candidato, constitui-se, ao mesmo tempo, numa proposta que, procurando valorizar esse conhecimento global, exige que o escrevente recorra – quase que inevitavelmente, dado o tipo de conhecimento institucionalizado pela comunidade universitária – ao seu conhecimento lingüístico, conhecimento que, segundo Brown & Yule, não é senão uma parte do conhecimento sobre o mundo (cf. *op. cit.*, p. 233).

Não é difícil perceber, portanto, que o uso do conhecimento do mundo, solicitado como instrumento de leitura no evento vestibular, escapa de sua dimensão antropológica mais ampla para, no âmbito de uma troca simbólica particular – seja na recepção, seja na produção lingüística –, impor, como objetos de decifração (e ainda para manter a terminologia dos mesmos autores), a linguagem verbal como *código* e a escrita como *canal*. Inverte-se, pois, o peso dado a um tal conhecimento global e ao conhecimento específico sobre a prática lingüística, uma vez que este último passa a ser tanto solicitação de partida quanto de chegada e acaba por caracterizar o conhecimento institucionalizado pela comunidade específica que o solicita: a universitária.

Mas, embora solicitado como conhecimento lingüístico, não se trata de um conhecimento lingüístico estrito. Como se sabe, toda prática lingüística impõe um inevitável jogo de imagens (Pêcheux, 1990a), que é o que põe o sujeito em ponto de linguagem. Vale lembrar, ainda, com Veyne (1971), que "um acontecimento [no caso, o 'evento' vestibular] não é um ser [uma entidade, um indivíduo = *'un être'*], mas um cruzamento de itinerários possíveis" (*op. cit.*, p. 38). No caso do vestibular, mais do que diante de um evento passível de minuciosa descrição etnográfica, o candidato confronta-se com esses *itinerários possíveis*, isto é, com um conjunto menos aparente de solicitações pessoais e institucionais, que vão desde aquelas referentes à auto-imagem até as expectativas familiares quanto a seu desempenho e exigências de adequação da linguagem à variedade de prestígio e ao registro formal, difusamente contemplados na noção de modalidade escrita culta da língua. Tudo confluindo para a conformação lingüística final.

Conseqüentemente, quando se tematiza "a redação no evento vestibular", pode-se dizer que a produção do texto do vestibulando está mediada, acima de tudo, por imagens sobre uma dada região da língua (variedade de prestígio e registro formal de linguagem) e sobre uma especificação da modalidade (a escrita). Ou seja, cabe ao candidato, no momento da prova, tanto a atividade metalingüística de adequar seu uso da linguagem verbal ao que supõe ser a variedade e o registro discursivo esperados pela Universidade, como a injunção fática de tomar a palavra, pela escrita, e de adequá-la ao que seria o lugar do escrevente: aquele que é capaz, segundo a anunciada expectativa da Universidade, de compreender e de fazer-se compreender satisfatoriamente por meio da escrita (leia-se: do institucionalizado para a sua escrita).

Ainda a propósito das imagens que atuam na produção escrita do vestibulando, é importante ressaltar o sentido que dou à palavra "imaginário" neste trabalho. Próximo ao sentido de "representação", não é sinônimo de algo fictício ou irreal, portanto.

"Imaginário (sobre a escrita)" corresponde, assim, à "representação social (da escrita)", entendida esta última não só como as noções prefiguradas que, em certa medida, comandam as práticas sociais (e de escrita), mas também como o modo pelo qual essas práticas cunham, não menos concretamente, os seus produtos materiais e simbólicos. Por "imaginário sobre a escrita", entendo, portanto, não só o produto das imagens socialmente construídas sobre ela (as representações sociais da escrita), mas também o processo de sua construção no interior das mais diversas práticas sociais. Além disso, se, neste livro, em dados momentos, "imaginário" liga-se preferencialmente aos conceitos de "formação imaginária", "antecipação" e "dominância" de certos elementos das "condições de produção" do discurso (Pêcheux, 1990a), o pressuposto que orienta a reflexão sobre a circulação do sujeito por essas representações é, por sua vez, o do reconhecimento do trabalho do sujeito, considerada a sua relação com a linguagem no interior das práticas em que atua.

Num paralelo com o trabalho artesanal do fazedor de imagens de santos, diria que "imaginário" refere-se tanto à exposição tendencialmente mais completa das imagens dadas como prontas quanto ao próprio trabalho de (re-)construir velhas imagens e criar novas. O termo "imaginário", que, em seu uso arcaico, é também o nome do ofício que se ocupa desse tipo de fabricação – uma outra forma de nomear o próprio santeiro –, corresponderia, pois, ao mesmo tempo, ao conjunto das imagens e ao trabalho – sempre inacabado – do artesão de impor sua marca nas imagens que produz.

A meu ver, a aplicação de uma tal noção ao processo de aquisição da escrita permite centrar a atenção em seu caráter de não-acabamento, o que acredito ser uma condição indispensável para que se sugiram direções ao escrevente, uma das tarefas dos profissionais do ensino. Destaque-se, por fim, que o processo de construção das representações sociais da escrita – que se dá no interior de práticas sociais –

não é solitário (como se poderia talvez supor pelo paralelo com o fazedor de imagens); os outros aos quais o sujeito-escrevente direta ou indiretamente retoma e/ou se dirige também tomam parte no trabalho incessante de re-produção/re-criação dessas representações como participantes que são dos acontecimentos discursivos.

A seleção do *corpus*

Dos textos disponíveis para análise, optei pelas dissertações – e não pelas narrativas ou pelas cartas. Vários são os motivos para essa escolha.

A relação entre oralidade e escrita que procuro determinar e que será mais bem definida no capítulo 1 tem uma propriedade bastante particular de impor um modo de enunciação heterogeneamente constituído, que – dado o material a ser analisado – será apreendido por meio da escrita.

Bem conhecidas, as pesquisas feitas por Tannen (1982) sobre narração buscam definir um modo "letrado" e um modo "oral" de narrar; por sua vez, e também bem conhecidas, as pesquisas feitas por Chafe (1982 e 1985) buscam mostrar que a carta caracteriza-se por um pressuposto muito presente na oralidade, qual seja, o do diálogo, em que o envolvimento com o tema e com o destinatário é, nas produções menos formais, muito forte, podendo, nesses casos, ser esse gênero textual localizado, numa gradação, em pontos de mínima formalidade em relação a outros gêneros da escrita. Tanto as narrações, em que se poderia investigar o aparecimento de um modo "oral/letrado" de narrar, como as cartas, em que se poderia investigar um modo "oral/letrado" de dialogar, parecem, portanto, conter as condições ótimas de aparecimento, em textos escritos, de um modo heterogêneo de constituição da escrita em função desses pólos. Ambas as produções seriam, pois, certamente, fontes de muitas descobertas interessantes nos textos dos vestibulandos.

Contudo, por um lado, fica descartado o estudo das narrações devido a uma opção teórica. Como a narratividade está presente sempre que o homem enuncia, para os objetivos deste trabalho, é mais produtivo considerá-la – como princípio enunciativo e não como tipo (ou gênero) de texto – uma presença compulsória qualquer que seja o texto estudado. Não se trata, pois, propriamente, de abandoná-la, mas de observar a gradatividade dessa presença também nas dissertações.

Por outro lado, não será levado em conta o estudo das cartas em razão do tipo de argumentação predominante nesse gênero. A carta, especialmente da maneira como proposta no vestibular, é um gênero em que o contexto para a argumentação é relativamente bem delimitado, tanto em relação ao tema quanto em relação ao destinatário. É provável que essa delimitação seja uma das razões do sucesso dessa proposta de texto quanto a levar o candidato a se posicionar em relação a temas polêmicos. Como a argumentação dirigida a um destinatário específico implica um pressuposto muito presente na conversação face a face (embora não exclusivo dela), qual seja, o do diálogo, em que o envolvimento com o tema e com o destinatário é, em geral, muito forte, poderiam ficar muito restritas a esses dois elementos as conclusões sobre o modo de enunciação particular que pretendia definir.

Sem descartar o envolvimento com o tema e com o destinatário, a dissertação, ao contrário das cartas, é um tipo de texto que, em suas formas orais mais acabadas (penso, por exemplo, no caráter dissertativo das conferências), aparece em manifestações mais formais. Por sua vez, esse modo de argumentação em torno de um tema é, ao mesmo tempo, um dos conteúdos mais freqüentes no ensino da produção escrita. Para caracterizar seu registro mais formal, bastaria simplesmente chamar a atenção para o tipo de destinatário que esse tipo de texto constrói na escrita. Não se trata, em geral, de buscar o destinatário, lançando vôo – como seria possível no texto narrativo – basicamente à imaginação de um leitor solitário. Tampouco se trata de dirigir-se a um destinatário identificado individualmente numa carta. Trata-se, ao contrário, em suas manifestações mais formais, de dirigir-se a um destinatário difuso, cuja construção se baseia no imaginário sobre as próprias instituições reconhecidas como modelares da escrita. Portanto, mais do que um destinatário especificado, a dissertação, busca um leitor identificado com uma instituição. Pode-se mesmo dizer que a dissertação fala com uma instituição, fato que coloca o escrevente em posição de enunciar-se perante a opinião pública, noção cuja vagueza talvez explique o trânsito, freqüentemente não controlado pelo escrevente, entre a comunhão de idéias suposta na opinião pública e a comunhão de idéias presente no senso comum.

Em decorrência do maior distanciamento do interlocutor, as dissertações parecem ater-se a solicitações típicas dos gêneros mais formais da escrita, tais como envolvimento moderado em relação ao assunto e ao futuro leitor, bem como registro mais formal de linguagem. Também a escolha e ordenação mais ou menos explícita dos argumentos e a antecipação (na falta da presença física do interlocutor) a possíveis objeções (apenas supostas, portanto) são propriedades que, embora não-exclusivas desse tipo de texto, aparecem de modo mais pronunciado na dissertação. Com efeito, nesse contexto de emissão para um destinatário difuso, tais propriedades desempenham o papel de fatores bastante ritualizados da textualidade das dissertações, contribuindo não só para o que comumente se espera em termos de sua coesão e coerência (como devem ser organizadas do ponto de vista formal e semântico), mas principalmente para o que comumente define a aceitabilidade do texto dissertativo (manipulação, por parte do escrevente, de elementos padronizados que ele supõe levarem à cooperação do leitor em relação ao texto). Ao lado desse efeito de textualidade produzido, essas propriedades também atuam, juntamente com o distanciamento em relação ao interlocutor, para a produção de um envolvimento moderado com o assunto (defesa ponderada de um ponto de vista) e com o futuro leitor (controle do efeito de distanciamento/aproximação com o leitor). Essas características, embora também não-exclusivas nem desse tipo de texto nem da modalidade escrita, dão, ao material a ser analisado, uma conformação bastante favorável à apreensão do modo de constituição dessa escrita no que se refere à conjunção de aspectos da modalidade oral e da modalidade escrita, conjunção que, considerada a partir das representações do escrevente, é um dos elementos-chave na determinação do tipo particular de enunciação que busco detectar nos textos dos vestibulandos.

Em função do exposto, foi constituído como *corpus* um conjunto de oitenta e três dissertações do vestibular/1992, realizado em 1.º de dezembro de 1991. Esses textos foram selecionados a partir de uma amostra maior do mesmo vestibular, cuja elaboração estatística – de responsabilidade de especialistas ligados à própria Comissão Permanente para o Vestibular – contempla: curso para o qual o candidato concorre, perfil do candidato (idade, sexo, procedência, situação socioeconômica, curso secundário freqüentado – se particular ou oficial –, freqüência ou não a curso pré-vestibular) e nota obtida na prova de redação. Sabendo que essa amostra maior contempla a variação no aproveitamento dos candidatos, em termos de notas obtidas, tomei um leque de dissertações que cobre todo o espectro do aproveitamento, desde textos anulados por inadequação ao tema, ao tipo de texto ou à coletânea até textos avaliados com nota máxima. A fim de refletir a tendência estatística que a prova apresentou, o *corpus* estabelecido reúne um número maior de redações com avaliações em torno de um aproveitamento médio.

Embora dispusesse de dados sobre a caracterização sociolingüística da clientela, tais como idade, sexo, formação escolar etc., preferi englobar essas variações como manifestações do imaginário sobre a escrita que, em virtude do ensino mais institucionalizado e do prestígio devotado a ela, circula por toda a sociedade e atinge todo e qualquer escrevente. As diferentes formas pelas quais os escreventes lidam com esse imaginário não foram, porém, desprezadas, uma vez que, na análise, trabalho justamente com as representações que o escrevente faz de si mesmo, do interlocutor e da própria escrita, as quais registram, no texto, outras particularidades a respeito da inserção sociolingüística do escrevente, tais como representações sobre o espaço e o tempo da interlocução, sobre a variedade e o registro a serem utilizados, sobre a modalidade, revelando, em suma, uma representação do escrevente sobre a norma que é levado a reproduzir na escola. Por sua vez, a investigação desse imaginário sobre a escrita está, neste trabalho, diretamente ligada à consideração do dialogismo na linguagem e da conjunção de aspectos do modo oral e do modo escrito de elaboração textual, tomados como indícios da relação sujeito/linguagem na escrita dos vestibulandos.

Não se trata, pois, de insistir – é bom que se ressalte – no erro de julgar um fato de linguagem, simplesmente reproduzindo, no âmbito de um trabalho de pesquisa, o imaginário sobre a escrita que circula pela sociedade. Exercer esse tipo de intolerância lingüística seria desconsiderar os interesses particulares e as particularidades lingüísticas dos vários grupos que compõem a sociedade. Busco, pelo contrário, alertar para a heterogeneidade que, sendo constitutiva da própria língua, afeta também a noção de norma e, em particular, de norma escrita culta. Isto é, ao valorizar a representação que o escrevente faz da (sua) escrita, do interlocutor e de si mesmo, pretendo chegar a uma especificidade da experiência lingüística que não traduz apenas a imagem que ele, individualmente, faz da escrita, mas uma representação adquirida do grupo de que faz parte, da escola que freqüenta, do vestibular que presta... Vale lembrar que, para tratar da relação entre oralidade e escrita do ponto de vista da imagem que o escrevente faz da escrita, não há opção metodológica possível caso se tome como horizonte (e como exigência metodológica) o tratamento exaustivo (estatístico, talvez) de todo o espectro da sociedade. Considero essa exaustividade desnecessária até mesmo pelo fato de que, no imaginário do escrevente sobre a escrita, está registrado o tipo particular – e socialmente partilhado – de relação com a linguagem, consigo mesmo e com o outro. Portanto, parece-me improcedente uma objeção que consistisse em afirmar que não se pode falar do imaginário sobre a escrita que circula pela sociedade, de um modo geral, apenas porque é – como, de fato, se sabe – muito restrito o número de pessoas que chega a se candidatar a uma vaga na universidade. Esse número restrito de candidatos, além de não impedir, pode, em certo sentido, até mesmo ratificar a postulação de um imaginário socialmente partilhado sobre a escrita. Pode-se, pois, defender que a exclusão ao acesso à universidade é mais um fator que auxilia na fixação de um certo imaginário sobre a escrita, tomada como fonte de ascensão social e de prestígio. Neste trabalho, buscam-se, porém, não precisamente ligações do tipo escrita/ascensão social, mas especialmente as marcas lingüísticas desse imaginário, cujo processo de registro escrito contribui para a constituição de um modo heterogêneo de enunciação. Acredito que a consideração desse imaginário contribuirá não só para melhor definir o papel da escrita na sociedade atual, como também para melhor interferir em seu ensino.

Do vestibular/1992, o tema associado ao tipo de texto que escolhi para análise é: *Violência nas tribos urbanas modernas*. Para o desenvolvimento desse tema, acompanham seis diferentes textos (ou fragmentos de textos), compondo uma coletânea. No enunciado da prova, uma observação sobre a coletânea informa: "os textos foram tirados de fontes diversas e apresentam fatos, dados, opiniões e argumentos relacionados com o tema" (Caderno de questões da 1.ª fase do vestibular/1992, realizada em 1.º/12/1991, p. 2). Além de descrever os textos como similares aos que o candidato está acostumado a ler cotidianamente, ressaltando que "não representam a opinião da banca examinadora" (*id., ibid.*), a observação prossegue informando que o candidato deve utilizar a coletânea, mas não deve copiá-la.

Ainda quanto à bagagem de informação de que o candidato pode servir-se, é importante observar que o enunciado da prova alerta para a possibilidade de ele "utilizar-se também de outras informações que julgar relevantes para o desenvolvimento do tema escolhido" (*id., ibid.*). Portanto, a bagagem de informação trazida pelo próprio candidato é bem-vinda desde que ele obedeça ao requisito de utilizar a coletânea.

Duas letras de música, um trecho de entrevista com o vocalista de um grupo de *rock* (publicada na *Revista IstoÉ Senhor*), um trecho de uma matéria sobre o grupo de *rock* Gun's N'Roses (publicada na revista *Top Metal Band*) e dois fragmentos de textos extraídos de livros compõem o material para leitura, cuja característica básica é apresentar pontos de vista divergentes. Destaque-se, também, que os gêneros postos para leitura são bastante acessíveis, com exceção talvez dos fragmentos extraídos dos livros, que poderiam criar alguma dificuldade pelo tipo de abordagem que fazem do problema da violência. No geral, a linguagem caracteriza-se pela informalidade, cabendo expressões do tipo: "acertar as pontas", "palavrões cabeludos", "descem o verbo", "um lance de rebeldia". Em um dos fragmentos extraído de livro, pode-se constatar, porém, um vocabulário menos conhecido, como, por exemplo: "engendrando crises sacrificiais suplementares" e "novas vítimas expiatórias". Não parece, porém, que a dificuldade de leitura estivesse no léxico. Mais determinante que o fator esporádico da abordagem um tanto complexa do tema, acredito que a novidade do próprio tema surpreendeu grande parte dos candidatos, que, àquela altura, não contava com informações muito precisas sobre o que se chamava, na proposta, "tribos urbanas".

* * *

Tomando a escrita dos vestibulandos como objeto de análise, no capítulo 1, conceituo, inicialmente, o modo de enunciação que se constitui a partir da conjunção entre o oral/letrado e o falado/escrito, ao qual chamo modo heterogêneo de constituição da escrita.

No que se refere à abordagem dos textos produzidos em função da proposta de redação descrita, será feita da seguinte forma: ainda no capítulo 1, exponho a metodologia de análise, concebida a partir de três eixos que, segundo o que proponho, orientam a circulação dialógica do escrevente pelo imaginário sobre a escrita e analiso um texto. Nos três capítulos seguintes, analiso o conjunto de textos do *corpus* segundo cada um dos três eixos propostos.

No capítulo 2, abordo o primeiro desses eixos – o da representação da escrita em sua suposta gênese. Nesse capítulo, procuro investigar em que medida o escrevente prende-se a uma representação da escrita, quando ele realiza a tentativa de transcrição termo a termo do oral/falado. Essa investigação será precedida de um apanhado das implicações teóricas da consideração de um tal eixo.

No capítulo 3, abordo o segundo eixo – o do imaginário sobre o código escrito institucionalizado. Ao tratar das implicações teóricas da consideração de um tal eixo, relativizo o papel da escola como única instituição responsável pelo imaginário em torno da escrita institucionalizada, reafirmando, ao mesmo tempo, que ele se sustenta também nos estudos da tradição gramatical e que se reproduz na escrita dos vestibulandos, esta, talvez, mais marcadamente ligada à escolarização.

No capítulo 4, abordo o terceiro eixo – o da relação do texto do vestibulando com o já escrito/falado e com o já lido/ouvido. Nesse capítulo, procuro explorar o aspecto dialógico da escrita do vestibulando, de tal forma que a circulação que ele faz pelo imaginário sobre a escrita possa ser detectada não só como a necessária dialogia estabelecida com outros textos – dialogia que regula qualquer utilização da linguagem –, mas também como um tipo particular de dialogia, aquele que, neste trabalho, é visto como constitutivo da escrita do vestibulando, isto é, que a constitui segundo a circulação imaginária do escrevente pelos três eixos aqui estabelecidos para análise.

Na conclusão, apresento um apanhado das discussões consideradas mais relevantes, procurando lançar alguma luz sobre as noções de língua trabalhadas por gramáticos e lingüistas e as conseqüências do uso dessas noções na prática pedagógica, tais como aquelas que podem ser verificadas na prática de escrita de vestibulandos ou mesmo na prática da escrita em geral.

Por questão de simplificação, exceto em ocasiões em que pretender destacar o jogo de representações envolvendo o escrevente, o interlocutor e a escrita, a representação que, em seus textos, os sujeitos fazem sobre o interlocutor, sobre a escrita e sobre si mesmos na qualidade de escreventes será, na seqüência deste trabalho, referida apenas como a imagem que o escrevente faz da (sua) escrita.

Capítulo 1 Como apreender o imaginário sobre a escrita: três eixos de representação

Na Introdução, preocupei-me basicamente em caracterizar o evento de linguagem que cerca a produção das redações e o tipo de texto escolhido para análise.

Neste capítulo, defino, na primeira seção, o modo heterogêneo de constituição da escrita tendo em vista as práticas sociais do oral/falado e do letrado/escrito e a inserção do escrevente nessas práticas, de que derivam as marcas lingüísticas que falam da relação sujeito/linguagem. Em seguida, considerando o evento específico de linguagem – o exame vestibular – e o tipo de texto produzido – a dissertação –, procuro mostrar como se pode chegar às marcas lingüísticas que caracterizam o modo heterogêneo de constituição da escrita nos textos produzidos durante esse evento. Para tanto, apresento, na segunda seção, a descrição da metodologia utilizada na análise. Na terceira e última seção, apresento a análise de um texto, considerada a circulação[1] dialógica do

---

1. Essa circulação tem um paralelo interessante nas mudanças de "modos de falar" durante um "evento lingüístico". Segundo Berruto, um dos critérios para segmentação de um "evento lingüístico" nos "atos lingüísticos" que o compõem consiste em operar a segmentação quando advém, nas intervenções sucessivas dos interlocutores, uma mudança significativa: da variedade de língua empregada pelo falante, de tema do discurso, de destinatário (quando faz seu discurso voltar-se para alguém que não é o seu ouvinte) ou da própria situação comunicativa (*op. cit.*, p. 90).

escrevente por três eixos de representação da escrita, em sua atuação simultânea.

O modo heterogêneo de constituição da escrita e as práticas sociais do oral/falado e do letrado/escrito

Como ponto de partida da fundamentação teórica para a conceituação do modo heterogêneo de constituição da escrita, tomo a afirmação de Marcuschi (1995) – modificada, mas não inteiramente, em Marcuschi (2001) – de que as relações entre letramento/oralidade[2] e fala/escrita são "fenômenos de fala e escrita enquanto relação entre fatos lingüísticos (relação fala *vs.* escrita) e enquanto relação entre práticas sociais (oralidade/letramento)" (*op. cit.*, p. 11).

Note-se, porém, que, se os fenômenos de fala e escrita dados à observação podem ser vistos enquanto fatos lingüísticos e enquanto práticas sociais, não se pode deixar de considerar a íntima relação entre um fato lingüístico e uma prática social. Desse modo, nem o presente trabalho, nem – acredito – o próprio Marcuschi, mesmo em sua primeira formulação, negam que todo fato lingüístico vincula-se a uma prática social. De minha parte, assumo que os fatos lingüísticos do falado/escrito são práticas sociais e estão ligados, portanto, às práticas orais/letradas. A meu ver, tal assunção é fundamental para que se possa questionar a delimitação do campo da escrita apenas pela constatação óbvia de um material específico – o gráfico – que lhe serve como base semiótica.

No que se refere à relação oral/escrito, entre assumir a dicotomia radical entre as práticas do oral/falado e do letrado/escrito – posição defendida, entre outros, por Goody (1979) e por Olson (1977) – e tomá-la apenas como recurso

---

[2]. Já há algum tempo, o tema do letramento vem sendo abordado por pesquisadores brasileiros. Correndo o risco de omitir autores e obras, seguem algumas referências representativas do trabalho desenvolvido no Brasil: Kato (1992), Tfouni (1988, 1994, 1997), Kleiman (1996, 1999), Gnerre (1985), Rojo (1998), Soares (2001) e Signorini (2001).

metodológico – posição defendida, entre outros, por Tannen (1982), Chafe (1982, 1985), Biber (1988), Marcuschi (1995, 2001) –, busco definir essa heterogeneidade como constitutiva da escrita, para cuja conceituação vislumbro algum fundamento na segunda posição.

Não me detenho, portanto, no chamado modelo autonomista de escrita, defendido pela primeira concepção. Apesar de reconhecer contribuições valiosas nas reflexões de Goody e de Olson, recuso a dicotomia radical e a visão evolucionista que Olson parece defender. Como se sabe, ao sustentar a crescente autonomia do "texto" (escrito) em relação ao "enunciado" (falado), esse autor atribui à prosa escrita autônoma (exemplificada por meio da técnica ensaística britânica, ponto máximo dessa evolução) propriedades como a da descontextualização e a da explicitude. O percurso teórico que adoto distancia-se bastante dessas postulações e, como disse, toma a segunda posição como ponto de partida.

Defendendo essa segunda posição, Biber afirma que a fixação exclusiva de traços situacionais ou lingüísticos não dá conta de todos os gêneros escritos e falados (cf. Biber, *op. cit.*, p. 36). Desse modo, segundo o autor (*id.*, pp. 37-42), diferenças situacionais como:

   a) *canal físico* – por exemplo: auditivo ou visual; subcanais prosódicos e paralingüísticos ou léxicos e sintáticos;
   b) *tipo de uso cultural* – por exemplo: em casa ou na escola;
   c) *relação entre os participantes comunicativos* – por exemplo: conhecimento partilhado, negociabilidade do objeto e do tópico comunicativo, conhecimento de mundo cultural partilhado;
   d) *relação dos participantes com o contexto externo* – por exemplo: extensão de espaço e de tempo partilhados;
   e) *relação dos participantes comunicativos com o texto* – por exemplo: grau de permanência do texto, velocidade da produção e da compreensão;
   f) *propósito* – por exemplo: ideacional ou pessoal, interpessoal ou contextual;

bem como diferenças funcionais utilizadas em pesquisas anteriores à sua, tais como:

a) elaboração informacional e referência explícita independente da situação;
b) interação, expressão de sentimentos pessoais e referência direta à situação externa;
c) integração e distanciamento;
d) fragmentação e envolvimento;

não permitem – se tomadas isoladamente – avançar muito em termos da relação falado/escrito. Eis por que o estabelecimento do contínuo toma a noção de *registro* como ponto de partida, mas não se limita a ela.

Para justificar sua posição, Biber, negando diferentes generalizações lingüísticas globais feitas por outros pesquisadores com base em traços como os aqui enumerados, insiste em que "nenhuma dessas generalizações é verdadeira para todos os gêneros escritos e falados" e alerta que, se "a maioria delas são caracterizações da fala e da escrita típicas", algumas nem sequer à fala e à escrita típicas se aplicam (*id.*, p. 47).

Dentre as importantes questões levantadas pelo autor, destaco uma última recomendação. Trata-se da mudança de objeto de análise – da *língua* para o texto: "nenhuma decisão *a priori*" (quero entender: válida para a *língua* como um todo) pode ser tomada no sentido de determinar "que todos os textos falados devam ser agrupados juntos como opostos a todos os textos escritos" (*id.*, p. 160).

Inspiro-me nesses e em outros esclarecimentos dos autores que defendem a utilização metodológica da dicotomia para propor não a compartimentalização de gêneros em um *continuum* (contribuição já dada pelo próprio Biber e, no Brasil, por Marcuschi), mas a heterogeneidade constitutiva da escrita, no que me aproximo das idéias de Street (1984), que fala explicitamente de um misto entre o oral e o letrado; de Tfouni (1994), que defende o letramento como "um processo, cuja natureza é sócio-histórica" (*op. cit.*, p. 50); de Abaurre (1989, 1990a, 1990b, 1994) e Abaurre *et al.*, (s/d e 1995), especialmente em seus estudos de aquisição da escrita; de Silva (1991), ao tratar da escrita espontânea de crianças; e de Chacon (1998), que, desenvolvendo algumas hipóteses de Abaurre sobre aquisição da escrita, vê a organização do heterogêneo da linguagem por meio do ritmo da escrita. Para analisar o encontro entre as práticas do oral/falado e do letrado/escrito, proponho, eu também, um lugar para observação (cf., mais adiante, na seção seguinte).

Conduzo minha busca de encontros entre essas práticas a começar pelos seus materiais significantes, como o gesto articulatório e o gesto traduzido graficamente em ritmo da escrita. Parto, para tanto, de uma afirmação de Verón (1980) sobre a delimitação da tarefa do semiólogo, em que o autor alerta de início:

> Os discursos sociais são objetos semioticamente heterogêneos ou "mixtos", nos quais intervêm, ao mesmo tempo, várias matérias significantes e vários códigos. O próprio discurso lingüístico não é nunca monocódico: quer se trate da escrita ou do discurso falado, há sempre regras paralingüísticas que não podem ser reduzidas apenas ao código da "língua" (*op. cit.*, pp. 78-9).

A esse respeito, defendo a idéia de que, na escrita adulta – a dos vestibulandos, no caso do material analisado –, o escrevente constrói dimensões conversacionais e argumentativas, bem como elementos da situação imediata de enunciação, por meio de gestos que supõe plasmados nas projeções espaciais, lingüisticamente marcadas em seu texto. O uso dos demonstrativos, na chamada remissão exofórica, é exemplo de uma projeção espacial lingüisticamente marcada no texto escrito. Há, no *corpus* analisado, casos em que, ao abordar o tema "Violência nas tribos urbanas modernas", o escrevente refere-se a "*essas* gangs" sem as ter mencionado previamente em seu texto, contando não só com o conhecimento que supõe partilhado com o seu leitor, mas também com a projeção espacial (no espaço gráfico) de um gesto indicativo dessa partilha (o de apontar para a situação concreta de enunciação).

Esse tipo de recurso está presente no que Vigotski (1988) chama de "desenvolvimento pré-histórico" da escrita infantil. Segundo o autor, os gestos ligam-se à origem dos signos escritos tanto no domínio dos "rabiscos das crianças" como na esfera de atividade dos "jogos das crianças". Nos rabiscos, os traços seriam somente "um suplemento" à "representação gestual", para pôr em cena, por meio de gestos, o que deveria ser mostrado por desenhos. Nos jogos, é "a utilização de alguns objetos como brinquedos e a possibilidade de executar, com eles, um gesto representativo" que permite atribuir "a função de signo ao objeto" e lhe dar significado. Vigotski acrescenta que "toda atividade representativa simbólica é plena desses gestos indicativos..." (*op. cit.*, pp. 121-3).

Também Luria, em "trabalho pioneiro" (cf. Vigotski, *id.*, p. 11) sobre o desenvolvimento da escrita na criança, deixa entrever, em sua conceituação de escrita, como certos "estímulos" ou "insinuações particulares" podem tornar-se um "signo auxiliar", isto é, um signo "cuja percepção leva a criança a recordar a idéia [...] a qual ele se refere" (1988, p. 144). O tema do material significante volta, portanto, a ser tocado e, em seguida, o autor desenvolve a conceituação do processo de escrita: "o escrever pressupõe [...] a habilidade para usar alguma insinuação (por exemplo, uma linha, uma mancha, um ponto) como signo funcional auxiliar" (*id.*, p. 145). Linhas, manchas ou pontos poderiam, portanto, ser vistos como um investimento mais típico da chamada "escrita sintética". Em outras palavras, a criança seguiria o caminho de uma escrita em que "um sinal ou um grupo de sinais visa sugerir [...] toda uma frase", correspondendo, na terminologia de Martins, a uma "escrita de idéias" (1957, p. 26). A esse respeito, nessa "espécie de discurso 'preliminar'", situado no limite entre o "discurso semiótico" e o "pré-semiótico", poder-se-ia pensar que os traços de similaridade (iconicidade) e de contigüidade empírica (no caso, entre o sinal gráfico e o sentido da frase), definidos por Verón (1980, pp. 65-6), estariam atuando nesse investimento semiótico sob a dependência do plano do conteúdo.

A presença do gesto parece, portanto, já suficientemente clara na idéia de signos auxiliares (linhas, manchas ou pontos) de Luria. Confirma-se, porém, na observação de Vigotski de que os rabiscos e os gestos "estão ligados à origem dos signos escritos".

Ainda no que se refere à consideração do material significante presente na escrita (a fim de mostrar que esse material pode aproximar o falado do escrito e levar à recusa de uma dicotomia entre essas duas modalidades), Luria afirma que a criança apresenta muito cedo uma tendência à "diferenciação rítmica" ao anotar palavras ou frases, fazendo corresponder "linhas curtas" a palavras ou frases curtas e "linhas longas com um grande número de rabiscos" a palavras ou frases longas. A esse tipo de escrita, baseada na diferenciação rítmica, Luria chama "escrita ritmicamente reprodutiva". Ao contrário da hipótese levantada acerca da "escrita sintética", em que o investimento semiótico parecia depender do plano do conteúdo, desta vez a "escrita ritmicamente reprodutiva" mostra-se sob a dependência do plano da expressão. Sobre a ênfase no plano da expressão, Chacon mostra que "na escrita ritmicamente reprodutiva" a criança reflete "propriedades da substância da expressão que lhe começam a ser significativas e que serão incorporadas a sua produção gráfica noutro domínio que não o da dimensão segmental da escrita alfabética". Em outras palavras, esse tipo de escrita caracterizaria "a tentativa da criança de refletir, em seus rabiscos reflexivos, tão-somente algumas propriedades da configuração fônica das palavras e sentenças que ouve" (*op. cit.*, pp. 53-4).

Partindo da idéia de Luria de uma "escrita ritmicamente reprodutiva", Abaurre (1991) propõe o ritmo como um traço fundamental da escrita. A imagem sugerida pela autora para caracterizar como o ritmo se imprime na escrita é a do "gesto rítmico" congelado em signos gráficos. Constata-se, pois, nessa formulação, a referência a três materiais significantes que atuam na escrita: o gesto, o material fônico-acústico (ritmo) e o material gráfico.

Esse conceito de "ritmo da escrita" proposto por Abaurre foi desenvolvido por Chacon ao analisar textos de vestibulandos. Para tanto, o autor toma os sinais de pontuação como ponto de partida de observação do ritmo da escrita e, baseado na crítica à concepção do ritmo da linguagem como regularidade, feita por Meschonnic (1982), assume a idéia de uma descontinuidade/continuidade resultante da alternância que caracteriza o ritmo da linguagem como um dos traços fundamentais do ritmo da escrita. Sobre o papel do ritmo da escrita, o autor afirma que:

> ao organizar a linguagem num ato enunciativo, o ritmo, ao mesmo tempo em que a fragmenta em unidades multidimensionais, promove sua integração num fluxo discursivo (visto, este último, num movimento entre o que é produto e o que é processo na atividade verbal) (*op. cit.*, p. 200).

Essa observação não se dá sem que, previamente, o autor destaque a presença do falado no escrito, indiciada pela pontuação. Para Chacon, a pontuação teria esse papel, uma vez que "revela tentativas de reprodução da língua falada" e "funciona como um recurso de interpretação para o texto escrito" (*id.*, pp. 199-200).

Pode-se observar que o papel do gesto como um dos elementos não-verbais co-atuantes na enunciação pela escrita está ligado a outros materiais significantes, como os sinais gráficos de pontuação e as marcas fônico-acústicas ligadas aos padrões rítmico-entonacionais. Constata-se, pois, que o feixe de materiais significantes está perfeitamente integrado no modo pelo qual a escrita se processa. Por sua vez, o caráter integrador do ritmo da escrita, que institui o *"fluxo discursivo"* como o "movimento entre o que é produto e o que é processo na atividade verbal" (*id.*, p. 200), traz à consideração a atividade do sujeito que produz linguagem. O ritmo da escrita não é, pois, segundo o autor, uma pura forma, mas a impressão de um gesto de alcance multidimensional – ao mesmo tempo fonológico, sintático, semântico-pragmático e enunciativo – registrado por parte do sujeito desde o momento de sua enunciação pela escrita. Ainda nas palavras de Chacon (*id.*, p. 54) – retomando Luria (1988) –, "se a escrita se caracteriza por ser rítmica é porque, em sua gênese, está 'um reflexo do ritmo da frase pronunciada no ritmo do signo gráfico'". Dessa perspectiva, pode-se dizer que o "gesto rítmico" fixa, no produto escrito, a participação do sujeito por meio da manipulação dos materiais significantes de que dispõe.

Admitir que as atividades comunicativas operam sempre mediante um feixe de materiais significantes encontra, portanto, também na idéia de ritmo da escrita, um argumento forte. Integrar, na atividade enunciativa, as várias dimensões da linguagem corresponderia, no que se refere à base semiótica, a integrar também várias matérias significantes.

Além da atenção à heterogeneidade em sua base semiótica, assumo a escrita como processo, recusando a visão da dicotomia radical que a assume como produto. Considerada, portanto, em seu processo de produção, busco, na prática escrita dos vestibulandos, não apenas a relação entre oralidade e escrita, mas a relação sujeito/linguagem (cf. Abaurre *et al.*, 1995).

No interior desse contorno teórico, conceituo o modo heterogêneo de constituição da escrita como o encontro entre as práticas sociais do oral/falado e do letrado/escrito, considerada a dialogia com o já falado/escrito e ouvido/lido. Como elementos centrais dessa concepção, considero a circulação dialógica do escrevente – que pressupõe, com Bakhtin, o princípio dialógico da linguagem – e a imagem que o escrevente faz da escrita, tomada como parte de um imaginário socialmente partilhado, modo de recuperar a presença das práticas sociais na produção discursiva dos seus agentes. Não se trata, pois, no que se refere a esse imaginário, de uma representação tomada como falsificação do real (falsificação, por exemplo, do que, de fato, seria a escrita). Pelo contrário, por meio dela, materializam-se, lingüisticamente, as relações reais entre os agentes sociais e a escrita, consideradas as práticas sociais de que, direta ou indiretamente, a escrita faz parte.

Sobre a metodologia: rastros da *individuação* do sujeito

A hipótese que orientou as opções metodológicas a serem expostas neste capítulo é a de que as dissertações produzidas pelos vestibulandos captam a circulação que o escrevente faz pelo imaginário sobre a constituição da escrita, evidenciando, por meio de marcas lingüísticas, sua enunciação dividida tanto no que se refere ao modo de emergência da escrita como no que se refere ao modo de constituição de seu interlocutor e de sua própria constituição como escrevente.

Determinados pontos do processo de produção da escrita parecem ser mais visitados nessa divisão do escrevente. Constituo três deles como lugares privilegiados de observação, aos quais chamo eixos que orientam a circulação do escrevente pelo imaginário sobre a escrita.

O primeiro deles é o do modo de constituição da escrita em sua suposta gênese. Refere-se aos momentos em que, ao apropriar-se da escrita, o escrevente tende a tomá-la como representação termo a termo da oralidade, situação em que tende a igualar esses dois modos de realização da linguagem verbal.

Em contraposição a essa tentativa de representação da escrita, um segundo eixo privilegiado é o que caracteriza a apropriação da escrita em seu estatuto de código institucionalizado. Impõe-se aqui uma observação terminológica. Ao compor a expressão "código escrito institucionalizado", a palavra "código" não remete, neste trabalho, nem ao processo de codificação da língua pela escrita, nem à tecnologia da escrita, identificada, em geral, com a escrita alfabética; nem tampouco supõe, como trabalho de interpretação semiótica, a simples "decodificação" de um produto acabado. Com ela, pretendo significar o processo de fixação metalingüística da escrita pelas várias instituições, sujeito, portanto, aos movimentos da história e da sociedade. Como, nesse sentido, a institucionalização do código tem uma natureza dinâmica, excluo de consideração qualquer menção a um produto acadêmico fechado, evitando, inclusive, restringir a sua institucionalização apenas à escola. Desse modo, a representação que o escrevente faz do código escrito institucionalizado deve ser entendida como a representação que ele faz do institucionalizado para a (sua) escrita, ficando aberta, portanto, a consideração de representações particulares, localmente atuantes. No entanto, inversamente à concepção da escrita em sua suposta gênese, essas representações do escrevente tomam, nesse caso, como ponto de partida, o que ele imagina ser um modo já autônomo de representar a oralidade.

O terceiro e último eixo é o da relação que o texto do escrevente mantém com o já falado e com o já ouvido, bem como com o já escrito e com o já lido, ao qual chamarei, doravante, eixo da dialogia com o já falado/escrito. Por meio dessa relação, o escrevente põe-se em contato não só com tudo quanto teve de experiência oral[3], como também com a produção escrita em geral e com uma produção escrita particular – a da coletânea de textos (ou de fragmentos de textos) que deve ler durante a prova.

Pretendo mostrar que esses três aspectos da constituição da escrita caracterizam não só três diferentes momentos de representação dos interlocutores constituídos e do tema abordado, mas também a divisão enunciativa do escrevente, que estabelece lugares para ele nas diferentes práticas sociais. Esse tipo de preocupação traz à discussão a recomendação de Abaurre *et al.*, (s/d e 1995) a respeito da necessidade de deslocar a explicação dessas ocorrências "de um lu-

---

3. Faz parte do Manual do candidato um questionário no qual o candidato deve indicar suas fontes de informação. Uma das alternativas que constam como possibilidade de resposta é a informação via tevê. Neste caso, é interessante observar que a recepção do texto corresponde preferencialmente à do tipo oral (diz respeito ao ouvido/visto, embora o recurso à escrita também possa estar presente), mas a sua produção pode não manter essa correspondência, uma vez que é freqüente o uso do texto escrito (ou de roteiros sob a forma de fichas escritas) como base para a locução (ou para a apresentação de programas) na tevê.

gar mais ingênuo" ligado à "questão da relação oralidade/escrita" para "o lugar onde pode efetivamente ser buscada a explicação para essas ocorrências: a relação continuamente tensa e cambiante entre o sujeito e a linguagem" (*op. cit.*, p. 40). A proposição desses três eixos é, pois, um dos recursos metodológicos pelos quais procuro uma abordagem que se desloque de um "lugar mais ingênuo" da "relação oralidade/escrita" para o da relação "entre o sujeito e a linguagem" (*id., ibid.*).

Como a atuação conjunta desses eixos passa necessariamente pela imagem que o escrevente faz da (sua) escrita, não se pode esperar que haja, no material analisado e em estado puro, um texto definido por qualquer uma delas isoladamente. Ou seja, a enunciação pela escrita impõe ao escrevente várias limitações simultâneas ligadas às hipóteses que ele faz sobre essa sua prática, limitações que podem ser descritas como um jogo de aceitação e recusa ou, uma vez mais, como pontos de emergência de sua divisão enunciativa: (a) o escrevente aceita a escrita como convenção exaustiva, mas ela se recusa a sê-lo, na medida em que é freqüentemente atingida, desde o oral/falado, por novas intervenções em sua *individuação*[4] histórica; (b) o escrevente a aceita como possibilidade de alçamento do indivíduo aos *discursos estabilizados*[5] das instituições, mas ela se recusa a sê-lo, na medida em que está sujeita, por exemplo, ao jogo de "*variedades* de registro *invariantes*: o formal e o informal" (Lopes, 1993, p. 29, grifo meu) que caracterizam um aspecto da estabilidade instável de sua existência sócio-histórica; e (c) o escrevente tende a aceitá-la como ato inaugural, mas ela se recusa a sê-lo, no sentido em que é ligada ao já escrito (falado)/lido (ouvido) e, portanto, sujeita à emergência incontrolável da heterogeneidade própria das práticas sociais.

---

4. O conceito é de Veyne (1983) e será comentado na seqüência da exposição.

5. Trata-se de discursos "em que existe (...) uma instituição (científica, jurídica etc.) à qual podem-se referir os textos" (Pêcheux, 1990a, p. 68). Conferir também, na mesma obra, nota de Gadet *et al.*, (*id.*, p. 153).

Atuando em diferentes direções e mesmo em direções contraditórias, essas limitações estão – em maior ou menor grau – sempre presentes nos atos de apropriação da escrita e exprimem bem a dificuldade de posicionamento do escrevente nesses atos.

Dados esses três eixos, pode-se observar o funcionamento de cada um deles em relação aos demais. Quando se destaca, por exemplo, como definidor de um texto, o caráter "genético" das intervenções individuadas, a atuação desse primeiro eixo em relação aos dois outros pode ser definida como o aparecimento, na escrita, de lugares específicos para o oral/falado.

Por sua vez, quando se destaca o aspecto institucional da escrita, representado pelo segundo eixo e ligado à expectativa do escrevente de alçar-se aos discursos estabilizados das instituições, sua atuação em relação aos dois outros eixos orienta a atribuição, por parte dos escreventes, de lugares específicos para o letrado/escrito, supostos como institucionalmente marcados.

Por fim, quando se toma como definidor o aspecto da heterogeneidade do ato da escrita, a atuação desse terceiro eixo orienta o aparecimento de lugares específicos para o próprio escrevente de acordo com o grau de reconhecimento que manifesta em relação ao fato de estar-se colocando numa dada prática social e recusando outras. Do mesmo modo, o grau de evidência, no texto do escrevente (e para ele próprio, portanto), quanto ao reconhecimento de que seu ato não é inaugural, move sua apropriação da escrita na direção do estabelecimento de lugares específicos para a própria escrita (enfatizando ora remissões ao oral/falado, ora remissões ao letrado/escrito) e também para seu interlocutor.

Observa-se, portanto, que os três eixos referem-se a representações que o escrevente faz do oral/falado e do letrado/escrito em sua escrita. Mas não é só: além de sustentarem um imaginário sobre a escrita, eles não cessam de dialogar entre si. Por essa razão, defendo que o processo de escrita está regulado pela circulação dialógica do escrevente, levada a efeito em função desses lugares de representação da escrita. Essa circulação dialógica é comandada pelo eixo da dialogia com o já falado/escrito, que, além da representação sobre o oral/falado e o letrado/escrito, é também o móvel de toda a circulação, uma vez que não se refere apenas ao modo de enunciação escrito, mas à presença do dialogismo em toda a linguagem. É, pois, na tentativa de associar o papel de representação a esse caráter de réplica da linguagem que utilizo expressões como "circulação dialógica pelo imaginário" ou, simplesmente, "circulação dialógica" para referir ao trabalho que o escrevente executa no processo de construção do texto.

É importante lembrar, ainda, que a referência a essa circulação pelo imaginário sobre a escrita não é uma apreciação negativa nem tem nenhuma relação com avaliações estereotipadas sobre a produção do escrevente, especialmente com aquelas avaliações que tomam como parâmetro um modelo abstrato de boa escrita. Como bem evidencia o cruzamento dos três eixos expostos, essa produção provém de uma enunciação dividida. Esta, por sua vez, dá testemunho não de uma inadequação a um modelo, mas de uma formulação lingüística – em parte, não-consciente – que registra vários saberes, mais (ou menos) modelares, ligados às práticas sociais que esse evento particular de linguagem mobiliza no leitor/escrevente. Eventual ponto de convergência de saberes, o texto é memória desses (des-)encontros. Em outras palavras, essa produção marca uma resposta a modos de *individuação* a que o sujeito está exposto em sua experiência com a linguagem.

Portanto, a consideração, nos textos analisados, dos "rastros" da *individuação* do sujeito está vinculada tanto ao modo de apreensão dos fatos lingüísticos (*individuação* dos "rastros") como ao modo pelo qual entendo o sujeito da linguagem (*individuação* do sujeito). Isto é, trata-se de apanhar, em pistas lingüísticas locais, um modo de constituição desse sujeito. Tanto esse tipo de pista quanto o sujeito assim concebido estão referidos à hipótese da circulação dialógica do escrevente e, portanto, só possuem individualidade em relação ao conceito de dialogia. Em outras palavras, são fatos individuais porque são individuados, no mesmo sentido em que, para Veyne (1983):

> A História pode ser definida como o inventário explicativo não dos homens ou das sociedades, mas daquilo que há de social no homem, ou, mais precisamente, das diferenças manifestadas por este aspecto social (*op. cit.*, p. 46).

Desnecessário lembrar tudo quanto as teorias lingüísticas que estudam a complexidade enunciativa já mostraram sobre a presença do social no sujeito da linguagem, a começar pela constituição do sujeito pela intersubjetividade, em Benveniste (1976), passando, no campo da psicologia social, pela concepção dialógica intrínseca do *pensamento verbal* em Vigotski (1987) ou – ainda no cruzamento com uma psicologia social – pela teoria da(s) heterogeneidade(s) enunciativa(s), cuja formulação mais pertinente ao que estou discutindo é a que Authier-Revuz (1990), ao retomar Bakhtin sobre a dialogização interna ao discurso, propõe acerca da constituição do sujeito como um "centro exterior constitutivo" (*op. cit.*, p. 27).

Desse modo, os rastros da *individuação* do sujeito são levados em conta não por serem essas pistas e esse sujeito singulares, no simples sentido de serem constatáveis – como julga o senso comum –, ou no sentido de serem passíveis de uma localização individual concreta. Sua individualidade é *individuação*, mais uma vez no sentido atribuído por Veyne à História:

> ... a História é *ciência das diferenças, das individualidades, mas tal individuação é relativa à espécie escolhida*; pode oscilar entre "Atenas" e a "cidade grega", ou mesmo a "cidade antiga", em geral (*id.*, p. 47, grifo meu).

Trabalho, pois, com a idéia de *individuação* tanto no tratamento do sujeito como na abordagem das pistas lingüísticas deixadas por ele. Por um momento, particularizo a discussão em torno do sujeito. Acredito evitar, com a idéia de *individuação*, tanto a idéia de sujeito assujeitado como a idéia de indivíduo. Embora não tenha a pretensão de criar uma nova concepção de sujeito, recuso também uma concepção que pretenda ser uma média das duas outras. Tanto é verdade que, se rejeito integralmente a idéia de sujeito da linguagem como indivíduo, já que não é a singularidade factual, circunscrita a si mesma, que enuncia, mantenho um aspecto, que considero fundamental, da concepção do sujeito assujeitado. Trata-se da presença do outro como constitutiva do sujeito, neste estudo marcada pelas idéias de heterogeneidade e de representação, as quais, no sentido em que as utilizo, dão pistas da divisão enunciativa do sujeito e das formas discursivas que identificam o sujeito a grupos. Para usar uma metáfora do campo da fotografia, buscar os pontos de individuação do escrevente corresponderia – ainda assim, imperfeitamente, pois não se trata sempre de revelar o contrário do que é visto – a dar forma ao claro/escuro do negativo do filme, modo de reproduzir e atestar o trabalho do escrevente.

Numa outra formulação de Veyne (1971), também voltada aos estudos históricos, o autor afirma que não é a individualidade dos eventos em si que interessa à História: "[a História] busca compreendê-los, isto é, busca encontrar neles um tipo de generalidade ou, mais precisamente, de especificidade". E reafirma: "passa-se da singularidade individual à especificidade, isto é, ao indivíduo como inteligível (é por isso que 'específico' quer dizer ao mesmo tempo 'geral' e 'particular')" (*op. cit.*, p. 48).

Retomando a citação anterior em destaque: se a "individuação é relativa à espécie escolhida", no presente trabalho, a "espécie escolhida" é o tipo de divisão enunciativa do sujeito. É, pois, o aspecto dialógico da constituição do sujeito que transforma as pistas e o sujeito em individualidades. Este é um dado fundamental no estabelecimento de uma direção teórico-metodológica para este trabalho, a partir do qual um novo passo pode ser dado. Trata-se, desta vez, de esclarecer como são abordadas as pistas lingüísticas deixadas pelo escrevente.

O estatuto metodológico atribuído ao conceito a que Veyne chama "espécie escolhida" pode ser equiparado ao estatuto metodológico dado por Caprettini (1991) ao que chama *regularidades,* que, segundo o autor, "constituem o termo médio do processo abdutivo, ao permitir a conexão entre dois fatos particulares" (*op. cit.,* p. 160); ou, ainda, por Abaurre (1992) ao que chama "regularidades subjacentes" aos dados *cambiantes* de *sujeitos singulares* (*op. cit.,* p. 39).

Filiando sua reflexão ao pensamento de Ginzburg, a autora reitera a necessidade de atentar para o detalhe indiciativo, aparentemente irrelevante, mas que, na verdade, é "o elemento fundamental para se atingir o grau [...] da adequação *explicativa*" (*op. cit.,* p. 41).

Vem ainda de Caprettini (1991) – outra referência de Abaurre sobre esse tema – uma formulação, também bastante clara, sobre a importância das hipóteses na "incessante redefinição das molduras que estruturam e enquadram um evento":

> [...] o *status* semiótico de um fato observado é determinado pelas hipóteses: o valor sintomático de certo elemento da realidade, seu valor referencial, deriva da decisão – tomada como conjectura – de considerá-lo pertinente (*op. cit.,* p. 152).

Para sintetizar, a metodologia de análise sustenta-se em dois modos de percepção do material: o primeiro refere-se à apreensão da história do texto e baseia-se nos estudos de Ginzburg (1989; 1991) sobre o "paradigma indiciário"[6]; o se-

---

6. Em resposta à consulta feita por Cristiane Duarte (mestre em Lingüística – IEL – Unicamp), Ginzburg afirma que grande parte da pesquisa que publicou depois de 1979 é aplicação das idéias formuladas no ensaio "Clues" (tradução brasileira: Ginzburg, 1989), embora não se ocupe mais do paradigma indiciário enquanto tal. Afirma, ainda, que evitou utilizar-se dessa expressão porque não queria que se tornasse um clichê (correio eletrônico de 22/10/1998). Agradeço a Cristiane Duarte a cessão dessa declaração do autor. Para outras determinações, conferir Cristiane Duarte, *Uma análise de procedimentos de leitura baseada no paradigma indiciário.* Dissertação de mestrado. IEL/Unicamp, 3/7/1998.

gundo, ligado a esse paradigma, refere-se à apreensão das marcas lingüísticas dessa constituição histórica.

Explicito abaixo – ainda que resumidamente – duas das perspectivas lingüísticas que estarão mais presentes no trabalho e orientarão a busca das pistas lingüísticas. Em seguida, abordo o modo pelo qual o paradigma indiciário será utilizado.

O enfoque lingüístico

Duas vertentes dos estudos lingüísticos estão fortemente presentes nesta etapa do trabalho. Por um lado, estudos sobre a língua falada e sobre os mecanismos de produção do texto em geral, especialmente dos elementos tidos como responsáveis pela atribuição de textualidade às seqüências lingüísticas. Por outro lado, à tentativa de apreensão, no material, de traços da interação face a face e à tentativa de descrição mais formal da organização do texto, será dado o cunho de uma abordagem enunciativa que dê conta da circulação do escrevente pelos três eixos de representação já expostos.

Portanto, o tratamento dado ao material analisado parte de uma descrição empírica dos textos, tomados como produtos da língua posta em discurso, e busca, ao mesmo tempo, considerar um outro aspecto da discursivização, qual seja, o modo de assunção do discurso pelo escrevente, consideradas as representações que ele faz dos elementos de diferentes naturezas que, com ele, participam do mesmo evento.

Em termos de referências teóricas de fundo que orientam essa abordagem dos dados, considero, na tomada dos textos, uma visão benvenistiana de enunciação – língua assumida como exercício pelo indivíduo –, mas, ao mesmo tempo, assumo, no exercício desse sujeito e nos enunciados por ele produzidos, a sua circulação imaginária, fato que remete à constituição histórica do enunciado, numa aproximação do que defende Bakhtin (1992):

> ... um enunciado é sulcado pela ressonância longínqua e quase inaudível da alternância dos sujeitos falantes e pelos matizes dialógicos, pelas fronteiras extremamente tênues entre os enunciados e totalmente permeáveis à expressividade do autor (*op. cit.*, p. 318).

O conhecimento teórico que permite ao analista reconhecer a flutuação do escrevente está também, em parte, relacionado com os diferentes modos de planejamento do texto oral e do texto escrito, os quais, não explicitamente e apenas em termos práticos, são dominados também por qualquer falante/escrevente. Tal conhecimento, porém, freqüentemente deixa de atuar na produção escrita do escrevente, pondo-o em situação de variar o grau de convivência entre oral/falado e letrado/escrito em função de seu envolvimento com o assunto abordado ou com o destinatário a quem se dirige. Desse modo, o diálogo que o escrevente procura estabelecer com a instituição acaba por colocá-lo numa posição indefinida, pois, ao investir-se do código por ela proposto – código a que teve acesso especialmente por meio da escola –, não deixa, no entanto, de enunciar em conformidade com lugares que ocupa em outras práticas sociais. É comum o escrevente sentir-se interpelado pelo assunto ao se posicionar nesses outros lugares, de onde freqüentemente constitui sua réplica. Caracteriza-se, assim, em diferentes momentos do texto, a indefinição da sua posição, podendo-se ouvir o escrevente enunciar-se também de posições que ocupa em suas práticas orais/faladas. Sobre esse caráter de réplica, recorro, ainda uma vez, a Bakhtin:

> O enunciado do outro e a palavra do outro, conscientemente percebidos e distinguidos em sua alteridade, e introduzidos em nosso enunciado, incutem-lhe algo que se poderia qualificar de *irracional* do ponto de vista do sistema da língua, e em particular, do ponto de vista da sintaxe. A inter-relação que se estabelece entre o discurso do outro assim inserido e o resto do discurso (pessoal) não tem analogia com as relações sintáticas existentes dentro dos limites de um conjunto sintá-

tico simples ou complexo [...] Em compensação, essas inter-relações têm analogia (sem serem, é evidente, idênticas) com as relações existentes entre as réplicas do diálogo (*op. cit.*, pp. 317-8, grifos meus).

Como permite entrever o autor, o fator condicionante do aparecimento alternado daqueles dois modos de planejamento do texto é, de fato, seu caráter de réplica. Trata-se, pois, de um fator ligado ao enunciado (gênero utilizado, destinatário constituído, tema abordado) e não propriamente ao sistema da língua. Em sua atitude responsiva, dirigindo-se a um destinatário difuso – embora projetado em função da instituição que propõe o vestibular –, vê sua apropriação da escrita situar-se entre o que lhe foi dado conhecer sobre ela e o que acredita trazer de inédito na intervenção que faz segundo seu jeito próprio de falar (mais propriamente, um dado de ineditismo de sua *individuação* histórica).

Essa indecisão relaciona-se com uma característica fundamental, embora bastante óbvia, da interlocução produzida por meio da escrita. Trata-se da constituição da figura enunciativa do escrevente, que põe a língua em exercício, mas sem produção vocal na linearidade do tempo. Esse dizer sem falar impõe-lhe a busca da escrita em duas direções: (a) nas relações sintático-semânticas próprias à construção do enunciado, por meio das quais busca traduzir sua voz para as articulações lógicas do pensamento, tal como mais ou menos ensina a prática escolar tradicional; (b) no modo conversacional de elaboração do discurso, sobre o qual supõe ter domínio metalingüístico, como se fosse possível reunir todo o modo conversacional de planejamento do discurso – pausas, preenchimento de pausas, partículas de planejamento etc. – numa marca gráfica de entonação ou de pausa específica, simplificações muito freqüentes no material sob análise.

Desse modo, o aspecto da reprodutibilidade de uma prática tanto quanto o dado de ineditismo de uma *individuação* histórica aparecem sempre que o escrevente alterna sua representação da/na escrita como código já institucionalizado, como constituindo sua gênese e/ou como relação com o já falado/ouvido e já escrito/lido. A alternância entre esse tipo de reprodução e de ineditismo, mostrada no modo heterogêneo de constituição da escrita, pode também ser vista como a "coexistência e ultrapassagem entre discursos", modo pelo qual, segundo Possenti (1995), "a história [no presente caso, a história da emergência do modo heterogêneo de constituição da escrita] freqüentemente se faz de pequenos fatos, pequenos atos que produzem pequenas alterações do que há, de usos diversos e eventualmente não previstos das mesmas coisas" (*op. cit.*, pp. 53-4).

O uso do paradigma indiciário na análise de textos de vestibulandos

Entre optar por uma análise que quantificasse as ocorrências das marcas obtidas e por buscar propriedades mais gerais que possibilitassem maior mobilidade no tratamento das freqüentes flutuações do escrevente em relação ao modo de construção do texto, opto pela segunda alternativa. A própria hipótese de partida orienta essa escolha. Trata-se de reunir um conjunto de pistas lingüísticas em rubricas mais gerais (*regularidades*) que captem, no processo de escrita do escrevente, certos momentos de sua circulação dialógica pela imagem que ele faz das relações entre oral/falado e letrado/escrito na constituição de sua escrita, de seu interlocutor e na sua própria como escrevente. Com esse trabalho de detecção e de classificação das pistas lingüísticas e de seu funcionamento no processo de escrita do escrevente, pretendo chegar à caracterização lingüística de um modo heterogêneo de constituição da escrita dos vestibulandos.

Para captar as marcas lingüísticas associadas à variação dessa representação, impõe-se um tratamento cuja necessária mobilidade permita, ao mesmo tempo, estabelecer certas propriedades desse fenômeno – para tanto, foram propostos os três eixos de circulação – e olhar para suas ocorrências particulares não como fugas a um padrão único, mas como o processo incessante de (re-)produção de padrões, ligados aos diferentes gêneros, específicos ou não da escrita. No sentido de Foucault (1971), essa (re-)produção pode ser entendida como um "comentário", que, segundo o autor, se constitui pelo "desacordo entre texto primeiro e texto segundo" e que, se, por um lado, "permite construir (e indefinidamente) discursos novos", por outro lado, tem por função "dizer enfim aquilo que estava articulado silenciosamente lá-em-baixo", ou, em outra formulação do autor, traz o "novo" não "no que é dito, mas no acontecimento de seu retorno" (*op. cit.*, pp. 27-8). A (re-)produção – como o "*comentário*" – não é, pois, repetição, mas traz o que é repetível. No caso estudado, o processo de (re-)produção está ligado, por um lado, à história da relação do sujeito com a linguagem e, por outro lado, a um momento muito particular (o evento vestibular) de manifestação do imaginário sobre a utilização de uma dada variedade (a de prestígio), um dado registro de linguagem (o formal), uma dada modalidade (a escrita) e uma dada norma (a culta), previstos na prova. Da conjunção desses dois vínculos do escrevente com a linguagem, podem advir o discurso novo ou o retorno do já-dito. Como se vê, para apreender as representações do escrevente é necessário um método que tenha mobilidade para captar o particular (a singularidade das pistas) e o geral (a especificidade do que é regular) da representação que o escrevente faz da (sua) escrita.

Acredito poder eliminar, por meio dessa escolha metodológica, tanto uma abordagem quantitativa quanto uma preocupação freqüentemente vinculada a esse tipo de abordagem: a da observação do material como produto – lugar do retorno das clássicas oposições entre padrão/desvio, regra/exceção, acerto/erro. Desse modo, embora o material analisado não permita uma verticalização da pesquisa de tal maneira que se tome o processo de desenvolvimento da escrita de cada indivíduo, a abordagem procura – a começar da caracterização precisa de um momento e de um espaço social privilegiados no que se refere à requisição da escrita como canal – determinar, pelo agrupamento de pistas lingüísticas, propriedades que permitam caracterizar, nesse momento do processo, o tipo de representação do escrevente sobre a (sua) escrita quanto à relação oral/falado e letrado/escrito e quanto à dialogia com o já falado/escrito.

O tratamento que dou ao material caracteriza, portanto, um modo de estudar o processo de escrita. Partindo de ocorrências locais de marcas lingüísticas que denunciam a divisão enunciativa do escrevente, busco reunir essas marcas em rubricas mais gerais (*regularidades*) até chegar a propriedades mais características desses textos, visando a uma abordagem mais geral do problema. Essas propriedades são definidas para os três eixos, mas, mais propriamente, para os dois primeiros, já que o terceiro, corroborando uma ou outra dessas representações na esfera do já falado/escrito-ouvido/lido, toma emprestada uma propriedade da linguagem em geral – a da heterogeneidade –, na medida em que é considerado aqui como o móvel da articulação do heterogêneo da linguagem.

Até o momento, foram feitas, portanto, duas intervenções metodológicas: uma de natureza afirmativa e uma de natureza negativa. A primeira consistiu em propor três eixos que, no processo de produção do texto, regulam a apropriação da escrita e, portanto, o próprio aparecimento das marcas lingüísticas a serem consideradas como relevantes na análise. Por sua vez, a segunda consistiu em excluir a abordagem quantitativa e o tratamento dos textos segundo dicotomias como norma/desvio, regra/exceção, acerto/erro, procurando evitar, com esse recurso, a consideração dos textos como produtos finais de um processo.

Cabe, neste ponto, dar mais determinações sobre o tipo de análise qualitativa que pretendo adotar. Como já adiantei, a metodologia, no que se refere especificamente às pistas lingüísticas a serem buscadas pela análise, sustenta-se nos estudos de Ginzburg sobre o "paradigma indiciário". O autor procura dar uma configuração mais precisa a esse procedimento milenar ao mostrar a convergência entre Morelli[7], Holmes[8] e Freud[9]:

> Nos três casos, pistas talvez infinitesimais permitem captar uma realidade mais profunda de outra forma inatingível. Pistas: mais precisamente, sintomas (no caso de Freud), indícios (no caso de Sherlock Holmes), signos pictóricos (no caso de Morelli) [...]
> Como se explica essa tripla trilogia? A resposta, à primeira vista, é muito simples. Freud era um médico; Morelli formou-se em medicina; Conan Doyle havia sido médico antes de dedicar-se à literatura. Nos três casos, entrevê-se o modelo da semiótica médica: a disciplina que permite diagnosticar as doenças inacessíveis à observação direta na base de sintomas superficiais, às vezes irrelevantes aos olhos do leigo [...]
> Mas não se trata simplesmente de coincidências biográficas. No final do século XIX – mais precisamente, na década de 1870-80 –, começou a se afirmar nas ciências humanas um paradigma indiciário baseado justamente na semiótica. Mas as suas raízes eram muito antigas (1989, pp. 150-1).

A utilização do método indiciário para a análise de textos de vestibulandos assenta-se em passos metodológicos

---

7. Morelli foi um historiador de arte italiano que utilizou, pela primeira vez, o procedimento indiciário para a atribuição correta de obras não-assinadas ou repintadas. Segundo Wind, os livros de Morelli "estão salpicados de ilustrações de dedos e orelhas, cuidadosos registros das minúcias características que traem a presença de um determinado artista, como um criminoso é traído pelas suas impressões digitais" (apud Ginzburg, 1989, pp. 144-5).

8. Da dupla Holmes–Watson, ficção de Conan Doyle que "representa o desdobramento de uma figura real: um dos professores do jovem Conan Doyle, famoso pelas suas extraordinárias capacidades diagnósticas" (Ginzburg, op. cit., p. 151).

9. Segundo Ginzburg, a leitura feita por Freud dos ensaios de Morelli representou para o jovem Freud "a proposta de um método interpretativo centrado sobre os resíduos, sobre os dados marginais, considerados reveladores" (op. cit., p. 149). Entre outras razões, porque "esses dados marginais, para Morelli, eram reveladores porque constituíam os momentos em que o controle do artista, ligado à tradição cultural, distendia-se para dar lugar a traços puramente individuais, 'que lhe escapam sem que ele se dê conta' [Morelli]. Ainda mais do que a alusão, não excepcional naquela época, a uma atividade inconsciente, impressiona a identificação do núcleo íntimo da individualidade artística com os elementos subtraídos ao controle da consciência" (id., p. 150).

pontuais já mencionados, embora não explicitados como tais. Três desses passos, ao mesmo tempo que refutam a abordagem quantitativa dos dados – segunda intervenção metodológica efetuada neste trabalho –, integram a primeira grande intervenção metodológica. Retomo-os, neste ponto, a fim de confrontá-los com o procedimento indiciário. São eles: (a) o tratamento do oral/falado e do letrado/escrito – em sua heterogeneidade – como práticas sociais intimamente ligadas entre si e inalienáveis da relação sujeito/linguagem; (b) a opção pela consideração da imagem que o sujeito faz da escrita; (c) a consideração de pistas lingüísticas (sintomas do processo de escrita) em vez do estabelecimento de categorias (generalizações que, de fora do texto, buscam evidências oferecidas pelo produto da escrita).

No que se refere ao primeiro desses três passos, considero necessário o tratamento do oral/falado e do letrado/escrito como práticas sociais, pois acredito que trabalhar simplesmente com a relação entre fatos lingüísticos entendidos de maneira estrita (relação entre o falado e o escrito), poderia acabar por reduzir a prática de escrita dos vestibulandos a mais um momento de confrontação com o código escrito institucionalizado, identificado, naturalmente, este último, à representação que conviesse ao próprio analista. Desse modo, ao mesmo tempo que evito esse risco, penso apanhar o trânsito entre as práticas sociais orais e letradas, propondo-as como constitutivas dos fatos lingüísticos do falado e do escrito e, em particular, das práticas de escrita.

Vale ressaltar, no entanto, que essa aproximação não significa uma simples sobreposição de dois fatos vistos de forma dicotômica. Trata-se, na verdade, de uma abertura para a observação da heterogeneidade constitutiva da escrita, uma vez que as práticas sociais serão captadas pelas marcas que imprimem no material lingüístico (no caso em questão, as marcas do letrado no escrito e no falado e as marcas do oral no falado e no escrito). Dito de outra maneira, defendo que, nos textos escritos, podem ser reconhecidas as marcas do que Street (1984)[10] chama um "processo social", em contraposição à intangibilidade que o autor atribui ao letramento quando tomado em si mesmo. Segundo esse autor:

> nenhum traço material serve para definir o letramento em si mesmo. É um processo social, em que tecnologias particulares, socialmente construídas, são usadas no interior de sistemas institucionais particulares para propósitos sociais específicos (*op. cit.*, p. 97).

A esse respeito, é esclarecedora também a formulação de Verón (1980) sobre a apreensão de traços lingüísticos deixados pelas condições de produção do discurso:

> *Processo de produção é apenas o nome do conjunto de traços que as condições de produção deixaram no textual, na forma de operações discursivas.* [...] um fenômeno extratextual merece o nome de condição de produção de um discurso se e somente se deixou traços no discurso (*op. cit.*, p. 106, grifo no original).

Tal postulação, embora proponha o texto como objeto empírico, não o isola de sua exterioridade:

> Essa noção de texto não pressupõe qualquer princípio de unidade ou de homogeneidade de tal objeto, muito pelo contrário, um "feixe textual" qualquer, descoberto no social, é, deste ponto de vista, *lugar de manifestação de uma multiplicidade de traços decorrentes de diferentes ordens de determinação* (*id.*, p. 107, grifo no original).

Com efeito, é no texto do vestibulando que busco os traços lingüísticos de sua circulação dialógica pelo imaginá-

---

10. Cf. também Street (1994). Nesse artigo, o autor mantém-se crítico em relação ao modelo autonomista, reafirmando sua preferência pelo *modelo "ideológico"* de letramento, segundo o qual há uma *multiplicidade de letramentos*. Para Street, o significado e os usos das práticas de letramento estão relacionados com contextos culturais específicos.

rio sobre a escrita. Nessas marcas textuais, serão apreendidos os vestígios que os processos sociais deixam no material lingüístico. Em outras palavras, busco, nessas marcas, o múltiplo cruzamento entre o escrito/falado e o letrado/oral, num modo heterogêneo de constituição que não faz mais do que registrar a relação entre língua e história.

A relação desse passo metodológico com a assunção de um paradigma indiciário está no fato de que "a localização histórica" de um modo heterogêneo de constituição da escrita é "um produto do processo de reconhecimento" (Verón, p. 119) – a exemplo do que o autor propõe acerca da *fundação* de uma disciplina. Tanto é verdade que esse "processo de reconhecimento" está contemplado no seguinte "princípio metodológico preliminar e geral", enunciado por Abaurre *et al.*, (s/d e 1995), ao assumirem uma perspectiva declaradamente indiciária:

> *Buscar explicitar, durante os vários passos de cada investigação, os critérios que nos levam a selecionar detalhes e indícios considerados relevantes para as nossas análises* (1995, p. 13, grifo no original).

Como se vê, as pistas lingüísticas não se oferecem espontaneamente ao desejo do analista. A exemplo dos caçadores, é preciso, segundo Ginzburg, "dar sentido e contexto ao traço sutil" (1991, p. 98).

No que se refere ao segundo passo metodológico mencionado, mas não explicitado, a opção pela consideração da imagem do sujeito sobre a escrita e sua relação com o paradigma indiciário é uma tentativa de dar destaque a essa representação do escrevente. Tomo, desse modo, como objeto de reflexão, a representação do escrevente sobre a escrita em lugar de projetar nos textos a representação que Gnerre (1985) caracteriza como "elaborada por minorias letradas ligadas ao poder político e econômico" (*op. cit.*, p. 34).

A influência da escrita está tão arraigada na vida diária que há quem goste de crer que os recentes avanços tecnológicos, ainda que não prescindam dela, são prenúncios de uma época da comunicação pós-escrita. Nos textos analisados, essa influência geral da escrita vem acrescida das exigências institucionais do próprio exame vestibular. Portanto, mesmo que desconsiderássemos aquela visão prospectiva e a forte exposição das pessoas à escrita que ela denota, já seria suficiente lembrar que o texto exigido no evento vestibular pressupõe, por parte dos candidatos, um contato freqüente com a escrita, durante pelo menos onze anos de escolarização. Esse dado é importante para que o analista (e também o professor) não atribua, sempre e indiscriminadamente – atento ao necessário cuidado no modo de olhar –, um caráter genuíno à representação que os escreventes fazem da escrita. Ainda mais no caso de se atentar para o importante fator da "escolarização da língua" apontado por Suassuna (1995, p. 43), processo que a autora critica como permanecendo no "procedimento dogmático e prescritivo" da "imposição do certo e errado" (*id.*, p. 32) e em que o "saber escrever a própria língua" ainda é tomado por alguns gramáticos como "parte dos deveres cívicos" (Almeida, *apud* Suassuna, *id., ibid.*) e como "excelente processo de estimular o civismo" (Cunha, *apud* Suassuna, *id.*, p. 33). Como se vê, nada é tão genuíno na representação da escrita pelos vestibulandos depois de onze anos de escolarização.

Contudo, como considero importante o contato diário (não escolarizado) que, direta ou indiretamente, as pessoas mantêm com a escrita, gostaria de enfatizar que não é apenas o ensino formal que lida com processos de letramento. A esses anos de escolarização, devem ser somadas as diferentes idades de letramento com que cada escrevente convive na história de sua experiência com a linguagem. Goody (1979) adverte, por exemplo, para o descompasso vivido pelas pessoas em função de mudanças tecnológicas:

> ... basta considerar as mudanças atuais nos países em desenvolvimento, em que a passagem do neolítico à ciência moderna se concentra no espaço de uma vida humana. Criada como

"bricoleur", a criança torna-se um engenheiro. Não sem dificuldades, que, entretanto, não se situam [no] nível de oposição global entre tipos de pensamento ou de mentalidades selvagens e domésticas, mas em um nível muito mais concreto (*op. cit.*, p. 46).

É certo, portanto, que os textos analisados são extremamente ricos no que se refere a essas histórias, não apenas linearmente contadas, mas sobrepostas umas às outras em pontos de *individuação* do escrevente no registro escrito. Por essa razão, interessa-me recuperar indícios de representações dessas experiências históricas com a linguagem, linearizadas ou não no texto, estando a cargo do método de reconhecimento reagrupá-las e explicá-las. Eis, portanto, a relação entre esse segundo passo metodológico e a assunção do método indiciário.

Quanto ao terceiro e último passo metodológico antecipado, mas não explicitado, trata-se da consideração de pistas lingüísticas em vez do estabelecimento de categorias. A esse respeito, adianto que, nas análises, utilizo a terminologia já estabelecida para diversos fenômenos lingüísticos com o objetivo de não criar, inutilmente, uma terminologia inteiramente nova e exclusiva para este trabalho. Essa economia de termos não significa, porém, uma aplicação pura e simples das categorias tais como propostas originalmente.

Caprettini (1991) faz, com precisão, a distinção entre o discurso enigmático dos sintomas e o das evidências:

> [...] a leitura implica decisões constantes, de modo a controlar a pressão dos indícios. Sabendo-se que nem tudo é relevante na apresentação [...] o problema é separar o discurso discreto e enigmático dos sintomas daquele da evidência (freqüentemente, um discurso ruidoso) (*op. cit.*, p. 151).

O autor tematiza, nesse trecho, o risco de tomar como evidente apenas o que parece ser mais visível. E está dito o que "*parece* ser mais visível" porque, mesmo em relação a essas evidências, é sempre um tipo de olhar que dirige o observador para a conclusão bem ou malsucedida. Para continuar com o autor, é ilustrativa a citação de uma fala de Sherlock Holmes dirigida a Watson: "Você não sabia para onde olhar e, assim, você perdeu o que havia de mais importante" (*id.*, *ibid.*).

É saber "para onde olhar" uma das questões fundamentais quando se adota o procedimento indiciário também para estudar o processo de escrita dos vestibulandos, observando a relação sujeito/linguagem. Não bastam, no caso de um tal estudo, as categorias com que, grosseiramente – sob o efeito de certas imagens, tornadas clichês de representações sociais da escrita –, são classificados os textos orais ou escritos tomados como produto.

A favor da interpretação de "fragmentos" indiciativos de interação e no contexto de um questionamento da projeção pura e simples das descobertas da Lingüística para a Psicolingüística, Lemos (1986) propõe:

> É através [da] interpretação constante, ou dos processos dialógicos que a traduzem, que fragmentos, informes ou restritos a uma função de índices de esquemas interacionais, ganham eficácia cognitiva e comunicativa.
>
> [...] Outra conseqüência teórico-metodológica do compromisso-trava [a autora refere-se, citando artigo de Maia (1985), ao compromisso da Psicolingüística com a Lingüística como uma trava no olho do pesquisador] é a projeção da ordem dos componentes – pragmática, semântica, sintaxe – na dimensão temporal do desenvolvimento lingüístico [...] Ela é responsável pela concepção simplista de que a chamada aquisição da pragmática é mais fácil e anterior à semântica e à sintaxe.
>
> Com isso se tem perdido de vista o modo como os papéis sociais, inscritos em cada fragmento do discurso, são gradualmente assumidos e organizados pela criança e que é desse processo que emerge a possibilidade dela se conceber, a si e ao outro, como sujeito (*op. cit.*, pp. 243 e 245).

Maia (1985), por sua vez, ao criticar os empréstimos tomados à Lingüística pela Psicolingüística, discute o tratamento da temporalidade pelos modelos lingüísticos. A autora afirma que estes, ainda que na época já fossem, em sua maioria, de caráter processual, conceptualizam os "processos lingüísticos *strictu sensu*" espacialmente, fato que:

> está longe de garantir a sua tradução automática em termos temporais: os modelos lingüísticos falam de níveis, *strata*, componentes; os modelos psicolingüísticos, desavisadamente, traduzem-nos em termos de períodos, estágios, fases (*op. cit.*, p. 102).

Na transposição, para uma dimensão temporal, de conceitos fabricados segundo uma dimensão espacial, Maia detecta, portanto, uma dificuldade em apreender "os processos temporais do comportamento". Registrando uma mudança de rumo nos empréstimos e na abordagem do tema da gênese da linguagem, então em ação, a autora mostra que o enfoque desse último tema passa a ser feito não mais a partir da "criança que começa a falar, [mas do] infante e até mesmo [do] recém-nascido" (*id., ibid.*). A abordagem processual tomada em função da temporalidade parece dever contar, portanto – como propõe Lemos ao sugerir a interpretação dos "fragmentos" indicativos –, com outros tipos de pistas lingüísticas que não as categorias espacialmente concebidas e próprias à dissecação de *corpora* projetados e planificados para um alcance processual, limitado, em geral, pelas próprias hipóteses internas dos modelos lingüísticos propostos.

Questionando diretamente o emprego de certos tipos de categorias, também Abaurre (1989) dá uma contribuição importante a esse respeito:

> Se insistirmos em analisar tais dados [os de aquisição da linguagem] postulando segmentos, categorias, constituintes imediatos e conceitos semelhantes como primitivos com os quais as crianças operariam, na melhor das hipóteses, *organizaremos e descreveremos* alguns dados, ou mesmo seremos levados pela ilusão de que é possível explicar dife-

renças e semelhanças entre *produtos* lingüísticos orais e escritos simplesmente ao compará-los em termos de segmentos, unidades e categorias tomadas como lingüisticamente significantes (*op. cit.*, p. 28, grifo no original).

É importante ressaltar as diferentes, mas convergentes, contribuições das três últimas autoras citadas. Destaco, em Lemos, a ênfase na valorização de "fragmentos" informes, indiciativos de esquemas interacionais, a partir dos quais – segundo a autora – os "papéis sociais" são gradualmente "assumidos e organizados pela criança" no processo pelo qual ela passa ao se conceber – e ao outro – como sujeito. Em Maia, a ênfase recai no aspecto da temporalidade que, segundo a autora, deve ser considerado na conceptualização do *processo* de aquisição da linguagem. Em Abaurre, no contexto de um trabalho sobre aquisição da escrita e voltado a associar o "gesto articulatório" ao "gesto gráfico" – ambos tomados como impressores de ritmo, respectivamente, na oralidade e na escrita –, a ênfase recai na natureza semiótica particular da constituição do ritmo em cada um dos casos. Esse fato leva a autora a questionar que as crianças operariam com primitivos lingüísticos postulados com base nas categorias que o lingüista propõe e utiliza em sua descrição dos fenômenos lingüísticos orais e escritos. No caso de se proceder dessa forma, admitir-se-ia que o oral e o escrito, tomados como produtos lingüísticos, seriam distinguíveis por meio dessas categorias do lingüista, tidas como universalmente aplicáveis. Um outro modo de apreender o processo de aquisição da escrita é, pois, proposto quando a autora constata a existência de um ritmo da escrita que organizaria a produção lingüística escrita. Passa, então, a considerar que a criança opera com múltiplas hipóteses sobre a organização da escrita e não simplesmente com os tais primitivos lingüísticos, os quais, embora aparentemente aptos a descreverem os produtos da linguagem, não são explicativos da relação entre sujeito e linguagem. Ora, "o uso [que as crianças] fazem de sua percepção das proeminências rítmico-entonacionais como princípios organizacionais da construção lingüística" (*id.*, p. 2) – tema do trabalho comentado – propicia que elas levantem hipóteses e determinem "pontos virtuais de segmentação" (*id.*, p. 13). Apreender as pistas lingüísticas que denunciam essas hipóteses deve ser o trabalho do analista. Essa nova atitude quanto à relação entre sujeito e linguagem é muito diferente daquela da "ilusão descritiva", que leva simplesmente a comparar "produtos escritos e orais em termos de suas similaridades e diferenças", permanecendo insensível ao fato de que "os produtos são *opacos* com respeito aos processos que subjazem a eles" (*id.*, p. 7, grifo no original).

Num contexto bastante distinto, em termos cronológicos e de formação intelectual, Ribeiro (1927), revelando sensibilidade quanto ao tratamento diferenciado proposto por William James[11] para a linguagem, tratamento então relativamente novo (vinte anos antes da publicação da obra do historiador e filólogo brasileiro), afirma:

> Toda palavra ou idéa tem o que elle [William James, "o creador do *pragmatismo*"] chama *fringe*, isto é, uma franja. Há sempre alguma cousa além das suas proprias fronteiras; exprime o que exprime, mas projecta a mais uma zona de expansão imponderável.
>
> Em geral, os technicos rigoristas, systematicos e ciosos dos seus methodos desconhecem essa verdade que devia ser elementar.
>
> Abominam as franjas.
>
> Reduzem tudo ao a + b da sua cartilha, fabricam leis inquisitoriaes e principios sem fim; das cousas e dos seres não conhecem mais que a anatomia, as formas e as illusorias apparencias.
>
> Em linguagem esse erro é commum e mesmo trivialissimo. É um excesso de objetividade que desespera. [...]
>
> Entendemos que a idéa, o pensamento paira acima desses inuteis rigores dos scientistas" (*op. cit.*, p. 8, grifos no original).

---

[11]. Filósofo norte-americano (1842-1910), liderou, juntamente com Charles S. Peirce e John Dewey, um movimento filosófico chamado *Pragmatismo*, título de uma de suas obras, publicada em 1907.

As várias reivindicações expostas quanto ao que se buscar na linguagem: *sintomas*, para Caprettini; *fragmentos* indiciativos, para Lemos; conceptualização *processual* em termos da *temporalidade*, para Maia; *pontos virtuais de segmentação*, para Abaurre; e *franjas*, para Ribeiro; mostram bem que o último dos três passos metodológicos pontuais mencionados tem diretamente a ver com a proposição de uma abordagem indiciária do material. Ou seja, a proposição de pistas lingüísticas em lugar do estabelecimento de categorias fixas e reaplicáveis a qualquer contexto é um requisito metodológico básico também quando se pretende tomar a relação oral/falado e letrado/escrito como uma circulação dialógica do escrevente pelo imaginário sobre a (sua) escrita. Na prática, essas pistas lingüísticas serão vistas como pontos de *individuação* do sujeito, expressão com a qual pretendo assinalar pontos de ruptura da cadeia discursiva que denunciam a circulação do escrevente pela imagem que ele faz da (sua) escrita, evidenciando a heterogeneidade que os (a ele e a sua escrita) constitui.

O texto e o método: para onde olhar

Nesta seção, tematizo a proposta de redação feita pelo Vestibular; mostro como foi feita a análise a partir de um texto do material e apresento os três atos de apropriação da escrita e suas marcas, para cada um dos quais exemplifico o tratamento das pistas lingüísticas.

A proposta de Redação

Com relação à proposta feita para Redação, é importante lembrar dos inúmeros *itinerários* possíveis que compõem esse acontecimento. A prova de redação faz parte da *1.ª fase* do Vestibular, mas, ao mesmo tempo, caracteriza o fim de um percurso para o candidato. É *1.º de dezembro de*

1991. Abaixo da indicação da fase e da data, o título "Redação e Questões" chama a atenção para as provas que compõem o caderno: além da redação, portanto, uma prova de conhecimentos gerais. Providências de praxe: nome e número de inscrição. Ainda na primeira página da proposta, os procedimentos a serem seguidos:

> INSTRUÇÕES PARA A REALIZAÇÃO DA PROVA
>
> **1.** Nesta prova, você deverá fazer uma redação e responder a doze questões sobre História, Geografia, Biologia, Química, Física e Matemática.
> **2.** A redação vale 50 pontos e cada uma das questões, 2,5. Logo, a prova completa vale 80 pontos.
> **3.** Você receberá dois cadernos de respostas. No caderno azul você deverá fazer sua redação. As questões deverão ser respondidas no caderno vermelho, nos espaços com os números correspondentes. (ATENÇÃO: não se esqueça de entregar *os dois* cadernos de respostas!)
> **4.** A prova deve ser feita com caneta azul ou preta.
> **5.** A duração total da prova é de *quatro horas*. Ao terminar, você poderá levar este caderno de questões.
> BOM TRABALHO!
>
> ESPERAMOS POR VOCÊ NA UNICAMP EM 1992.

Na página 2 da proposta, aparecem as orientações referentes à redação, das quais mais especificamente interessam, para este trabalho, as referentes ao TEMA A (*Violência nas tribos urbanas modernas*):

REDAÇÃO

ORIENTAÇÃO GERAL

> Há três temas sugeridos para redação. Você deve escolher um deles e desenvolvê-lo no tipo de texto indicado, segundo as instruções que se encontram na orientação dada para cada tema. Assinale no alto da página de resposta o tema escolhido.

Coletânea de textos:

- Os textos foram tirados de fontes diversas e apresentam fatos, dados, opiniões e argumentos relacionados com o tema. Eles não representam a opinião da banca examinadora: são textos como aqueles a que você está exposto na sua vida diária de leitor de jornais, revistas ou livros, e que você deve saber ler e comentar. Consulte a coletânea e utilize-a segundo as instruções específicas dadas para o tema. Não a copie.
- Ao elaborar sua redação, você poderá utilizar-se também de outras informações que julgar relevantes para o desenvolvimento do tema escolhido.

TEMA A

As sociedades ditas civilizadas vêem a violência, em especial quando organizada, como uma ameaça a seu sistema de valores. Levando em conta a coletânea abaixo, escreva uma dissertação sobre o tema: *Violência nas tribos urbanas modernas*.

1. (...) a violência é de todos e está em todos. Mesmo que o sistema judiciário contemporâneo acabe por racionalizar toda a sede de vingança que escorre pelos poros do sistema social, parece ser impossível não ter que usar a violência quando se quer liqüidá-la e é exatamente por isso que ela é interminável. Tudo leva a crer que os humanos acabam engendrando crises sacrificiais suplementares que exigem novas vítimas expiatórias para as quais se dirige todo o capital de ódio e desconfiança que uma sociedade determinada consegue pôr em movimento.

(René Girard, *A violência e o sagrado*)

2. Aqui nesta tribo ninguém quer a sua catequização
Falamos a sua língua mas não entendemos seu sermão
Nós rimos alto, bebemos e falamos palavrão
Mas não sorrimos à toa
Não sorrimos à toa
Aqui neste barco ninguém quer a sua orientação
Não temos perspectiva mas o vento nos dá a direção
A vida que vai à deriva é a nossa condução

Mas não seguimos à toa
Não seguimos à toa
(Arnaldo Antunes, *Volte para o seu lar*)

3. O Guns N'Roses, hoje com certeza a banda mais popular do mundo, entra em cena ao vivo e a cores no maior estilo rock-rebelde: palavrões cabeludos, sexo, drogas, quebra-quebra, atrasos enormes e até interrupções nos shows comprovam que os *bad boys* continuam fazendo o estilo "inimigos públicos n.º 1". Com voz rasgada, eles "descem o verbo" na disciplina, na política, nos amantes, nos vizinhos, nos críticos e na imprensa.
(Edição especial de *Top Metal Band* sobre os Guns N'Roses)

4. Mensagem não-verbal composta por uma caveira com o nome do grupo de rock ao centro:
Guns N'Roses

Policiais e pretos é isso aí
saiam do meu caminho (...)
Imigrantes e bichas
Não fazem nenhum sentido para mim (...)
Radicais e racistas
não apontem o dedo para mim
sou um garoto branco, vindo de uma cidade pequena
apenas tentando acertar as pontas
(Guns N'Roses, *One in a million*)

5. Pergunta: O tipo de som produzido por bandas como a sua não incita à violência?

Resposta: Acho que sim. Mas é uma violência que não faz mal. É um lance de rebeldia liberada aí no show, sem precisar agredir ninguém.

P: Se é assim, por que então um garoto morreu baleado no concerto que os senhores deram, em maio, na praça Charles Müller, em São Paulo?

R: Não foi a primeira vez que morreu alguém em um show de rock. Quando muita gente se reúne, pode haver alguma confusão, principalmente no Brasil. Fiquei sabendo que o garoto que morreu estava com uma machadinha. Ele, então, não foi ao show com boas intenções. Ele não estava ali para ouvir música, mas para brigar (...). Culpar o rock por uma morte é mais fácil do que achar o verdadeiro culpado.

P: E quem é o verdadeiro culpado?

R: Acho que é o País inteiro, o estado em que o País se encontra.
      (Entrevista com Max Cavalera, vocalista do grupo de rock Sepultura. *ISTOÉ SENHOR*, 9/10/1991)

6. Hoje é véspera de Natal de 1999... Apesar do medo da guerra nuclear, que ainda nos assusta, conseguimos sobreviver às freqüentes guerras entre tribos surfísticas antagônicas (...). Multidões de jovens hipertensos dedicam-se a destruir ondas que mereciam ser acariciadas pela superfície lisa de suas peles e pranchas (...). Fiscais uniformizados e armados patrulham as praias para controlar as violentas guerras entre os surfistas. Além disso, aplicam tranqüilizante nos surfistas que freqüentemente piram com a tensão do cotidiano (...). Discussões entre surfistas são decididas em combates rituais, onde a morte está sempre presente. Nas ruas das cidades imundas e perigosas, marginalizados povos primitivos que habitavam as favelas agora vagam famintos e agressivos.
      (Tito Rosemberg, Lendas e tribos: revisando o futuro. *FLUIR*, outubro 1990)

Como se pode observar pela proposta apresentada aos alunos, às exigências típicas de uma prova de vestibular – presença de examinadores, tempo limitado, espaço dividido com dezenas de concorrentes, entre outros fatores – somam-se as exigências referentes ao modo de apresentação do texto: sua adequação ao tema, à coletânea de textos e ao tipo de texto solicitado. Estas três últimas exigências, referentes especificamente a características textuais, carreiam consigo conhecimentos mais enraizados na história do escrevente, quais sejam: seu conhecimento prévio sobre o assunto e as associações que ele terá de escolher como pertinentes à sua leitura da proposta temática; sua interpretação dos textos da coletânea, inevitavelmente ligada à prática de leitura anterior; e seu grau de contato com o tipo de texto solicitado, incluindo seu maior ou menor grau de consciência a respeito do sentido que a própria forma textual carrega. Como se vê, esses conhecimentos enraizados na história do escrevente estão profundamente relacionados com a sua inserção em diferentes práticas de leitura.

Tais exigências são as condições para o acontecimento de um processo de textualização particular que canaliza um outro mais geral, ligado à história das experiências que o escrevente já teve com a linguagem. Em outras palavras, o processo de escrita do vestibulando começa muito antes do produto final levado à avaliação. Nesse sentido, é importante conceber a produção do texto como um processo[12] de textualização. A relação escrevente/texto depende, portanto, de como o escrevente se insere nesse processo, ao dar andamento a ele. Como ele dá curso ao processo, mas não

---

12. Dahlet (1994) define textualização como um dos três *níveis de operação* da produção escrita (o nível das *operações de determinação e estruturação propriamente lingüísticas*). Vale destacar o caráter processual desse nível de estruturação lingüística: "é, fundamentalmente, uma reestruturação, visto que faz com que as idéias passem de um modo de manifestação coincidente, que caracteriza o plano pré-lingüístico, ao modo de manifestação linear, que caracteriza, por definição, todo encadeamento verbal" (p. 82). No presente trabalho, esse caráter processual está ligado ao fato de que a prática de textualização não se resume à atividade de um produtor de texto que se anteciparia ao próprio texto. Assumo, pois, que o sujeito-escrevente e seu texto se constituem no processo de textualização, processo para o qual é difícil estabelecer "onde passa a fronteira entre o texto e o 'antes do texto'" (Maingueneau, 1993, p. 47). Uma tal concepção pode contribuir com novos parâmetros para a avaliação do texto na medida em que permite incluir o professor no processo de textualização de seu aluno. No espírito dessa inclusão, registro um crédito ao professor Eduardo Calil que, no minicurso "Letramento e Prática de Textualização", trabalhou com uma concepção semelhante, aplicando-a ao processo de aquisição da escrita de crianças (II Encontro sobre Língua Falada e Escrita, UFAL–Maceió, 1995).

está na sua origem, sua relação com o texto vem lingüisticamente marcada por frações de acontecimentos discursivos, as quais indicam modos coletivos – provenientes de práticas orais/faladas ou letradas/escritas – de inserir-se no processo de escrita e definem a produção particular do escrevente pelo acolhimento contraditório de saberes.

Com a noção de textualização, pretendo, pois, reforçar o deslocamento da atenção exclusivamente dirigida ao texto para a atenção dirigida ao seu produtor ou, em outras palavras, um deslocamento do produto para o processo de sua produção.

É útil explorar, para tanto, numa rápida digressão, a formulação de Bruner e Weisser (1995) quando – em seu trabalho sobre a autobiografia e suas formas e ao tratarem de narrativas espontâneas e não-escritas – dizem:

> o ato da elaboração da autobiografia, longe de ser a "vida" como está armazenada nas trevas da memória, constrói o relato de uma vida. A autobiografia [...] transforma a vida em texto, por mais implícito ou explícito que seja. É só pela textualização que podemos conhecer a vida de alguém. O processo de textualização é complexo, uma interminável interpretação e reinterpretação. Seu status textual não é, em sentido estrito, determinado exclusivamente pelo ato da fala e da escrita, mas depende dos atos da conceitualização: a criação de esquemas de interpretação pelos quais a memória semântica [aquela que serve "para a cultura dominar a mente"] dá coerência aos elementos da memória episódica [aquela que garante o acesso a eventos particulares]. A esquematização é comandada por regras de gênero e convenção cultural, que, por sua vez, impõe regras de uso lingüístico e construção narrativa (*op. cit.*, p. 149).

Dessa formulação, interessa destacar as fontes dos esquemas de interpretação, a saber, as regras de gênero e de convenção cultural. Em outras palavras, interessa perceber que as fontes que impõem ao sujeito "regras de uso lingüístico e construção narrativa" atuam desde a exterioridade do sujeito. Esta ponderação traz à discussão a relação que se estabelece entre o produtor do texto e seu produto. Trata-se – a exemplo do que Lemos (1986) sugere para a aquisição da linguagem – de assumir o texto na "história dialógica [das] formas" (*op. cit.*, p. 244), isto é, na história da atividade interpretativa que se traduz por meio do processo dialógico da interação adulto/criança (no caso dos textos dos vestibulandos, traduzida pela interação entre "convenções culturais" e escrevente). Desse modo, parece não haver lugar para uma oposição rígida entre exterior (*convenções culturais*) e interior (escrevente), uma vez que a mediação típica do diálogo, a exemplo do que acontece na aquisição da linguagem, interfere também na prática textual. Pode-se, pois, pensar uma prática particular de textualização (a chamada "produção textual") como o trânsito entre interior/exterior. É esse trânsito que constitui o texto e o escrevente desde sua exterioridade, isto é, como participantes de processos de textualização socialmente vivenciados – escritos, lidos, falados, ouvidos. Nesse sentido, a noção de processo de textualização está ligada a uma concepção de linguagem que toma o discurso como produto do interdiscurso.

A peculiaridade do tipo de tratamento proposto situa-se, portanto, no fato de encarar a prática de textualização não simplesmente como "produção textual", isto é, não simplesmente no sentido em que há um produtor de texto que, como fonte e origem do dizer, antecipa-se ao próprio texto. Com essa digressão, acredito ter firmado a idéia de que o sujeito-escrevente e seu texto constituem-se no processo de textualização.

No que se refere ao modo como atua no evento vestibular, já adiantei que o processo particular de textualização a que o escrevente se atira consiste numa troca simbólica também de tipo particular. Ela impõe, como objetos de decifração, a linguagem verbal como "código" e a escrita como "canal." É, pois, o conhecimento específico sobre a prática lingüística, tanto em sua solicitação de partida (leitura da coletânea) quanto em sua solicitação de chegada ("produção" do texto) que acaba por caracterizar a proposta do vestibular. Naturalmente, não proponho para o escrevente os simples papéis de codificador e de decodificador ligados a uma noção de código e a um conhecimento lingüístico estritos. Como se sabe, as expectativas pessoais e institucionais, ligadas tanto ao núcleo sintetizado na família quanto às exigências de adequação, sintetizadas nas normas do vestibular, são requisitos que impõem muito mais do que uma simples (de-)codificação. Ou seja, esse jogo de expectativas vem articulado a um imaginário – ele também procedente das diferentes instituições – sobre a própria prática lingüística.

Já mencionei que, no vestibular, o escrevente deve ater-se a uma dada variedade, a um dado registro, a uma dada modalidade e, portanto, a uma dada norma, cabendo a ele uma atividade, ao mesmo tempo, metalingüística ("dizer como deve ser dito", isto é, adequar seu uso de linguagem ao que ele supõe como o esperado) e fática ("tomar a palavra, mas dizer como deve ser dito", isto é, não se furtar a expressar-se, mas fazer-se compreender satisfatória e adequadamente por meio da escrita, imaginando, como critério de adequação, um lugar para o interlocutor).

Entre outras determinações – mais restritas à história individual dos escreventes, mas não menos importantes –, é nesse contexto que se dá a prática textual do vestibulando. Na impossibilidade de uma verticalização da pesquisa que se ocupasse dessas outras determinações, assumo que os aspectos mais gerais destacados são um contorno suficientemente preciso no que se refere à mobilização da imagem que o escrevente faz de si mesmo, de seu interlocutor e da (sua) escrita.

Um exemplo

Com o texto a seguir, escolhido aleatoriamente, busco exemplificar a circulação imaginária que o escrevente faz pelos três eixos que estabeleci como lugares privilegiados de observação da (sua) escrita. Destaco: com negrito, momentos em que o escrevente assume a escrita como uma possibilidade de representação integral do oral/falado (circulação pela suposta gênese da escrita); com sublinhado, momentos em que o escrevente assume a escrita como código institucionalizado; e com maiúsculas, os momentos em que o escrevente faz remissões à coletânea (ainda que não-mostradas).

Texto 0-05

VIOLÊNCIA

A VIOLÊNCIA não está se iniciando, no PAÍS, nesses tempos, já vem de muito antes, desde o descobrimento da América, **onde** exterminavam TRIBOS inteiras para levar seus metais e pedras preciosas, como o ouro e o rubi; **ou até mesmo eles próprios como escravos**.

Ela está em qualquer lugar, **desde um bom dia agressivo até** aos campos de futebol, onde sempre no final da partida ocorre BRIGAS entre as torcidas. não precisamos ir muito longe para observarmos mais exemplos de VIOLÊNCIA; nas famílias onde há irmãos; sempre acontecerá BRIGAS, geralmente por motivos sem importância ou **até mesmo** patéticas como o lugar na sala, ou que um receba mais atenção.

Por outro lado as pessoas não tem culpa, pois desde o golpe de 64, **onde** muitos foram exilados, ou torturados, e algumas desapareceram por serem prejudiciais ao governo ditador da época. **Com isso** a VIOLÊNCIA ficava mantida em cada um de nós, até que com o fim da ditadura, ela explode mais forte, e em qualquer forma, **desde** GRUPOS DE RUAS, os famosos trombadinhas, **até** a BANDAS DE ROCK.

Antes de mais nada é necessário que a população seja mais amável e que tome conciência **disso**, mas é muito difícil pois a VIOLÊNCIA já FAZ PARTE DAS PESSOAS.

Portanto sempre a existirá, pois **PARA CONTÊ-LA** NECESSITAMOS DELA.

Para não reproduzir, numa análise parágrafo a parágrafo, a segmentação temática feita pelo escrevente, proponho, inicialmente, a descrição do "esquema textual"[13] que dá base a esse texto como ponto de partida para a observação:

1º) panorama geral sobre o estado da violência (Introdução ao tema): *1º parágrafo*;

2º) delimitação de um tópico específico (a violência como inerente às pessoas e os espaços em que aparece): *2º parágrafo até a linha 6*;

– ressalva que marca o posicionamento do autor a respeito do tópico abordado (a violência no espaço doméstico): *2º parágrafo, a partir do final da linha 6*;

3º) contraposição ao tópico específico (a violência como efeito sociopolítico datado): *3º parágrafo*;

4º) reaproximação ao panorama geral exposto inicialmente por meio da generalização da relação: existência da pessoa ligada à violência: *4º e 5º parágrafos*.

Entendo por *esquema textual* a estruturação formal do texto. Essa estruturação faz parte do conhecimento lingüístico do falante/escrevente, podendo ser esse conhecimento adquirido informalmente ou em situação formal de ensino. Nos textos analisados, a freqüência com que vem repetido mostra que é um conteúdo insistentemente trabalhado pelas escolas secundárias e cursos pré-vestibulares. Por essa razão, será tomado como o *esquema textual* geral desse tipo de texto.

No caso do vestibular, portanto, o caráter de réplica, típico das situações em que alguém se submete a um avaliador, permite levantar a hipótese de que a (re-)produção do *esquema* está ligada tanto às representações sobre a instituição à qual o vestibulando se dirige como ao contato prévio com tipos de textos que apresentam uma estruturação formal semelhante à exemplificada. Considerado o tipo de texto – o dissertativo –, é bastante provável que a própria opção por esse tema/tipo de texto tenha sido feita em função do que o escrevente supõe como o tipo de texto mais fácil. Provavelmente, aquele com que teve maior contato

---

13. A expressão foi tomada de Koch & Travaglia (1990).

nos anos a que se submeteu à escolarização e, em muitos casos, até mesmo ao treino. Mas não só por razões escolares. A opção pode ter-se dado também por ser a dissertação um tipo de texto com que o escrevente tem contato em textos jornalísticos, cujo modo de exposição – entre o relato informativo (não-ficcional) e o relato argumentativo (dissertado) – freqüentemente é posto pela escola como fonte necessária de informação e, por essa via, como modelo de boa escrita.

Se, pelas razões expostas, a réplica se dá na conformação estrutural do texto – réplica mais direta à instituição[14] –, ela está presente também no jogo de perspectivas posto pelo texto. Nele, há não mais que duas grandes perspectivas, pouco discordantes, mas contrapostas: a violência na pessoa *vs.* a violência na sociedade. A presença desse par dialógico vem corroborar a hipótese de que a percepção do caráter replicador da linguagem é um dado constante nesse momento da relação entre o escrevente e a linguagem. No texto do exemplo, a utilização restrita do jogo de perspectivas (único par dialógico: violência na pessoa *vs.* violência na sociedade) pode ser atribuída, por exemplo, à pressão do tempo, à relativa dificuldade do tema e à necessidade de agrupar as posições defendidas nos seis textos da coletânea – às quais se poderiam acrescentar as inúmeras perspectivas confrontadas em cada um desses textos. Contudo, mais uma vez, o diálogo com a instituição parece sobrepor-se a todos esses fatores. Não é exagero supor que o escrevente, ao escolher aquele par dialógico, tenha dado por atendida a necessidade de frisar perspectivas em seu texto. A menção à ditadura militar é sintomática nesse aspecto. Se não bastasse contradizer a afirmação de que a violência "está em

---

14. Nesse sentido, o escrevente "está *devolvendo*, por escrito, o que a escola lhe disse, na forma como a escola lhe disse. Anula-se, pois, o sujeito. Nasce o *aluno-função*. Eis a redação" (Geraldi, 1984, p. 123). À "redação" o autor opõe o "texto", aquele tipo de produção escrita que denota que "o autor não aprendeu o jogo da escola: insiste em dizer a sua palavra" (*id., ibid.*).

qualquer lugar" – portanto, não necessariamente ligada a fatos políticos locais e dessa natureza –, a ligação entre a ditadura e o represamento da violência é muito mais um pretexto para frisar uma perspectiva supostamente crítica em relação a esse acontecimento político do que uma relação convincente que realmente suportasse a divisão – com o interlocutor – desse sentimento de violência mantido "em cada um de nós".

O *esquema textual* e o par dialógico único escolhido pelo escrevente denunciam que o caráter de réplica é um aspecto fundamental desse texto e da relação que o escrevente estabelece com a linguagem.

Numa dimensão menos visível, mas inteiramente comprometida com esse caráter replicador enfatizado pelo escrevente, é importante destacar a circulação dialógica que o escrevente faz pelos três eixos estabelecidos para observação. Cabe, pois, neste ponto, manter a hipótese da constante dialógica como um diferenciador na relação entre o escrevente e a linguagem e apurar o olhar para a captação desses três tipos de marcas dialógicas. Se há um processo de produção, nas palavras de Geraldi (1996), "a questão central é tornar visível este processo" (*op. cit.*, p. 147).

Antes de passar para a exemplificação da análise, faço um parêntese para uma observação de caráter prático. Nas análises a serem efetuadas nos capítulos seguintes, o *esquema textual* não será tratado isoladamente, mas intervirá na análise sempre que se mostrar necessário ao esclarecimento de indícios particulares, a exemplo do que irá ocorrer nas seções seguintes desta exposição.

O escrevente e a representação da gênese da escrita

Os pontos destacados em negrito correspondem a momentos em que o escrevente assume a escrita como representação integral do oral/falado, supondo-o como plasmado ao escrito. Por exemplo: no "aqui/agora" da produção do texto, elementos pragmáticos que parecem muito eloqüentes ao escrevente podem ser supostos como projetados na escrita sem, no entanto, receberem uma construção adequada. Ou seja, certos elementos das condições de produção da escrita são dramatizados no discurso interior do escrevente (incluindo gestos e entonações), sem que esse "rascunho" seja reconfigurado em termos lingüísticos.

Para evitar o olhar do gramático, sempre muito presente nos leitores escolarizados, caracterizo a representação da escrita em sua suposta gênese por meio de pistas de gestos articulatórios[15] do oral/falado em gestos gráficos do letrado/escrito. Não tomo como critério, portanto, as noções de erro ou de desvio e se, eventualmente, as pistas deixadas coincidirem com esse tipo de classificação, acredito ser frutífero o diálogo com a visão não-normativa que defendo aqui.

Ao evitar o olhar do gramático, procuro escapar também às categorias preestabelecidas do lingüista. Em seu lugar, reúno, em itens específicos e para cada eixo analisado, as pistas mais salientes em tipos, ou, como prefiro, em *regularidades* lingüísticas mais gerais. Em seguida, essas *regularidades* são projetadas – num plano de ainda maior generalidade – em *propriedades* que possibilitem a busca de características comuns aos escreventes.

A hipótese que orienta a assinalação desses pontos de emergência da gênese da escrita consiste, portanto, no que acredito ser, a escrita do vestibulando, o vestígio de uma temporalidade gráfico-sonora numa espacialidade, também ela, gráfico-sonora. Entendo por temporalidade gráfico-sonora a resolução linear do oral/falado ocorrente em tempo real e acompanhada de um grafismo típico. Com relação a esse grafismo, trata-se, mais precisamente, da sensação de movimento que, na fala, pode ser uma percepção da distin-

---

15. Estendo seu sentido estrito, ligado à articulação de segmentos sonoros e traços prosódicos, também à situação, como é o caso do gesto de "apontar falando/falar apontando", que, num sentido mais amplo, envolve um pacote de gesto e voz, ao qual chamo traço fônico-pragmático da oralidade.

tividade do som variando com a velocidade, do escalonamento de tessituras que ordena a hierarquização de sentidos ou do uso de pausas que marcam o planejamento do discurso. Considero esse tipo de percepção – do ponto de vista da produção oral – como a localização de pontos de transição, presentes no contínuo dos sons, que demarcam acomodações de gestos articulatórios. Por sua vez, entendo a espacialidade gráfico-sonora como a resolução bidimensional característica da escrita e sobre a qual se imprime uma prosódia típica. Com relação a essa prosódia típica, trata-se, mais precisamente, da sensação de movimento que, em termos gráficos, constitui-se por meio de uma "escrita ritmicamente reprodutiva" (Luria, 1988) ou que é fruto, na formulação de Abaurre, da possibilidade de conferir uma "substância fônica a um conjunto de símbolos" pelo "ato de leitura de uma forma escrita" (1990a, p. 194).

O fato é que, ao deixar esses vestígios, o escrevente evidencia um tipo de representação da gênese da escrita em que o material gráfico é tomado como um instrumento fiel de gravação da memória sonora do falado. No entanto, como se sabe, o recorte do material sonoro a ser registrado não obedece unicamente à segmentação dos fonemas. Ao estudar a escrita infantil, Silva mostra que "os critérios para a colocação dos espaços em branco entre palavras são baseados nas classes morfológicas, o que requer uma reflexão metalingüística..." (1991, p. 27). Na escrita adulta, porém, além do uso da pontuação, que marca graficamente propriedades rítmicas que vão muito além das classes morfológicas[16], há indícios de

---

16. Chacon dá determinações importantes a respeito do papel do ritmo na escrita: "Quando tratamos do papel do ritmo na organização multidimensional da linguagem [...], dissemos que o ritmo é o movimento de unidades que poderiam ser definidas temporalmente como durações e que, no campo da linguagem, se organizam formando sistemas que fazem entrecruzar-se as mais variadas dimensões lingüísticas." As intuições colhidas nos gramáticos permitem que o autor tenha corroborada sua tese de que "o ritmo opera na organização multidimensional da linguagem e que, na escrita, os sinais de pontuação, ao indiciarem o seu ritmo próprio, evidenciam que as unidades que nela se alternam definem-se por seu caráter lingüístico multidimensional." (op. cit., pp. 105-6).

que esses critérios estendem-se para outras dimensões. Basta lembrar, como exemplo, da atitude metalingüística ligada à tentativa de representação do planejamento conversacional e do jogo argumentativo prosodicamente marcado.

A propósito, o próprio escrevente, ao marcar certas *saliências* por um efeito "metadiscursivo" [17], auxilia na detecção desses indícios. É preciso – como lembra Abaurre (1994) ao estudar a escrita infantil – que se privilegie para a observação aqueles "aspectos relativos à modalidade escrita da língua que adquirem saliência [...], em diferentes momentos e pelos mais variados motivos" (*op. cit.*, p. 6).

Para sintetizar, defendo que, no texto sob análise, o escrevente tenta estender esses gestos articulatórios para o material escrito, explorando o contexto pragmático em que o diálogo com a instituição se estabelece. Dois aspectos comunicativos – o assunto e o interlocutor – destacam-se na escolha das marcas lingüísticas a serem exemplificadas a seguir.

Observem-se, por exemplo, os usos de "onde" e "até mesmo". Sua recorrência e seu modo particular de emprego são motivos suficientes para que seja investigada a *saliência* a eles assim atribuída pelo escrevente. Esses usos podem, nos contextos em que aparecem, ser vistos como procedimentos de ancoragem. Primeiro, as ocorrências de "onde":

---

17. O conceito de metadiscurso, ligado ao de heterogeneidade enunciativa, evidencia o movimento que o escrevente faz na direção de marcar as pistas lingüísticas que, em determinado momento e por diferentes razões, adquirem *saliência* em sua escrita. O conceito de *saliência*, tomado de Abaurre, tem a ver, portanto, com o efeito metadiscursivo da indiciação feita pelo escrevente. Segundo Maingueneau (1989), "a heterogeneidade enunciativa não está ligada unicamente à presença de sujeitos diversos em um mesmo enunciado; ela também pode resultar da *construção pelo locutor de níveis distintos no interior de seu próprio discurso*". Eis a concepção do autor sobre o metadiscurso: "em um enunciado, nem tudo é produzido sobre a mesma freqüência de onda: o dito é constantemente atravessável por um *metadiscurso* mais ou menos visível que manifesta um trabalho de ajustamento dos termos a um código de referência. Esta possibilidade de associar, a todo instante, na seqüência do discurso, os enunciados e seus comentários remete evidentemente à propriedade que as línguas naturais possuem de se descrever sem passar por um outro sistema semiótico. Do ponto de vista da AD, o metadiscurso do locutor apresenta um grande interesse, pois permite descobrir os 'pontos sensíveis' no modo como uma formação discursiva define sua identidade em relação à língua e ao interdiscurso" (*op. cit.*, p. 93, grifos no original).

... desde o descobrimento da América, **onde** exterminaram tribos inteiras para levar seus metais...
... desde o golpe de 64, **onde** muitos foram exilados, ou torturados...

A tentativa de ancoragem do tema num lugar argumentativo – um "onde"[18], que é tempo e lugar concomitantemente – indica, na produção do escrevente, que ele está às voltas com o domínio de certos operadores do discurso, ligados a uma prática menos afeita à do código institucionalizado. Esse emprego de "onde" pode ser tomado, portanto, como indício de um gesto articulatório (mais propriamente, indício de uma marca prosódica incidindo no operador, e que ora pode ser uma pausa, ora um escalonamento de tessitura, ora uma maior duração na vogal tônica, por exemplo) registrado apenas lexicalmente na escrita. Considero que esse uso de "onde", ao desempenhar o papel de engate das circunstâncias da enunciação com o desenvolvimento temático e com o movimento argumentativo do texto, pode, mais do que como um conector no nível frasal, ser visto como um operador discursivo típico dos usos orais menos suscetíveis ao institucionalizado para a escrita.

18. Segundo o professor Ataliba Teixeira de Castilho, há notícia de retomadas não-espaciais com "onde" em textos portugueses do século XVI. Dadas as heranças históricas do português do Brasil, ligadas ao português europeu daquele século, pode-se supor que o emprego de "onde" tenha permanecido como tal até os dias de hoje, possivelmente com uma diferença: usado em contextos orais ou, pelo menos, em contextos menos suscetíveis à influência da análise gramatical que o toma como conector em nível frasal, próprio às retomadas espaciais. É curioso que, atualmente, a *escrita culta formal* ensinada nas escolas do Brasil insiste no emprego de "onde" para as retomadas de espaço físico, inclusive com recomendações normativas explícitas sobre o assunto. Parece, pois, estar havendo um contra-senso dos gramáticos e, por meio deles, da escola em relação a esse uso. Mantive a oposição entre o uso oral menos adaptado à escolarização e o uso na escrita culta atual sobretudo para mostrar que, nos contextos não diretamente submetidos à escolarização, fica patente – na geminação de espaço e tempo – a interpretação de "onde" também como um operador argumentativo ou, como prefiro, como um ponto de ancoragem da argumentação, espécie de engate com as circunstâncias de enunciação. Parece-me que a especificidade do uso atual de "onde" está no papel de operador que ele vem assumindo. Conferir um papel semelhante (embora talvez mais sedimentado) atribuído a "agora" no trabalho de Risso sobre o português culto falado (1993).

Não se pode, porém, a partir da projeção desse gesto articulatório no gesto gráfico, supor que todas as ocorrências – em outros textos – desse uso de "onde" sejam imediatamente ligadas a uma "tentativa" de ancoragem. Pode-se, por exemplo, querer jogar, propositalmente, com um uso de "onde" que explore a geminação das dimensões espaço e tempo. Não parece ser esse o caso no exemplo dado.

Observe-se, porém, que não se trata de classificar esse uso como um erro, uma inadequação, um desvio ou qualquer coisa semelhante, mas, ao contrário, como a criação de uma posição, no discurso, para que algum aspecto comunicativo seja destacado, posição a partir da qual se pode detectar o grau de envolvimento do escrevente em relação a esses aspectos. Em vez de erro, classifico-o, portanto, como um indício do modo heterogêneo de constituição da escrita, em que o escrevente procura embutir, na lexicalização, o que na fala constituiria um pacote de gesto articulatório e engate com a situação de enunciação, embutidura que é uma tentativa de registro gráfico de traços fônico-pragmáticos (o que talvez se pudesse chamar de tentativa de registro de um gesto conversacional). Eis, nessa suposição de que o escrito pode representar tudo do falado, a imagem que o escrevente faz da escrita em sua suposta gênese.

A projeção gráfica desse gesto articulatório, exemplificada pelo uso de "onde", parece indicar, ao mesmo tempo, uma recorrência à *memória episódica*[19] do sujeito, momento que se constitui como um ponto de apoio argumentativo para que o discurso volte a fluir. É importante observar que essa ancoragem acontece em dois momentos: quando o escrevente busca situar o assunto num panorama geral e quando faz uma contraposição a um tópico específico (a violência como efeito sociopolítico). Essas localizações indicam que o tipo de relação estabelecida com o assunto abordado – momento de mostrar o domínio de um conteúdo escolarizado,

---

19. A *memória episódica* é aquela que garante o acesso a eventos particulares. Para maiores determinações, conferir Bruner & Weisser (1995, p. 149).

ora como uma questão antiga na história do país, ora como decorrência de um período determinado da política brasileira – parece ser uma das condições para a escolha de um tal recurso argumentativo.

Por sua vez, o interlocutor que o escrevente constitui no diálogo com a instituição à qual está se dirigindo – e que exige a "escrita culta formal"[20] – não o libera da representação que faz do modo oral de organização do discurso. Pelo contrário, pressiona-o à busca – no caso, nos traços fônico-pragmáticos – de saídas argumentativas convincentes, que, em seu texto, tomam o caráter de uma réplica. Embora fique bastante evidente para o analista, tal procedimento é menos diretamente controlável pelo escrevente.

Um segundo tipo de ancoragem, desta vez mais apoiada no interlocutor e menos no assunto tratado, indicia também a circulação do escrevente pelo que representa como a gênese da escrita e ocorre com "até mesmo":

> ... exterminavam tribos inteiras para levar seus metais e pedras preciosas, como o ouro e o rubi; ou **até mesmo eles próprios como escravos**...
>
> ... sempre acontecerá brigas, geralmente por motivos sem importância ou **até mesmo patéticas** como o lugar na sala, ou que um receba mais atenção...

Neste caso, ao ancorar o tema no limite de uma *escala argumentativa*[21] que imagina como o ponto-limite[22] do interlocutor, o escrevente denuncia a força da presença do interlocutor em seu texto. Melhor dizendo, essa escala opera, no texto do escrevente, como um recurso de antecipação à fala do interlocutor, portanto como uma réplica antecipada. O que há de peculiar nessa réplica é que, em ambos os

---

20. Esta classificação é de Lopes (1993).
21. A noção é de Ducrot (1981).
22. Segundo Ducrot (1981), "é essencial a *até mesmo* que a proposição em que está inserido seja utilizada como um argumento apresentado como forte, e eventualmente, em certos contextos, como decisivo" (*op. cit.*, pp. 180-1, grifo no original).

exemplos, ela mostra que o escrevente representa, em seu texto, o envolvimento entre os interlocutores, característica considerada por Chafe (1982, 1985) como definidora de textos típicos orais. Essa representação do envolvimento é, portanto, uma forte evidência de que não é apenas uma outra voz, mas, mais propriamente, uma fala que é trazida para o texto, do que se pode constatar que, nessa construção, situa-se um ponto de heterogeneidade que marca a presença de uma fala na escrita.

Desse modo, há bons indícios de que, marcado na estruturação argumentativa do texto, o escrevente está às voltas com um modo heterogêneo de constituição da escrita. O fato de haver, num texto manuscrito de vinte e três linhas, duas ocorrências do mesmo recurso é também um sintoma de que a escolha argumentativa está ligada à forte presença atribuída ao interlocutor por parte do escrevente. É relevante observar que as ocorrências aparecem em diferentes partes do texto: a primeira, no momento em que o escrevente faz o panorama geral sobre o estado da violência; e a segunda, no momento em que ele se posiciona a respeito do tópico abordado (a violência no espaço doméstico). A relevância do contexto macroestrutural em que se dá essa ancoragem no interlocutor deve-se ao fato de que, nos dois casos, trata-se de momentos do texto em que a generalidade do panorama e a circunscrição de um espaço que inclui o escrevente (mas também o interlocutor) são construídas em pontos-limite de uma escala argumentativa, fato que revela a expectativa do escrevente de abarcar todo o universo de argumentação possível projetado no interlocutor.

Se, nesse caso, a gênese da escrita é buscada pela construção do universo argumentativo em termos de pontos-limite de uma escala que se supõe hierarquicamente construída com base no interlocutor, sua verticalidade pode vir substituída pela horizontalização de possibilidades. Observem-se os exemplos seguintes em que a mesma preocupação com o universo argumentativo, ligada ao interlocutor, se repete:

> Ela está em qualquer lugar, **desde** um bom dia agressivo **até** aos campos de futebol...
> ... **desde** grupos de ruas, os famosos trombadinhas, **até** a bandas de rock...

O procedimento é o mesmo do exemplo anterior e a tentativa do escrevente é, desta vez, projetar uma percepção não-verbal na bidimensionalidade da escrita, explorando, nesses fragmentos, a horizontalidade do material gráfico como suporte de um pacote "gesto e voz" com a função de delimitar um espaço argumentativo comum, o que inclui a demarcação de lugares específicos para os interlocutores. Eis, pois, no caso anterior e no presente, duas tentativas diferentes de representar a escrita em sua suposta gênese pela marcação do envolvimento e do espaço dividido com o interlocutor e demarcado para ele. Como nos exemplos anteriores, a recorrência da estrutura "desde... até" e o tipo de registro presumido para ela comprovam a *saliência* que esse modo de demarcar o espaço argumentativo tem, nesse momento, para o escrevente.

Ainda explorando o contexto pragmático em que se estabelece o diálogo com a instituição, destaca-se um aspecto ligado à organização formal do texto, também aparecendo por duas vezes. O uso coesivo do pronome demonstrativo a ser exemplificado a seguir é típico do que Lopes (*op. cit.*) chama de *português médio*: aquele utilizado pelos meios de comunicação de massa. Observem-se as seqüências:

> ... as pessoas não tem culpa, pois desde o golpe de 64, onde muitos foram exilados, ou torturados, e algumas desapareceram por serem prejudiciais ao governo ditador da época. **Com isso** a violência ficava mantida em cada um de nós, até que com o fim da ditadura...
> Antes de mais nada é necessário que a população seja mais amável e que tome conciência **disso**...

Na comunicação de massa, a concisão desse recurso coesivo tem, à primeira vista, o papel de reduzir o tempo de leitura e o espaço da matéria. No entanto, o fato é que recorrer a paráfrases ou a outros tipos de encadeamento temático levaria a jogar com classes de equivalência, processo de significação nem sempre à mão (ao contrário do artifício anafórico), mas, principalmente, nem sempre desejado em virtude dos efeitos de sentido que uma série parafrástica pode provocar. Ligado à dêixis, o artifício anafórico atua, no entanto, no interior do texto. Esse parentesco com os dêiticos mostra que o recurso pode ser visto não só como próprio do *português médio*, como também do modo heterogêneo de constituição da escrita. No texto do vestibulando, não é nem o caráter da concisão, nem o da redução do espaço do texto, nem o da fuga a séries parafrásticas que levam ao uso do anafórico. Parece-me que essa opção está ligada, mais uma vez, a um empréstimo do modo de organização da conversação em que é freqüente a dramatização não-verbal do dito, no caso – para manter a formulação inicial –, pela projeção de um gesto. Desnecessário lembrar que o aspecto dialógico está novamente presente no uso desse recurso. O sistema dêitico sempre opera em função do eixo enunciativo "eu/tu" e seu valor mostrativo só se efetiva a partir da "instância de discurso à qual se refere", isto é, de sua contemporaneidade com a "instância de discurso que contém o indicador de pessoa" (Benveniste, 1976, pp. 279-80). Desse modo, o gesto de apontar e o gesto gráfico que o imprime na escrita são, desse ponto de vista, representações de uma única instância de discurso. Dito de outro modo, há uma fala presente na escrita do vestibulando quando ele utiliza esse recurso de coesão. No entanto, é preciso que não se entenda essa fala como interferência da oralidade na escrita. Uma tal posição estaria mais afinada com a consideração da escrita como produto, bem como com a suposição de uma pureza do oral/falado e do letrado/escrito e, na hipótese de aceitá-la, sobreviriam questões como a da correção, a da inadequação, a do desvio. Diferentemente dessa posição, assumo que a fala que está nessa escrita constitui, com a própria escrita, um tipo de enunciação, cujo processo de construção se dá justamente pela conjunção do oral/falado com o letrado/escrito.

Esse indício de um modo heterogêneo de constituição da escrita encontra respaldo sempre que se assume a escrita como um processo. É o caso da escrita infantil, sobre a qual vale a pena retomar um texto de Vigotski (1988):

> O próprio movimento da criança, seus próprios gestos, é que atribuem a função de signo ao objeto e lhe dão significado. Toda atividade representativa simbólica é plena desses gestos indicativos... (*op. cit.*, pp. 121-3).

Não surpreende, portanto, que, num estágio avançado de domínio da escrita, o vestibulando continue imerso no processo de aquisição do letrado/escrito, fato que o leva a reproduzir, para novas solicitações, procedimentos que, embora inconscientemente, já utilizou em outros momentos desse mesmo processo e para a apreensão de outras dimensões da linguagem. Um último exemplo refere-se também à organização formal do texto e marca a relação entre a prosódia, o léxico e a pontuação. Eis o exemplo:

> Portanto sempre a existirá, pois **para contê-la** necessitamos dela.

Cagliari (1992) mostra que há, na oralidade, a possibilidade de substituir a lexicalização pela prosódia. Mostra, ainda, que o recurso à prosódia é mais comum na "linguagem oral mais espontânea" do que na "fala mais formal" (*op. cit.*, p. 55). É importante lembrar também que, embora a prosódia só apareça na escrita por meio da articulação com outros planos, por exemplo, o próprio léxico ou a sintaxe, ela é, em alguma medida, recuperável nos enunciados escritos e não pode ser vista, portanto, como exclusiva dos enunciados falados. Também os sinais de pontuação buscam representar a percepção acústica dos enunciados (percepção mais analógica – icônica – do que digital). Há, pois, tanto pela articulação entre os vários planos lingüísticos (por exemplo, entre dimensão sonora da linguagem, léxico, sintaxe) como pela utilização dos sinais gráficos de pontuação, indícios de que, por vezes, a enunciação pela escrita permite substituir determinados itens lexicais. Conclui-se, portanto, que esse fato não ocorre, obviamente, como na oralidade. No entanto, pelo menos o condicionamento estilístico (variação quanto ao grau de espontaneidade) desse tipo de substituição pode ser pensado como pertinente também para a escrita, fato que prefiro interpretar como um exemplo de representação que, ao aproximar a fala da escrita, o escrevente faz da gênese da escrita.

No exemplo em questão, o escrevente não se utiliza da iconicidade dos sinais de pontuação, mas imprime o gesto articulatório (no caso, a pausa) próprio da "unidade incluída" (Quirk *et al.*, 1985) apenas no caráter linear da escrita. A expressão destacada em negrito não recebe, portanto, explicitamente a marca de uma "unidade incluída". A expectativa de marcação da pausa é frustrada, portanto, pela simples pressuposição da prosódia adequada.

A propósito, é útil observar o que Chacon afirma a respeito da seguinte afirmação de Catach: "a ruptura da ordem das palavras [...] é mais reveladora, na oralidade, da carga afetiva e comunicativa da mensagem" (*apud* Chacon, 1998, p. 161). Comentando essa afirmação, o autor conclui que "a pontuação, ao mesmo tempo que atua sobre uma sintaxe típica da escrita, imputa à escrita um movimento que pode aproximá-la do fluxo verbal característico da oralidade" (*id., ibid.*). A conclusão parece verdadeira não só em relação à marcação da pontuação como também em relação a sua ausência. Portanto, a ausência da pontuação no trecho em questão não significa que o escrevente esteja mais longe do fluxo da oralidade, mas parece mostrar que o escrevente deixa no ar o gesto articulatório do oral/falado, supondo-o como já graficamente impresso. Na verdade, observando-se a inconsistência do escrevente quanto à marcação de unidades incluídas – inconsistência exemplificada já na linha 1 quando o escrevente pontua uma unidade incluída com função circunstancializadora: "... nesses tempos..." –, chega-se à conclusão de que essa inconsistência apanha um momento do processo de aquisição da pontuação. Ao mesmo tempo, revela uma constituição heterogênea da escrita, que, como tal, permite substituir a pontuação pela prosódia, embora naturalmente ela só seja recuperada pela possibilidade de se atribuir uma *substância fônica* à *forma escrita*. O apagamento gráfico dessa *substância* é, no caso, uma evidência a mais de que a ausência de pontuação indicia uma relação dialógica de alçamento de um gesto articulatório (desta vez, por meio de um silenciamento gráfico que supõe uma substância fônica) na direção de um interlocutor tomado como fisicamente presente na enunciação escrita.

O escrevente e a representação da escrita como código institucionalizado

No texto tomado para exemplo, sublinhei as partes em que o escrevente assume a escrita como código institucionalizado. É importante lembrar que não defendo, com essa expressão, que a escrita se reduza a um código (a uma tecnologia), nem que seja institucionalizada unicamente pela escola, ainda que admita que seja essa, talvez, dentre as representações da escrita socialmente construídas, a mais consensual.

É, pois, importante evitar que se tome "institucionalizado" como sinônimo de "escolarizado". O processo de institucionalização de um código escrito tem, atualmente, na escola uma das instituições (re)produtoras mais fortes, mas a dinâmica dessa institucionalização nem sempre se restringiu a ela (lembre-se do papel da Igreja e das religiões, em geral) e permanece presente não só em outras instituições chamadas não-semiológicas, como também na própria língua (considere-se o embate entre variedades lingüísticas para a constituição de uma norma de prestígio) e no discurso (mesmo os não-estabilizados em uma instituição específica não cessam, ainda assim, de comentar o uso da língua). Observe-se que, quando menciono o discurso, penso nos discursos sociais que se materializam em suas manifestações históricas, orais ou escritas.

No limite, portanto, o código institucionalizado não precisaria ser escrito, como é o caso de certas línguas sem escrita, em que um estilo falado dotado de prestígio serve como um tipo de referencial para o grupo. Segundo Vachek, esse estilo funciona "em algumas comunidades lingüísticas [...] como um tipo de vínculo lingüístico de grupos étnicos menores, dialetalmente mais diferenciados; em outras é um meio de culto religioso ou é usado quando da memorização de tradições históricas, leis tribais, mitos etc.". E, mencionando uma ironia de Householder: "esse estilo oral em tais comunidades lingüísticas executa uma função análoga àquela da Académie Française" (1989 [1974], p. 32)[23].

Novamente estou falando de imaginário. Na tradição escolar de sociedades como a brasileira, esse imaginário toma como referência a *escrita culta formal*. Trata-se, para essa tradição escolar, da escrita socialmente reconhecida como sendo de tal modo normatizada que as marcas do oral/falado que eventualmente nela possam aparecer são vistas como desvios do instituído e, por isso, como devendo ser tomadas como lhe sendo totalmente exteriores. Reafirmando minha posição, porém, não atribuo a imagem sobre o código escrito institucionalizado apenas à escolarização da língua, uma vez que não identifico letramento a alfabetização (esta, no Brasil, em geral, realizada na escola), mas a um processo lingüístico e social (não apenas escolar) em que as diversas práticas letradas/escritas estão inseparavelmente ligadas entre si e convivem com as do oral/falado.

Sem outras especificações, mantenho, portanto, a denominação de código escrito institucionalizado para o segundo eixo proposto, a fim de captar a imagem que o escrevente faz do institucionalizado para a (sua) escrita. Mantendo também as ressalvas já feitas, é importante reconhecer, porém, que, neste trabalho, o material utilizado para análise está

---

23. Uma observação de ordem bibliográfica: no caso desta coletânea, publicada em 1989, todas as citações obedecerão ao ano da compilação (1989), seguido do ano da publicação original de cada artigo: (1989 [ano tal]).

francamente caracterizado, com suas falhas e virtudes, pelo processo de escolarização formal. Por essa razão, em muitas análises, faço menções explícitas à escola ou referências à *escrita culta formal*, tal como ela é pensada na escola.

O primeiro fragmento em destaque no exemplo:

> Ela está em qualquer lugar, desde um bom dia agressivo <u>até aos campos de futebol</u>...

é um caso típico que o olhar do gramático consideraria simplesmente como uma incorreção quanto à regência. A percepção do escrevente, porém, parece seguir outra direção. Sabendo, provavelmente, que, na *escrita culta formal*, os verbos de movimento são regidos pela preposição "a", o escrevente, tendo presente a estrutura "ir de X a Y", omite o verbo e mantém a regência. Ou seja, ainda que omitindo esse verbo no segundo sintagma verbal dos dois coordenados ("*está* em qualquer lugar, [*vai*] desde um bom dia agressivo até aos campos de futebol"), mantém a que seria a regência original. A reduplicação da preposição ("até" e "a") parece dever-se ao uso de uma segunda estrutura interferente em razão da omissão do verbo: "desde... *até*", reduplicação que resulta na substituição de "ir de X *a* Y" por "desde X *até a* Y". Como se pode observar, é mais a exploração do domínio de uma regência típica do código escrito institucionalizado (ir de X *a* Y) e não a falta absoluta de qualquer noção a esse respeito que está levando o escrevente à hipercorreção, marcada, no caso, pela reduplicação. É interessante destacar, ainda, que o escrevente é consistente com sua hipótese, pois volta a explorar a mesma reduplicação:

> ... ela explode mais forte, e em qualquer forma, desde grupos de ruas, os famosos trombadinhas, <u>até a bandas de rock.</u>

Neste exemplo, o escrevente mobiliza (mas novamente para omitir) o verbo "ir", desta vez como introdutor de uma subordinação com gerúndio: "em qualquer forma, [indo de X a Y]". Novamente parece estar atuando a estrutura interferente "desde... *até*" sobre a estrutura "indo de X *a* Y", resultando: "desde X *até a* Y".

O fato de, nos dois exemplos, a reduplicação ser redundante indicia que o escrevente distingue a regência como uma das marcas do padrão formal ao qual imagina estar rigorosamente servindo. A *saliência* que a reduplicação da preposição ganha pode indicar, portanto, que a regência é um ponto nevrálgico do alçamento (tradução?) que o escrevente busca fazer de sua variedade lingüística para o código escrito institucionalizado. Para mais um indício de sua importância, comento o trecho abaixo, também do mesmo texto:

> ... com o fim da ditadura, ela explode mais forte, e *em qualquer forma*...

em que a opção do escrevente fica entre a recusa de uma formulação mais simples, como: "explode... de qualquer forma" (que traz a imprecisão do sentido de "qualquer": como determinante indefinido ou como adjetivo, sinônimo de "diferente", isto é, "explode... de diferentes formas"), e a falta de domínio produtivo de uma formulação talvez mais precisa, como: "explode... sob qualquer forma". No contrapasso, o escrevente opta por "em... qualquer forma". Como se vê, há uma hipótese bastante complexa que pode perfeitamente ter orientado essa escolha do escrevente, embora um olhar mais ligeiro talvez se contentasse em atribuir não mais que uma inadequação da regência. Trata-se da hipótese da ambigüidade que o uso da preposição "de" acaba por produzir no determinante/adjetivo "qualquer". Da opção por "em... qualquer forma" interessa destacar o ponto nevrálgico que a regência denuncia, pois nela fica patente a expectativa do escrevente de se lançar no processo de textualização por meio do que supõe como institucionalizado para a (sua) escrita.

O efeito resultante dessa busca de alçamento mostra o caráter de prática social que os fatos lingüísticos assumem quando tomados no seu processo de textualização. Assim, o letrado/escrito praticado, precisamente ao registrar a tentativa de alçamento ao suposto como institucionalizado para a escrita, evidencia que o escrevente não ocupa esse lugar e faz soar sua voz a partir de outras práticas sociais, fato que situa seu texto num modo heterogêneo de constituição da escrita.

Um outro caso interessante a ser tratado é o da concordância. Observem-se as partes destacadas abaixo:

> ... sempre no final da partida <u>ocorre brigas</u> entre as torcidas. Não precisamos ir muito longe para observarmos mais exemplos de violência; nas famílias onde há irmãos; sempre <u>acontecerá brigas</u>...

Pode-se dizer que essa é uma seqüência lingüística que busca marcar-se por um registro mais formal de linguagem. Observe-se, por exemplo, a escolha do verbo "haver" no sentido de "existir", quase que excluído da fala distensa, em que normalmente é substituído por "ter". É digna de nota, ainda, a escolha do futuro do presente na flexão do verbo "acontecer", também uma escolha que recusa a locução "ir + verbo principal" ["... sempre + VAI + acontecer brigas..."], comum na fala distensa. Ao lado dessas escolhas mais formais, porém, aparece uma passagem em estilo distenso de linguagem, própria dos gêneros falados informais: os verbos "ocorrer" e "acontecer" não concordam[24] com o sujeito "brigas". Para não fugir ao critério de tratar localmente esses pontos salientes do processo de escrita do vestibulando, é interessante notar, porém, que o esforço de conseguir um registro formal (desta vez, pela impessoalização dos verbos

---

24. Segundo Pezatti (1993), "o português falado é um sistema de ergatividade cindida, motivada por dois fatores: a natureza semântica do verbo [no caso, verbos existenciais de um lugar]... e, conseqüentemente, a natureza do SN [ou seja, grau de animacidade que caracteriza o sintagma nominal; no caso, um não-animado = 'brigas'] que o acompanha" (*op. cit.*, p. 169), possibilitando, nessas condições, construções como as do tipo acima exemplificado, que se caracterizam por ter "o único argumento ['brigas'] do verbo intransitivo existencial ['ocorre ou acontecerá'] [...] com os mesmos traços do objeto transitivo..." (*id.*, pp. 176-7).

"ocorrer" e "acontecer") produziu um efeito indesejado (a falta de concordância). Em outras palavras, o caráter impessoal do verbo "haver" pode ter provocado, por contigüidade, a opção pela não-flexão dos verbos, num movimento local de assimilação. Esse exemplo mostra bem como os eixos de circulação imaginária, operatoriamente separados na análise, atuam de maneira integrada na prática da escrita. Enquanto efeito resultante – visto, portanto, como produto –, esse trecho parece denunciar uma representação da constituição da escrita em sua suposta gênese (o escrevente reproduz o que ocorre em muitas variedades do português do Brasil, a saber, plural não redundante com sujeito posposto). No entanto, do ponto de vista do processo[25] de textualização que o constitui (a impessoalidade do verbo "haver", tomada como forma e modelo de alçamento), ele segue a lógica de um imaginário sobre a escrita institucionalizada.

Uma outra tentativa de alçamento ao código escrito institucionalizado volta a acontecer num trecho já comentado por ocasião da circulação do escrevente pela representação que faz da escrita em sua suposta gênese. Trata-se do fragmento:

... até mesmo <u>patéticas</u>...

Se, na análise do primeiro eixo, a primeira parte desse fragmento foi analisada como uma forma de explorar o

---

25. Supondo, por exemplo, que, nesse caso, o escrevente fizesse a concordância padrão, haveria um dado relevante a menos a considerar, mas, ainda assim, poder-se-ia falar da constituição heterogênea desse texto considerando outros dados. Desse modo, especulando sobre esse dado em relação a ele mesmo, considero que, nesse texto, a falta de concordância constitui um dado relevante justamente pelo movimento local de assimilação, ou seja, o próprio processar-se da escrita (no qual há o encontro com e a assimilação da impessoalidade do verbo "haver") permite destacar esse dado como um ponto de *individuação*. É significativo, portanto, que a *individuação* atue na direção do código escrito institucionalizado. Inversamente, se a concordância padrão tivesse ocorrido, nada de surpreendente haveria para ser destacado no processar-se da escrita. É evidente que, também nesse caso, o modelo do código escrito institucionalizado estaria agindo, mas o dado não seria um dado relevante, uma vez que o processo de escrita não teria a revelar nada mais do que o próprio produto da escrita já revelaria.

universo argumentativo imaginado para o interlocutor por meio do uso de "até mesmo X", no caso presente, é pertinente a observação do adjetivo "patéticas". O procedimento que leva a essa escolha lexical é novamente perfeitamente adequado, o que se pode constatar ao estender-se o contexto lingüístico em que ela aparece:

> ... sempre acontecerá brigas, geralmente por motivos sem importância ou até mesmo *patéticas*, como...

Merece particular destaque o fato de que esse item lexical foi trazido depois de uma reelaboração, marcada pela conjunção "ou". A reelaboração, que incide sobre o sintagma adjetivo "sem importância", tem, nesse caso, o papel de re-situar o sintagma num nível mais alto de uma escala argumentativa. O procedimento é, nesse sentido, executado com êxito. No entanto, a escolha lexical feita pelo escrevente constitui-se mais no indício de uma tentativa de se alçar à *escrita culta formal* do que num uso propriamente formal desse item lexical, uma vez que o escrevente recorre a um uso ainda não-dicionarizado do adjetivo "patético", a saber, com o sentido de "ridículo"; "mesquinho"; "absurdo"[26]. Em termos lexicais, este sentido, apreensível justamente em virtude da reelaboração de "sem importância" para um ponto-limite ("até mesmo X") da escala argumentativa, resulta – por esse mecanismo de construção textual – numa espécie de superlativo, delineando uma interpretação previsível para o termo escolhido "patéticas". Como se vê, o recurso utilizado pelo escrevente é bastante mais sofisticado do que simplesmente o da escolha lexical. Curiosamente, é

---

26. O *Dicionário Aurélio eletrônico* (1994) não traz nenhuma dessas acepções, contemplando apenas: "que comove a alma, despertando um sentimento de piedade ou tristeza; confrangedor; tocante"; ou: "que revela forte emoção; apaixonado"; ou ainda: "trágico, sinistro, cruel". O *Dicionário escolar das dificuldades da língua portuguesa* (1968), de Cândido Jucá (Filho), também não contempla aquelas acepções, incluindo, porém, outras: "enérgico, expressivo, tocante, veemente, comovente; afetuoso, sentimental". Faltam aquelas acepções também no *Dicionário eletrônico Houaiss da língua portuguesa* (2002).

a escolha lexical que denuncia a expectativa do escrevente de se alçar (e a seu texto) ao que atribui como domínio do escrito código institucionalizado. É importante destacar que esse aspecto lingüístico – saliente para o escrevente – vem sob a moldura da marca de reelaboração, fato que vem corroborar a hipótese de Abaurre (1994) de que o procedimento de reelaboração parece "constituir-se em espaço privilegiado para a observação dos aspectos relativos à modalidade escrita da língua que adquirem saliência" (*op. cit.*, p. 6).

No fragmento abaixo, a imagem que o escrevente faz sobre a posição que seu interlocutor ocupa em relação à língua – a região mais culta e formal – interfere novamente, desta vez na escolha do operador textual:

> <u>Por outro lado</u> as pessoas não tem culpa, pois desde o golpe de 64, onde muitos foram exilados, ou torturados, e algumas desapareceram por serem prejudiciais ao governo ditador da época. Com isso a violência ficava mantida em cada um de nós...

Como disse ao tratar do *esquema textual* (re-)produzido nesse texto, a uma delimitação de um tópico específico (a violência como inerente às pessoas e os espaços em que aparece) contrapõe-se um outro tópico (a violência como efeito sociopolítico datado). O operador textual assinalado aparece no momento dessa contraposição e tem o papel de estabelecer um jogo entre perspectivas. Reduzido a não mais que duas, tal jogo é recorrente nesse *esquema textual* e é normalmente reproduzido por uma grande quantidade de textos. Os meios de comunicação de massa – tomados, em geral, pela escola e pelos alunos como modelos de boa escrita – exemplificam esse jogo de duas perspectivas quando procuram mostrar isenção, apresentando duas (e somente duas) versões dos fatos: a de *um lado* e a d*o outro lado*.

É verdade que esse uso de "por outro lado" parece reproduzir uma parte de um *esquema textual* culturalmente assimilado e suposto como próprio para o bom desempenho no vestibular. No entanto, por ser a dissertação um dos tipos de texto mais discutidos na escola (especialmente nos cursos preparatórios para o vestibular), é mais provável que muitos alunos tenham acesso a modelos desse *esquema* como forma de memorizá-lo. Como se sabe, diferentemente da simples repetição escolar, a sua assimilação informal é fruto de uma aquisição gradativa, não normativa, que envolve um conhecimento não apenas lingüístico e se dá como produto do contato com vários gêneros.

Dialogando com o código institucionalizado, o uso de "por outro lado" fica, pois, prejudicado por essa quase autoemissão do *esquema textual*. Não aparecendo, nos termos já citados de Geraldi, a palavra do aluno, ele próprio desobriga-se de construir o paralelismo estrutural que esse operador pressupõe. Por essa razão, esse "outro lado" dialoga difusamente não só com o conteúdo delimitado como tópico específico em seu texto, mas também com o próprio esquema que deu origem ao uso desse operador. Mais do que uma estruturação articulada em seu próprio texto, "por outro lado" indicia, portanto, a migração de um modelo para o domínio da textualização do vestibulando, marcando graficamente um aspecto de seu imaginário sobre o código institucionalizado.

A *saliência* que a (re-)produção do *esquema textual* tem para o escrevente é evidenciada também pela repetição do mesmo procedimento no final do texto. Mesmo a respeito de um tema sobre o qual as conclusões estão muito longe de ser definitivas – fato comprovado não só pela diversidade de pontos de vista presentes na coletânea, mas, sobretudo, pela conclusão parcial do escrevente em relação à discussão desenvolvida em seu próprio texto –, a (re-)produção do *esquema textual* impõe-se ao escrevente:

> <u>Portanto</u> sempre a existirá, pois para contê-la necessitamos dela.

Um último exemplo é o emprego do pronome em destaque:

Portanto <u>sempre a existirá</u>, pois para contê-la necessitamos dela.

Há, nesse caso, dois traços fundamentais que marcam a imagem que o escrevente faz da escrita: o próprio uso do clítico e sua inserção como complemento de verbo que não exige complemento.

No que se refere ao uso do clítico, Duarte (1989) lança e confirma a hipótese de que, na realização do objeto direto correferente com um SN mencionado no discurso, *o clítico acusativo de 3.ª pessoa* vem sendo substituído, no português falado do Brasil (a pesquisa restringe-se à fala de São Paulo), "por SNs anafóricos (forma plena do SN correferente com outro SN previamente mencionado) ou por uma categoria vazia (objeto nulo)" (*op. cit.,* p. 19). Os resultados de sua pesquisa mostram que, do ponto de vista do condicionamento lingüístico de natureza sintática, o uso da categoria vazia, em estruturas simples, supera sua realização fonológica. Por sua vez, quando se tem em vista o condicionamento lingüístico de natureza semântica, a preferência pela categoria vazia recai sobre os objetos com antecedentes [-animado]. No que se refere aos condicionamentos sociais da escolaridade e da faixa etária, o clítico é uma variante da realização do SN anafórico com *"ausência absoluta na fala dos jovens,* enquanto para os demais grupos [de 22 a 33 anos, de 34 a 46 anos e acima de 46 anos] seu uso *cresce ligeiramente* com o nível de escolaridade" (*id.,* p. 27, grifo meu). A autora conclui que "a categoria vazia objeto se encontra implementada no sistema lingüístico" e que "sua ocorrência em artigos de jornais e revistas, na literatura e em traduções, em contextos que não têm a intenção de reproduzir a língua falada, atesta isso e distingue o português do Brasil das suas línguas irmãs" (*id.,* p. 32).

No exemplo acima, há, do ponto de vista lingüístico, uma estrutura sintática simples, um "objeto" com antecedente [-animado] – a violência –, estamos diante de um texto de um jovem que não ultrapassa a casa dos vinte anos, com escolaridade média. Respaldado pela pesquisa de Duarte, poderia dizer que todos esses condicionamentos mais seu uso corrente também em textos escritos levariam a esperar a "categoria vazia objeto".

A frustração dessa expectativa, ao lado do fato de que o verbo não exigiria mesmo complemento algum, mostra que o escrevente usa o clítico em função da imagem que faz do código escrito institucionalizado, cunhando, pela negação do que ele próprio usa em sua fala, em vez da pureza buscada, um cruzamento com o falado, evidenciando uma escrita heterogênea.

Outras observações poderiam ser feitas a respeito desse tipo de circulação imaginária do escrevente. Escolhi as pistas que considerei mais salientes. A hipótese que permite reuni-las em um eixo particular de circulação dialógica sustenta-se no fato de que elas indiciam – para retomar Lemos – "fragmentos de interação", no caso, preferencialmente, com o interlocutor representado, a própria universidade.

O escrevente e a dialogia com o já falado/escrito

Uma objeção quanto ao estudo da relação do texto com o já falado/escrito poderia constituir-se no fato de que todo o texto – e não apenas as partes destacadas em maiúsculas – pode ser considerado como produto do já-dito. Uma tal consideração, ligada à vinculação do discurso ao interdiscurso, não está descartada da abordagem que dou aos textos. No entanto, ao buscar a relação com o já falado/escrito, a expectativa é chegar às pistas que denunciem – para usar uma expressão de Authier-Revuz – "uma negociação com as forças centrífugas, de desagregação, da heterogeneidade constitutiva" (*op. cit.*, p. 33), ou seja, é buscar pistas da "heterogeneidade mostrada".

Considerada a circunscrição do evento vestibular, a análise dos textos quanto à dialogia com o já falado/escrito leva em conta também o confronto com os fragmentos da coletânea. Esse procedimento mostrou-se necessário, uma vez que a utilização da coletânea é uma exigência dessa prova, mas – como ressalvam as instruções do exame – não deve haver cópia dos textos como um recurso para o desenvolvimento temático. Em virtude dessa ressalva, muitos estudantes deixam de dar uma forma mostrada às remissões à coletânea. Para detectá-las, optei por anotar, texto por texto, os empréstimos tomados, ainda que não-mostrados (conferir, no exemplo, as expressões escritas em letras maiúsculas). Antecipo, de antemão, que, nesse exemplo, o escrevente não marca, explicitamente, em nenhum momento, sua escrita como relacionada com o já falado/escrito, fato que, por si, já é revelador não só de sua relação com a escrita, mas de sua própria relação com a linguagem.

Para que se tenha uma idéia da remissão ao já falado/escrito, é interessante retomar o tema proposto para a redação:

> As sociedades ditas civilizadas vêem a violência, em especial quando organizada, como uma ameaça a seu sistema de valores. Levando em conta a coletânea abaixo, escreva uma dissertação sobre o tema: *Violência nas tribos urbanas modernas.*

O título escolhido pelo candidato foi "Violência". Parece haver, já nessa escolha, a interferência da própria proposta temática e também de um dos textos da coletânea – o primeiro – ou, melhor dizendo, de um fragmento do texto de René Girard, mais propriamente o seu primeiro enunciado: "A violência é de todos e está em todos." A interferência desse primeiro texto se faz notar não só no título, mas também nos dois últimos parágrafos do texto do vestibulando; no penúltimo, com: *faz parte das pessoas* (em que o escrevente tenta uma paráfrase do enunciado de Girard acima citado); e no último, com: *para contê-la necessitamos dela* (em que o escrevente tenta uma paráfrase de um outro enunciado de Girard: "parece ser impossível não ter que usar a violência quando se quer liquidá-la e é exatamente por isso que ela é interminável"). Essas são as duas tentativas mais claras de parafrasear a coletânea, feitas pelo escrevente.

Tendo em vista ainda o primeiro enunciado do primeiro texto da coletânea ("A violência é de todos e está em todos"), pode-se observar como o escrevente delineou sua abordagem do tema. A partir dele, o escrevente parece autorizar-se a fazer uma abordagem geral do tema, omitindo a informação da proposta temática, que solicitava a abordagem da violência "quando organizada", mais especificamente nas "tribos urbanas". Para não ir além do uso da palavra "violência", contam-se quatro ocorrências distribuídas em cada uma das partes do *esquema textual,* sem considerar o título e as retomadas coesivas durante todo o texto. Embora não seja surpreendente que o vestibulando queira responder ao tema proposto e que, por isso, considere necessário retomar essa palavra-chave por todo o texto, a leitura de outras redações mostra que essa repetição nem sempre corresponde à desejada adequação ao tema. É, de certo modo, o que se vê no texto em questão, em que a manutenção temática fica cumprida como reiteração, mas não propriamente como desenvolvimento temático, que, pelo próprio fato de sua continuidade, dispensaria a repetição da palavra por meio de colagem da coletânea.

No entanto, não estou preocupado em avaliar em que medida o escrevente desenvolveu o tema proposto. Interessa destacar, ao contrário, o diálogo mantido com o material proposto para leitura e o modo pelo qual o escrevente o enquadrou no seu universo de referências sobre o assunto, enquadramento revelado pelas remissões que esse processo de textualização deixa aflorar.

Portanto, no que se refere à coletânea, o quadro de leitura que levou à busca de *fatos, dados, opiniões e argumentos* – conforme o recomendado nas instruções da prova – parece ter-se orientado pelo critério da generalidade. Mas é pouco reconhecer esse caráter de generalização. As pistas que o texto fornece são bastante eloquentes no que se refere ao tipo de apropriação do material proposto na coletânea. É, na verdade, o universo muito particular da história pessoal do escrevente que parece estar contando. Esse fato é facilmente observável pelo tipo de aproveitamento dos textos.

Note-se que todas as assinalações (com exceção da palavra "briga") são produto de colagem lexical da coletânea para o texto. É interessante, pois, que se busque a caracterização de uma marca pessoal nesse texto que, em tudo, parece tratar de generalizações, mesmo no que se refere a utilizar-se de uma reprodução de um *esquema textual*. Quanto a este, em particular, já foi salientado que sua própria estrutura prevê um momento no qual o escrevente deve fazer uma ressalva que o coloque em relação direta com o tema. O texto sob análise não foge à regra, como mostra a parte do *esquema textual* que se segue, em que assinalo, com itálico, as expressões que põem o escrevente em relação com o tema: *"Não precisamos ir muito longe* para observarmos mais exemplos de violência; *nas famílias* onde há *irmãos*; sempre acontecerá *brigas*, geralmente por motivos sem importância ou até mesmo patéticas, como *o lugar na sala*, ou que *um receba mais atenção.*"

Contudo, acredito não ser esse o trecho em que se pode detectar, com mais clareza, uma marca efetiva – não-induzida pelo *esquema textual* – da representação que o escrevente faz de si mesmo. Para se ter uma noção mais precisa dessa representação pessoal, relacionada especificamente com o já falado/escrito, é preciso observar o modo pelo qual o escrevente retoma as informações da coletânea. Observe-se, por exemplo, como o escrevente explica a expressão "grupos de ruas", retomada da coletânea:

... desde GRUPOS DE RUAS, os famosos trombadinhas, até...

Como ficou dito, na época desse vestibular, apenas começavam a ser noticiadas em veículos menos especializados – ao contrário da circulação de *fanzines* especializados, ligados a diferentes grupos de jovens – a atuação das "tribos urbanas", fato que parece ter criado uma dificuldade adicional para a atribuição de um sentido preciso a essa expressão. A interpretação desliza, portanto, por uma série parafrástica do universo de representação do escrevente, levando-o a identificar "grupos de ruas" (ou "tribos urbanas") com "os famosos trombadinhas", dado de realidade então bastante presente nos jornais de maior circulação, bem como na TV. A anteposição do adjetivo "famosos" mostra o efeito expressivo buscado: tentativa de dar uma margem de obviedade à explicação (embora incerta) dada a "grupos de ruas" e, ao mesmo tempo, de ampará-la no já falado/escrito sobre o assunto.

Recurso semelhante é utilizado pela referência à história do Brasil:

> ... onde exterminam TRIBOS inteiras para levar seus metais e pedras preciosas...

A palavra "tribos", tomada do tema, aparece, nessa parte do panorama geral previsto pelo *esquema textual*, a título de presentificação de uma virtualidade mnemônica ligada à escolarização do escrevente. De fato, o apanhado histórico previsto pelo *esquema* leva a atualizar a palavra "tribo" desse modo. No entanto, parece estar ocorrendo, mais uma vez, nova busca, por parte do escrevente, de apoio no já falado/escrito, como forma de situar, no seu universo pessoal, um tema – o das "tribos urbanas" – ainda não identificado como parte desse universo. Dada a ocasião oportuna de resposta, pode parecer ao escrevente que a referência histórica traga a vantagem de situar seu dizer no âmbito do universo de escolarização, aquele mesmo que o escrevente supõe como favorecedor da mobilização desse tipo de conhecimento.

Uma outra interessante apropriação das referências colhidas nos textos da prova volta a ocorrer pelo uso da palavra "brigas". Na verdade, essa palavra não aparece em nenhum dos textos, mas um deles, o de n.º 5 (entrevista com Max Cavalera, do grupo de rock Sepultura), fala em agressão e crítica às pessoas que vão aos shows para "brigar". Também o texto de n.º 6 menciona "combates rituais" entre gangues de surfistas. O primeiro contexto em que a palavra "brigas" aparece, no entanto, é o das brigas entre torcidas de futebol, mais uma clara aproximação das referências da coletânea ao universo do já falado/escrito pelo escrevente. O segundo contexto em que essa palavra aparece é ainda mais próximo desse universo pessoal do já falado/escrito: "Nas famílias onde há irmãos; sempre acontecerá BRIGAS..."

A particularização da violência urbana ao Brasil parece ter também uma menção correspondente no texto de n.º 5 da coletânea, em que o músico Max Cavalera atribui a violência nos shows de seu grupo de rock ao "País inteiro, o estado em que o País se encontra". Basta observar o primeiro enunciado do texto do vestibulando para detectar uma réplica quase direta à fala de Cavalera:

> A violência não está se iniciando, no PAÍS, nesses tempos, já vem de muito antes, desde o descobrimento da América...

Essa réplica do escrevente parece ser feita para corrigir a direção do imediatismo atribuído à afirmação de Cavalera no sentido de uma outra réplica – desta vez dirigida à instituição que o escrevente tem como interlocutora – que consiste em dar um conteúdo histórico ao que poderia parecer um fato circunstancial, demonstrando, já no panorama geral de seu *esquema textual*, a preocupação com circunscrever quanto possível sua abordagem no que acredita ser o universo de escolarização esperado pelo interlocutor que vai avaliá-lo.

Uma última observação com relação à utilização da coletânea traz de volta um problema já analisado anteriormente. O uso de "desde... até" feito pelo escrevente coloca não só o eixo da gênese da escrita em contato com o eixo da dialogia com o já falado/escrito, mas também permite o contraste entre duas utilizações da coletânea, contraste que vem corroborar a interpretação já feita. Apontei, quando tratava da representação que o escrevente faz da gênese da escrita, a sua tentativa de determinar uma posição para o interlocutor. O recurso utilizado foi a projeção de um espaço argumentativo comum na horizontalidade da escrita. No grafismo da estrutura "desde... até" pode estar a razão para a insistência em seu uso. Observem-se, neste caso, os dois pontos-limite por meio dos quais esse espaço argumentativo é reconstruído na escrita:

> ... desde GRUPOS DE RUAS, os famosos trombadinhas, até a BANDAS DE ROCK.

As palavras "grupos" e "ruas" estão em diferentes textos da coletânea, respectivamente, no texto de n.º 5: "(Entrevista com Max Cavalera, vocalista do *grupo* de rock Sepultura. *ISTOÉ SENHOR*, 9/10/1991)" e no texto de n.º 6: "Nas *ruas* das cidades imundas e perigosas, marginalizados povos primitivos que habitavam as favelas agora vagam famintos e agressivos." Por sua vez, a palavra "banda" aparece também no texto de n.º 3: "O Guns N'Roses, hoje com certeza a *banda* mais popular do mundo...", e a palavra "rock" aparece também no texto de n.º 3 e, mais de uma vez, no texto de n.º 5.

É certo que a expressão "grupos de ruas" pode ser vista também como uma paráfrase da expressão "tribos urbanas", presente na proposta temática. A ocorrência do plural em "ruas" indica, porém, a possibilidade de uma colagem direta do texto de n.º 6, fato que levaria a pensar numa colagem também da palavra "grupo". Independentemente do procedimento de apropriação, defendo que o espaço argumentativo criado coloca o seguinte contraste: "grupos de rua" *vs.* "bandas de rock". Como foi visto, a extensão desse espaço vai "desde grupos de ruas [...] até a bandas de rock", pontos-limite que parecem corresponder, respectivamente, a uma preocupação mais próxima do escrevente e a uma posição mais próxima de seu interlocutor. Pode-se dizer, portanto, que, no caso particular desse escrevente, a possível expectativa da banca de confecção da prova de propor um tema e uma coletânea de interesse para o jovem foi frustrada pela réplica do escrevente, que, ao fazer uso de duas diferentes remissões à coletânea, coloca seu interlocutor justamente na posição em que este último esperava encontrar o escrevente.

Acredito ter mostrado, nessa investigação sobre a dialogia com o já falado/escrito, que – talvez procurando obedecer às instruções preliminares da prova que orientam o candidato a não copiar trechos da coletânea – o escrevente não recorre a citações explícitas (embora tome emprestado o léxico da coletânea), nem a tentativas de paráfrases mais elaboradas (conferir as duas tentativas do escrevente comentadas no início deste tópico), nem mesmo ao uso de aspas. No entanto, essa obediência às recomendações não parece ser propriamente uma preocupação do escrevente, mas uma limitação de sua escrita. Sua apropriação do já falado/escrito, incluídos os textos da coletânea, não passa de remissões orientadas por um universo de referência bastante restrito e excessivamente preso ao imaginário acerca de certos espaços sociais. O falado na família ou nos meios de comunicação de massa (especialmente na tevê), o diálogo com o já falado/escrito no processo de escolarização até então vivido e o diálogo que, nesse momento, estabelece com uma instituição escolar em particular são os pontos de circulação dialógica mais freqüentados pelo escrevente nesse texto.

A falta de exploração de recursos mais sofisticados, como o da paráfrase, o do deslocamento de pontos de vista pela exploração de seus pressupostos – este que claramente registraria um procedimento mais complexo de leitura – ou o da comparação no estabelecimento de relações com o já falado/escrito denunciam, desta vez no terceiro eixo analisado, que, também no que se refere às remissões intertextuais, há uma fala nessa escrita. Evidentemente, não se trata, uma vez mais, da chamada interferência do oral/falado no letrado/escrito, mas da presença de remissões mais típicas do universo do sujeito (sejam elas provenientes do oral/falado ou do letrado/escrito) em detrimento de remissões mais típicas do universo do código institucionalizado (sejam também elas provenientes do oral/falado ou do letrado/escrito).

Desse modo, na falta de maiores recursos metalingüísticos que a própria prática da escrita fornece, pode-se dizer que a divisão enunciativa do escrevente leva-o a reproduzir o imaginário sobre os citados espaços sociais atribuídos ao letrado/escrito. Mais do que isso, essa posição o coloca em confronto com o lugar do letrado/escrito que ele imagina para seu interlocutor. Constitui-se, então, também pelo tipo de apropriação do já falado/escrito, um modo heterogêneo de constituição da escrita, caracterizado pela alternância entre a aproximação ao universo que o escrevente se atribui e a aproximação ao universo que ele atribui à escrita e a seu interlocutor.

* * *

Uma última palavra sobre o tratamento das *pistas* lingüísticas em *regularidades*. Não faz parte do procedimento indiciário de análise a preocupação em estabelecer essas *regularidades* segundo sua relevância estatística, sequer em termos de repetição de uma mesma marca lingüística. Desse modo, embora os resultados apontem sempre para o conjunto dos textos analisados, as *regularidades* podem ser exemplificadas com pistas lingüísticas muito diferentes entre si. A escolha das pistas para análise procura reunir tanto as ocorrências mais freqüentes no *corpus* analisado como ocorrências muito particulares, desde que ambos os tipos guardem em comum a característica de manifestar o mesmo modo particular de processamento (a mesma *regularidade*) em uma dada dimensão da linguagem e em um dado eixo de circulação. Além disso, diferentes pistas podem compor uma mesma *regularidade*. Por exemplo, mostro, no capítulo 2, que a falta de lexicalização, o emprego não convencional da vírgula, a falta e a confusão entre sinais de pontuação, bem como certos tipos de marca ortográfica são diferentes pistas lingüísticas que podem indicar um mesmo tipo de processamento da dimensão sonora da linguagem (da prosódia, em particular), característico da circulação do escrevente pela imagem que ele faz da gênese da (sua) escrita.

É, pois, por meio dessas *regularidades* – ligadas a dimensões da linguagem (sintaxe, organização textual, recursos argumentativos...) – e das *propriedades* definidas para cada um dos eixos que pretendo não só caracterizar o conjunto dos textos analisados, mas também estender a aplicação dos resultados para outros conjuntos de textos.

No que se refere ao papel particular do terceiro eixo de circulação, vale ressaltar que, na qualidade de organizador dos atos de apropriação da escrita, as marcas lingüísticas nele detectadas podem ser vistas em referência à questão da réplica do diálogo, proposta por Bakhtin (1992), constituindo um espaço para o outro no interior do discurso. Essas remissões ao outro[27], reunidas em *regularidades* lingüísticas um tanto diferentes das anteriores, são de várias ordens, envolvendo outros enunciadores, a própria língua, os leitores, o próprio texto, um registro discursivo e o evento vestibular (representado não só pelo interlocutor construído no texto do escrevente, mas também pelas citações que este último faz da coletânea).

Destaco, ainda, que a representação da gênese da escrita, por um lado, do código escrito institucionalizado, por outro, e do já falado/escrito – história do contato que o escrevente teve com diferentes práticas de linguagem – constituem as pistas de detecção das *regularidades* que, no terceiro eixo, delimitam lugares para o outro. Portanto, no movimento entre essas três representações, o escrevente vai determinar, também neste terceiro tipo de circulação dialógica, lugares específicos para o oral/falado e para o letrado/escrito, caracterizando o modo heterogêneo de constituição da escrita.

Considerado o evento vestibular como um "cruzamento de itinerários possíveis" em virtude do jogo de expectativas a que o escrevente está sujeito, a constituição da (sua) escrita define-se, em grande parte, pela predominância de

---

27. Cf. Authier-Revuz (1990).

um daqueles lugares, fato que, também em grande parte, regula seu sucesso ou seu fracasso. É importante ter presente que, embora a produção de seu texto esteja mediada pela solicitação de uma dada variedade (a de prestígio), um dado registro de linguagem (o formal), uma especificação da modalidade (a escrita) e uma dada norma (a culta), essas solicitações, (só) aparentemente muito objetivas, nada garantem quanto à atuação da representação que o escrevente faz delas. É, pois, a atuação desse imaginário que orienta o diálogo entre o ato de apropriação da escrita e o já falado/escrito e ouvido/lido. É, ainda, a sua atuação que determina a atribuição de um lugar não só para o próprio escrevente e para a (sua) escrita como também para o seu interlocutor.

Desse modo, se o funcionamento conjunto dos três eixos passa necessariamente pelo escrevente e por suas representações, mesmo a carência (ou a própria ausência) de marcas de um desses eixos é uma boa maneira de investigar o seu peso na representação que o escrevente faz da (sua) escrita. Em outras palavras, a enunciação pela escrita prevê uma série de imposições simultâneas e de diferentes naturezas (restritivas, liberadoras, de contenção, de extravasamento, de desempenho a solo ou por co-participação suposta...), todas elas ligadas às representações que o escrevente faz sobre essa (sua) prática.

Essa é, portanto, a visada voltada para o conjunto dos textos analisados. Os resultados obtidos por meio desse procedimento, embora suscetíveis de aplicação para outros conjuntos de textos, não permitem, porém, generalizações que partam de categorias reaplicáveis por si mesmas, isto é, categorias que dispensem a consideração da relação sujeito/linguagem. Esse fato explica também minha opção por usar uma terminologia conhecida, mas não como simples reaplicação das categorias tal como propostas nas abordagens teóricas de origem. Considerar esse tipo de variação e lidar com dados pouco relevantes do ponto de vista estatístico é, nesta opção metodológica, considerar o rigor do que é *específico* dos escreventes: suas representações sobre os encontros entre práticas orais/faladas e letradas/escritas, bem como sobre a sua história de contato com o já falado/escrito. Em síntese: é considerar a relação sujeito/linguagem. Se defendo que as representações do escrevente constituem o lugar para onde olhar ao estudar os seus textos, é porque acredito também que o trabalho de ensino/aprendizagem deve orientar-se por esse mesmo tipo de atenção.

Nos capítulos 2, 3 e 4, dedicados às análises, darei, a título de ilustração, indicações percentuais, na forma de quadros, sobre a ocorrência das *regularidades* que obtive em cada dimensão analisada em relação ao conjunto de textos analisados. Sobre esse conjunto, entendo-o, com Berruto (1974), como um "naco de realidade"[28], capaz de revelar as tendências principais a respeito do modo de constituição da escrita que procuro descrever.

É importante ressaltar, finalmente, que, embora cada um desses capítulos trate, separadamente, de cada um dos três eixos, seu funcionamento acontece de maneira integrada na prática dos escreventes.

No capítulo seguinte, apresento algumas implicações teóricas e as análises dos textos relativas à consideração do primeiro dos três eixos de circulação.

---

28. Sobre a possibilidade de serem postas à vista as tendências principais dos fenômenos investigados por meio da instrumentalização do conceito de "amostra" como "naco de realidade" (e não como quadro reduzido – e preciso – de um universo de explanação), ver Berruto (*op. cit.*, p. 136).

Capítulo 2 O escrevente e a representação da gênese da escrita

No capítulo 1, procurei mostrar a atuação simultânea dos três eixos de circulação dialógica pelos quais o escrevente passa na representação que ele faz da (sua) escrita. No presente capítulo e nos dois seguintes, busco dar contornos mais claros a como essa representação aparece e é construída em cada um dos eixos, vistos isoladamente.

As referências que fiz até aqui ao primeiro eixo de circulação dialógica do escrevente podem ser sintetizadas do seguinte modo: (a) pelo tipo de mixagem entre o oral/falado e o letrado/escrito que o escrevente propõe; (b) pelo modo como o próprio escrevente se representa em sua escrita; e (c) pelas marcas lingüísticas indicativas desse tipo de circulação dialógica.

A mixagem detectada atém-se aos aspectos da assunção da escrita como transcodificação, extensão ou projeção do gesto articulatório em gesto gráfico; como instrumento de gravação fiel da memória sonora do falado; ou, finalmente, como tentativa de representação do planejamento conversacional e do jogo argumentativo prosodicamente marcado. Todos esses aspectos são, como se pode ver, diferentes referências ao mesmo processo de mixagem entre o oral/falado e o letrado/escrito. Pontuando, em seu texto, construções lingüísticas que nascem dessa mixagem, o escrevente confere à escrita um poder quase ilimitado de representação e fidelidade representacional. Esse lugar que lhe é atribuído não corresponde, porém, a um limite máximo da força representacional da escrita, situado num dos pólos de um suposto contínuo. É, pelo contrário, um dado constitutivo da imagem que se faz da escrita e, por essa razão, constitui-se num dos eixos de representação pelos quais, em dados momentos, circula o escrevente.

No que diz respeito ao modo como o escrevente se representa na escrita, fiz referências a aspectos como: o caráter de novidade de sua intervenção (dado de ineditismo de sua individuação histórica); as marcas expressivas que denotam atitude de aproximação e envolvimento entre os interlocutores; a delimitação de um espaço argumentativo próprio e a correspondente determinação de uma posição para o interlocutor; a suposição de que o leitor partilha um mesmo referencial em relação ao já falado/escrito que serve de base ao escrevente; e, finalmente, as próprias indiciações "metadiscursivas" por meio das quais o escrevente marca pontos salientes de sua circulação imaginária. Todos esses aspectos, não necessariamente coocorrentes num mesmo texto, denunciam os lugares que o escrevente ocupa ao representar, a seu modo, a gênese da escrita.

Um último tipo de referência a esse eixo de circulação dialógica foi feito por meio de *pistas* ou *fragmentos* lingüísticos indicativos da gênese da escrita. Mostradas em seu caráter local, em várias dimensões da linguagem, mencionei também o interesse de reuni-las em *regularidades* lingüísticas sem que isso significasse, porém, o abandono da abordagem indiciária. Mais adiante, essas *pistas*, reunidas em *regularidades*, serão tratadas em termos de uma *propriedade* mais geral deste primeiro eixo de circulação imaginária.

Assim representada, a gênese da escrita consiste, portanto, na atribuição de um lugar para o oral/falado no letrado/escrito, ou seja, consiste num registro específico da relação entre esses pares e testemunha o trânsito próprio das práticas sociais. Ao mesmo tempo que esse trânsito põe às claras a falsa pureza da escrita, leva também o escrevente a supô-la como representação fiel do oral/falado no letrado/escrito, uma vez que, ao projetar um material significante (o fônico) no outro (o gráfico), ele tende a identificar as duas modalidades.

Além disso, a mixagem de características gráfico-fônico-pragmáticas – incluindo referências pragmático-argumentativas da situação de enunciação – permite detectar marcas do processo de textualização que evidenciam a constituição do texto como uma réplica. Por vezes, apresenta-se o efeito de um diálogo ao vivo, embora seja produzido pela pressuposição de dados que só a situação imediata e a elaboração conjunta do discurso poderiam fornecer. No exercício dessa réplica e nesse contorno simbólico, tanto o investimento significante das matérias acústico-visuais como a tentativa de investimentos semióticos locais por meio das referências à situação são suportes que fazem a mediação entre o lugar que o escrevente se atribui e o que atribui ao seu interlocutor, bem como entre o lugar que atribui ao institucionalizado para a escrita e o lugar que atribui à sua própria escrita.

Precedentemente distribuídas de maneira esparsa, essas referências são, porém, um ponto de partida importante para abordar as implicações teóricas a respeito da circulação imaginária do escrevente pela gênese da escrita.

Implicações teóricas da consideração do imaginário sobre a gênese da escrita

De pronto, duas tomadas de posição se fazem necessárias: em primeiro lugar, uma tomada de posição quanto ao que busco recusar de implicação teórica; em segundo lugar, uma tomada de posição quanto ao que busco reafirmar como pertinente para a análise.

Duas recusas teóricas

Para encaminhar uma primeira recusa em relação à concepção da gênese da escrita, relembro a discussão feita por Verón (1980) a respeito da emergência das práticas científicas na História. Mais do que um paralelo com a mudança que o domínio da escrita operou nas relações dos indivíduos uns com os outros e com o mundo, essa retomada visa, em particular, à aproximação entre o conceito de gênese aqui utilizado e o de "fundação" utilizado pelo autor.

Num contexto em que o autor discute a "problemática do ponto de partida, da emergência das práticas científicas na História" e, em particular, a da emergência da Lingüística, Verón destaca o fato de que uma prática de produção de conhecimento não tem a unidade de um acontecimento (não pode ser datada); nem a unidade de um ato (não pode ser vinculada a um sujeito em particular); nem tem a unidade de um lugar (não pode ser localizada, por exemplo, num texto preciso). Segundo Verón, a localização de uma data, de um texto e, particularmente, de um autor, ou seja, "a idéia do (ou dos) fundador(es)" é, talvez, uma "ilusão necessária", produto de um "processo de reconhecimento":

> O essencial é compreender que *a localização histórica de uma fundação é um produto do processo de reconhecimento*. Uma fundação é inseparável do reconhecimento retroativo, do qual com efeito ela decorreu. É sempre *a posteriori* que reconhecemos, numa dada região do passado, o começo ou recomeço de uma ciência.
>
> Reencontramos assim a *ilusão necessária* [da idéia do fundador]. A forma desse reconhecimento é sempre a da localização de um certo texto ou conjunto de textos, para reconhecer que é *aí* que se produziu alguma coisa (*op. cit.*, p. 119).

Projetando o pensamento do autor para a questão da gênese da escrita, acredito poder dizer que ela é produto de um *processo de reconhecimento* do escrevente e que sua emergência não tem a unidade de um acontecimento datado, nem de um ato isolado, tampouco a unidade de um lugar preciso. Não tem, pois, a unidade de um acontecimento, se tomado, este, no sentido de um produto acabado; não tem a unidade de um ato, se tomado, este, como produto de um indivíduo-fonte (e não como uma relação dialógica); não tem a unidade de um lugar (um texto, por exemplo), se tomado, este, como auto-suficiente em suas relações internas. Em outras palavras, dado que a gênese da escrita não pode ser localizada em uma unidade de origem, pode-se dizer que ela é da natureza do acontecimento apenas se este for tomado como relação entre temporalidades; do mesmo modo, ela só poderia ser considerada da natureza do ato se este fosse tomado em seu desenrolar dialógico; e, por fim, seria da natureza de um texto se este fosse tomado como lugar privilegiado para observar o processo que o constituiu. Portanto, só quando tomado como o incorpóreo[1] das relações de comunicação é que o acontecimento pode ser visto em seu funcionamento comunicativo – não reduzido a uma data, nem a uma pessoa, nem a um lugar. É num tal contorno desse acontecimento – *cruzamento de itinerários possíveis* – que procuro tematizar a representação da gênese da escrita neste trabalho.

Vale retomar, ainda a respeito da emergência das práticas científicas, uma outra recomendação de Verón: "impõe-se, antes de mais nada, distinguir a questão do que se pode chamar uma fundação da questão do começo [...]. A noção de fundação não se aplica apenas ao momento de emergência" (*id.*, p. 118). Do mesmo modo, defendo que a gênese da

---

1. Nem a matéria corpórea do emissor, nem a matéria corpórea do destinatário, nem a base material em si de um sistema semiótico tem – para usar uma expressão de Rossi-Landi (1985) – *valor de troca* na comunicação. É o acontecimento, o incorpóreo das *relações* de comunicação, que ganha esse *valor de troca* (ou seja – nos termos de Rossi-Landi –, é a "mensagem" que pode ser vista em seu funcionamento comunicativo). O conceito de acontecimento aqui utilizado deve um crédito ao professor Rogério da Costa, em aulas ministradas na série Seminários em Marília, em que abordou alguns conceitos de Deleuze. Os Seminários foram realizados no período de maio a novembro de 1995, na Faculdade de Filosofia e Ciências da Unesp, *campus* de Marília (SP).

escrita não pode ser buscada como um ponto de origem, um começo, mas como sendo sempre "o teatro dos recomeços" (*id., ibid.*), aplicando-se, portanto, também à escrita adulta.

Num contexto bastante diferente, mas ainda a respeito do reconhecimento de práticas de produção de conhecimento, Ginzburg permite ler uma caracterização crítica para a questão da gênese como origem. Essa referência indireta ocorre quando Ginzburg problematiza as tentativas de registro daquelas disciplinas conjecturais mais comprometidas com a prática cotidiana, particularmente quando tematiza o registro da habilidade de predizer ("... a doença de um cavalo a partir do estado de seus cascos, uma tempestade iminente a partir de uma alteração do vento ou intenções hostis a partir de uma expressão sombria no rosto de alguém"):

> De tempos em tempos, foram feitas tentativas de registrar algo desse saber, enraizado, localmente, mas sem origem, ou registro ou história conhecidos [...], de modo a encerrá-lo na camisa-de-força da precisão terminológica (1991, p. 116).

Destaque-se a caracterização que o autor faz da habilidade de predizer: "... saber, enraizado, [...] mas sem origem...". No caso da gênese da escrita, como procurei mostrar até este ponto, sua detecção também não se dá – como se poderia pensar – em algum ponto facilmente localizável do processo de alfabetização nem apenas nesse processo. O enraizamento desse saber pode localizar-se tanto nas práticas sociais do letramento como nas da oralidade, em que, como mostra Chafe (1985), pode-se detectar o letrado no oral. Basta recordar as observações do mesmo autor sobre o paradoxo da expressão "literatura" oral. Segundo Chafe, em "linguagem ritual", as peças ritualísticas orais tendem a apresentar certas características que ele entende como mais próprias à escrita, como, por exemplo, a do distanciamento, uma vez que, no caso da "linguagem ritual", a interação com a audiência é reduzida ao mínimo.

Esse mesmo enraizamento pode ser visto, também, no próprio material significante. Segundo Vigotski (1988), a "pré-história da linguagem escrita" começa "com o aparecimento do gesto como um signo visual para a criança" (*op. cit.*, p. 121)[2].

Para concluir essa primeira recusa com um tom menos metafórico, retomo, em termos mais empíricos, as referências feitas: (a) ao incorpóreo das relações de comunicação; (b) à gênese da escrita como "o teatro dos recomeços"; (c) ao enraizamento (sem origem) do saber sobre o modo de constituição da escrita.

As três referências estão intimamente ligadas entre si. Particularizo-as para o interesse específico deste trabalho: (a) tratar do incorpóreo das relações de comunicação significa, neste estudo, investigar as representações (sobre a escrita, sobre o interlocutor, sobre o próprio escrevente) que estão postas nos textos; (b) tratar da gênese da escrita como "o teatro dos recomeços" significa acreditar na possibilidade contínua de observar aspectos da constituição da escrita também na escrita adulta; e (c) tratar do enraizamento (sem origem) do saber acerca de seu modo de constituição significa abrir possibilidades de interpretação dos dados pela consideração dos encontros entre o oral/falado e o letrado/escrito, estendendo, portanto, o alcance do estritamente lingüístico na direção das práticas sociais e da inserção do escrevente nessas práticas.

Uma segunda e última recusa tem relação mais direta com dois dos três pontos abordados acima. Trata-se, na verdade, de uma especificação da possibilidade contínua de observar aspectos da gênese da escrita (item b), considerando-se o caráter de representação (item a) a ser observado. A recusa, neste caso, recai sobre o tratamento da gênese tomada em si mesma. Naturalmente, a opção que faço tem conseqüências metodológicas claras.

---

2. Na mesma direção, embora em outro contexto de discussão, Maia atesta o mesmo enraizamento no processo de aquisição da linguagem. A autora, ao destacar uma mudança no ponto de partida da abordagem da gênese no processo de aquisição da linguagem, constata uma mudança desse ponto de partida da criança para o recém-nascido (*id.*, p. 102).

Abordá-la em si mesma – ainda que não localizando-a num acontecimento datado, num indivíduo-fonte e num texto determinado – seria comprometer-me com um enfoque descritivo das suas marcas e do contexto de seu aparecimento[3], bem como, em alguma medida, até mesmo com uma concepção de escrita tomada como representação da oralidade. Acredito, porém, que, além de condições necessárias, considerar as marcas e os elementos que condicionam seu aparecimento e conceber a escrita como modo de *relação do sujeito com a linguagem* são também condições suficientes para encarar a gênese da escrita como a imagem que o escrevente faz do processo de constituição da (sua) escrita[4].

Conseqüentemente, a recusa a tratar a gênese da escrita em si mesma corresponde, neste trabalho, à busca da representação que o escrevente faz dela. Para tanto, admito, com Pêcheux (1990b) que "todo enunciado é [...] lingüisticamente descritível como uma série (léxico-sintaticamente determinada) de pontos de deriva possíveis", ou seja, todo enunciado "é intrinsecamente suscetível de [...] se deslocar discursivamente de seu sentido para derivar para um outro" (*op. cit.*, p. 53). A conseqüência metodológica mais clara da consideração desses "pontos de deriva" é a assunção do procedimento indiciário. A análise que busco fazer aqui, ao optar pela representação que o escrevente faz da gênese da escrita – representação que é, em certa medida, uma descrição –, baseia-se num caráter mais explicativo do que descritivo, uma vez que busco explorar um tipo de exposição a que *toda descrição* está sujeita, a saber, a exposição ao fato de que "todo

---

3. Luria (1988), em seus estudos sobre a pré-história da escrita infantil, pode ser considerado um dos autores que têm como preocupação fundamental o estudo da gênese da escrita tomada em si mesma. Com efeito, ao caracterizar como rabiscos não diferenciados, rabiscos ritmicamente diferenciados e rabiscos pictográficos as marcas desse tipo de escrita, o autor propõe-se "explicar detalhadamente as circunstâncias que tornaram a escrita possível para a criança e os fatores que proporcionaram as forças motoras desse desenvolvimento", bem como "descrever os estágios através dos quais passam as técnicas primitivas de escrita da criança" (*op. cit.*, p. 144).

4. Cf., aqui mesmo, pp. 14-6, as especificações feitas sobre o sujeito da linguagem.

enunciado é intrinsecamente suscetível de tornar-se outro" (Pêcheux, *id., ibid.*). Nesse sentido, a presente análise poderia ser vista como um trabalho explicativo a respeito de uma "descrição" não sistemática que, orientada pelo deslizamento de um modo de circulação a outro, o escrevente faz sobre fenômenos da língua. Creio não ser demais insistir que o tipo de abordagem que adoto permite um rigor explicativo voltado para a relação entre o sujeito e a linguagem e não para uma preocupação descritiva[5] do que chamo o fenômeno "em si" da gênese da escrita.

Ligado a essa recusa, o olhar dirigido ao primeiro eixo não se limita a localizar suas marcas em pontos determinados de uma seqüência de estágios cronologicamente concebidos, nem tampouco as identifica por meio de uma visão normativa que as tome como *desvios*. Trata-se, ao contrário, de captar a imagem que o escrevente faz do processo de constituição da (sua) escrita, tomando-se por base a sua escrita atual. Portanto, a abordagem se sustenta na consideração de que momentos "genéticos" desse processo de constituição da escrita podem ser retomados, em tese[6], em qual-

---

5. A reflexão acima foi baseada em artigo de Scarpa (1995). A autora, ao ligar o fenômeno da fluência/disfluência a diferentes relações do sujeito com a língua, reformula sua maneira de encarar certas marcas de organização do discurso como as hesitações, as pausas, as inserções ou reduções de fragmentos, as retomadas, as repetições etc. Deixa, então, de vê-las como "atividades epilingüísticas" (aquelas que o sujeito faz com a linguagem) opostas às "atividades metalingüísticas" (aquelas que constroem, pela linguagem, um sistema representativo-nocional) e às "atividades comunicativas" e "representativas". Baseada no mesmo texto de Pêcheux (1990b), a autora abandona essa visão tripartite das atividades lingüísticas e opta por tomar todos os tipos de *descrição*, mesmo aqueles "em que nos prendemos ao fato de que 'não há metalinguagem'", como expostos ao "equívoco da língua" (*apud* Scarpa, *op. cit.*, p. 177), isto é, expostos ao fato de que "toda seqüência de enunciados é [...] lingüisticamente descritível como uma série (léxico-sintaticamente determinada) de pontos de deriva possíveis..." (*id.*, p. 178). Nas palavras da autora, "cada ponto do enunciado em elaboração (certos pontos mais previsíveis que outros, por motivos lingüísticos, isto é, fatores definidos lingüisticamente) depara-se com a possibilidade de escolha" (*id.*, pp. 177-8).

6. Embora os resultados aqui obtidos tenham relação direta com a escrita dos vestibulandos, acredito ter aberto a possibilidade de investigação de outros conjuntos de textos – e de confirmação desses resultados – a partir das hipóteses que busco comprovar no *corpus* analisado.

quer época, na escrita de qualquer pessoa, em qualquer texto. É com base nessa suposição que esses momentos são buscados, neste trabalho, em textos de adolescentes[7].

A gênese da escrita no conjunto de textos analisados

Procedo, neste ponto, a uma abordagem globalizada dos textos, isto é, partindo de *pistas* lingüísticas, estabeleço *regularidades*, trato-as em termos de uma *propriedade* mais geral, para mostrar como a gênese da escrita aparece representada nos vários textos. Atento ao modo comum de *individuação* dos escreventes, acredito evitar o comentário extenso e particularizado de cada um dos textos analisados e contornar a impossibilidade de observação individual de cada um dos escreventes. Ficam, desse modo, garantidos tanto o trabalho com o método *indiciário* como a abordagem globalizada do problema. Nem quantitativa, nem descritiva, essa abordagem busca um caráter explicativo por meio da captação de pistas comuns nos vários textos.

No que se refere aos escreventes, interessa destacar a relação do sujeito consigo mesmo, com o outro, com a escrita, consideradas as relações que mantém com o que diz e com as tecnologias que ele mescla e acumula, instrumentalizando-as, mas, sobretudo, sendo instrumentalizado por elas. A noção utilizada para marcar essas relações é a de *individuação*. Logo se vê que esse sujeito não se sobrepõe ao outro, ao dito ou às tecnologias que utiliza. Por isso mesmo, individua-se – embora longe de uma homogeneidade natural (biológica) – em função das relações específicas que mantém com o heterogêneo que o constitui. É, pois, essa especificidade do sujeito que permite nos textos o que chamo pontos de *individuação*, lingüisticamente caracterizados como *fragmentos* indiciativos de *interação* e reunidos em *regularidades*.

---

7. O *corpus* também inclui textos de vestibulandos com mais de 21 anos.

Uma última precisão impõe-se a respeito do estatuto das *regularidades lingüísticas* na metodologia que adoto. Essa noção ocupa a posição de um termo médio entre os fatos lingüísticos particulares (referentes a cada dimensão da linguagem) e as propriedades (também particulares, mas referentes a cada um dos eixos). Cuido, porém, de definir essas *regularidades* sem abandonar as áreas *nebulosas*, caracterizadas pela súbita mudança de uma situação local para uma situação global[8]. Esta última, se obtida de modo apressado, pode levar a classificar um tipo de estranhamento (uma situação local) que, de fato, está submetido a condições pouco evidentes – "nebulosas", diria Caprettini – como ligado ao fenômeno verossímil mais à mão. Segundo o autor, essa mudança da situação local para a global deve ser o efeito de um conjunto de condições que precisam ser conhecidas e explicadas para que se chegue a qualquer tipo de conclusão. É nesse sentido que a função de termo médio da mudança é desempenhada, neste trabalho, pela noção de *regularidade*.

Passo, neste ponto, ao levantamento das ocorrências locais a partir de *regularidades* ligadas às várias dimensões da linguagem. Vale insistir que essas *regularidades* são agrupamentos de marcas locais referentes à sintaxe, ao léxico, à dimensão sonora da linguagem (aí incluídas a sua contraparte gráfica – a ortografia – e a prosódia), à organização textual ou, ainda, aos recursos argumentativos. Segue, em termos percentuais, o quadro relativo à freqüência dessas *regularidades* segundo as dimensões da linguagem analisadas.

No quadro a seguir e nos próximos, o cálculo proporcional foi obtido da seguinte forma: considerei a soma total de ocorrências de todas as *regularidades* no conjunto dos textos e, com base nessa soma, cheguei aos percentuais para cada *regularidade* referente ao eixo de representação da gênese da escrita.

---

8. Cf. Caprettini (*id.*, pp. 160-1).

Quadro 1: Porcentagem das ocorrências segundo as dimensões da linguagem para o eixo de circulação imaginária pela gênese da escrita no conjunto dos textos

Dimensão da linguagem	Porcentagem
Sintaxe*	8,6%
Marcas da dimensão sonora da linguagem e do léxico	38,6%
Organização textual	22,8%
Recursos argumentativos	30,0%
Total	**100,0%**

* O baixo índice de ocorrência das regularidades lingüísticas referentes à dimensão sintática tem relação com dois fatores: (a) com a separação entre sintaxe, dimensão sonora da linguagem (em particular, a prosódia) e léxico, que, embora artificial, faz sentido neste trabalho, uma vez que, a título operatório, lido com a lexicalização e a prosódia, por exemplo, como sendo típicas, respectivamente, do texto escrito e do texto oral; (b) com o tipo de critério privilegiado para a análise, em que a relevância considerada não foi a relevância estatística, mas aquela ligada à hipótese central deste trabalho, a saber, a da circulação imaginária, por parte do escrevente, pelos três eixos de representação da escrita.

Marcas sintáticas da representação do escrevente sobre a gênese da escrita

Divido a análise dos textos em duas partes maiores que representam as duas *regularidades* lingüísticas a serem destacadas: a primeira será relativa à (I) sintaxe e o efeito de fragmentação; e a segunda à (II) sintaxe e a conexão do heterogêneo da linguagem. Cada uma dessas *regularidades* maiores reunirá, para facilitação da exposição, duas outras. Desse modo, (I) "sintaxe e o efeito de fragmentação" se subdividirá em: (1) modos fragmentários de integração e (2) a reconstrução do fluxo da fala; e (II) "sintaxe e conexão do heterogêneo da linguagem" se subdividirá em: (1) a coordenação e a prosódia e (2) a construção correlativa.

Eis o quadro indicativo da freqüência dessas *regularidades* da dimensão sintática:

Quadro 2: Porcentagem de ocorrência segundo *regularidades* lingüísticas da DIMENSÃO SINTÁTICA em relação ao total de ocorrências das *regularidades* das outras dimensões no conjunto dos textos

Regularidades lingüísticas	%
I. Sintaxe e o efeito de fragmentação	**4,7**
(1) Modos fragmentários de integração (2) A reconstituição do fluxo da fala	3,9 0,8*
II. Sintaxe e a conexão do heterogêneo	**3,9**
(1) A coordenação e a prosódia (2) A construção correlativa	0,8 3,1
Porcentagem de ocorrências (dimensão sintática)	**8,6**

* Os índices percentuais de 0,8% indicam que a escolha das marcas não se orienta por sua freqüência. De acordo com a metodologia utilizada, procuro mostrar, na análise que faço a seguir, que essas marcas são indícios importantes "do processo geral através do qual se vai continuamente constituindo e modificando a complexa relação entre o sujeito e a linguagem" (Abaurre *et al.*, 1995, p. 6). No caso específico dessas marcas, independentemente de sua maior ou menor freqüência, interessa que sejam evidências locais da circulação do escrevente pela imagem que ele faz da gênese da (sua) escrita. Portanto, o *específico* da representação do escrevente – que é atestado pela "raridade dos enunciados" (Foucault, 1971) no processo de sua constituição pela escrita – não implica a reprodução estrita de suas marcas, mas a reprodução do que é repetível das propriedades desses processos de constituição.

(I) A SINTAXE E O EFEITO DE FRAGMENTAÇÃO

Esta *regularidade* lingüística relativa à sintaxe permite ratificar a crítica feita por Biber às análises globais baseadas em características lingüísticas, situacionais ou funcionais, tomadas isoladamente. Mais especificamente, a crítica se consolida no que se refere ao postulado funcional de que a escrita é o lugar da integração das unidades lingüísticas. Os textos dos vestibulandos mostram uma forte presença do fragmentário na sintaxe em virtude do acúmulo e da mescla de práticas do oral/falado e do letrado/escrito.

Esse caráter de desintegração sintática apresenta, no entanto, uma contrapartida integrativa. Trata-se do que Koch *et al.*, (1990) chamam de "articulação interativa". Eis como os autores formulam o problema ao tratarem do fluxo de informação no discurso oral dialogado:

> O aparente paradoxo de que uma desarticulação de construção seja expressão de uma articulação interativa se explica por um processo de compensação pragmática que pode atuar em direção à efetivação do contato, visando assegurar o sucesso da comunicação (*op. cit.*, p. 150)

O fato de trazer à discussão uma referência ao discurso oral dialogado não implica nenhuma tentativa de provar a interferência de uma modalidade (a oral) sobre a outra (a escrita). O olhar que busco é o dirigido à relação entre o sujeito e a linguagem. Portanto, o caráter fragmentário da sintaxe deve ser observado como uma marca dialógica que o escrevente registra com os elementos (lingüísticos, paralingüísticos ou pragmáticos) que ele articula ao se constituir como escrevente.

(1) Modos fragmentários de integração

Em primeiro lugar, gostaria de lembrar que as opções de construção sintática têm, como se sabe, clara repercussão na organização formal do texto, fato que não será, porém, objeto de preocupação direta nesta etapa do trabalho. São relativamente freqüentes, embora com uma configuração formal bastante diversificada, as ocorrências do efeito de fragmentação na sintaxe:

> *A violência nos concertos de rock não tem jeito como acabar com ela*, irá sempre existir as pessoas que vão aos concertos de rock... (Texto 01-031)

Há, nesse caso, uma clara ruptura na construção da frase, em que a *topicalização* fica *marcada por uma sobrecarga de expressividade* da seqüência destacada na citação. O destaque dado para "a violência nos concertos de rock" e a insistência por meio da retomada no final da primeira parte do enunciado "acabar *com ela*" cria, entre esses dois elementos correferentes, um contexto lingüístico em que a topicalização vem enfatizada pelo alto grau de expressividade de "não tem jeito como", ela própria reduplicada no que se refere a enfatizar o "modo como". A exemplo do que Silva (1991) lembra a respeito da "fala escrita" proposta por Britton para a escrita inicial da criança, essa irrupção expressiva de "não tem jeito como" também parece estar ligada à caracterização de um momento espontâneo na abordagem do tema, espontaneidade que, a exemplo do tipo de escrita analisado por Silva, favorece uma escrita "essencialmente expressiva", pois aborda o tema de um modo que parece "muito próximo de seu mundo, no qual verbaliza os seus sentimentos e maneira de ser" (*op. cit.*, p. 34). Todavia, pode-se dizer que tanto a expressividade como a espontaneidade são também formas previsíveis nos textos dos vestibulandos, uma vez que o próprio exame prevê temas e opiniões (expostas na coletânea) que façam o candidato assumir posições. Casos como esse, portanto, em que há expressividade e espontaneidade, são ótimos exemplos da *individuação* histórica do sujeito.

O exemplo seguinte de fragmentação tem paralelo com um outro aspecto do universo do escrevente. A falta de integração explora um estilo de *escrita por manchetes*, persistindo, desta feita, pelo texto inteiro:

> O fim da sensibilidade humana é muito interessante para os governantes, o homem já é desprovido de cultura, sem sentimentos também, será mais fácil manipulá-lo.
> Matam e morrem em vão.
> Crianças assassinas e assassinadas são páginas de jornal [...].
> Assistem calados jovens auto-destrutíveis se atropelando pelas ruas [...].
> O mundo aplaude alguém que canta a violência e induz o já solitário homem a se tornar mais inatingível ainda.
> A sociedade anestesiada dorme e acorda, maquinalmente, não acha mais tempo nem significado para lutar contra a violência, que lhes é imposta todos os dias, e dessa forma se deixa guiar e aceita qualquer direção, por mais absurda que seja. (Texto 01-040)

A própria construção dos parágrafos denota esse caráter fragmentário do texto, uma vez que o escrevente os identifica diretamente com frases, as quais, em geral, vêm construídas por meio de coordenações bastante simples. A estruturação do sintagma do título "Cotidiana Violência", em que o adjetivo precede o nome, e o uso de algumas relativas explicitam, diferentemente do exemplo anterior, a tentativa de criar um efeito de expressividade. Essa tentativa, embora revele já um trabalho com a linguagem, busca, porém, aquele efeito de um modo direto, evidenciando, na construção dos parágrafos em manchete, uma sintaxe fragmentária semelhante à dos momentos de maior envolvimento entre os interlocutores.

Um caso particular de ocorrência dessa sintaxe, que ainda poderia ser chamada de fragmentária, é o que ocorre quando a integração é feita pelo *uso narrativo do conector "e"*:

> Supervalorizou um metal amarelo, acima até da vida. Semeou cobiça e tensão nos rincões em que passou. E para complementar, povou o país com vagabundos, degredados e todos os tipos de criminosos.

Mas apesar de tanta violência, conseguiu "civilizar" a terra recém descoberta. *E* esta progrediu, emancipou-se, tornou-se uma nação livre e soberana. Cresceu! Era uma terra fértil, rica e logo interessou às grandes potências... (Texto 04-204).

Esse *uso narrativo do conector "e"* compõe a regularidade que se refere aos efeitos de fragmentação, diferente, portanto, da coordenação, que classifico como conexão do heterogêneo (cf. adiante). A separação proposta justifica-se pela tentativa de aproximar esse uso do conector ao de um articulador textual. Parece-me clara a discrepância entre o seu funcionamento no tipo de texto estudado e o que ele apresenta nos relatos orais, possível fonte desse tipo de uso. Quando transposto para o texto escrito, faltam, por exemplo, as suas funções de marcador de manutenção de turno e/ou de mudança de tópico, as quais, no relato oral, acumulam-se à de articulador textual. Nesse novo contexto, o seu funcionamento como articulador também se dá, mas será tanto mais fragmentário quanto menos o leitor pressupuser aquelas outras funções, ausentes no texto escrito.

É verdade que, nos relatos orais, ao acumular os papéis de articulador e de marcador, o uso narrativo do conector "e" reitera sempre o papel de conector do heterogêneo. A propósito, é da natureza dos relatos orais, culturalmente praticados (caso das narrativas míticas, por exemplo), lidar com o heterogêneo, abrandando ou reforçando as diferenças, respectivamente, como forma de explicar (acatar) o novo ou de distanciar-se do (rejeitar o) estranho. É um trabalho semelhante a esse o que o escrevente assume ao produzir o texto escrito e ao buscar obedecer às outras restrições dadas pela prova. No entanto, ao tomar emprestado um modo oral de lidar com o heterogêneo, acaba por produzir uma sintaxe fragmentária. A discrepância entre esses dois tipos de uso (papel morfossintático de conector com função de "marcador conversacional") e a recorrência do empréstimo justificam, portanto, a classificação desse uso narrativo do conector "e" numa outra regularidade que não a da conexão do heterogêneo.

No trecho sob análise, o efeito de fragmentação se dá, pois, por meio da relação entre sintaxe e tipo de texto. Trata-se de um momento narrativo, em que o escrevente recorre à narratividade como princípio enunciativo[9], ou seja, como fazer histórico da linguagem. No entanto, o escrevente não se preocupa propriamente em reproduzir a vivência de uma experiência ou de um outro relato, mas, sobretudo, em buscar os efeitos que o enredamento dos fatos pode resultar. A esse modo de contar, o escrevente parece atribuir dois efeitos: o de manutenção da atenção do interlocutor – no caso, como contraparte da obrigatória (e aparentemente difícil) manutenção do "turno" por parte do escrevente – e o de envolvimento pessoal (e também do interlocutor) com o (tópico) narrado, duas características muito presentes nos relatos orais. Eis, pois, evidenciada a circulação dialógica do escrevente que, desse modo, dá indicações sobre a sua relação com a linguagem.

Um outro exemplo, desta vez ligado *à ordem não integrativa das palavras*, pode ser visto no fragmento seguinte:

> É fácil para os governantes e as classes privilegiadas culparem os jovens "irresponsáveis e delinqüentes" das favelas pelos acontecimentos, mas *será que encontrar os culpados somente resolve o problema*? (Texto 03-140)

Observa-se que a ênfase produzida pela clivagem "será que... somente" tem como foco "encontrar os culpados" e como efeito de sentido o de pressupor que "encontrar os culpados é pouco". Para bem apreender, no exemplo, esse procedimento sintático, é necessária a imposição de uma

---

9. Penso na diferença enunciativa básica estabelecida por Benveniste (1976) entre comunicação animal e linguagem humana. A necessidade de vivenciar diretamente as experiências, no caso das abelhas, e a possibilidade de relatar essas experiências mesmo sem ter tido contato direto com elas, no caso do homem, são dados que permitem propor a narratividade – aqui pensada como independente da memória registrável no código genético – como um princípio enunciativo básico, ou seja, como possibilidade de lidar com a memória histórica em função da experiência obtida com o fazer histórico da linguagem e não necessariamente em função da experiência em si.

certa marca prosódica na emissão do operador "somente". O risco de não marcá-lo prosodicamente seria o de admitir uma relação sintática diferente ele, a saber, "*somente* resolve o problema", em que o foco restritivo recairia sobre "resolve o problema". No caso de se manter esse foco, a relação de pressuposição estabelecida seria: "resolver o problema é pouco", criando uma contradição no texto. Não é essa, no entanto, a orientação argumentativa escolhida pelo escrevente.

Com efeito, o foco da clivagem pretendida corresponde, numa terceira formulação, a: "mas *será que somente* encontrar os culpados resolve o problema?", cuja ordem dos operadores (particularmente a do operador "somente") evita qualquer possibilidade de confusão quanto ao sentido pretendido, independentemente da aposição de características prosódicas específicas na emissão do operador.

Tanto o sentido recusado como o pretendido pelo escrevente estão ligados ao conhecimento intuitivo sobre a posição que o operador "somente" ocupa no enunciado. Segundo Azeredo, essa posição é a "fronteira dos sintagmas" (1990, p. 125). Ora, no caso da não-imposição de uma marca prosódica, pode haver uma interpretação do operador como atuando numa fronteira de sintagma imprevista. Inversamente, no caso da imposição dessa marca, o operador funcionaria de acordo com o desejado pelo escrevente, atuando desta vez na fronteira de sintagma pretendida. Para o escrevente, porém, que está lidando com um procedimento de clivagem e não apenas com o operador de caráter restritivo "somente", essas duas possibilidades são sinônimas, pois ele não vê risco de o leitor deixar de marcá-lo prosodicamente, provavelmente porque pressupõe a presença dessa marca prosódica quando escolhe a posição para o operador "*será que* encontrar os culpados *somente*...".

O escrevente lida, nesse momento, com uma de duas hipóteses: a primeira, prosódico-semântica, e a segunda, sintático-semântica. Desse modo, ou ele também supõe uma prosódia na (sua) escrita e, por isso, não vê ambigüidade possível na posição que escolhe para o segundo elemento da clivagem "será que... *somente*" ou ele faz um uso da clivagem consciente de que a estrutura sintática deve prevalecer na interpretação do texto escrito.

Acredito na maior plausibilidade da primeira. Ou seja, o escrevente orienta seu registro gráfico por um recurso da enunciação oral. Em primeiro lugar, o trecho sob análise começa com um marcador que chamo quase conversacional[10] "é fácil", muito comum nos gêneros menos formais da oralidade. Introduz, então, um comentário, ao final do qual retorna ao tom conversacional, justamente no momento em que insere a seqüência aqui comentada. Essa alternância na remissão à imagem que o escrevente faz da gênese da (sua) escrita vem marcada também no próprio procedimento de clivagem. A presença do futuro do presente do verbo "ser" em "será que...", ao compor um duplo efeito de sentido, produzindo o modo da dúvida no interior de uma pergunta (interpelação direta do interlocutor), é um outro indício que ratifica o modo de elaboração oral desse segmento de discurso. Finalmente, uma última evidência. Como se sabe, na oralidade, além da possibilidade de substituir a lexicalização pela prosódia[11], pode-se também marcar, pela prosódia, focos que, na escrita, seriam mais bem indicados pela ordem das palavras. A prosódia que o escrevente supõe projetar no operador "somente" evidencia, portanto, uma ordem não integrativa, uma vez que o foco esperado seria facilmente obtido por meio de uma terceira possibilidade de disposição das palavras – já mencionada anteriormente –, em nenhuma medida dependente da prosódia: "mas será que *somente* encontrar os culpados resolve o problema?".

Não quero dizer com isso que haja, na opção por essa ordem não integrativa, uma interferência da oralidade na escrita. Prefiro assumi-la como uma projeção da situação enunciativa concreta, em que o interlocutor fisicamente ausente na escrita é de tal modo projetado para o texto que se

---

10. Ver, mais adiante, a análise de uma ocorrência dessa mesma expressão, em outro texto (p. 143).
11. Cf. Cagliari (1992) e, aqui mesmo, capítulo 1, pp. 56-7.

impõe uma argumentação que o presentifique, no caso marcada pela prosódia que o escrevente supõe plasmada na escrita. É, pois, a representação desse envolvimento quase físico com o interlocutor que leva o escrevente a optar pela prosódia e não pela ordem integrativa dos elementos do enunciado.

Até este ponto, explorei os modos fragmentários de integração por meio da sintaxe. Trato, em seguida, das marcas sintáticas que indicam a reconstrução do fluxo da fala.

(2) A reconstrução do fluxo da fala

Um último efeito de fragmentação da sintaxe a ser destacado se refere à reconstrução do fluxo da fala. Essa reconstrução se apresenta ora *por fragmentação*, ora *por justaposição*. Observe-se o exemplo abaixo:

> Muitos artistas que se sentem mobilizados tentam combater a violência, mas criticam com grande violência. Isto incita os jovens a serem mais violentos ainda. *O que não resolve o problema*. (Texto 01-019)

em que a seqüência final em itálico deveria, talvez, ser considerada uma oração (portanto, uma parte do enunciado anterior) e não propriamente um enunciado independente. É evidente que, de um ponto de vista estilístico, essa construção tem um efeito interessante, desempenhando um papel textual perfeitamente coerente. Não estou seguro, porém, de que tenha sido estilisticamente elaborada. Pelo contrário, acredito que se trate de um tipo de reconstrução do fluxo da fala. No caso, essa reconstrução, feita por fragmentação, tem na pausa o elemento que atua como identificador de um novo fragmento. Esse fragmento talvez fosse mais bem compreendido nos termos em que Marcuschi (1986), baseado em Rath, define uma "unidade de comunicação": "[uma unidade de comunicação é] um substituto conversacional para frase, ou seja, é a expressão de um conteúdo que pode dar-se, mas não necessariamente, numa unidade sintática tipo frase" (*op. cit.*, pp. 61-2). Ainda segundo o autor, as "unidades de comunicação são, via de regra, marcadas por pausas, pela entonação e por certos elementos lexicais ou paralexicais" (*id., ibid.*). Na escrita, as marcas que delimitam fronteiras[12] para essas unidades podem vir substituídas pela pontuação, indicando a fronteira de enunciados. É o que exemplifica o fragmento em questão, no qual o escrevente registra uma tentativa de fazer plasmar-se a prosódia, marcadora de fronteira, na escrita.

Por sua vez, a reconstrução do fluxo da fala por justaposição afeta a construção do texto de uma outra maneira:

> A violência em si, quando mencionada, nos transmite uma reação interior muito alarmente, pois só o fato de pensarmos nela, nós temos temos [*sic*] instantaneamente a reação, de que para se acabar com a violência é preciso também usar de violência, *esta é uma atitude que a maioria das pessoas teêm só que nunca pararam para pensar ou analisar, pois se o fizessem teriam consciência de que em vez de estar acabando com ela, estariam propagando mais e mais violência*. (Texto 03-180)

Desta vez, a construção fica afetada pela *justaposição de "unidades de comunicação"*. Ocorre, então, um outro tipo de projeção do falado no escrito, ligado, neste caso, à dialogia com o já falado/escrito. Vale, aqui, uma ressalva, semelhante à que fiz ao tratar do uso narrativo do conector "e". Poder-se-ia defender a inclusão da justaposição na regularidade que trata da conexão do heterogêneo da linguagem, em particular no subitem "coordenação e prosódia" (cf. na seqüência).

---

12. Ao tratar das *unidades discursivas*, numa abordagem das *unidades de comunicação* como elementos de construção do texto falado, Urbano (1990) as define como contendo um núcleo e duas margens (esquerda e direita), ocupadas estas últimas por *marcadores conversacionais* (verbais – lexicalizados ou não – e prosódicos). Em consequência dessa organização das unidades discursivas, ligada ao fato de que a língua falada é um diálogo em presença, Castilho atribui a ela uma "*sintaxe interacional*" (1998, pp. 16-9, grifo meu). E, uma vez mais, Urbano, ao tratar da transposição da fala para a escrita, afirma que o apagamento das margens deve-se ao fato de que a manutenção do núcleo da unidade discursiva tem como pressuposto que, na escrita, é o conteúdo o que mais importa no texto (*op. cit.*, p. 635).

No entanto, uma vez mais, detenho-me no parentesco entre esse tipo de justaposição e a organização da conversação, neste caso, jogando também, claramente, com o heterogêneo da linguagem pela referência ao já lido na coletânea de textos fornecida na prova. Vale lembrar, a respeito deste último aspecto, que a atuação simultânea dos eixos não impede a sua discriminação.

Até o enunciado imediatamente anterior ao destacado com itálico, o escrevente dialoga com a coletânea e todo o seu trabalho é criar um contexto possível para a adaptação do seguinte trecho do texto 1, de René Girard: "Mesmo que o sistema judiciário contemporâneo acabe por racionalizar toda a sede de vingança que escorre pelos poros do sistema social, parece ser impossível não ter que usar a violência quando se quer liqüidá-la e é exatamente por isso que ela é interminável". Depois de sua tentativa de assimilar-se a essa voz, assimilação conseguida a duras penas – como se pode constatar pela construção por ele empregada –, é que realmente fica sinalizado um ponto de *individuação*. Ao contexto criado para o outro (o texto da coletânea), parece bastar ao escrevente a simples *alternância rítmica*[13] com o que se atribui como sua posição pessoal. Projeta-se, assim, no uso anafórico de "esta" e na alternância rítmica marcada pela vírgula, um elemento da situação concreta de enunciação: um texto da coletânea, a quem é imputada a defesa de uma certa atitude em relação à violência. Nesse sentido, pode-se pensar em uma alternância entre duas "unidades de comunicação". A aparente desconsideração do enunciado sob análise como uma frase independente – pela omissão do ponto final – parece, assim, estar ligada a uma outra forma de indiciação dessa alternância. A falta do ponto final não significa, portanto, uma não-distinção rítmica dos enunciados (das "unidades de comunicação"), embora o sinal utili-

---

13. Segundo Chacon, "a alternância entre estruturas a serem enfatizadas e outras em função das quais se determina essa ênfase se marca [...] na escrita através do jogo rítmico que as marcas de pontuação promovem entre as estruturas enfatizadas e as outras com as quais elas devem contrastar" (*op. cit.*, p. 98).

zado não pertença à convenção gráfica esperada pelo leitor. Eis, pois, uma indicação de que o escrevente está a meio caminho do registro convencionalizado de uma alternância que ele já percebe e utiliza.

(II) A SINTAXE E A CONEXÃO DO HETEROGÊNEO DA LINGUAGEM

Esta *regularidade* lingüística permite lançar um olhar crítico à idéia bastante comum sobre a escrita como o lugar da homogeneidade. Referências freqüentes à recusa das sobras no texto escrito, tais como "limpar" ou "enxugar" o texto, caminham lado a lado com outras não tão higienizadoras, mas preocupadas também em dar homogeneidade ao texto escrito, tais como "costurar", "amarrar", "dar um acabamento" ao texto. Contrariamente ao que se postula quanto a ser a escrita o lugar da homogeneidade, da "amarração" entre as suas unidades, os textos dos vestibulandos são pródigos em mostrar forte presença do heterogêneo na sintaxe. É o que procuro mostrar a seguir.

A abordagem deste item está subdividida em duas partes: (1) coordenação e prosódia; e (2) construção correlativa. Segue-se a primeira dessas subdivisões.

(1) Coordenação e prosódia

Sabe-se que a coordenação se faz, tipicamente, entre unidades formais de mesma natureza. Pouco tem sido explorado, porém, sobre o papel da coordenação como um dos recursos sintáticos apropriados para a *conexão do heterogêneo*. Convido o leitor a imaginar, por exemplo, a coordenação de noções que não guardam absolutamente nada em comum. Observe-se o exemplo seguinte:

> Nos morros escorrem favelados que habitam a cidade roubando e matando para sobreviver. Começa a formação de organizadas quadrilhas que usam drogas e fazem tráfico; apro-

veitando *os eventos realizados para a diversão da juventude e passar isso a outras pessoas*. (Texto 03-173)

A coordenação entre "os eventos realizados para a diversão da juventude" e "passar isso a outras pessoas" funciona, no caso, não propriamente como uma coordenação, mas como uma relação de finalidade entre duas orações: "aproveitando os eventos realizados para a diversão da juventude *para* passar isso a outras pessoas". Acredito que essa relação de finalidade, atualizada sob a forma da coordenação, evidencia a percepção, por parte do escrevente, do heterogêneo entre as duas seqüências coordenadas: é o fato de a "diversão da juventude" nada ter em comum com "passar isso a outras pessoas" que parece ser a asseveração do escrevente. Essa conexão do heterogêneo está sendo efetuada, portanto, entre dois posicionamentos diferentes quanto à "diversão da juventude": (a) os jovens devem se divertir; e (b) a diversão dos jovens não deve ser confundida com consumo de drogas, violência e tráfico.

No entanto, essa conexão é merecedora de comentário justamente porque não seria facilmente aceita pelas convenções da gramática normativa e porque causa, de fato, estranheza no texto escrito, mesmo quando o escrevente pode contar com a boa vontade do leitor. A despeito dessas convenções, a marcação desses diferentes posicionamentos quanto à "diversão da juventude" pode tornar-se perfeitamente aceitável em circunstâncias de enunciação oral, em que as marcas do heterogêneo são, como se costuma dizer, "amarradas" (organizadas num todo homogêneo), entre outros mecanismos formais, pela prósodia e por marcas paralingüísticas. No caso da enunciação escrita, na falta da realização "ao vivo" das marcas prosódicas e dos elementos paralingüísticos, essa organização limita-se à construção formal do texto: no plano da frase, por meio da escolha e ordem das palavras, mas também da regência, concordância, correlação verbal...; no plano do texto, por meio dos mecanismos de coesão, incluindo-se, dentre eles, a pontuação, que, nesse plano, é um dos poucos recursos que faltam na enunciação falada, ao lado apenas, obviamente, do trabalho gráfico e da disposição do texto no espaço da folha de papel. A necessidade de registrar, *in natura*, no texto escrito, a prosódia e os elementos paralingüísticos do falado mostra, por um lado, a importância desses elementos na organização do heterogêneo da linguagem e, por outro, a saliência que têm no processo de escrita do escrevente. Ou seja, são os recursos analógicos da organização do heterogêneo no falado (prosódia e elementos paralingüísticos) que são tomados como modelo de planejamento escrito e projetados, como tais, no texto escrito. Por essa razão, a ausência ou insuficiência de marcas disponíveis no momento da leitura do texto (no exemplo em questão, mais propriamente a projeção direta, em tom de reprovação, de uma *unidade de comunicação*: "e passar isso a outras pessoas") podem prejudicar a sua compreensão ou, pelo menos, não ser suficientes para que o leitor experimente o sentimento de completude do que é organizado como homogêneo.

Um outro modo de explicar esse tipo de conexão do heterogêneo é observar a direção oposta que se segue – na percepção da fala em relação à da escrita –, no que se refere ao léxico e à prosódia. Na enunciação oral, a percepção do heterogêneo da linguagem se dá a partir da prosódia, que, ao mostrar uma articulação sintático-textual e discursiva, permite que se distingam os traços dessa mesma articulação no léxico. Inversamente, no caso comentado da enunciação escrita, tal percepção se dá do léxico (separado por espaços em branco) para a prosódia. No entanto, em função das representações que orientam qualquer produção discursiva, é comum que o escrevente embaralhe as posições de remetente e de destinatário no processo de produção escrita. Ora, do ponto de vista de quem recebe a informação sonora, a prosódia é, de fato, ponto de partida na enunciação oral e permite que se reconheçam e se distingam, em função dela, as articulações sintático-textuais e discursivas, bem como os itens lexicais. No entanto, do ponto de vista de quem recebe a informação gráfica, é o léxico, em grande medida, e as marcas de pontuação, o ponto de partida para que se apreendam as articulações sintático-textuais e discursivas ao se projetar uma prosódia no escrito. O embaralhamento das posições de remetente e destinatário, por ocorrer no âmbito das representações, impede que o escrevente – seja ele quem for – tenha domínio pleno dessa flutuação. Ele está sempre sujeito, portanto, a encurtar/identificar o caminho entre um procedimento de partida (próprio do ouvinte) e um procedimento de chegada (próprio do leitor), gerando omissão ou simplificação do trabalho analítico de passar da prosódia (dimensão analógica do material sonoro) para o léxico (dimensão que aponta para o caráter digital de seus componentes mínimos: fonemas e grafemas), trabalho este que é indissociável da articulação sintático-textual e discursiva que organiza o processo de lexicalização. Essa tendência à identificação entre dois diferentes procedimentos pode dificultar e, em certos casos, impedir que o leitor recupere, pelas características prosódicas que o escrevente acredita integralmente plasmadas em seu texto, as articulações sintático-textuais e discursivas pretendidas no momento de sua produção.

Dessa dificuldade do leitor podem sobrevir outras interpretações – não comentadas aqui – do fragmento citado, tais como a possibilidade de descrevê-lo como a tentativa de coordenação entre duas orações reduzidas (a de gerúndio: *aproveitando os eventos realizados para a diversão da juventude*, e a de infinitivo: *passar isso a outras pessoas*) ou, ainda, a de levantar a hipótese de que o uso da conjunção "*e*" está associado à articulação anafórica por meio de coesão pronominal (*passar isso*), caso em que aquela conjunção desempenharia a função de operador discursivo. Importa, porém, que todas essas possibilidades se abrem em função do modo particular pelo qual a prosódia vem registrada na escrita, ou seja, em função das hipóteses que o escrevente levanta ao propor um tal registro. Pode-se, pois, dizer que, nesse momento, o escrevente circula pela representação que faz da gênese da escrita, representação que, no caso, parece basear-se no que ele "escuta" – ainda que mentalmente – ao se constituir como ouvinte/leitor de si mesmo no seu processo de produção do texto escrito, em que se sobrepõem os papéis de escrevente/falante. A propósito, são bastante freqüentes situações em que o aluno, ao ler o próprio texto em voz alta, ilumina, por meio da prosódia, as articulações sintático-textuais e discursivas pretendidas no momento da produção do texto, ainda que elas não sejam de fácil reconhecimento para outros leitores.

Um outro exemplo é o que se dá com a *coordenação entre quantificadores universais* relativos a coisas e a pessoas:

> Portanto *tudo e todos* que não seguem as regras que a sociedade impõe são discriminados... (Texto 00-012)

O heterogêneo está, pois, bastante claro nesse caso: "tudo" (todas as coisas) e "todos" (todas as pessoas). Parece haver, à primeira vista, um estranhamento quanto a essa coordenação. No entanto, considerando-se a presença de uma pausa depois da palavra "tudo", pode-se obter um enunciado bastante aceitável. É importante lembrar que, como regra geral, a própria gramática insiste na necessidade de omissão da vírgula antes da conjunção "e". O escrevente, obedecendo a essa regra geral, ao mesmo tempo que coordena o heterogêneo (coisas e pessoas), produz um enunciado – que acredita gramaticalmente abonado, a exemplo da expressão "contra tudo e contra todos" –, novamente fazendo um percurso que representa como genético, isto é, buscando, sem outra mediação, o traço prosódico de partida (a pausa) na prosódia de chegada (a pausa que ele imagina plasmada por si só na escrita).

(2) Construção correlativa

Tomo, inicialmente, a noção de Perini (1989) sobre as construções correlativas. Segundo esse autor, "a evidência maior aponta na direção de se analisar as correlatas como coordenadas, ou pelo menos como um caso especial das coordenadas" (*op. cit.*, p. 221). Há, porém – ainda segundo o autor –, diferenças entre a coordenação e a correlação, como "a possibilidade [...] de se separar as coordenadas por ponto final (formando dois períodos), o que nunca pode ser feito com as correlatas (embora ocorra às vezes com certas subordinadas)" (*id., ibid.*). Vale lembrar, ainda, a definição de correlação dada por Câmara Jr. (1978). Para esse autor, correlação é a "construção sintática de duas partes relacionadas entre si, de tal sorte que a enunciação de uma [...] prepara a enunciação de outra" (*op. cit.*, p. 87).

Tome-se o exemplo abaixo:

> A violência é um círculo vicioso, pois para exterminá-la é necessário o uso de mais violência, por isso a tendência é que ela cresça cada vez mais. Pode-se compará-la a uma bola de neve que *cresce tanto, até tornar-se incontrolável*. (Texto 04-185)

O exemplo mostra que uma construção correlativa insinua-se entre o verbo "crescer" e a oração circunstancial a ele ligada: "até tornar-se incontrolável". A intercalação da correlativa insinua-se com "cresce *tanto*...", mas frustra a expectativa do leitor porque não se cumpre na seqüência. A falta de um introdutor para a segunda parte da correlativa acaba por produzir um acúmulo de funções para a preposição "até": (a) a de introduzir a oração circunstancial reduzida de infinitivo; e (b) a de introduzir o segundo membro da correlação. Esse acúmulo de funções da preposição parece dar à construção resultante mais um caráter de gradação do que estabelecer uma relação de causa/conseqüência. A essa gradação fica, porém, acrescentada a marca expressiva do escrevente "tanto".

Pode-se, pois, constatar, nesse tipo de cruzamento sintático, a tentativa de *delimitação do universo argumentativo*, semelhante ao já tematizado no capítulo precedente[14]. Como mostrei, essa construção pode dar-se na verticalidade de

---

14. Cf., aqui mesmo, pp. 52-3.

uma escala hierárquica (exemplo de "até mesmo", então comentado) ou na horizontalidade de pontos-limite de uma escala (exemplo de "desde... até...", também então comentado). Portanto, a *saliência* que o escrevente atribui à construção correlativa como um recurso de textualização pode – também no caso presente – revelar, por exemplo, que o recurso da delimitação do espaço argumentativo (e sua correspondente determinação de uma posição para o interlocutor) esteja passando do domínio da recepção para o da produção do escrevente. Os fatores condicionantes desse aparecimento são, entre outros, a necessária interlocução com a instituição que vai avaliar o vestibulando; o envolvimento que o vestibulando acredita ser necessário mostrar em relação ao tema da violência; e – consideradas as condições de produção de sua escrita – a própria expressividade do escrevente. Esta última se externa, em cumprimento à injunção de uma réplica, por meio de marcas lingüísticas (no caso, a construção correlativa insinuada com "tanto"), as quais projetam, da situação para a escrita, esse elemento de expressividade.

Quanto ao fator condicionante propriamente lingüístico, pode-se dizer que a caracterização típica da correlação, como sendo próxima, mas, ao mesmo tempo, distante da coordenação – uma vez que se impõe uma dependência sintática entre os membros correlacionados –, parece em processo de apreensão por parte do escrevente. O percurso dessa apreensão está marcado pelo seu uso como um recurso delimitador do universo argumentativo em que se dá a representação da situação concreta de enunciação. A independência sintático-semântica das coordenadas (isto é, a necessária conexão do heterogêneo), aliada à dependência sintático-semântica das correlativas (inseparabilidade dos membros da correlação em virtude da mútua implicação dos lugares argumentativos por ela construídos) permite, de um ponto de vista lingüístico, dizer que, neste caso, as construções correlativas podem ser vistas como "unidades de comunicação" atribuidoras de espaços argumentativos para os interlocutores.

O mesmo procedimento de *delimitação do universo argumentativo* está presente em exemplos como:

> Existe violência a qualquer parte, hora, onde menos se espera acontece um ato de violência.
> Como um assalto a mão armada, nas cidades grandes ocorrendo com mais frequência, *que pode matar* uma família inteira *e dar casa e comida* para família de um bandido, *ao mesmo tempo*. (Texto 00-003)

em que a coordenação com "e", aliada ao marcador de simultaneidade "ao mesmo tempo", resulta numa correlação que poderia ser traduzida como: "... que, *se* pode matar uma família inteira, *pode também* dar casa e comida para família de um bandido".

O fato de o escrevente utilizar as marcas de coordenação e simultaneidade como recursos complementares na composição de uma correlação indica que, de fato, ele já está a caminho de uma concepção adequada dessa construção. Note-se que ele articula o caráter de independência (conexão do heterogêneo) por meio da coordenação e o da dependência sintática (inseparabilidade dos membros da correlação) por meio da expressão da simultaneidade (pode-se dizer, a este respeito, nos termos citados de Câmara Jr., que: "a enunciação de uma [parte] prepara a enunciação de outra").

Um último exemplo joga com a estrutura de uma coordenação tipicamente correlativa: "não só... mas também". Curiosamente, esse jogo é feito para amenizar a correlação e acentuar a coordenação: "não apenas... e sim".

> A existência de tribos urbanas nos leva a observar que *não apenas uma pessoa* age ou pensa diferente do que determina a sociedade, *e sim várias pessoas* reunidas num mesmo grupo ou em grupos diferentes, porém todas com ideologias contrárias às defendidas pela sociedade moderna. (Texto 03-167)

O fato de o escrevente lidar, nesse fragmento, com a noção de quantidade parece explicar essa sua opção. Não se trata, portanto, de enfatizar a relação interna ao par correlato, mas de marcar o heterogêneo de duas quantidades: "uma" *versus* "várias". Desse modo, não caberia uma formulação como: "nos leva a observar que *não apenas uma pessoa* age [...], *mas também* várias pessoas". A exploração do heterogêneo daquelas duas quantidades mostra, ao contrário, que se trata de destacar as ações das tribos como coletivas: "não apenas uma pessoa... e sim várias". Nota-se, quanto à delimitação do universo argumentativo, que a orientação argumentativa proposta pelo escrevente assimila o ponto de vista das "tribos urbanas" em oposição ao da "sociedade moderna", fato que, uma vez mais, está ligado ao modo como o escrevente representa seu interlocutor, a saber, como se posicionando ao lado dos movimentos populares e, nesse caso particular, dos jovens.

* * *

Como termo médio entre as *pistas* lingüísticas e a *propriedade* definidora do primeiro eixo de circulação, acredito ter apresentado as *regularidades* mais salientes da dimensão sintática.

A primeira *regularidade* (*a sintaxe e o efeito de fragmentação*) permitiu observar os seguintes fatores condicionantes do aparecimento de tais estruturas sintáticas: (a) a sobrecarga de expressividade como resposta do escrevente ao tema e à coletânea propostos; (b) o alto grau de envolvimento com o interlocutor representado; (c) a busca de adesão ao delimitar um universo argumentativo comum e atribuir uma posição específica para o interlocutor; (d) a projeção representada da situação enunciativa concreta; e (e) a articulação do texto em função de "unidades de comunicação", graficamente identificadas com os limites da frase.

A segunda *regularidade* (*a sintaxe e a conexão do heterogêno da linguagem*) permitiu, por sua vez, observar os seguintes principais fatores condicionantes: (a) a tentativa de reconstrução do fluxo da fala por parte do escrevente em virtude da necessidade de trabalhar com referências muito heterogêneas entre si – destaco, a propósito, que, devido ao fator tempo, a rapidez requerida na leitura da coletânea e na seleção e organização dos argumentos a partir dela pode redundar num texto cuja elaboração se aproxima mais do fluxo imediato da fala; (b) a tentativa, por parte do escrevente, de projeção do percurso de representação da gênese em que ele situa sua escrita (percurso que vai diretamente da prosódia do falado – tomada como modelo, ainda que nem sempre graficamente assinalável – para o que supõe como o registro integral dessa prosódia no escrito – ainda que nem sempre integralmente recuperável); e (c) a tentativa de delimitação do universo argumentativo em que se dá a representação da situação concreta de enunciação (atribuição de um lugar para si mesmo e para o interlocutor) por meio do cruzamento de diferentes tipos de construções sintáticas. Neste caso, essas construções parecem mais bem caracterizadas como "unidades de comunicação", projetadas desde o falado, em função, talvez, de o escrevente necessitar (com alguma urgência) movimentar-se no universo argumentativo que se apresenta a ele e que ele deve construir em seu texto.

No tópico seguinte, estabeleço as *regularidades* na dimensão sonora da linguagem e na dimensão lexical.

Marcas da dimensão sonora da linguagem e marcas lexicais da representação do escrevente sobre a gênese da escrita

A reunião de marcas da dimensão sonora da linguagem e marcas lexicais numa mesma parte da análise justifica-se em virtude da substituição do léxico pela prosódia na enunciação oral, por um lado, e da substituição da prosódia pelo léxico na enunciação escrita, por outro.

Observo, nesta parte do trabalho, a possibilidade de uma vinculação cruzada, atendo-me, mais precisamente, à presença da prosódia na enunciação escrita. A análise dos textos será dividida segundo duas grandes regularidades: (I) a dimensão sonora da linguagem e a representação da gênese da escrita; e (II) o léxico e a representação da gênese da escrita.

Na seqüência, apresento o quadro indicativo da freqüência dessas *regularidades* relativas à dimensão sonora da linguagem e dimensão lexical.

Quadro 3: Porcentagem de ocorrência segundo *regularidades* lingüísticas da DIMENSÃO SONORA DA LINGUAGEM E DA DIMENSÃO LEXICAL em relação ao total de ocorrências das *regularidades* das outras dimensões no conjunto dos textos

Regularidades lingüísticas	%
I. A dimensão sonora da linguagem e a gênese da escrita	**30,5**
(1) A prosódia e a falta de lexicalização	1,7
(2) A prosódia e a pontuação	12,0
(A) A prosódia e o emprego não convencional da vírgula	8,5
(B) A prosódia e a falta ou confusão no emprego da pontuação	3,5
(3) A dimensão sonora da linguagem e a ortografia	16,8
II. O léxico e a representação da gênese	**8,1**
Porcentagem de ocorrências (dimensão sonora e lexical)	**38,6**

(I) A DIMENSÃO SONORA DA LINGUAGEM E A GÊNESE DA ESCRITA

Retomo, por um momento, o que entendo por prosódia. Uma formulação mais geral do problema associa a prosódia com os sons da linguagem. É, de certa forma, o que faz Cagliari: "os sons da linguagem são todos aqueles elementos fonéticos presentes na fala e que a moldam para carrear os significados" (1992, p. 50).

Dou por estabelecido que as outras referências feitas à prosódia neste trabalho já tenham deixado claro que o termo não está sendo usado para designar um acréscimo[15] aos sons da fala. Constitutiva dos chamados níveis de análise lingüística, provavelmente não tenha sido mais bem estudada em razão de seu caráter não linear e, portanto, não suscetível de representação segmental.

Uma formulação bastante concisa é dada, em nota de rodapé, por Scarpa (1995):

> Com relação à prosódia, basta que nos refiramos [...] a parâmetros como duração, intensidade (amplitude), altura (freqüência), velocidade da fala, pausa e alguns outros que constituem subsistemas suprassegmentais com variadas potencialidades distintivas ou significativas nas línguas naturais. Combinados, estes parâmetros também são responsáveis pelos subsistemas de ritmo e de entonação. Uma característica reconhecidamente básica da prosódia é sua não-linearidade, isto é, domínios prosódicos sobrepõem-se uns aos outros com regras tanto modulares quanto com abrangência hierárquica; o caráter não-linear dos elementos prosódicos compatibiliza-se com sua natureza não-discreta: isto é, não são redutíveis a unidades segmentais. Além disso, apesar de hierárquicos, os elementos prosódicos não têm relação isomórfica com constituintes gramaticais ou com regularidades semânticas (*op. cit.*, p. 169).

---

15. O verbete produzido por Câmara Jr. (1978) menciona que a prosódia se refere aos caracteres da emissão vocal "que se acrescentam à articulação propriamente dita dos sons da fala, como em português o acento e a entoação" (*op. cit.*, p. 202).

Vale insistir que a prosódia só aparece na escrita por meio da articulação com outros planos, por exemplo, o próprio léxico ou, como foi exemplificado, a sintaxe. Na maior parte das vezes, a leitura do texto escrito é feita pela imposição – em voz alta ou não – de uma prosódia[16]. Desse modo, posso trabalhar com a hipótese de que a prosódia não é exclusiva dos enunciados falados em dois sentidos: por um lado, ela é, em geral, uma exigência da leitura e vem, em parte, assinalada pela pontuação; por outro, ela é recuperável – como acredito ter demonstrado por ocasião da análise das marcas sintáticas – em diferentes pistas lingüísticas que os escreventes deixam em seus enunciados escritos. Portanto, embora não seja passível de uma representação segmental, é, pela articulação com outras dimensões da linguagem, recuperável nos enunciados escritos.

Como está presente em praticamente todos os momentos da circulação do escrevente pela imagem que faz da gênese da escrita, abordo, nesta etapa mais específica, apenas duas *regularidades* quanto à prosódia e uma terceira em que ela participa ao lado de traços segmentais: (1) a prosódia e a falta de lexicalização na escrita; (2) a prosódia e a pontuação; e (3) a dimensão sonora da linguagem e a ortografia.

* * *

(1) A prosódia e a falta de lexicalização na escrita

No que se refere ao modo como o escrevente projeta graficamente a prosódia, observo, inicialmente, a *substituição* – mencionada por Cagliari para o discurso oral[17] – *do léxico pela prosódia*. Vale lembrar também que o escrevente tende a representar como um percurso genético aquele que vai diretamente da prosódia do falado para o que o escre-

---

16. Cf. Abaurre (1990a e, aqui mesmo, p. 48).
17. Cf., aqui mesmo, p. 56.

vente supõe como o registro integral da prosódia no escrito. Nos casos a seguir, os escreventes tomam nitidamente a prosódia do falado como modelo.

Observe-se, inicialmente, a omissão do artigo em "mas não são todas ø[18] pessoas que tem acesso a educação..." (Texto 01-031). Há, nesse exemplo, uma adaptação fonética marcada pela falta de lexicalização (falta da palavra "as"). Parece bastante claro que o escrevente omitiu o artigo por já senti-lo registrado na sílaba final do quantificador <-das>.

A omissão pode atingir outras classes gramaticais, como é o caso da preposição "a" no exemplo seguinte:

> ... isso é normal, acontece todos os dias, morre muita gente, e as vezes sem ter nada ø ver com a história. (Texto 01-044)

Esses exemplos mostram dois momentos em que a velocidade da fala tomada como base pelo escrevente não lhe permitiu apreender – como seria possível por meio do grafismo de uma fala lenta – todos os segmentos aos quais deveria fazer corresponder uma atualização gráfica. Esse tipo de omissão pode ser chamado de apagamento prosódico, uma vez que é o dado prosódico da assimilação de um clítico que impede a percepção do vocábulo omitido.

Ambos os exemplos aproximam-se também de certos casos de hipossegmentação. Como se vê, as ocorrências se dão em momentos em que o escrevente parece operar ou com um registro não-marcado quanto à formalidade (caso de "todas as pessoas") ou com um registro mais marcado como informal (caso de "nada a ver"). Esse fato tem paralelo com o que Silva mostra na escrita infantil. Segundo o autor, nesse tipo de escrita, a hipossegmentação ocorre, em geral, quando a criança "tenta representar graficamente um trecho de um discurso seu, que está elaborando no momento em que desenvolve uma atividade particular de escrita" (*op. cit.*, p. 37). Portanto, juntamente com os condicionantes estri-

---

18. Doravante, utilizo o símbolo ø para indicar a omissão de palavras.

tamente lingüísticos, situo, uma vez mais, na relação sujeito/linguagem, a circulação do escrevente pela imagem que faz da gênese da escrita: no caso da escolha de "nada a ver", a representação de um momento de expressividade; e, no caso de "todas as pessoas", se não propriamente a expressividade, pelo menos a não-projeção do outro na escolha de um estilo neutro.

Vale a pena destacar, ainda, um último tipo de substituição do léxico pela prosódia. É o que se dá pela supressão, na escrita, do marcador de foco:

> Apartir dessa falta de instrução criam-se as "Gangs" que por sua vez determinam as normas na base da violência. Mas esta por sua vez não faz parte ø do jovem, é encontrada ø na infância pelos menores abandonados que a utilizam com [*sic*] forma de sobrevivência. (Texto 04-199)

Nesse caso, o escrevente deixa de incluir dois marcadores de foco, cuja ausência novamente parece dever-se à projeção da prosódia que o escrevente supõe plasmada em seu texto. A seqüência com os marcadores poderia ser: "não faz parte *só* do jovem, é encontrada *também* na infância", em que, na primeira parte, nega-se o posto ("não... só do jovem") para que seu pressuposto ("inclusive das crianças, adultos, idosos etc.") seja, na segunda parte, recuperado e reafirmado com a especificação de um novo posto ("também na infância", isto é, nela, mas não exclusivamente). Apesar da omissão dos marcadores, é certo que tenha sido esse o sentido tentado pelo escrevente. Desse modo, pode-se dizer que a lexicalização – segundo Tannen, típica da escrita – está, no caso analisado, substituída pela prosódia. Essa substituição é, pois, uma marca do modo pelo qual o escrevente representa a escrita em sua suposta gênese, a saber, como sendo uma projeção gráfica do gesto articulatório de sua emissão mentalmente ensaiada.

Abordadas como efeito da imagem que o escrevente faz da gênese da (sua) escrita, são essas as pistas que nos pareceram mais relevantes na composição da *regularidade* lingüística da falta de lexicalização na escrita em sua relação com a prosódia.

(2) A prosódia e a pontuação

Ainda no que se refere ao modo como o escrevente projeta graficamente a prosódia, observo, neste ponto, alguns casos que compõem a *regularidade* da relação entre prosódia e pontuação nos textos analisados. Como se trata de um campo bastante conhecido e explorado, os exemplos serão limitados ao mínimo.

Serão abordados, em primeiro lugar, casos em que (A) a prosódia é marcada pelo uso da vírgula fora da posição convencionalmente prevista; em seguida, serão tratados exemplos em que (B) a prosódia é marcada pela falta ou confusão no emprego de sinais de pontuação.

(A) A prosódia e o emprego não convencional da vírgula

Os três trechos a seguir foram extraídos do mesmo texto e servem bem para observar a tentativa de registro gráfico da prosódia:

> A violência é uma forma negativa de expressar frustações, traumas, revoltas contra a sociedade e o sistema capitalista, ou seja, uma maneira de *canalizar, todos os nossos impulsos negativos*. [...]
> Eles produzem um tipo de som barulhento e rebelde que levam as pessoas *a se manifestarem, das mais variadas e violentas formas possíveis*.
> *E, o mais interessante* de tudo isso é que... (Texto 04-200)

No primeiro trecho, há, assinalada por vírgula, a quebra sintática entre o verbo e seu complemento. Essa quebra mostra que o escrevente não está jogando, nesse momento, apenas com características da escrita. Uma vez mais, pode-se detectar a projeção de uma "unidade de comunicação". Na seqüência, procuro mostrar o que permite classificá-la como tal.

Inicialmente, é importante observar que, nessa seqüência, a argumentação contra a violência tem contornos que podem ser vistos como muito próximos da imagem que o escrevente faz do interlocutor. Note-se, em primeiro lugar, a classificação da violência como "*uma forma negativa de expressar...*"; em seguida, uma enumeração em que o escrevente busca contemplar o que antecipa como a expectativa do interlocutor com um amplo leque de problemas que a violência expressaria: "*frustações, traumas, revoltas contra a sociedade e o sistema capitalista*"; na seqüência, conclui de tudo isso que a violência seria "*uma maneira de canalizar*". Pode-se dizer, portanto, que, até este momento, tem-se uma escrita muito próxima daquela em que Lemos (1988) detecta uma "anulação da estrutura dialógica" pela "instanciação de um bizarro monólogo em que a voz que fala é a do Outro" (*op. cit.*, p. 75).

Curiosamente, ao ver configurada a reprodução de tal monólogo, o escrevente registra graficamente (pela vírgula) o gesto articulatório (a pausa) que o identifica para, finalmente, voltar, generalizando, ao mesmo movimento de assimilação à voz do interlocutor: "*todos os nossos impulsos negativos*".

Eis, portanto, demarcada a "unidade de comunicação" que localiza a posição do escrevente em sua representação da gênese da escrita. É importante observar que o fato de marcá-la – por meio da vírgula em posição não convencional – como presa ao gesto articulatório da pausa não corresponde a marcá-la como "dialógica" no sentido dado por Lemos. Pode-se detectar pelo registro gráfico desse gesto – longe, porém, da noção de criatividade subjetiva – uma marca expressiva que, embora nem um pouco valorizada do ponto de vista estilístico, evidencia um dado de ineditismo da individuação histórica do escrevente.

No que se refere ao segundo trecho, o escrevente volta a reproduzir o mesmo tipo de *monólogo*, mas desta vez utilizando, por meio de colagem, a coletânea dada na prova. Em primeiro lugar, "tipo de som" e "rebelde" são produtos de colagem da coletânea; além desse procedimento que o coloca como simples reprodutor, o escrevente marca sua preocupação com a concordância ao fazer concordar o plural de "pessoas" com a forma verbal "levam", que tem, porém, como sujeito "um tipo de som". Buscando traçar um espaço para o seu dizer pela delimitação dessas outras vozes, mas mostrando muita dificuldade em lhes dar (e em se dar) um lugar, acaba demonstrando seu esforço em se superar para dar voz ao seu interlocutor. É nesse ponto, porém, que interfere, uma vez mais, o registro gráfico (a vírgula) de um gesto articulatório (a pausa): "um tipo de som barulhento e rebelde que levam as pessoas a *se manifestarem, das mais variadas e violentas formas possíveis*". Como se vê, a vírgula separa o verbo de seu complemento circunstancializador. Esse emprego da pontuação, também não valorizado do ponto de vista gramatical ou estilístico, é o registro da representação, em sua gênese, de um gesto (de articulação ou movimento do corpo propriamente dito) do escrevente, provavelmente uma pausa, que acompanha seu processo de escrita nesse ato enunciativo.

O terceiro trecho citado localiza-se num outro momento do desenvolvimento do *esquema textual,* a saber, quando da delimitação de um tópico específico ao tema desenvolvido. Essa delimitação consiste, no texto, em tematizar o que ocorre atualmente com os jovens, fazendo um paralelo com o panorama geral, dado no início do texto, que consiste, nesse caso, em definir e localizar a existência da violência na história do homem.

O fragmento inicia o parágrafo final dessa delimitação, momento do *esquema textual* em que o escrevente geralmente faz uma ressalva marcando o seu posicionamento a respeito do tópico abordado. Observe-se o mesmo texto com a ampliação da seqüência citada:

E, *o mais interessante* de tudo isso é que eles alegam que isso é bom, e que protestam contra sociedade hipócrita e medíocre que anula o ser humano transformando-o numa mercadoria. (Texto 04-200)

Como se vê, nesse momento em que sobressai a *individuação* do sujeito ou em que, parafraseando Geraldi, as palavras do vestibulando parecem estar vindo à tona, ocorre também a projeção de um gesto articulatório (uma pausa) no gesto gráfico da pontuação.

Todos esses exemplos evidenciam a presença da prosódia na pontuação considerada excessiva. Naturalmente, essa presença leva a pensar no papel que o escrevente atribui à pontuação. Por ser o momento de um registro analógico da fala na escrita, os gestos articulatórios, associados a efeitos desejados sobre elementos da situação concreta de enunciação – em especial, o destinatário, o assunto e o próprio escrevente –, vêm representados no uso aparentemente desregrado da pontuação.

(B) A prosódia e a falta ou confusão no emprego da pontuação

Os casos de falta e de confusão no emprego de sinais de pontuação serão tratados conjuntamente, uma vez que a ocorrência de um está intimamente ligada à ocorrência do outro. Não busco, no entanto, a abordagem do problema da pontuação, mas o da sua relação com a prosódia.

Observe-se o exemplo abaixo:

Sabe aqueles *lugares, grandes* □[19] *onde* pessoas famosas vão cantar... (Texto 01-044)

Cabe, antes de mais nada, um esclarecimento. Esse texto caracteriza-se pelo fato de não se adequar ao tipo de texto

---

19. Convencionei utilizar o símbolo □ para indicar a omissão de sinal de pontuação.

solicitado. Construído como uma narração, nele são freqüentes as referências ao narrador em primeira pessoa ("Sou pequeneninha perto de tudo que acontece...") e a um possível leitor (constate-se a interlocução explícita no exemplo sob análise).

Nesse exemplo, há, ao mesmo tempo, falta e excesso de pontuação. Buscando reproduzir o grafismo do contorno rítmico-entonacional característico da atividade de contar histórias, o escrevente inicia a seqüência procurando mostrar, passo a passo, essa marcação. No momento seguinte, porém, provavelmente também por reproduzir a prosódia ensaiada mentalmente, o escrevente deixa de empregar a pontuação convencionalmente prevista. Desse exemplo, cabe destacar que, na escrita, não só a presença, mas também a ausência (a falta) da pontuação pode marcar blocos prosódicos que reproduzem o percurso representado como genético pelo escrevente.

Um caso curioso de confusão na pontuação ocorre com os enunciados interrogativos. Os exemplos abaixo são, respectivamente, o título e um trecho do corpo da redação:

> Em vez de violência porque não à *paz*!!
>
> Porque fazem guerra, se violentam, entram nesse mundo das drogas, se é bom viver sem nada *disso*. (Texto 03-161)

Os dois exemplos pretendem ser enunciados interrogativos. O recurso às perguntas é, nesse texto, o que orienta toda a argumentação, vindo assinalado duas vezes, uma delas como encerramento do texto. Eis, pois, um caso de inconsistência quanto ao emprego do ponto de interrogação. Assim, ao lado de usos convencionalmente previstos, há outros não-previstos, como os apresentados.

No primeiro trecho do fragmento, há a substituição do ponto de interrogação pelo ponto de exclamação. Parece haver, nesse caso, uma tentativa de marcar a pergunta, mas, talvez por se tratar de um título, o escrevente prefere o ponto reduplicado de exclamação.

No segundo trecho, a substituição é pelo ponto final. Parece que o pronome interrogativo colocado logo no início do enunciado acaba sendo esquecido depois da coordenação de três sintagmas verbais, seguida da condicional que o encerra.

Nesses dois momentos, o escrevente não registra graficamente (pela pontuação) o que lexicalmente está marcado. Essa é a *regularidade* quanto à relação entre prosódia e pontuação (ausente ou inadequada). No primeiro caso, o escrevente efetivamente marca uma relação com o interlocutor pelo uso do ponto de exclamação. Por ser o título, é possível que tenha procurado, nesse recurso, maior ênfase para se representar como mais engajado quanto ao tema. No segundo caso, é provável que o diálogo ensaiado mentalmente tenha chegado ao texto já como um desenrolar argumentativo, e a representação que o escrevente faz desse diálogo parece, pois, deslizar de um confronto direto para uma indagação indireta à distância. De qualquer modo, repete-se, nesses dois casos, a projeção de um gesto articulatório (tom exclamativo ou interrogativo) no espaço gráfico do texto (ainda que se confundindo os sinais de pontuação).

* * *

Os casos comentados em (A) e (B), classificados, em geral, simplesmente como "erros" de pontuação, são boas pistas da expressividade do escrevente. Na qualidade de pontos de *individuação* do sujeito, evidenciam que o escrevente atribui um lugar para a (sua) escrita e para si mesmo.

Acredito que a relação entre prosódia e pontuação (não convencional), por meio da qual o escrevente dá mostras da imagem que faz da gênese da escrita, poderia ser muito bem utilizada no ensino de produção textual. Para tanto, bastaria que os tais "erros" fossem vistos como pistas sobre o trabalho do escrevente com certas dimensões da linguagem (no caso, a prosódia). Parece-me que são pistas claras e, no que se refere a evidenciar um momento do processo de escrita do escrevente, sua consistência se mostra na possibilidade de constituir uma *regularidade* lingüística por meio da relação entre prosódia e pontuação.

(3) A dimensão sonora da linguagem e a ortografia

Ainda no que se refere ao modo como o escrevente projeta graficamente características da dimensão sonora da linguagem, sejam elas de natureza segmental ou prosódica, abordo, neste ponto, os casos que me pareceram mais relevantes quanto à relação entre essas características e a ortografia. Uma vez que busco analisar a imagem que o escrevente faz da gênese da (sua) escrita, destacarei fatos da escrita que enfatizam justamente a orientação fonético-fonológica da escrita alfabética. A hipossegmentação, que é um caso particular desse tipo de orientação, liga-se preferencialmente à representação da gênese da escrita e será também abordada.

Esse tipo de escrita pode atuar, por exemplo, em casos como:

> alicerci (Texto 01-010); disperta (Texto 03-134); faucatruas e pisicológico (Texto 01-003).

A *regularidade* lingüística, nesses exemplos e nos que se seguirão, consiste em destacar, por meio de marcas gráficas, características da dimensão sonora da linguagem. Se essa é uma regra que vale para os exemplos aqui citados e para muitos outros, pode não ser, porém, aplicada consistentemente por um mesmo escrevente, uma vez que ele pode, em certos casos, flutuar, num mesmo texto, entre a escrita convencional e a escrita não convencional – nos casos tematizados, uma escrita que enfatiza uma percepção de características segmentais não privilegiadas pelas convenções ortográficas.

Um destaque maior à percepção que o escrevente teria de determinados momentos da realização fonética dessas palavras é o que parece, pois, determinar a opção por essa escrita não convencional. Portanto, também em unidades menores da comunicação, como as palavras, podem-se observar indícios da projeção do gesto articulatório (da produção dos segmentos) no registro gráfico. Logo se vê que a opção do analista por um ponto de vista ortográfico (convencional, portanto) ou por um ponto de vista da representação que o escrevente faz da gênese da (sua) escrita vai determinar diferentes julgamentos a respeito da relação que o escrevente mantém com a linguagem. No primeiro caso, observado o produto de sua escrita, provavelmente o escrevente será classificado como inapto ou, pelo menos, como apenas parcialmente capacitado em termos do instituído para a ortografia. No segundo caso, observado o processo em que se situa essa escrita, cada escrevente pode ser visto no diálogo que estabelece com o que julga ser o modo de constituição da escrita. A ênfase que o escrevente dá, em determinados momentos de sua escrita, a características do aspecto segmental da dimensão sonora da linguagem nada mais seria, portanto, do que um modo de operar uma tendência como um princípio, que, aplicado indistintamente aos vários casos, resulta na ortografia não convencional exemplificada.

Tendência semelhante pode ser observada em:

"impreciona" (Texto 00-015); "analizar" (Texto 03-180),

em que o escrevente joga com o conhecimento que tem a respeito da relação grafema/fonema. Em "impreciona", o uso de <c> em lugar de <ss> deve-se à percepção do escrevente de que o fonema /s/ pode ser representado graficamente por várias letras ou combinações de letras. Fato semelhante ocorre com o fonema /z/, representado pela letra <z> e não pela letra <s>, resultando a ortografia não convencional "analizar". Nos dois casos, é a correspondência grafema/fonema percebida pelo escrevente e não a falta de percepção dessa correspondência que leva o escrevente a empregar a ortografia não convencional. Chega-se, desse modo, a uma projeção estrita do critério de paralelismo entre grafema e fonema. O escrevente, provavelmente na dúvida quanto a que tipo de letra utilizar, joga com o fato genérico de que som e letra se correspondem, determinando uma convenção local em seus textos, a saber, os grafemas <c> e <z> como representantes, respectivamente, dos fonemas /s/ e /z/. Nem seria necessário acrescentar que a assunção dessa representação termo a termo tem relação com a expectativa do escrevente de que fatos da dimensão sonora da linguagem sejam integralmente linearizados no texto escrito, expectativa ligada a sua circulação dialógica com o que imagina ser a gênese da escrita.

Um último caso de ênfase nesses aspectos refere-se à hipossegmentação. No caso dos vestibulandos, fica difícil provar, ao contrário do que faz Silva para a escrita infantil, que a hipossegmentação ocorre em momentos de maior expressividade da escrita. Observem-se os casos de hipossegmentação abaixo:

> Os jovens por não terem formação intelectual por desinterece de ambos os landos [sic] tanto de si próprio, quanto por parte de seus governantes no caso do Brasil.
> Não conseguem expressar sua revolta de forma criativa, convincente e global.
> **Apartir** dessa falta de instrução criam-se as "Gangs" que por sua vez determinam as normas na base da violência. (Texto 04-199)

> ... as drogas, sejam elas de qualquer tipo, são alucinogenos, uns mais fortes e outros mais fracos, mas todos deixam as pessoas fora de si, e essa pessoa drogada não sabe **oque** está fazendo, podendo ficar quieta em um canto, num lugar, ou esta pessoa pode vir a agredir outras pessoas... (Texto 01-009)

> Os países do 3.º mundo são os maiores exemplos da inanição de governantes que estimulam o analfabetismo, **afim** de impedir que o povo usufrua de seus direitos. (Texto 03-147)

A ênfase em características da dimensão sonora da linguagem (mais especialmente de natureza prosódica) nesses três casos parece ser uma tentativa de reprodução gráfica de grupos compostos pela junção de clíticos que dependem, quanto à acentuação, das palavras que os seguem. De um ponto de vista lingüístico, esse parece ser o critério que, de modo mais marcado, determina a hipossegmentação e, por meio dela, a indiciação de um momento de circulação do escrevente pelo que imagina ser a gênese da escrita. No que se refere à expressividade, poder-se-ia apenas supor que tenha havido uma fossilização desses momentos de expressividade da escrita infantil, os quais, sem uma oportuna atenção que fizesse o escrevente caminhar no seu processo de aquisição da escrita, podem ter resultado numa escrita adulta inconsistente em termos da convenção ortográfica.

Passo, neste ponto, a abordar as marcas lexicais da representação da gênese da escrita por parte do escrevente.

(II) O LÉXICO E A REPRESENTAÇÃO DA GÊNESE DA ESCRITA

Antes de dar prosseguimento à análise, porém, é importante lembrar que a dimensão sonora da linguagem e as marcas lexicais foram reunidas numa mesma parte da análise em virtude da vinculação cruzada que busco neste trabalho entre prosódia e léxico. Ou seja, em lugar de associar prosódia e enunciação oral, por um lado, e lexicalização e enunciação escrita, por outro, busco constatar, dado o material escrito que analiso[20], a presença da prosódia na escrita.

---

20. Por não ser objeto deste trabalho, será deixada de lado a presença do processo de lexicalização no enunciado oral. No entanto, o evento discursivo em que se dá o gênero "reportagem radiofônica ao vivo" exige a produção de um texto minimamente preparado, ainda que não necessariamente "escrito no papel". Esse gênero parece, pois, um bom exemplo de que procedimentos tidos como mais típicos da escrita (como a lexicalização) são também empregados no enunciado oral. Pense-se, ainda nesse caso, na necessidade de estabelecer os contornos da situação concreta (o chamado *lide*) sem o recurso dos gestos ou da câmera de tevê.
A respeito do processo de lexicalização no enunciado oral, cf. Vachek (1989 [1979], p. 51).

No que se refere à relação entre léxico e escrita, busco definir como uma *regularidade* lingüística o fato de o escrevente marcar sua expressividade pelo léxico. Observe-se o caso abaixo:

> Com o passar dos anos, o ser humano foi perdendo o amor ao próximo e o *coleguismo*. Dessa maneira, aprendeu a cultivar as desigualdades sociais e, de certa forma, a evitá-las através da violência. (Texto 01-012)

Parece claro que o emprego da palavra "coleguismo" tem diretamente a ver com o universo de realidade do escrevente. Note-se que as relações entre seres humanos só poderiam ser abarcadas por um tipo de vínculo muito mais genérico. O próprio escrevente exemplifica com "amor ao próximo", mensagem cristã dirigida ao homem em geral. Com "coleguismo", porém, o escrevente demarca um espaço expressivo que, naquela seqüência, falta antes e depois de sua ocorrência. Nesse sentido, o espaço expressivo é justamente o heterogêneo que destoa da homogeneidade do modelo escolar, criando uma aparente fissura no texto.

O funcionamento dessa escolha lexical lembra o papel de marcas gráficas, como o itálico[21], freqüentemente utilizadas para assinalar as citações. No caso de "coleguismo", não há nenhuma marca gráfica sobreposta: o escrevente não usa aspas, nem letras maiúsculas, nem grifo. De qualquer modo, a escolha lexical denuncia uma retomada de relações sociais tipicamente informais do escrevente, que, no entanto, lhe parecem as mais adequadas ao estabelecimento de relações com seu interlocutor representado no texto. Essa identificação expressiva, sem nenhum caráter gráfico marcado, está ligada à caracterização de um momento espontâneo na abordagem do tema e favorece – como Silva mostra para a escrita infantil espontânea – um modo de abordá-lo que parece ser "muito próximo de seu mundo"[22].

---

21. Segundo Vachek (1989 [1979]), o itálico, ao assinalar o estatuto de estrangeiro da palavra ou frase impressa, constitui *"ilhas"* gráficas (*op. cit.*, p. 46).
22. Cf., aqui mesmo, p. 95.

É interessante, no entanto, não perder de vista que o evento em que se insere a produção desse texto prevê – na própria formulação da proposta de redação – temas que contribuam para o posicionamento do escrevente. Vistas sob esse ângulo, expressividade e espontaneidade estão regradas por uma disciplinarização do desenvolvimento temático. Não é, pois, a expressividade em si que configura a representação da gênese da escrita, mas a expressividade replicante, disciplinarizada, fato que consiste numa outra forma de tomar a emergência da intervenção pessoal como ponto de *individuação* do sujeito. Dada a relevância desse tipo de marca, ela se constitui, pois, numa *regularidade* lingüística.

Um outro modo de o escrevente se marcar pelo léxico é o seguinte:

> Aqueles ocupantes das cadeiras mais influentes do mundo é que deveriam responder. Eles que pedem a retirada de tropas camufladas com seus armamentos e a diminuição de seus mísseis bélicos, é, os "Scuds" e "Patriots" *da vida*. São eles que mais nos *cutucam* com suas varinhas de condão. Seus filmes sujos de ódio são um veneno para nossa moral. (Texto 01-022)

Pode-se notar que todo esse trecho caracteriza-se pela presença de recursos organizacionais da conversação, nos quais, especialmente em suas realizações mais informais, a expressividade tende a ser bastante marcada. Interessa, porém, destacar o uso da expressão "da vida" e do verbo "cutucar", que representam, no texto como um todo, as escolhas lexicais mais informais. Como se pode constatar, a tentativa do escrevente é situar toda sua argumentação num alto grau de informalidade. Portanto, os itens lexicais destacados não correspondem em nada à "ilha" detectada no exemplo anterior. Pelo contrário, todo o seu trabalho é construir no texto uma situação de informalidade que ele provavelmente julga mais apropriada para convencer seu interlocutor. Pelo papel emblemático dessas duas escolhas em relação ao restante do texto, chego, portanto, ao fato de que a seleção lexical pode estar ligada à expectativa do escrevente de reconstituir integralmente a situação real de interação, revelando como ele representa a (sua) escrita em sua gênese.

O mesmo acontece no caso de escolhas de operadores cujo uso é mais comum na conversação:

> Com esses sentimentos presos em nós procuramos maneiras para extravasá-los. Vamos *pegar* como exemplo disso o "heavy metal"... (Texto 03-174)

É sabido que o uso de "pegar", nesse contexto, marca não só o envolvimento com que o escrevente monitora a argumentação, mas também a sua preocupação em controlar a atenção do interlocutor e indicar a sua proximidade com o que representa como a situação concreta de interação. Nessa circulação imaginária pela gênese da escrita, a projeção dessa proximidade e da própria situação de interação fica, pois, a cargo dessa escolha lexical.

Um último caso desse tipo de assinalação por meio do léxico ocorre em função de uma interessante relação sinonímica. Observe-se o seguinte exemplo:

> Atualmente a sociedade vê com grande repúdio as famosas tribos urbanas que procuram transmitir uma mensagem que não aceita o preconceito, a lei mais ferrenha que ela própria criou para que certas idéias não sejam escutadas: "colocadas em prática". Enquanto essa briga não chega ao final, as pessoas procuram se libertar através da violência *corporal* (*socos e chutes*) cuja forma de expressão está sendo representada pelos conjuntos de música e pelos esportes radicais. (Texto, 03-130)

Parece bastante evidente que a necessidade de explicitação do significado do adjetivo "corporal" divide o fragmento em destaque em dois momentos quanto à escolha lexical. Num primeiro momento, sua escolha recai na esfera do que representa como sendo o repertório de seu interlocutor; em seguida, a explicação, que seria aparentemente desnecessária dada a maior mobilidade que parece atribuir ao interlocutor, vem denunciar uma dúvida quanto à adequação da primeira escolha. Uma hipótese possível para explicar essa dúvida é que o escrevente tenha sentido alguma ambigüidade na expressão "violência corporal". Dada a orientação argumentativa dominante do texto, isto é, dado que o escrevente assimila o ponto de vista das tribos urbanas contra o que seria o ponto de vista da sociedade, evidencia-se a necessidade daquela explicitação. A "violência corporal" das tais tribos não passaria, desse modo, de "chutes e socos" – campo de agressividade aparentemente admitido como aceitável pelo escrevente. Essa violência não chegaria, por exemplo, à agressão por estupro, uma vez que esse tipo de "violência corporal" não seria o praticado pelas ditas tribos urbanas. Esse segundo campo da "violência corporal" – fora do aceitável pelo escrevente – é o que parece ter merecido a exclusão. Acredito, porém, que ele é recuperável na relação que a expressão "violência corporal" mantém com o parêntese com que o escrevente pretende esclarecer o significado desejado para ela.

O fragmento em destaque revela, portanto, uma flutuação quanto à relação que o escrevente propõe com seu interlocutor. Localizando-se, num primeiro momento, no domínio das formulações lingüísticas que atribui ao interlocutor, retorna, em seguida, para o que representa como seu domínio próprio. Esse retorno, dada a imposição da argumentação escolhida, acaba por mostrar a posição pessoal do escrevente em relação à violência, isto é, o que ele admite e o que exclui como fora dos limites aceitáveis. Portanto, o estilo marcado da explicação feita pelo escrevente – objeto de simples censura no contexto escolar tradicional – é justamente um daqueles pontos em que o escrevente se posiciona com relação ao tema.

Esse seu posicionamento é um dos importantes aspectos que a percepção de sua representação da gênese da escrita permite evidenciar. Raramente a reprodução do modelo escolar é tão radical a ponto de não se poder vislumbrar um traço de ineditismo nas formas de individuação do escrevente. Parece, pois, que a solução mais plausível é buscar uma mudança na maneira de olhar para os textos.

Um exemplo muito semelhante ocorre no seguinte trecho:

> Num país em que a raça branca é predominante, indivíduos negros, apesar de livres, muitas vezes não conseguem expor-se diante da sociedade de brancos, quer por razões emocionais, ou discriminativas. Na sociedade, todos os *não brancos*, principalmente os menos favorecidos financeiramente são vistos apenas como trabalho, geradores de dinheiro. (Texto 03-133)

Pode-se observar, nesse caso, a relação sinonímica entre "indivíduos negros" e "não brancos". A escolha da negação para compor o sentido desejado em "não branco" responde, como se sabe, a um interlocutor que afirma o branco como referência, como ponto de partida. A escolha poderia ter sido mais bem sucedida se a expressão "não brancos" incluísse – como parece pretender o escrevente – também os "menos favorecidos" não-negros. A escolha lexical e o uso da negação como prefixo[23] denotam que, embora a tentativa seja criticar uma posição da sociedade com relação aos negros e aos desfavorecidos não-negros, o escrevente joga com a categorização criticada. Esse é, portanto, mais um momento em que o escrevente se marca pela escolha lexical. A formulação traz um claro diálogo – pela marca de negação – com um interlocutor de uma certa cor (a branca). Desta feita, é seu envolvimento com o assunto que permite mostrar que a discriminação feita pela sociedade é, inconscientemente, partilhada pelo próprio escrevente. Esse é um aspecto da representação da gênese da escrita um tanto mais sutil, pois, em seu envolvimento com o assunto, o escrevente articula, metalingüisticamente, um sistema nocional que

---

23. É importante notar que, embora não empregue o hífen, o uso de "não-" como prefixo foi adequadamente requisitado pelo escrevente, dado que, segundo Alves (1992), o recurso da prefixação com "não-" "nega o sentido expresso pela base de maneira imparcial e neutra" (*op. cit.*, p. 106). O que se vê no exemplo, porém, é que o funcionamento discursivo revela mais do que um recurso adequado de prefixação. Nesse uso, explicita-se a tentativa de alçamento, por parte do escrevente, a esse modo neutro de expressão que ele localiza em seu interlocutor.

traz à consideração também o interlocutor. Segundo Reboul (1980), quando se trata de metalinguagem, não se leva mais em conta a possibilidade ou não de dizer algo, mas a possibilidade de dizê-lo de um certo modo. É, pois, buscando esse modo tido como adequado que o escrevente escolhe "não brancos". Portanto, seu envolvimento não fica marcado apenas com o assunto, mas também com o interlocutor. Ao pretender alçar-se para o modo "adequado" de dizer, que provavelmente localiza em seu interlocutor, o escrevente revela a imagem que faz da gênese da (sua) escrita, neste caso evidenciada pelo cruzamento de representações (as suas e as atribuídas ao interlocutor) na caracterização de uma unidade temática.

Essa mesma busca do modo adequado de dizer pode ser observada no último dos exemplos sobre escolha lexical:

> A sociedade apresenta-se como um quadro de violências de todos os aspectos [...]. A mais simples de agressão mútua é a tecnológica onde a televisão é o principal veneno a que todos ingerem. Por ser um meio comunicativo visual atrai pessoas de todas as idades e forma uma ideologia muito fixa nas pessoas. Isto gera a *não opinião para críticas* e uma vida acomodada. (Texto 01-015)

A busca de um item lexical que fosse adequado ao contexto leva o escrevente à circunlocução acima. Ao procurar, talvez, uma palavra como "alienação" e atribuindo a ela um conteúdo indispensável ou, mais propriamente, dialogando com práticas sociais que a carregam de um sentido tido como indispensável ao contexto, o escrevente busca, no eixo da substituição por contigüidade, a solução da questão metalingüística que o assunto lhe coloca. Dá-se, pois, um possível deslizamento metonímico de "alienação" para "não opinião" e para "não opinião para críticas". Ainda que a palavra desejada não fosse alienação, parece patente nessa substituição por contigüidade a circulação do escrevente pelo imaginário sobre a gênese da escrita. Na verdade, o diálogo com outras práticas sociais (e lingüístico-discursivas) marca, nesse exemplo, a gênese de um item lexical no domínio da produção. Ou seja, evidencia que o domínio exclusivo de recepção de um item lexical está deslocando-se para o domínio da produção por meio da constituição de um item substitutivo.

Portanto, na mudança do domínio da recepção para o domínio da produção do léxico, o escrevente evidencia a historicidade de sua relação com a linguagem pelo processo de construção lexical e, no caso, por um processo específico em que há um deslizamento metonímico como modo de constituir um novo item. Visto pela ótica da relação dialógica, esse processo ganha nitidez em virtude das vozes que se dividem e se sobrepõem na oposição entre domínio da produção e da recepção de um item lexical. Numa associação com o que Jakobson (1975) propõe para os afásicos com deficiência de seleção, pode-se pensar que a escrita do vestibulando, considerado o evento enunciativo em que se dá, apresenta um alto grau de dependência do contexto, de tal modo que "quanto mais seus [Jakobson se refere ao afásico] enunciados dependam do contexto, melhor se haverá ele em sua tarefa verbal" (*op. cit.*, p. 42). Esse paralelismo entre a dependência do contexto na escrita e a deficiência de seleção dos afásicos não tem nenhuma relação com qualquer tipo de avaliação quanto à deficiência do escrevente. Interessa apenas destacar o caráter de réplica que esse tipo de construção lexical reparte com a deficiência de seleção. Dada a situação essencialmente responsiva em que se situa, é compreensível que, a exemplo dos deficientes de seleção, ele sinta dificuldade, em certos momentos, em "emitir uma frase que não responda ou a uma réplica do interlocutor ou a uma situação efetivamente presente" (*id., ibid.*).

Pelo que acabo de expor, acredito poder concluir que várias são as formas pelas quais o léxico pode mostrar a imagem que o escrevente faz da gênese da (sua) escrita. Esse fato dá uma outra dimensão à idéia de lexicalização como uma característica do texto escrito, permitindo pensá-la não só em função de certas restrições deste (como a falta dos elementos situacionais), mas do papel de mediador que o escrevente exerce ao pôr em relação diferentes formulações lingüísticas de variadas práticas sociais.

Mais do que um processo vinculado apenas ao texto escrito, a lexicalização é, portanto, um lugar de observação da relação entre o sujeito e a linguagem. Segundo Pêcheux & Fuchs (1990), ao tratarem das determinações sucessivas pelas quais o enunciado pouco a pouco se constitui, "o léxico não pode ser considerado como 'estoque de unidades lexicais', simples lista de morfemas sem conexão com a sintaxe, mas [...] como um conjunto estruturado de elementos articulados sobre a sintaxe" (*op. cit.*, p. 176). No que se refere especificamente à articulação léxico/sintaxe, a relação sujeito/linguagem fica mais evidente, nos textos analisados, quando o escrevente rompe uma seqüência em que tipicamente vinha assimilando a voz do interlocutor ou do senso comum para marcar-se pela escolha lexical. Revela-se, assim, uma interessante defasagem entre duas vozes, por meio da qual o escrevente faz irromper, no discurso que, de fato, é do outro, uma formulação que o assinala como seu, ainda que esse procedimento não passe de uma apropriação, que, embora de direito, é validada apenas por uma espécie de direito costumeiro, isto é, por uma forma rotineira de instituir a autoria como lugar da responsabilidade jurídica. Quanto a essa marca ser ou não consciente ou proposital, a questão não se coloca, uma vez que a relação que o sujeito mantém com a linguagem sempre está sujeita a representações não inteiramente conscientes, mesmo quando se trata da formulação lingüística[24] dada ao enunciado.

* * *

24. Ainda ao tratar das determinações sucessivas pelas quais o enunciado se constituiu, Pêcheux & Fuchs (1990) – cujo texto original foi publicado em 1975 – propõem a distinção entre o que chamam "esquecimento nº 1" e "esquecimento nº 2". Para os autores, além do esquecimento nº 1, caracterizado como o esquecimento ideológico inacessível ao sujeito e, portanto, inconsciente, as determinações relativas à formulação lingüística estão também presentes no enunciado por intermédio do esquecimento nº 2. A respeito deste último, em reformulação posterior – originalmente publicada em 1977 –, Pêcheux, ao reafirmar que ele se dá no nível pré-consciente, caracteriza-o como "a retomada de

Tomando por base que a prosódia só aparece na escrita por meio da articulação com outros planos, as marcas dessas articulações foram buscadas, nesta seção, quando a escrita se ressentia da falta de lexicalização. Essas marcas foram também apreendidas na indiciação feita pela pontuação e pela própria escolha lexical. Além disso, foi considerado o papel da dimensão sonora da linguagem também quanto à ortografia.

As *regularidades* obtidas tendo em vista as relações entre prosódia e falta de lexicalização na escrita, prosódia e pontuação e dimensão sonora da linguagem e ortografia podem ser sintetizadas na projeção da dimensão sonora da linguagem no escrito.

Merece destaque a tendência, freqüentemente reafirmada pelo escrevente, em representar a gênese da escrita como um percurso que supõe a passagem direta da prosódia do falado (tomada como modelo, ainda que nem sempre graficamente assinalável) para o que o escrevente toma como o registro integral dessa prosódia no escrito (ainda que nem sempre integralmente recuperável). Esse fenômeno se repete tanto nos momentos em que fica evidente a falta de lexicalização na escrita quanto nos momentos em que – em virtude da pontuação que o escrevente utiliza ou deixa de utilizar – há projeção de "unidades de comunicação" na qualidade de unidades da escrita. No que se refere especificamente à relação entre ortografia e dimensão sonora da linguagem, é importante o destaque de características dessa dimensão da linguagem que o escrevente faz por meio de marcas gráficas. Um caso particular é o da hipossegmentação em que características prosódicas ganham destaque na ortografia.

uma representação verbal (consciente) [uma 'palavra', uma 'expressão', um 'enunciado'] pelo processo primário (inconsciente), chegando à formação de uma nova representação, que aparece conscientemente ligada à primeira, embora sua articulação real com ela seja inconsciente" (cf. Pêcheux, 1988, p. 175). Segundo o que defendo aqui, esse vínculo entre as duas representações se refere à defasagem introduzida entre as vozes que participam de um texto.

Com relação ao papel do léxico na imagem que o escrevente faz da gênese da (sua) escrita, é muito forte a tentativa de reprodução do modelo escolar e, no caso desse vestibular, há uma tendência acentuada, por parte dos vestibulandos, de reprodução do léxico presente nos textos da coletânea. No entanto, a constatação mais importante a respeito da *regularidade* lingüística quanto à relação léxico/representação da gênese da escrita concerne justamente à recusa de uma reprodução estrita. Mesmo considerando a tendência de uso do léxico da coletânea, pode-se detectar um traço de ineditismo nas formas de individuação do escrevente. É nesse sentido que sugiro a possibilidade (talvez a necessidade) de o analista e também o professor lançarem um novo olhar para o texto, de tal modo que se possam reavaliar as ocorrências do que normalmente se descreve apenas como uma inconsistência de registro ou de estilo.

Na seção seguinte, abordo a imagem que o escrevente faz da gênese da (sua) escrita em função das marcas de organização textual.

Marcas organizacionais do texto referentes à representação do escrevente sobre a gênese da escrita

Em primeiro lugar, por organização do texto, entendo a configuração formal do texto dos vestibulandos, considerado o seu processo de constituição. Embora não tenha a preocupação de tratar particularizadamente os chamados fatores que dão ao texto a propriedade da textualidade, tais como os fatores formais, como a coesão; semânticos, como a coerência; e pragmáticos, como, por exemplo, a intencionalidade, a aceitabilidade, a informatividade, a situacionalidade, procurei abrangê-los ao caracterizar a representação que o escrevente faz da (sua) escrita. Os fatores pragmáticos arrolados estão particularmente presentes na relação do texto, respectivamente, com o próprio escrevente, com o interlocutor, com o assunto e com os elementos da situação de enunciação.

No caso específico da representação da gênese da escrita, os chamados fatores pragmáticos são particularmente importantes, mas pretendo que, também eles, sejam vistos segundo a representação que o escrevente faz das condições de produção de seu discurso. Contribui, para minha investigação, o fato de contar com uma perfeita circunscrição do evento vestibular, a partir da qual posso observar o cruzamento de expectativas em que o escrevente se situa em sua prática textual. A tentativa, porém, não é a de expor cada um dos detalhes desse evento em sua relação com o texto do vestibulando. Pelo contrário, parto da busca, nos textos, dos detalhes salientes da representação que o escrevente faz, em termos lingüísticos, desse evento, tomado este último como "cruzamento de itinerários possíveis".

Na exposição que se segue, enfatizo a presença de fatores de textualidade na construção do texto, ligados à situação concreta de enunciação e reunidos no único item desta parte, a saber, a *regularidade* lingüística que inclui o uso de articuladores indicativos: da participação direta do interlocutor, do monitoramento explícito do discurso ou do uso de expressões formulaicas.

Na seqüência, apresento o quadro indicativo da freqüência dessa *regularidade* da dimensão da organização textual.

Quadro 4: Porcentagem de ocorrência segundo regularidades lingüísticas da DIMENSÃO DA ORGANIZAÇÃO TEXTUAL em relação ao total de ocorrências das *regularidades* das outras dimensões no conjunto dos textos

Regularidades lingüísticas	%
I. O uso de:	
(a) Articuladores que indicam a participação direta do interlocutor	11,2
(b) Monitoramento explícito do discurso	1,3
(c) Expressões formulaicas	10,3
Porcentagem de ocorrências (dimensão da organização textual)	**22,8**

(I) O USO DE ARTICULADORES QUE INDICAM A PARTICIPAÇÃO DIRETA DO INTERLOCUTOR, O MONITORAMENTO EXPLÍCITO DO DISCURSO OU O USO DE EXPRESSÕES FORMULAICAS

Um primeiro exemplo de articulador textual que indica a participação direta do interlocutor ocorre em seqüências como a seguinte:

> ... mas para que tudo isso se acabe, a única solução mais palpável seria usar de violência para acabar com ela mesma. **É aí** que começa uma verdadeira tempestades de dúvidas, preconceitos, e principalmente de uma busca que as vezes chega-se em um determinado ponto onde nos obriga praticamente a voltar para a estaca zero, **é aí também** que todos se perguntam, haverá um fim para tudo isso? Existe solução?
> **É aí** também o ponto em [sic] podemos concluir, se para conseguir a solução desejada há um caminho muito longo e cheio de obstáculos, dúvidas preconceitos, politicagem etc... e nos deixa um lembrete um tanto que assustador. (Texto 03-180)

Parece bastante claro que o uso repetido de "aí" deve-se a uma tentativa de aproveitamento do texto 1 da coletânea, parafraseado pelo escrevente da seguinte forma: "a única solução mais palpável seria usar de violência para acabar com ela mesma". É notório, pelas referências que o escrevente faz, que o trabalho com essa contradição é bastante difícil para ele. Uma vez parafraseada, a contradição é localizada no tempo da argumentação do escrevente: "é aí que começa uma verdadeira tempestades de dúvidas...". Sem saída, volta à "estaca zero". Retoma, então, a discussão do ponto zero para incluir seu auditório imaginado: "é aí também que todos se perguntam, haverá um fim para tudo isso?". No final dessa seqüência, após a qual aparece um pequeno parágrafo de encerramento do texto, o escrevente retoma a dúvida já supostamente compartilhada com o interlocutor para, novamente, partindo da própria dúvida, incluir questões que provavelmente localiza como de interesse do interlocutor: "aí também [...] podemos concluir [...] há um caminho muito longo e cheio de obstáculos e dúvidas *preconceitos, politicagem etc...*".

Esse uso de "aí" como articulador é reconhecidamente uma marca dos gêneros narrativos mais informais, cujo traço de coloquialidade busca marcar, mesmo quando utilizado em situação de uso mais formal, o andamento do desenvolvimento temático tendo em vista a situação imediata de comunicação, em que o escrevente supõe a participação direta de seu interlocutor. O envolvimento pressuposto entre os interlocutores parece, pois, ser o fator condicionante da *saliência* que o uso do articulador tem para esse escrevente. A localização espacial feita pelo uso de "aí" vai, contudo, além de uma localização voltada para o espaço argumentativo. É também uma marca anafórica de um lugar no texto, de tal modo que cada um desses lugares fica reservado para ancorar a progressão temporal – graficamente indicada – do desejado percurso de adesão do interlocutor.

A referência à situação imediata e à participação direta do interlocutor está presente também no dêitico destacado a seguir:

> Nesse país, a violência em si, é a coisa mais normal, tudo que se faz, onde se vai a violência está presente.
> Este mundão *aí* fora, está uma anarquia, todo mundo pensando em guerra, violência... (Texto 03-161)

Mais que o registro da enunciação presente no uso do demonstrativo "este" ("Este mundão"), que pode ser interpretado como anafórico, o uso de "aí" evoca claramente o gesto indicativo de lugar próximo à situação de produção do texto. É bom lembrar que não se está julgando o efeito estilístico resultante, uma vez que a necessidade de envolver o leitor deve, sem dúvida, ter levado a esse tipo de uso. No entanto, o baixo grau de formalidade proposto funciona mais como tentativa de recriar "a" situação concreta do que como uma tentativa de recriar "uma" situação concreta.

O forte vínculo emocional com o evento vestibular parece favorecer esse tipo de remissão à situação concreta de enunciação:

> Eu estou *aqui* tentando fazer uma boa prova depois de meses de estudo, mas estou com medo de que alguem roube o meu carro que está sozinho *lá* fora. (Texto 03-127)

Note-se, nesse caso, que a vinculação do tema ao momento de enunciação é explícita e se realiza como uma tentativa de dramatização, como uma atuação ao vivo, em que o interlocutor não é espectador, mas participante.

Há casos, ainda, em que a insistência na participação direta do interlocutor produz o que uma leitura desatenta poderia julgar como uma desarticulação formal e semântica do texto. Observe-se que a suposição de um gesto poderia resolver o problema de articulação do seguinte trecho:

> Porque fazem guerras, se violentam, entram nesse mundo das drogas, se é bom viver sem nada disso.
> A violência acontece através de uma coisa só, a falta de união *entre cada um*. (Texto 03-161)

Se o escrevente efetivamente quis representar um gesto em sua escrita não é a questão importante. O importante é perceber como esse mesmo texto poderia estruturar-se a contento numa situação concreta de fala.

Ressalto que o texto não traz referência anterior a "um" e a "outro", fato que dirige a leitura para alguma coisa como "união das pessoas entre si". A expectativa de que um gesto como o sugerido esteja plasmado em seu texto evidencia, portanto, a imagem que o escrevente faz da gênese da (sua) escrita.

No fragmento a seguir, observa-se o tom quase conversacional, obtido em função do monitoramento explícito que conduz o encadeamento temático:

> *É fácil* esmurrar um travesseiro, mas, na sociedade, quem será o tal "travesseiro"? Nada mais elementar do que criar um 'bode expiatório' em tal caso. *Pega-se* um punhado de jovens, juntamente com qualquer ponta de inveja que tenhamos de seus potenciais e dizemo-lhes que são "maus elementos". *Pronto*, eis a violência criada. (Texto 0-01)

É óbvio que, na oralidade, se os marcadores conversacionais não são prosódicos, são prosodicamente assinalados. Contudo, os que aqui poderiam ser chamados seus correspondentes quase conversacionais vêm, por sua vez, submetidos ao silenciamento fônico-acústico próprio da escrita. Esse esvaziamento formal, sem outro recurso lexical, sintático ou textual que reintegre, na escrita, o sentido desejado, deixa necessariamente em aberto um espaço para que o leitor o preencha. Um tal espaço de interlocução resulta, porém, num efeito de pressuposição de um ouvinte, mais do que na construção da figura de um leitor. Esse efeito caracteriza também uma representação sobre a gênese da escrita, uma vez que, por meio dele, o escrevente supõe projetar direta e integralmente uma situação de fala numa situação de escrita.

Uma outra marca de organização textual em que o monitoramento explícito revela uma articulação de tipo quase conversacional é a seguinte:

> Tribo pode ser [sic] definir como um grupo de pessoas que executa uma mesma função estão sob mesmas ordens. Por ser de mesma ideologia, os partidos políticos, cada qual com as suas idéias, formam uma tribo.
> *Agora* o que gera a violência entre essas tribos? O que leva um político a agredir sua colega de trabalho? Um metalúrgico a destruir seu local de serviço? A polícia a bater em estudantes de direito do largo São Francisco porque realizavam a famosa "Peruada"? (Texto 03-172)

Para observar como o uso de "agora" tem relação com a imagem que o escrevente faz da gênese da (sua) escrita, é interessante lembrar como Risso (1993), em estudo sobre "um aspecto da articulação do discurso", vê seu funcionamento no português culto falado. Baseada na noção de "tempo de referência", proposta por Schiffrin e parafraseada pela autora como a "relação dêitica entre o período de tempo configurado por uma proposição lingüística e o tempo de sua elocução (*speaking time*)", Risso defende que "o *tempo de referência* estabelecido por 'agora' firma um parâmetro situacional que engata o enunciado (proposição) com as circunstâncias da enunciação" (*op. cit.*, p. 38, grifo no original). Esse engate com as circunstâncias da enunciação, se já é digno de nota na enunciação oral, é ainda mais notável quando considerado na enunciação escrita. Portanto, a se concluir com Risso que os usos de "agora", "enquanto marcador de estruturação discursiva, não configuram uma perda total de elos com a significação de seu homônimo adverbial", mantendo, pelo contrário, "a ressonância da dêixis no plano do discurso" e revelando que "muito mais do que um advérbio vazio, é um instanciador pragmático da enunciação, atuante na organização do fluxo de informação e no estabelecimento da coesão textual" (*op. cit.*, p. 56), pode-se dizer que seu uso na escrita traz as marcas da situação concreta de enunciação. A projeção do falado (e da cena de seu acontecimento) no escrito volta, desta feita, a mostrar-se como sendo o modo pelo qual o escrevente representa a gênese da (sua) escrita nesse momento.

Um último caso relativo à organização textual é o uso de expressões formulaicas[25] que, já fossilizadas na *fala popular informal*, passam a aparecer na escrita dos vestibulandos. Os dois primeiros exemplos referem-se a expressões fixas:

---

25. Preti (1991), ao tratar da linguagem dos idosos, diz que os idosos "e, particularmente, os 'idosos velhos' têm facilidade em conservar em sua memória, com absoluta perfeição, frases-feitas, provérbios, refrões, expressões que, muitas vezes, remontam à sua infância". E continua: "A melodia e a rima que, não raro, as acompanham, favorecem a permanência na memória" (*op. cit.*, pp. 65-6). A essas expressões fixas o autor chama "expressões formulaicas".

> Atualmente, época violenta em que pensamos querer a Paz, *é duro* aceitarmos o fato de que talvez não exista aquele "bom selvagem" do Rousseau. (Texto 00-001)

> Nós, para combater isso usamos violência, e já ficou mais do que provado pelo homem que violência gera violência, não adianta por exemplo pegar um assaltante, prendê-lo, bater nele e depois soltá-lo que ele não vai parar de roubar, o que precisa ser feito é resolver o problema desde a raiz, descobrir *porque que é que* ele está roubando e dar uma educação descente a ele... (Texto 01-031)

Esses exemplos mostram que as expressões destacadas aparecem em seqüências que procuram atender ao requisito – bastante ensinado nos cursos preparatórios para o vestibular – da objetividade na dissertação. O próprio uso da primeira pessoa do plural identifica uma comunidade específica que ameniza e legitima as asseverações postas em jogo. Na primeira seqüência, a expressão "é duro" vem – pode-se dizer que com exclusividade – marcar a irrupção de um ponto de *individuação* do sujeito. É um momento de expressividade numa seqüência em que se apresenta uma defasagem entre duas vozes: a que pretende assimilar-se a uma certa comunidade, reproduzindo o discurso escolar sobre a violência, e a que se marca em meio a esse discurso, trazendo a voz de uma outra comunidade, pela qual o escrevente faz uma espécie de contorno (talvez um registro identitário) para retornar em seguida à reprodução do discurso escolar. Na segunda seqüência, embora outras marcas pareçam também constituir pontos de *individuação* do sujeito (observe-se, por exemplo, "bater nele"), a indagação por meio de "porque que é que" dá a essa *individuação* do sujeito um grau de expressividade tão vivo quanto numa discussão acalorada sobre qualquer assunto. A tentativa de conseguir um argumento irrefutável diante de uma possível objeção, coloca – como era a expectativa da instituição na elaboração do exame – o escrevente numa forte relação com o assunto, razão pela qual sua expressividade vem à tona, caracterizando-se como mais um ponto de *individuação* do sujeito.

Os três casos a seguir referem-se a expressões formulaicas utilizadas não propriamente na condução do desenvolvimento temático[26], mas na busca do envolvimento – até emocional – do interlocutor, supostamente atingível por meio de formas de grande expressividade. É interessante notar que o expressivo e o repetível não se excluem como se poderia à primeira vista pensar. Talvez porque a força de expressividade dessas formas – a exemplo do que Maingueneau (1989) afirma sobre os provérbios – esteja ligada ao fato de que o indivíduo que as profere "toma sua asserção como o eco, a retomada de um número ilimitado de enunciações anteriores..." (*op. cit.*, p. 101). Observem-se os exemplos:

> Trabalhadores sulgados por um sistema de semi-escravidão abandonam o trabalho por falta de um salário justo e passam a integrar quadrilhas de assaltantes e traficantes, pois passar fome *nem prá cachorro*. (Texto 01-025)

> Ir a um campo de futebol, não é mais uma forma de diversão, o que se vê é *uma tremenda de uma cachorrada, cachorrada mesmo*, por parte dos torcedores e também dos jogadores. (Texto 00-015)

> Mas nem sempre essa violência moral gera sangue. Estamos com um exemplo agora. Estamos totalmente amarrados e sendo estuprados pelo ensino nacional. Uma violência que *não mata, mas nos aleija* aos poucos, nos seca mentalmente. (Texto 01-022)

No primeiro dos três trechos, "nem prá cachorro" retoma a expressão idiomática "ter vida de cachorro" que cor-

---

26. As expressões formulaicas poderiam ter um tratamento interessante também do ponto de vista que toma o papel das marcas sintáticas na organização textual. Essas expressões poderiam ser vistas, por esse ângulo, como o que Castilho e Castilho (1992) chamam *modalizadores afetivos* do tipo *subjetivo* (*op. cit.*, p. 223).

responde a ter vida difícil; no segundo desses trechos, "cachorrada" simplifica a expressão "fazer uma cachorrada" que vem associada à reunião de pessoas consideradas como de má índole, significando, como se sabe, "fazer uma canalhice"; e, finalmente, no terceiro trecho, "não mata, mas aleija" quase que reproduz expressões fixas como "o que não mata, aleija" ou "se não mata, aleija".

Como esses três casos retomam fórmulas fixas, é importante lembrar o que diz Reboul (s. d.) a respeito dos provérbios, das palavras-choque e do *slogan*. Segundo esse autor, "os provérbios são muito numerosos nas culturas de transmissão oral; constituem aí a escola sem escola" (*op. cit.*, p. 141). Num outro momento, Reboul, ao definir palavras-choque, como "Natureza no século XVIII" ou "Progresso no século XIX", pela "reação afetiva provocada no destinatário", diz que a palavra-choque "dá mais informações a respeito do destinador do que a respeito do referente" (*id.*, p. 20). Finalmente, ao falar do *slogan*, diz que, pela sua forma, o *slogan* escapa "às dicotomias que caracterizam a língua moderna" como, por exemplo, à "dicotomia entre língua falada e língua escrita" (*id.*, p. 24). E acrescenta:

> o *slogan* abole-as [*tais dicotomias*] como que por encanto e nos reconduz a um estágio bastante antigo da linguagem, ao estágio dos provérbios, dos adágios, dos refrões, onde o dizer e o escrever [...] formam um todo único.
> Daí a correspondência entre dois procedimentos expressivos por excelência: a entonação e a tipografia [...] (*id.*, p. 25).

Embora os exemplos citados não se enquadrem perfeitamente nem como palavras-choque, nem como *slogans*, nem mesmo exatamente como provérbios, parecem ser bastante pertinentes as observações feitas por Reboul. Pode-se, pois, dizer que os *fragmentos* indicativos da representação da gênese da escrita afetam a organização textual, uma vez que (a) procuram provocar uma reação afetiva no destinatário; (b) dão mais informações sobre o destinador do que sobre o referente; e (c) reconduzem o interlocutor a um estágio bastante antigo de linguagem no qual o dizer e o escrever formam um todo único[27]. Evitando, quanto a este último item, fazer ressurgir, como resíduo, a dicotomia "dizer *versus* escrever" num estágio atual da linguagem (oposto a um estágio antigo em que as modalidades, por direito, formariam um todo único), pode-se efetivamente pensar, em função do exposto, que o escrevente pratica em seu texto (portanto, também no estágio atual) um modo heterogêneo de constituição da escrita.

Para finalizar, gostaria de destacar que todos os exemplos relativos à organização textual, ao lado dos já analisados relativos à sintaxe, à prosódia e ao léxico, mostram o que Street, baseado em Parry, afirma estar presente nos usos culturais do letramento: "o desenvolvimento da escrita toma lugar dentro de um sistema oral de pensamento e isto pode continuar a dominar os usos de letramento" (*id.*, p. 98). Nos casos analisados, a relação entre o oral/falado e o letrado/escrito evidencia que o escrevente faz uma representação da gênese da (sua) escrita como uma transcrição fiel do oral/falado, incluindo as referências pragmáticas à situação imediata de enunciação.

* * *

Da análise feita quanto à organização textual, pode-se concluir, portanto, que a imagem que o escrevente faz da

---

27. Fica, pois, descartada, pelo menos no caso desse uso das expressões formulaicas, a distinção proposta por Olson (1977) entre *enunciados* e *textos*. Segundo o autor, as diferenças entre as declarações da língua oral, mais informais (os *enunciados*), e as declarações da prosa escrita explícita (os *textos*) poderiam ser referidas: (a) às próprias modalidades lingüísticas (língua escrita vs. língua oral); (b) a suas utilizações mais comuns (a conversação vs. os ensaios); (c) às tradições culturais construídas em torno dessas modalidades (uma tradição oral vs. uma tradição letrada); ou, finalmente – e é o que interessa destacar –, (d) a *"suas formas sumarizadas"* (provérbios e aforismos para a modalidade oral vs. premissas para o modo escrito) (*op. cit.*, pp. 257-8). Pelo que foi exposto com base em Reboul e também pelo aspecto da "permanência na memória" levantado por Preti (cf., aqui mesmo, p. 144, nota 25, observa-se, portanto, ao contrário do que propõe Olson, o caráter escritural dessas *formas sumarizadas*, já presente na oralidade.

gênese da (sua) escrita vem marcada: (a) por certos articuladores textuais; (b) pela dramatização presente em certos enunciados de modo que produza o efeito de uma atuação ao vivo, que supõe a participação do interlocutor; (c) pela insistência na interpelação direta do interlocutor, o que acarreta certas desarticulações formais e semânticas no texto, só resolvidas se instanciadas numa situação concreta de enunciação ou se suposto, talvez, um gesto que recuperasse a articulação; (d) por outras referências pragmáticas à situação imediata de enunciação; e (e) pelo uso de expressões formulaicas.

Na seção seguinte, a abordagem do eixo em questão será feita a partir de alguns recursos argumentativos empregados.

Recursos argumentativos que marcam a representação do escrevente sobre a gênese da escrita

É preciso esclarecer, inicialmente, que todos os tópicos tratados até o momento atuam como partes do mecanismo argumentativo dos textos analisados. O interesse em se tratar de recursos argumentativos tomados separadamente justifica-se apenas pelo fato de que a relação com o interlocutor, nos casos a serem abordados, é argumentativa num sentido particular. Trata-se do uso de recursos que estão ligados à escolha imperativa de "fatos, dados, opiniões e argumentos relacionados com o tema" (Cadernos de questões da 1.ª fase do vestibular/1992, realizada em 1.º/12/1991, p. 2) necessários ao desenvolvimento temático. Ora, a seleção e a discussão desses fatos, dados, opiniões e argumentos só pode ter como ponto de referência o interlocutor representado que o escrevente constitui em seu texto, razão pela qual a formulação lingüística dada a essa discussão é uma espécie de jogo argumentativo (de vida ou morte, do ponto de vista do candidato) por meio do qual o escrevente se defronta com seu interlocutor.

Na análise, abordo os recursos argumentativos mais freqüentes nos textos, a saber, (I) o recurso à enumeração e (II) o recurso às perguntas. Eis o quadro da freqüência dessas *regularidades* da dimensão argumentativa:

Quadro 5: Porcentagem de ocorrência segundo *regularidades* lingüísticas da DIMENSÃO ARGUMENTATIVA em relação ao total de ocorrências das *regularidades* das outras dimensões no conjunto dos textos

Regularidades lingüísticas	%
1. Recursos à enumeração	18,0
2. Recurso às perguntas	12,0
Porcentagem de ocorrências (dimensão argumentativa)	**30,0**

(1) O recurso à enumeração

Por se tratar de exame vestibular de uma instituição que procura definir o perfil de seu candidato e explicita essa definição no Manual do candidato, acredito que uma das razões do uso freqüente de enumerações[28] talvez seja a necessidade que o candidato vê de satisfazer o perfil exigido. Ou seja, como é comum nessas situações-limite do processo de ensino-aprendizagem, o vestibulando, ao antecipar a imagem que a instituição faz do candidato ideal, constrói para si uma imagem acerca da própria avaliação a que vai ser submetido. Entre os instrumentos lingüísticos disponí-

---

28. A discussão feita, neste ponto, a respeito da enumeração é uma retomada muito próxima de uma pesquisa anterior, também sobre redações de vestibulandos, levada a efeito como uma das qualificações exigidas pelo programa de pós-graduação (doutorado) do Instituto de Estudos da Linguagem (Unicamp), sob a orientação da professora doutora Maria Bernadete Marques Abaurre. Os resultados dessa pesquisa estão em: CORRÊA, M. L. G. "Pontuação: sobre seu ensino e concepção". *Leitura: teoria e prática* (Revista semestral da Associação de Leitura do Brasil – Faculdade de Educação da Unicamp), n° 24 (ano 13), 1994, pp. 52-65.

veis para a construção textual conhecidos pelo candidato, é possível que a enumeração seja uma escolha freqüente dada a economia sintática e a aparente produtividade desse tipo de construção no que se refere a levantar conteúdos temáticos e pô-los em aparente relação de interdependência no interior do enunciado.

Por meio da enumeração, aparecem, então, as justaposições de temas e/ou avaliações, ligadas ao quesito: "capacidade de relacionar fatos e informações", presente no Manual do candidato. Ainda ligada a esse quesito, uma outra exigência estaria também contribuindo para o emprego de enumeração. É a do uso da coletânea de textos ou de fragmentos de textos sobre o tema proposto. Segundo o Manual, a não-obediência a essa exigência leva à anulação da redação.

A hipótese que defendo é, pois, a de que, pressionado por essas exigências, o candidato tende a selecionar dos textos da coletânea termos que julga sintetizar ou remeter aos assuntos tratados e, uma vez os tendo selecionado, busca o recurso da justaposição, como uma forma de obter a tematização exigida. Essa hipótese tem o respaldo de um número significativo de ocorrências de enumeração nos textos, havendo alguns textos que se caracterizam especificamente pela *saliência* desse recurso.

Como se sabe, a enumeração se dá entre estruturas sintáticas de mesma natureza. É sabido também que, na enunciação oral, a cada nova estrutura, há o acompanhamento de uma certa entonação, de um certo gesto e/ou de um certo ricto facial. Portanto, traços prosódicos e/ou gestuais marcam os matizes de sentido na passagem de um a outro de cada item enumerado, o que garante, na enunciação oral, a eficácia do recurso a enumerações.

No entanto, ao produzi-las na escrita, o escrevente opera apenas com o recurso gráfico da pontuação, utilizando-se insistentemente dessa estrutura talvez por sentir-se seguro da transparência de traços prosódicos e gestuais que supõe imprimirem-se como tais no papel sob a forma de pontuação enumerativa. Curiosamente, aparece, então, como freqüente resultado, uma pontuação correta para uma enumeração nem sempre facilmente justificável, esta última, em certos casos, reduzida apenas a um elenco em seqüência. Esse tipo de ocorrência constitui-se, pois, na primeira *regularidade* lingüística quanto aos recursos argumentativos utilizados pelo escrevente. Observe-se o exemplo abaixo:

> [...] onde menos se espera acontece um ato de violência.
> Como um assalto a mão armada, nas cidades grandes ocorrendo com mais frequencia, que pode matar uma família inteira e dar casa e comida para familia de um bandido, ao mesmo tempo.
> A violência para alguns é benéfica e para outros nem sempre. Mas ela está presente, *nas ruas, nos interesses políticos, e em muitos outros lugares*.
> Nínguem deixa de usar a violência para defender algum interesse próprio, principalmente quando o interesse envolve dinheiro. (Texto 00-003)

Na enumeração em destaque, pode-se questionar, quanto às regras gramaticais da pontuação, apenas o uso da vírgula antes da conjunção "e". Apesar da pontuação predominantemente correta, a enumeração falha em seu propósito de estabelecer relações entre "fatos e informações", pois estas não dependem apenas de uma relação com o que é exterior ao texto (a coletânea, por exemplo), mas estão vinculadas à relação proposta com os outros enunciados do texto, a começar pelo que a antecede. Considerando-se apenas as pistas lexicais que o escrevente deixou no texto, pode-se dizer que a enumeração proposta é um desses casos de difícil justificação. Cabe, porém, procurar justificá-la.

Num primeiro momento, o escrevente tematiza a imprevisibilidade dos atos de violência nas grandes cidades e o paradoxo entre matar uma família para que outra (a do assassino) tenha casa e comida. Em seguida a esse momento, em que ainda se podia ler uma justificativa na ação do assassino, lê-se uma tendência a arrefecer essa justificativa, ou seja, lê-se que a violência é benéfica para alguns, mas que nem sempre o é para outros. Da relação entre imprevisibilidade desses atos, paradoxo no confronto entre duas atitudes para com duas famílias e exclusividade de benefício da violência é que surge uma aparente contrajunção[29] que vai introduzir a enumeração.

Logo se vê que não fica clara a relação pretendida pelo escrevente com a escolha da contrajunção, introduzida por "mas". Mais precisamente, trata-se de opor, por um lado, o fato de que os benefícios da violência não são gerais e, por outro, o fato de que a violência ocorre de maneira generalizada (este último representado pela enumeração: "presente, *nas ruas, nos interesses políticos, e em muitos outros lugares*"). No entanto, a relação estabelecida é muito mais uma ressalva (uma concessão) do que uma contrajunção. O sentido pretendido parece ter sido algo como: "apesar de a violência ocorrer de forma generalizada, ela só é benéfica para alguns". Esse fato mostra que a enumeração utilizada joga, pelo menos, com o enunciado anterior e, portanto, tem um papel textual e não apenas no nível da estrutura frasal.

É importante lembrar que o uso de "mas" – menos uma conjunção e mais um marcador conversacional – não apresentará nenhum problema se os aspectos prosódicos que orientam essa escolha forem recuperados. A concessão – como, de resto, as outras relações semânticas entre os enunciados – não é, como se sabe, exclusividade das chamadas conjunções[30] ou locuções conjuntivas, uma vez que a presença de certos elementos prosódicos podem desempenhar a mesma função. Some-se a isso o papel de "mas" como marcador conversacional, no caso introduzindo um

---

29. O termo foi tomado de Koch (1988).

30. Cagliari (1992) diz que "na linguagem popular ocorrem muitos exemplos onde se nota que o falante não diz conjunções e pronomes relativos, onde, num discurso escrito deveriam aparecer necessariamente. Mas isso não o impede de se fazer entender e de expressar essas relações, porque elas, em vez de aparecerem lexicalizadas, vêm realizadas através de elementos prosódicos" (*op. cit.*, p. 58). O autor exemplifica com uma função conjuntiva da tessitura, mas lembra que outros elementos prosódicos podem estar associados a essa e a outras funções.

subtópico, que funciona como um argumento mais fraco (a violência generalizada: *nas ruas, nos interesses políticos, e em muitos outros lugares*) do que o subtópico anteriormente exposto (a restrição dos benefícios da violência: *A violência para alguns é benéfica e para outros nem sempre*). É, pois, a projeção direta de uma estrutura conversacional, funcionando como uma concessão, que introduz a enumeração. A enumeração fica, pois, justificada, tendo em vista a sua articulação com o texto, mas justifica-a, sobretudo, o fato de que, por funcionar perfeitamente bem na organização conversacional, é trazida como tal para o texto escrito.

A construção sintática econômica (se considerada nos limites do enunciado) das estruturas enumerativas pode perder, portanto, sua eficácia quando a enumeração é empregada no texto escrito. Parece óbvio que, como parte de unidades textuais maiores e sem os recursos da enunciação oral, o emprego da enumeração, no texto escrito, deve ter em vista não apenas a relação de interdependência que os conteúdos temáticos parecem manter entre si no interior do enunciado, mas, sobretudo, as relações textuais mais amplas, nas quais cada estrutura enumerada funcione como elemento de articulação formal e semântica do texto.

Pode-se, pois, constatar que o escrevente acredita poder projetar diretamente o falado no escrito, neste caso, identificando a relação entre os itens enumerados (possível na enunciação oral) com a série registrada no texto escrito. Mais uma evidência, portanto, da representação que o escrevente faz da gênese da (sua) escrita.

Há casos em que o escrevente, no afã de atender ao requisito da prova, busca trazer os vários aspectos da questão tematizada – especialmente os aspectos comentados na coletânea – por meio do emprego de "etc." ou de reticências no final das enumerações. O exemplo abaixo acumula "etc." e reticências:

> É aí também o ponto em [sic] podemos concluir, se para conseguir a solução desejada há um caminho muito longo e

cheio de *obstáculos, dúvidas, preconceitos, politicagem etc....* e nos deixa um lembrete um tanto que assustador." (Texto 03-180)

Fica bastante nítida, neste caso, a tentativa do escrevente de se alçar à posição que atribui a seu interlocutor. Por se tratar de um caso muito semelhante ao anterior, não o abordarei em detalhe.

(2) O recurso às perguntas

Também ligado à escolha imperativa de "fatos, dados, opiniões e argumentos relacionados com o tema", necessários ao desenvolvimento temático, esse recurso tem como parâmetro a relação com o interlocutor, tomado como centro polarizador em outra circulação do escrevente pelo que supõe como a gênese da (sua) escrita. Desta feita, a circulação é indiciada pelas escolhas de fatos e argumentos ligados à situação imediata em que é feita a discussão sobre o tema.

As perguntas que o escrevente lança e que constituem a segunda *regularidade* lingüística quanto aos recursos argumentativos utilizados visam sempre a interpelar o interlocutor representado em seu texto. Difuso, ainda que projetado em função da instituição que propõe o vestibular, esse interlocutor é uma espécie de compilação de traços relacionados com o imaginário sobre as instituições reconhecidas pelo escrevente como modelares da escrita. Desse modo, o leitor projetado nas dissertações responde pela regulação – institucionalmente amparada – do trabalho lingüístico do escrevente e, nesse sentido, pode ser identificado a uma instituição.

As perguntas lançadas a esse interlocutor parecem marcar, portanto, as dúvidas do escrevente a respeito do que, de fato, estaria sendo avaliado em sua abordagem do tema. Mas essas dúvidas, além de revelarem a preocupação do escrevente, revelam muito do que seria efetivamente perguntado numa situação de comunicação oral. Dito de outro modo, ao lidar com o que é aparente da função de avaliação própria da instituição que ele projeta no texto, o escrevente formula questões sobre o não-localizável de seu *funcionamento implícito*[31]: de que lado estaria ela a respeito de tal ou tal aspecto da vida social? como avaliaria tal ou tal fato?

Nessa posição indefinida, o escrevente situa seu dizer no espaço imaginário da opinião pública, ocasião em que tende a fazer confluir para seu texto os vários tipos de formadores de opinião, misturando o que acredita estabelecido pela opinião pública com saberes fixados pelo senso comum.

Observe-se o exemplo abaixo:

> *Como é possível ter inerente a capacidade de agressão verbal ou visual, tão propagandeada pelos "megastars", se, ao nascer, uma criança mal sabe distingüir palavras e imagens?*
>
> *E os criminosos? Até quando é possível deixar alguém nascer, viver e morrer sem rumo?* Todos tem sentimentos. Amam, choram e sofrem como muitos. [...] Pior ainda é acreditar que conseguiríamos acabar com todos eles condenando-os à morte. *Seria necessário usar violência contra a violência?*
>
> A única *resposta* para todas as perguntas seria cultivar o amor em função do amor. É evidente que também haveria de se programar um sistema capaz de salvar todas as crianças que ficam jogadas pelos quatro cantos do mundo para que, mais tarde, não se tornem marginais... (Texto 01-012)

Ao final da série de questões postas pelo escrevente, nota-se a tentativa de encontrar uma resposta. Sintetiza-a em dois pontos: "cultivar o amor em função do amor" e, como acréscimo ("é evidente que também"), "programar um sistema capaz de salvar todas as crianças que ficam jogadas pelos quatro cantos do mundo". No primeiro ponto, a projeção da instituição confunde-se com um certo tipo de discurso religioso de cunho mais conservador e pouco pragmático quanto à intervenção na situação descrita; no segundo ponto, essa intervenção se insinua, mas não recai no "aqui e agora" de uma atuação política efetiva, ganhando uma forma globalizada ("sistema capaz de salvar... as crianças... pelos quatro cantos do mundo").

---

31. Cf. Pêcheux (1990a, p. 76).

Esse exemplo mostra o que parece ser uma tendência no caso de perguntas acompanhadas de respostas. Nesses casos, o escrevente marca, em geral, uma posição quanto ao que está tematizando, e as perguntas funcionam mais como monitoramento do raciocínio. Esse monitoramento revela, nas perguntas e respostas que vão construindo, passo a passo, a argumentação, a imagem que o escrevente faz da gênese da (sua) escrita.

Um outro caso de perguntas é o que procura dar ao texto um tom de denúncia mais do que apresentar uma resposta. Eis um exemplo:

> Ataque ao Índio
>
> Comemorando quase 500 séculos de existência, o que restou da raça indígena vem sendo exterminada juntamente com a crise que abala e destrói esse país. [...]
> Jornais e revistas publicam a violência do governo pela posse das terras dos índios ianomami. [...] Na sociedade de hoje o índio ainda é tratado como escravo e extraído de seu território como se fosse animal selvagem. *Para onde irão e como viverão na sociedade de preconceitos e violência? E como serão reutilizadas suas terras?* O Brasil até hoje só opta pelo massacre para conseguir e dispor dos recursos que necessita. [...]
> Em suma, os primitivos colonizadores brasileiros estão sofrendo ameaças a seus sistemas de valores. Conseqüentemente, a sua própria vida está sendo exterminada e não permitirá seu acesso ao ano 2000. *O Brasil terá que "importar indígenas" novamente!?* (Texto 01-050)

É preciso notar, em primeiro lugar, que a questão discutida nesse texto baseia-se na dúvida quanto à proposta temática da redação. Ao associar "tribos urbanas" com "tribos" em geral e, por aí, com "índios", o escrevente opta por abordar a questão indígena no Brasil.

As perguntas que introduz, então, em seu texto, referem-se ao tema indevidamente escolhido. Tanto as questões colocadas no desenvolvimento, quanto aquela colocada no encerramento do texto são tentativas de provocação à reflexão dirigidas ao interlocutor. Como o escrevente não busca responder às indagações que ele mesmo faz, sente-se desobrigado de julgá-las quanto a sua pertinência. Sua expectativa parece ser exclusivamente a de conseguir o envolvimento do interlocutor, mesmo que, para tanto, se perpetrem perguntas insustentáveis, como é, especialmente, o caso da última.

A abertura do texto para o preenchimento por parte do leitor é, como acredito ter ficado claro, um típico funcionamento das perguntas nos textos dos vestibulandos. O exemplo a seguir é um modo bastante comum de encerramento dos textos e reafirma esse mesmo funcionamento:

> *Aonde está a paz que é tão desejada por todos nós?* (Texto 03-161)

Também, nesse caso, portanto, a expectativa do escrevente é contar com o interlocutor na elaboração conjunta de seu texto. Na falta da intervenção verbal efetiva ou das manifestações não-verbais de acompanhamento e elaboração conjunta do texto, o escrevente se utiliza das perguntas. No exemplo, além de encerrar o texto, a pergunta termina com uma inclusão do interlocutor no desejo manifestado pelo escrevente: "tão desejada por *todos nós*?". Por meio desse artifício, ele aposta na elaboração conjunta de seu texto pela união dos pólos do remetente (o "eu" que compartilha o desejo de paz com "todos"), do destinatário (o "você" que compartilha o desejo de paz com "todos") e do referente (a "paz = não-violência") como o clímax e o recurso final da argumentação.

* * *

Em ambos os recursos argumentativos (o da enumeração e o das perguntas), o escrevente joga com o caráter par da conversação que supõe reproduzido em seu texto.

No caso da enumeração, a participação do interlocutor na construção do texto do escrevente vem marcada pelo cruzamento entre assunto e interlocutor. Com a seriação de vários aspectos, em geral tomados da coletânea, o escrevente supõe aumentar as chances de "estar no tema" e de ver contemplada uma opinião pessoal do interlocutor. Esse recurso argumentativo se espelha no modo participativo de construção do discurso, ou seja, o escrevente desconsidera a falta dos matizes prosódicos e paralingüísticos necessários à justaposição de aspectos, às vezes díspares, supondo-os como recuperáveis pelo leitor.

No caso das perguntas, a participação do interlocutor, tomado como o segundo membro do caráter par da conversação que o escrevente supõe construir em seu texto, vem marcada pela dúvida do escrevente. Essa dúvida pode vir assinalada tanto nas perguntas com respostas, em que, em geral, se evidencia a indecisão do escrevente, como nas perguntas sem respostas, em que a expectativa é provocar a reflexão e incitar o interlocutor à réplica. Como se trata, em todo o caso, de uma incitação em ausência, o escrevente busca obter não propriamente uma resposta positiva no que se refere ao interlocutor reavaliar a sua posição em relação ao tema, mas, sobretudo, visa a uma atitude positiva do leitor ao avaliar o candidato quanto a sua capacidade crítica e ao seu desempenho verbal escrito.

Esse diálogo que, de certo modo, coloca o escrevente à máxima distância de seu interlocutor, caracterizando uma interação com alto grau de assimetria, serve também, paradoxalmente, a uma intensa aproximação entre os interlocutores. Submetido à injunção de dizer, o escrevente se obriga também a interpelar seu interlocutor e o faz, utilizando-se de seu modo de se relacionar com a linguagem. Assim, as perguntas que pontuam a sua argumentação dão testemunho da sua maneira de conceber a polêmica, tida, aparentemente, como a relação entre interlocutores que se realiza em presença.

Estabelecida na conversa cotidiana, a polêmica seria, portanto, uma espécie de debate entre os participantes, cuja cena de confronto o escrevente tenta reproduzir por meio das perguntas. Marcadas regularmente por pontuação específica sempre que empregadas em sua forma direta, não se percebe, no caso das perguntas, a falta da assinalação gráfica da prosódia. Projetadas e assinaladas, não se trata mais de supor as marcas fônico-acústicas como plasmadas no escrito, mas de supor, reconstruída, a própria cena em que a polêmica se estabelece, veiculada pelo caráter par da conversação.

Considerações finais

Em primeiro lugar, merece particular destaque o fato de que os *fragmentos* que indiciam a circulação do escrevente por esse eixo de representação são tradicionalmente considerados como marcas da interferência do oral/falado no escrito. Embora essa afirmação manifeste a intuição sobre a heterogeneidade da escrita, nega-a, ao mesmo tempo, pela pressuposição de pureza dos dois modos de enunciação, contida na idéia de "interferência". A se manter essa prática avaliativa, qualquer tipo de análise ficaria restrito à busca de parâmetros no âmbito dessa suposta pureza da escrita. A análise estaria condenada, pois, a repetir a conhecida crítica às tentativas de preenchimento de modelos, associados estes últimos a um certo tipo de escolarização da língua e da prática textual. Corresponderia, em termos dos três eixos que estou propondo, a fixar-me, e apenas em parte, em um único deles, o da imagem que o escrevente faz do código escrito institucionalizado.

Considerar a heterogeneidade da escrita no que se refere à relação entre o falado e o escrito é assumir o seu caráter de prática social, ou seja, é defini-la pela convivência com outras práticas e não pela proposição (suposição) de fronteiras precisas. Desse modo, perde-se uma distinção, cujo papel freqüentemente serviu a imposições de regras normativas nem sempre justificáveis no ensino da língua, mas ganha-se em novas perspectivas de estudo, como a da abordagem dos gêneros discursivos do ponto de vista dos encontros entre essas práticas (e dos saberes que lhes correspondem), mesmo daqueles gêneros considerados como típicos do oral e do escrito. No entanto, não por meio da dicotomização metodológica entre práticas orais e letradas, por um lado, e fatos lingüísticos falados e escritos, por outro. A manutenção dessa oposição – ainda que só em termos metodológicos – pode abrir espaço para a consideração da autonomia (e da pureza) da escrita e, por via dessa suposta pureza, contribuir para manter o ensino normativo da língua, renovando as velhas justificativas para a sua escolha, atentas ao fracasso e não ao sucesso do aluno. Vale lembrar que, mesmo considerando a influência das teorias lingüísticas no ensino de Língua Portuguesa, tais preconceitos têm-se mantido ou têm tomado outras formas, talvez porque, embora consistentes e interessantes, muitas delas não dão conta da heterogeneidade do texto do aluno, nem nutrem o trabalho em sala de aula com uma perspectiva particularizada – indiciária, diria – das representações que, no texto, o aluno constrói e registra.

A proposição de um modo heterogêneo de constituição da escrita a partir das práticas sociais do oral/falado e do letrado/escrito busca levar adiante o que foi iniciado pelos teóricos que propuseram a dicotomização metodológica entre o oral e o escrito, fazendo-o, ao abordar um dos flancos abertos por essa perspectiva, o da escrita. O outro flanco consistiria em observar os encontros entre essas práticas no material falado. Há, como se vê, um amplo campo de pesquisa quanto aos vários modos de aparecimento do heterogêneo na linguagem. O tratamento do problema em termos de gêneros textuais, proposto, entre outros, por Biber (1988) e, no Brasil, por Marcuschi (1994, 1995, 2001), representa um grande passo. Minha proposta é, no entanto, diferente, na medida em que se centra na escrita, tendo em vista a relação sujeito/linguagem e, em particular, a representação que o escrevente faz sobre a (sua) escrita.

No que se refere especificamente à proposição do eixo da representação da gênese da escrita, a idéia é dar um sentido particular à exigência de qualidade dos textos. Fugindo às maneiras clássicas de avaliar os chamados textos ditos desarticulados, esse eixo abre espaço para ver a fragmentação e o envolvimento – a exemplo do que faz Scarpa (1995) com a questão da fluência/disfluência[32] – como marcas lingüísticas de pontos de *individuação* do sujeito. Ter acesso a eles permite vincular a escrita atual à história da relação escrevente/linguagem ou, se se preferir, permite detectar o grau de letramento do escrevente, entendido naturalmente não apenas como uma dimensão que vai do máximo ao mínimo (pois é de difícil mensuração), mas como a qualidade (o tipo) de inserção histórica do escrevente em relação à linguagem. Ou seja, interessa investigar a história, lingüisticamente marcada, que constitui os diferentes modos pelos quais práticas orais/letradas compõem essa marca de heterogeneidade em um determinado texto escrito.

O estudo desses pontos de *individuação* parte da captação de indícios (*fragmentos* indiciativos de *interação*) da circulação imaginária do escrevente, passa por um processo de generalização em *regularidades* lingüísticas, consideradas, sempre, as várias dimensões da linguagem, para chegar a uma propriedade mais geral do eixo de circulação, no caso a da fragmentação/envolvimento.

O sentido que essa propriedade ganha está associado ao jogo de expectativas colocado no evento vestibular e refere-se, em especial, à busca de envolvimento do/com o interlocutor.

Outros elementos das condições de produção dessa escrita, como, por exemplo, as exigências de adequação ao te-

---

32. Scarpa (1995) afirma que "de modo geral [...] trechos fluentes são os já ajeitados, conhecidos, analisados ou – na grande maioria dos casos, congelados, vêm em bloco. Os disfluentes são aqueles em construção, instáveis, com tentativas infrutíferas de segmentação em blocos prosódicos; supõem passos mais complexos tanto paradigmática quanto sintagmaticamente na elaboração do enunciado. Autoria *vs.* não-autoria, discurso próprio *vs.* discurso do outro parecem ser também traços que vale a pena levantar enquanto hipótese de elaboração formal dos enunciados nesta faixa etária [sujeitos que abarcam a faixa etária de aproximadamente 22 meses a 2 anos]" (*op. cit.*, p. 171). No caso da escrita adulta, defendo que o traço da *individuação* histórica do sujeito dá base às hipóteses de elaboração fragmentária dos enunciados.

ma e de aproveitamento da coletânea fornecida na prova, são, por vezes, impeditivos da continuidade do fluxo regular da escrita. Desse modo, em pontos em que deve aflorar o conhecimento sobre como ler o tema e a coletânea, pode dar-se a emergência da gênese da escrita em virtude de o escrevente buscar cooperação no interlocutor.

O diálogo mentalmente elaborado com o interlocutor é, no entanto, registrado na escrita como se acontecesse *in loco*. Co-produção malsucedida, o resultado aparece nas rupturas do fluxo da escrita. Essa presença imaginada do interlocutor se, por um lado, prova que, do ponto de vista das antecipações que faz, o escrevente nunca está só; por outro lado, mostra que a construção do interlocutor deve ser objeto de um trabalho cuidadoso, caso contrário a falta de sua presença física pode produzir os tais momentos de ruptura do fluxo da escrita. A exemplo do que Vigotski (1987, p. 17) propõe para a *fala interior*, essa cooperação mentalmente ensaiada serve tanto *ao pensamento autístico* (no caso, monologização que, rompendo a cadeia, impede ou dificulta a sua compreensibilidade) quanto *ao pensamento lógico* (no caso, entendido como o procedimento regular de antecipação e articulação das vozes no texto). Nos textos dos vestibulandos, os exemplos de ruptura causada pela circulação que o escrevente faz pela suposta gênese da (sua) escrita tendem, em geral, para aquele tipo que impede ou dificulta a compreensibilidade do fluxo da escrita.

Ainda seguindo o raciocínio de Vigotski para a *fala interior*, o afloramento da gênese pode ser visto como uma forma de resolver problemas. Sob esse ponto de vista, a representação da gênese não está fora do processo de nenhum tipo de escrita. Assim, se a gênese não aparece como ruptura, é porque predominam processos interiores de antecipação e silenciamento do diálogo com o interlocutor representado. No entanto, em certas circunstâncias – como nos casos estudados, mas também em muitos outros –, o escrevente reativa recursos de elaboração cooperativa do discurso simplesmente com o fim de criar efeitos de sentido particulares ou como alavanca para a solução de dificuldades, produzindo, nas várias dimensões da linguagem, marcas lingüísticas de sua circulação pelo que imagina ser a gênese da escrita.

A respeito das *regularidades* lingüísticas obtidas, o caráter fragmentário dessa escrita pode ser visto na sintaxe, na dimensão sonora da linguagem, no tipo de articulação léxico/sintaxe, na organização do texto e nos recursos argumentativos. Em todos esses casos, a dimensão pragmático-discursiva – fatores situacionais imediatos, rituais enunciativos e marcas históricas da relação que o sujeito mantém com a linguagem – vem marcada nas formulações lingüísticas da fragmentação e do envolvimento, ao mesmo tempo produzindo-as e sendo reproduzida por elas no texto. É no movimento de circulação entre a reprodutibilidade de uma prática (a do código escrito institucionalizado, deixado, neste ponto da análise, em segundo plano) e os dados de ineditismo de uma individuação histórica (ressaltados neste capítulo) que o escrevente constitui a representação da gênese da (sua) escrita.

Desconsiderar esse dado de ineditismo da *individuação* do sujeito seria, pois, desconsiderar o caráter local do dado lingüístico a fim de observá-lo em alguma instância de análise (ou mais propriamente de avaliação) do texto que tomasse como parâmetro apenas o texto modelar (ou, mais amplamente, o institucionalizado para a escrita) e como papel do escrevente apenas o de seguir ou fugir à reprodução de modelos. Por outro lado, considerar o dado local fora da dimensão histórica do sujeito, isto é, estritamente definido apenas como um dado lingüístico, seria desconsiderar o caráter discursivo que permite observar os processos de *individuação* e o grau de letramento do escrevente, apreensível este último pelo tipo de registro que o escrevente faz da história de sua relação com a linguagem.

No capítulo seguinte, apresento as implicações teóricas e as análises dos textos relativas à consideração do segundo eixo de circulação dialógica.

Capítulo 3 **O escrevente e a representação do código escrito institucionalizado**

Este segundo lugar privilegiado para a observação da circulação dialógica do escrevente vem exemplificado na escrita dos vestibulandos naqueles momentos em que eles buscam representar, em sua escrita, o que imaginam ser o código institucionalizado. Não retomarei aqui as precisões conceituais já mencionadas sobre a noção de "código escrito institucionalizado", mas ressalto que são fundamentais[1].

Antes, porém, de apresentar as implicações teóricas da consideração desse eixo de circulação dialógica, retomo algumas menções que fiz a ele nos capítulos anteriores. Para tanto, organizo-as segundo: (a) o tipo de encontro entre o oral/falado e o letrado/escrito que o escrevente propõe; (b) o modo como o próprio escrevente se representa em sua escrita; e (c) as marcas lingüísticas indiciativas desse tipo de circulação dialógica.

No que diz respeito ao tipo de encontro que o escrevente propõe entre o oral/falado e o letrado/escrito, a representação da escrita como código institucionalizado reproduz a dinâmica social de institucionalização de valores para as diversas formas lingüísticas. No caso dos textos dos vestibulandos, essa dinâmica vem testemunhada pela vinculação da

---

1. Cf., aqui mesmo, pp. 10-1.

língua com a escrita e desta, principalmente, com a escola. Ao adotar tal visão, o escrevente lida, portanto, com o que supõe ser – a partir não só do que aprendeu na escola, mas, em grande parte, do que assimilou fora dela – a visão escolarizada do código institucionalmente reconhecido. Definidor de um produto inteiramente refratário a seu modo de constituição, o caráter integrativo da escrita permitiria, ainda segundo essa visão, representar inteiramente o oral/falado a ponto de não mais ser justificável reconhecê-lo nesse novo produto.

O tipo de mixagem que o escrevente propõe quando toma como referência o código institucionalizado tem, pois, como pano de fundo, a visão do letrado/escrito como um modo autônomo de expressão, em cujo processamento – identificado, no caso estudado, à *escrita culta formal* – o escrevente se espelha. Na prática, porém, tal autonomia, por não ter um modelo puro nem, de resto, um correspondente empírico, reduz-se à suposição de que se pode transformar a oralidade, tomada globalmente, numa escrita pura, talvez pelo fato de esta última poder dar à primeira uma forma gráfica.

Freqüentemente, essa busca de um modelo leva o escrevente a exceder-se numa caracterização do texto baseada em características que ele supõe como próprias (e até exclusivas) da escrita. Nessas ocasiões, evidencia-se, de modo privilegiado, sua representação do código institucionalizado, imagem por meio da qual representa a (sua) escrita, seu interlocutor e a si mesmo.

Dito de outro modo, quando se toma este segundo eixo como referência, os encontros entre o oral/falado e o letrado/escrito evidenciam-se sempre que o escrevente leva a extremos uma tal imagem sobre o institucionalizado para a (sua) escrita, ou seja, esses encontros mostram-se pelo excesso, produzindo inconsistências formais (e estilísticas) em relação ao tipo de organização textual proposto. Para concluir, lembro de um exemplo muito conhecido de quem lida com o ensino de produção textual na escola. Trata-se do chamado "estilo cartorial", muito presente nos expedientes das repartições públicas (note-se que nesse, como em muitos outros casos, a vinculação com a instituição escolar não é direta). Quando tal "estilo" aparece nos textos dos vestibulandos, em geral caracteriza passagens em que o escrevente dialoga com o eixo de representação de que trato no momento.

No que diz respeito ao modo pelo qual o próprio escrevente se representa em sua escrita nesse mesmo eixo de circulação dialógica, destaco: o caráter de reprodutor de uma prática instituída; a tentativa de alçamento à escrita culta formal e aos discursos estabilizados da instituição escolar; a auto-atribuição de uma posição, tendo em vista a suposição de lugares específicos para o letrado/escrito, tidos como institucionalmente definidos; a auto-atribuição de uma posição, em relação à posição atribuída ao interlocutor no que se refere à língua (este último numa região mais prestigiada); e as indiciações *metadiscursivas*, por meio das quais o escrevente revela (em sua busca de alçamento, por tentativa de repetição ou por superação de um modelo) pontos salientes desse tipo de circulação dialógica.

Finalmente, no que diz respeito às marcas lingüísticas que são objeto das indiciações *metadiscursivas*, destaco aquelas pistas utilizadas como *fragmentos* de *interação*, ligadas às várias dimensões da linguagem. Entre elas, as relativas ao *esquema textual*, mas também as que se referem a várias outras dimensões: estruturas sintáticas, escolhas lexicais, outros recursos de organização textual (que não o do já citado *esquema textual*) e recursos argumentativos.

A variedade de dimensões lingüísticas exemplificadas pela circulação dialógica do escrevente por esse eixo (e também pelo primeiro, já descrito) justifica-se pelo fato de tratar-se de uma representação do escrevente e não por revelar características da escrita em si. Portanto, pode-se afirmar que, mesmo podendo privilegiar, em determinados momentos, certas dimensões da linguagem em detrimento de outras, a representação do escrevente não é exclusiva de nenhuma delas.

Destaco, por fim, que o fator condicionante básico do aparecimento dessas representações é sempre o caráter de réplica – em geral, tentativa de adequar o texto ao que recomenda a prática escolar tradicional –, ligado à relação que o escrevente mantém com a linguagem por meio do modo de enunciação utilizado (incluindo: gênero produzido, destinatário constituído, tema abordado, dados esses que participam das condições de produção e do jogo de expectativas associado a essas condições) e não a sua relação com características tidas como absolutas da escrita em geral.

Implicações teóricas da consideração do imaginário sobre o código escrito institucionalizado

Da discussão levada a efeito sobre o primeiro eixo no capítulo 1, apesar de ter insistido em sua constituição como apenas um dos eixos de circulação imaginária do escrevente, alguém poderia, ainda assim, ser levado a concluir que o escrevente invariavelmente toma a escrita como uma representação de enunciados orais. Para evitar uma tal generalização, vale destacar o que Abaurre (1990a) lembra, em nota, ao tratar das escritas idiossincráticas de crianças:

> Seria ingênuo pensar que o aprendiz de escrita, indivíduo que vive em uma sociedade que escreve, representa a escrita, esse objeto que procura conhecer, como uma simples transcrição da fala. Existem bons motivos para supor que a representação de escrita que o indivíduo já traz para a escola seja mais complexa, *por mais limitado que tenha sido o seu contato com a escrita* e seus usos. [...] embora em graus diversos, o aprendiz da escrita já diferencia escrita de fala, no sentido de que nunca a produção escrita, em um primeiro momento, se reduz a uma mera tentativa de transcrição da fala. Por mais próxima que ela esteja disso, é sempre possível identificar a presença de elementos que pressupõem já a incorporação de aspectos convencionais, de escolhas de estruturas típicas da escrita, de modelos escritos..." (*op. cit.*, p. 193, grifo no original).

Essa observação preliminar estabelece as bases da discussão que farei, a seguir, a respeito das quatro principais implicações teóricas da consideração do código institucionalizado como um segundo eixo da circulação imaginária do escrevente.

A primeira delas refere-se à constatação *da identificação corrente entre escrita e língua.*

Bazin e Bensa, na apresentação da tradução francesa da já citada obra de Goody (1979), mencionam a existência, nas sociedades que conhecem a escrita, de dois tipos de enunciados: "os que são produzidos espontaneamente em virtude de um hábito lingüístico (que difere segundo a posição social dos locutores) e os que são produzidos expressamente por referência a uma norma ou modelo (mais freqüentemente definidos pelo grupo dominante) transmitido pela escrita por meio do sistema escolar" (*op. cit.*, p. 12).

No que se refere aos chamados enunciados produzidos espontaneamente, é importante ressalvar que, na escola, mesmo a língua falada – mais propensa a realçar as diferenças segundo a posição social dos locutores – toma freqüentemente como modelo a escrita. Como afirma Vanoye (1986), "a língua falada é geralmente ensinada, corrigida, retificada, com base na escrita" (*op. cit.,* p. 43). Um outro exemplo da retomada de um modelo, ainda na esfera do falado, está na eleição de certas pronúncias em detrimento de outras nos meios de comunicação de massa. Vachek atribui a ênfase nos problemas de ortoépia aos "métodos modernos de reprodução de enunciados falados". Mais do que isso – é o que defendo aqui – parece haver, nesse caso, uma prática de uniformização muito semelhante à da "língua literária" – aquela que Saussure definia como se sobrepondo aos dialetos para tornar-se a língua oficial e comum de um povo. O registro feito por Vachek a propósito da escolha de uma pronúncia-modelo mostra que essa prática não é tão recente quanto poderia parecer: "isto foi claramente visto na Grã-Bretanha onde uma série de Manuais de 'Inglês de radiodifusão' discutindo problemas de ortoépia, foi publicada no período entre as duas guerras" (1989 [1979], p. 14).

A fixação de modelos para o falado reproduz uma prática comum no tratamento da escrita e contribui para evidenciar a indevida identificação do tratamento da língua em geral com uma escrita[2]. Essa identificação é mostrada por Bazin e Bensa ao citarem a afirmação de Bourdieu sobre a imagem que normalmente se faz sobre a língua:

> sempre que alguém fala da língua sem outra precisão, refere-se tacitamente à língua oficial de uma unidade política, isto é, à língua tal como é fixada pelos "agentes autorizados" e especializados (gramáticos, professores etc.), portanto à "língua escrita ou quase escrita ou digna de ser escrita" (apud Bazin e Bensa, na apresentação da tradução francesa da obra de Goody, 1979, p. 12).

A identificação entre escrita e língua, que se constata aqui, fica, portanto, muito evidente quando, até mesmo para o falado, a fixação de modelos vincula-se a uma prática aceita para o escrito. Como se pode notar, embora a escola tenha um papel importante, a identificação entre escrita e língua extrapola os limites das instituições escolares.

Da relação entre a produção de enunciados nos dois modos de enunciação (o oral e o escrito) e a referência a uma norma ou modelo transmitido pela escrita, pode-se extrair uma *segunda implicação teórica* da consideração do eixo relativo ao código institucionalizado. Trata-se da *relação entre escrita e planificação*, modo pelo qual a escrita acaba por tornar-se o lugar da anulação do escrevente, como terei ocasião de mostrar mais adiante ao tratar da terceira implicação teórica.

O valor atribuído à escrita mostra-se também pela oposição de dois tipos de visões de língua – a de dentro e a de

---

2. Essa identificação da língua em geral com uma escrita é tratada por Castilho (1988), sob o viés da variação lingüística. Depois de definir *norma* como um "fator de coesão social" (em sentido amplo) e como correspondente "aos usos e aspirações da classe social de prestígio" (em sentido estrito), o autor aponta alguns preconceitos sobre a norma. Entre eles, aponta aquele que confunde o português culto com o português escrito, preconceito que faz esquecer que há também um português culto falado (cf. *op. cit.*, pp. 53-5).

fora da Lingüística. Para Biber (1988), a primazia da fala não é aceita fora da Lingüística: "embora a fala seja defendida como tendo primazia lingüística, à escrita é dada prioridade social pela maioria dos adultos em culturas ocidentais" (*op. cit.*, p. 6).

Nesse contexto, pode-se ler prioridade social como planificação. Para fazê-lo, vale retomar a reflexão de Rossi-Landi (1985) a respeito da "economia como estudo das mensagens-mercadorias" em seu estudo "Sobre a linguagem verbal e não-verbal". Segundo o autor, "a economia é o estudo de algo que acontece entre a produção e o consumo, isto é, da troca e de seus desenvolvimentos". É nesse sentido que, ainda para o autor, "a economia não concerne produção e consumo *enquanto tais*" (*op. cit.*, p. 115, grifo no original).

A associação entre o que acontece na economia e o que acontece na escrita vem, pois, a propósito da anulação da troca, isto é, da anulação do caráter de mercadoria:

> se eu produzo algo e o consumo logo em seguida ou deixo que outrem o faça, isto é, se não existe sequer o embrião de uma troca, o momento econômico está simplesmente ausente. Houve apenas a produção de um bem, de um valor de uso; o produto não teve tempo de *adquirir* um valor de troca, isto é, de tornar-se uma mercadoria (*op. cit.*, p. 116, grifo no original).

A utilização, na escrita, de um modelo ditado pelo consumo (uma atitude política de planificação sob a bandeira de sua defesa e sob o rótulo da prioridade social a ela atribuída) e não pela necessidade (daí o apagamento da relação entre sujeitos) corresponde, na reflexão do autor, à coincidência integral entre produção e consumo. Nesse caso, fica eliminado o valor de troca (situada necessariamente entre dois sujeitos) em favor da planificação, o que, por sua vez, corresponderia, na reflexão de Rossi-Landi, a substituir a economia "pelo estudo científico dos consumos [enquanto tais] e, em função deles, da produção [também enquanto tal]" (*id., ibid.*).

Apesar de também ser uma troca, a escrita dos vestibulandos, nos momentos em que é representada como produto exclusivo do código institucionalizado, é reduzida, no entanto, a sua planificação, marcando, de modo monofônico, um funcionamento que remete ora exclusivamente ao pólo da produção (o escrevente situa-se fora da possibilidade de diálogo com seu interlocutor) ora ao do consumo (o escrevente procura alçar-se à posição do interlocutor), mas dificilmente, nesses momentos, à troca entre eles. No primeiro caso, seu uso da escrita não tem valor de troca por situar-se fora da elaboração metalingüística (variedade, registro etc.) exigida pelo interlocutor; no segundo caso, falta também esse valor de troca, uma vez que o escrevente não propõe nada além de trair sua pretensão de consumo daquele mesmo tipo de linguagem.

Desse modo, pode-se dizer que esse tipo de representação da escrita, muito comum na sociedade em geral, traduz-se em planificação, uniformização e homogeneização. Esses três diferentes procedimentos atuam em sintonia com o poder de certas forças socialmente constituídas, produzindo, respectivamente, a projeção de um modelo a ser repetido (projeção de um poder burocrático), o efeito de uma partilha simbólica igualitária (simulacro de um poder mais propriamente político) e o apagamento das diferenças no plano da constituição do sujeito (poder de repressão à emergência do caráter relacional dos sujeitos, poder que, ao negar essa relação, prevê, como únicas possibilidades de emergência do sujeito, a identidade homogeneizadora do indivíduo – lugar da criatividade ou do desvio da norma – ou a sua identificação pela assunção do que se toma como coletivo[3] – a própria

---

3. Na medida em que assumo que a constituição do sujeito é relacional e, portanto, heterogênea, não se constituindo nem em identidade nem em identificação, destaco, com Authier-Revuz (1990), que, na negociação com a *heterogeneidade constitutiva* do sujeito e do seu discurso, a *heterogeneidade mostrada* é o recurso pelo qual o sujeito se representa como fonte do discurso, ao marcar *zonas de contato* (*op. cit.*, p. 31) entre o que assume como seu e o que atribui ao outro. No presente trabalho, essa negociação é o que permite observar os *fragmentos* indiciativos de *interação*.

norma). O ensino formal tem, a esse respeito, um papel fundamental, uma vez que as escolhas de modelos de escrita – adequadas ao tipo de consumo recomendado – são intimamente ligadas a certas minorias. É o que mostra Gnerre ao tratar da alfabetização:

> Se [...] operamos com grandes abstrações histórica e ideologicamente constituídas, tais como "língua" e "escrita", ficamos simplesmente internos ao nosso universo de referência conceitual e não nos relativizamos, mas nos assumimos como medida, ou ponto de chegada do processo de alfabetização. Esse processo seria então uma espécie de rito de passagem que reduziria a diferença entre os "outros", sejam [os alfabetizandos] crianças ou adultos, e nós, construindo um indivíduo à nossa imagem e semelhança (1985, p. 33).

Constatações semelhantes vêm de Marcuschi:

> não deixa de ser um tipo de "dominação" a situação a que a criança é submetida quando entra na escola e deve adaptar-se ao saber institucional manifestado no domínio das formas simbólicas (...)
> A escrita é tanto uma forma de *domínio da realidade* no sentido da apreensão do saber e da cultura, como é também uma forma de *dominação social* enquanto propriedade de poucos e imposição de um saber oficial subordinador (1994b, pp. 7 e 13, grifo no original).

Mas não é apenas o aspecto da escolha do modelo que está presente na tradição planificadora da escrita "elaborada por minorias letradas ligadas ao poder político e econômico" (Gnerre, 1985, p. 34). Também o aspecto ligado à própria tecnologia empregada deve ser lembrado. Goody (1979), ao mostrar a convivência e inter-relação entre escrita e oralidade, afirma:

> A essa situação de controle da escrita por um grupo especializado correspondem não somente formas escritas particulares, mas também formas orais. Quero dizer com isso

que o domínio da expressão oral pode ser influenciado, por toda uma série de maneiras, por essa dimensão suplementar que é a prática da escrita (*op. cit.*, pp. 254-5).

Desse modo, a existência da escrita, mesmo numa esfera restrita, como por exemplo, na esfera administrativa, pode, segundo o autor, ter efeito tanto sobre "o conteúdo da comunicação oral" como sobre a "estrutura das produções orais na forma padronizada". Ainda segundo Goody, além da influência do *conteúdo da comunicação* (evidente tanto nos escritos religiosos como numa peça de Shakespeare), também os "esquemas classificatórios" da "tradição oral" podem ser modificados de maneira importante. A título de exemplo, o autor cita o quadro de descrição dos tipos humanos da Europa e suas diferentes características[4], destacando que "cada lugar do quadro *deve* ser preenchido; o esquema não tolera nenhuma casa branca, a matriz tem horror do vazio" (*id.*, p. 258, grifo no original).

O caráter de planificação da escrita fica, pois, evidente. Com esse exemplo, o autor mostra que um quadro para preenchimento como o citado,

> ao formalizar [...] uma classificação bastante flexível do falar cotidiano, deixa de ser um simples registro de um sistema de classificação para tornar-se uma espécie de texto de referência, memento acabado [...] que não é só o produto de julgamentos antigos, mas um aparelho para produzir novos (*id., ibid.*).

Toda essa reflexão de Goody, voltada à apreensão da interferência (talvez "influência", no sentido dado pelo autor) da escrita na oralidade, pode, no contexto das discussões aqui levadas a efeito, ser vista quanto à *presença do produto escrito no próprio processo de escrever*. Trata-se, mais propriamente, de uma *terceira implicação teórica* da consideração do eixo de circulação que ora analiso.

---

4. Quadro, contendo dez nações e dezessete critérios, que figura numa pintura do início do século XVIII do austríaco Steiermark (cf. Goody, *op. cit.*, pp. 155-8).

Deslocada para o campo da presença do produto escrito sobre o processo de escrever, a reflexão de Goody assemelha-se àquela feita por Lemos (1988) quando a autora afirma que os resultados de sua análise de textos de vestibulandos parecem explicitar:

> um estereótipo formal ou o modelo de discurso escrito (possivelmente erudito) que o aluno, ou nesse caso, o vestibulando, tenta manipular em face das dificuldades da tarefa que lhe é exigida. Sendo esse modelo, por definição, dado ou prévio à reflexão sobre o tema proposto parece-me claro que ele atua no sentido de bloquear essa reflexão que é, então, substituída por um preenchimento aleatório do modelo, com o que se poderia chamar de estereótipo de conteúdo (*op. cit.*, p. 73).

A prática do preenchimento – muito próxima do mecanismo descrito por Goody sobre o "o calculador de memória" ou "memento acabado" – caracteriza-se cada vez mais nitidamente à medida que a autora argumenta. Um momento importante é aquele em que tematiza a complexidade do discurso escrito. Segundo Lemos, nesse tipo de produção:

> a participação do interlocutor representado é algo que o locutor ou produtor que o representa deve manipular sozinho e é, possivelmente, nessa duplicidade de papéis, nessa dupla tarefa e, mais ainda, na determinação de uma sobre a outra que se define a especificidade e a maior complexidade do discurso escrito (*id.*, p. 74).

O quadro em que o escrevente se situa no seu processo de escrever fica ainda mais restrito quando a autora mostra a associação entre esse tipo de antecipação do interlocutor, o modelo de escrita institucionalmente estabelecido e a conseqüente anulação do próprio escrevente:

> Parece, de alguma forma, plausível afirmar que, em face da complexidade na dupla tarefa envolvida na produção do discurso escrito em geral e agravada em um contexto escolar pela superposição de interlocutores – interlocutor representado, professor representado como interlocutor e como exa-

minador – o aluno lança mão da estratégia reparatória [estratégia de preenchimento]. O recurso a um esquema formal aparente de discurso escrito e seu preenchimento com elementos que ele supõe pertencerem ao universo de conhecimentos e crenças de seus interlocutores superpostos parece, pelo menos em parte, derivado dessa situação. Tal estratégia, porém, não resulta senão na anulação da estrutura dialógica e na instanciação de um bizarro monólogo em que a voz que fala é apenas a do Outro (*id.*, p. 75).[5]

Essa discussão é retomada por Pécora (1989), ao analisar textos de vestibulandos e universitários, ocasião em que o autor contribui também com outras determinações a esse respeito. Pécora procura, por exemplo, evidenciar o caráter mecânico que a escrita adquire na escola ao dizer que "tudo se passa como se a escrita não tivesse outra função que não a de ocupar, a duras penas, o espaço que lhe foi reservado, como se a sua única vocação fosse ser mancha de, aproximadamente, vinte linhas de extensão" (*op. cit.*, p. 68). Ao mencionar a imagem da escrita que é consagrada pela escola, conclui que, na escola, "escrever significa reproduzir uma atividade que existe exclusivamente em função do próprio ambiente escolar, cujo valor é exclusivamente escolar, e cujo destino é reproduzir a sua instituição" (*id., ibid.*).

Ligada a essa visão de escrita, apresento a *quarta e última implicação teórica* da consideração do eixo de representação do código escrito institucionalizado. Constato, desta feita, a *não-percepção* – como mostrarei, só aparentemente paradoxal –, *por parte do escrevente, da "relevância social"* (Abaurre, 1990a, p. 192) *da (sua) escrita*, portanto a não-percepção do caráter participativo do escrevente no contínuo processo de aquisição da escrita.

A fim de definir melhor o âmbito dessa última implicação teórica, trago a reflexão de Goody acerca das receitas

---

5. Em artigo posterior, a autora rediscute a idéia de monologização (conferir: Lemos, 1994). Ainda sobre a relação "'palavra pessoal-palavra do outro'", Brait (1994) afirma que "as gradações quase infinitas existentes entre o conceito de palavra alheia ou apropriada se estabelecem nas relações dialógicas da enunciação" (*op. cit.*, p. 25).

(culinárias e médicas) e sua relação com o ensino. É importante ressalvar que não pretendo, com a idéia de receita, retomar a crítica, já tematizada anteriormente, aos modelos de escrita. Interessa-me, desta vez, o fato de que a posição de Goody quanto à receita escrita, embora pela contramão, aprofunda a questão – que considero como básica – de encarar a escrita ou como produto ou como processo. Observe-se, em primeiro lugar, como o autor define uma receita:

> A "receita" é [...] uma fórmula escrita que indica uma mistura de ingredientes para fins culinários, médicos ou mágicos; ela enumera os elementos que entram nas preparações destinadas a ser consumidas pelo homem (*op. cit.*, p. 233).

Segundo Goody, o advento (por volta de 1500) dos livros que ensinam a fabricar boas receitas é suficiente para modificar as condições e a natureza do ensino: "a receita adquiriu, a partir de então, uma total independência em relação àquele que a ensina, ela se tornou impessoal, ganhou em generalidade, em universalidade" (*id.*, p. 232). Presumo que já seja possível observar, nessa afirmação, um exemplo de como a escrita pode ser vista como produto e não como processo. Observem-se, na argumentação que se segue, a insistência nessa visão da escrita e a vinculação da escrita como produto ao seu caráter de tecnologia. Resta muito pouco de atenção, portanto, a uma visão da escrita como modo de enunciação.

Goody aponta como fatores positivos (como ganhos) da introdução da receita no saber culinário: (a) a possibilidade de sua "extensão e diversificação"; (b) a eliminação do caráter, em certo sentido, conservador dos conhecimentos culinários adquiridos por simples participação"; e (c) a recusa de uma posição de "subordinado" em relação a quem ensina. Os argumentos utilizados pelo autor mostram, porém, claramente, as exclusões (as perdas) desse novo processo formal de aprendizagem. Ei-las, na mesma ordem daqueles fatores: (a) o caráter local da receita da cozinha camponesa; (b) o modo participativo e, por que não, eventualmente inovador do aprendizado (o próprio Goody, supondo o apagamento – da autoridade – do autor da receita no texto escrito, afirma que, nesse tipo de cozinha, coloca-se "muito menor ênfase na necessidade de obedecer estritamente a uma série de ordens escritas", de onde conclui haver nela, sempre, um caráter menos conservador, mas à custa, como se vê, de uma suposta liberdade interpretativa – um monólogo – por ocasião da leitura); e (c) a possibilidade de troca com o mestre, ainda mais intensa caso se considere o fato de que esse saber era adquirido "no contexto da vida familiar" (*id.*, pp. 238-40).

No caso da tradição oral, observa-se que Goody centraliza o fazer da receita em quem a ensina. Não dirige, portanto, sua atenção ao processo participativo da tradição oral, em que os atores estão engajados na mesma tarefa, nem associa essa participação à possibilidade de transformação do próprio objeto de ensino. Além disso, também na tradição oral, observa-se uma padronização da receita, revelando um aspecto da escriturização do oral, ligado à preservação da memória cultural. No entanto, como essa padronização só é observável em processo, não chega a ganhar a uniformização que Goody vê na receita escrita. Esse fato parece indicar que as vantagens da padronização da receita escrita estão, na verdade, para Goody, em outro lugar, isto é, não na padronização propriamente dita (também presente na tradição oral), mas na uniformização de um produto, aspecto que, na reflexão de Rossi-Landi anteriormente comentada, estaria ligado a seu *valor de uso* (seu modo de consumo) e não a seu *valor de troca*. Desse *valor de uso*, isto é, da uniformização da receita pela fixação de um produto modelar, surpreendentemente proviria, porém, para Goody, o poder de criação dos leitores. Note-se que esse *valor de uso* estabelece uma íntima correspondência entre a uniformização da receita (o produto escrito) e o apagamento da autoridade de seu autor ou editor do texto (apagamento de seu processo de produção), de onde surge, como sobra, um modo de consumo (um *valor de uso*) baseado na liberdade individualista do leitor diante do texto.

Omitido, portanto, o processo envolvido no trabalho de seguir uma receita, fica esse trabalho preso ou ao pólo da produção, correspondente ao que Goody defende, na versão oral, como a centralização do produto da receita na pessoa que ensina; ou ao pólo do consumo, que corresponderia, para Goody, à leitura da versão escrita, para a qual reserva as vantagens da diversificação, da inovação e da criação. Em qualquer dos casos, a novidade da receita escrita estaria no produto – em sua produção ou em seu consumo – e não no processo de sua constituição, isto é, não na relação entre o pólo da produção e o do consumo, intervalo no qual, por definição, situa-se a *relevância social* (o valor de troca) de um dado produto.

Nos textos dos vestibulandos, há inúmeros testemunhos da não-atribuição de *relevância social* ao texto escrito, característica que trato como a quarta e última implicação teórica da consideração da imagem do código escrito institucionalizado.

Aparentemente há um paradoxo na não-percepção, por parte do escrevente, da *relevância social* da (sua) escrita. Ele existiria pelo fato de as convenções – não apenas ortográficas – da escrita serem determinadas pela sociedade, do que pareceria decorrer, imediatamente, o reconhecimento de sua *relevância social*. No entanto, ao buscar alçar-se para o domínio do que acredita institucionalmente fixado, o escrevente apenas cumpre uma tarefa (burocrática, poder-se-ia dizer), da qual sobra como resíduo sua isenção no que tange ao exercício da troca. Em outras palavras, pratica uma escrita sem *relevância social*. O escrevente participa, assim, de um processo de identificação (em que localiza o acerto), afirmando (naquilo que nega) sua identidade com o que considera como erro. Em suma, só se apresenta afirmativamente como sujeito pelo excedente da sua escrita, ou seja, pela superação do que toma como modelar. Os indícios desse excesso e dessa superação são produto da imagem que o escrevente faz do código institucionalizado e, no que se refere à perda de seu valor de troca, guardam relação com o que expus sobre a visão da receita escrita, defendida por Goody.

Para ir ainda mais diretamente ao ponto abordado, a não-percepção, por parte do escrevente, da *relevância social* da escrita está ligada ao pouco espaço de participação que ele tem no desenvolvimento de sua escrita, escassez que começa na alfabetização e segue até a escrita adulta.

Em estudo sobre a escrita infantil, Abaurre (1990a) manifesta a preocupação com o necessário caráter participativo da criança no processo de aquisição da escrita. Segundo a autora:

> A escola costuma trabalhar com um conceito equivocado de prontidão para a escrita e leitura. Seria muito mais interessante definir prontidão em termos de uso da escrita do que prontidão para "aprender a desenhar letras" (o que é muito mais uma decorrência do uso). Algumas crianças estão muito mais "prontas" do que outras para usar as atividades no seu ambiente familiar e no contexto social em que vivem (*op. cit.*, pp. 191-2).

Vale destacar a ênfase posta pela autora na relação entre prontidão e uso da escrita. Ainda segundo Abaurre, no caso de crianças com bom desempenho no chamado "período preparatório" e que continuam a debater-se com a escrita e leitura, pode estar faltando exatamente "aquele contato com a escrita e leitura que permitiria a interferência de sua relevância social" (*id., ibid.*). Também para Vigotski (1988), "o aprendizado humano pressupõe uma natureza social específica e um processo através do qual as crianças penetram na vida intelectual daqueles que as cercam" (*op. cit.*, p. 99). É nesse mesmo sentido que o autor afirma ser necessário "fazer com que a escrita seja desenvolvimento organizado, mais do que aprendizado" (*id.*, p. 134).

No que diz respeito à escrita adulta, a composição do texto escrito é, freqüentemente, apresentada aos alunos como uma operação (em cadeia) de recursos tipicamente gráficos, em relação aos quais a participação do escrevente se reduz ao mínimo, uma vez que, freqüentemente, esses recursos são simplesmente automatizados e sequer reconhecidos por ele como gráficos. Seria interessante lembrar, a propósito, dos recursos gráficos do *plano de redação* e do *rascunho*. As possibilidades: prospectiva, no primeiro, e de reversão, no segundo, presentes de outro modo no texto falado, estão ligadas, de acordo com os analistas da conversação, a um caráter específico da escrita, determinado por um tipo de interlocução não presencial e pelo maior "tempo de elaboração do discurso". No entanto, não sendo essas possibilidades cotejadas com outras que, na organização conversacional, por exemplo, lhes são correspondentes (como os da reformulação, no caso do rascunho, e do planejamento conjunto, no caso do plano), esgotam-se em si mesmas na medida em que tanto o *plano* como o *rascunho* são apresentados mais como tarefas (obrigações) do que como recursos, de algum modo já conhecidos, para estabelecer diálogo com o interlocutor. Longe, portanto, de compreender e participar efetivamente desse processo de construção de sentidos, o escrevente prende-se aos efeitos que supõe atingir por meio de rituais enunciativos, de lugares-comuns e da reprodução de esquemas textuais. Trazidos sempre como produtos acabados, resultam num subproduto uniformizado e sem a *relevância social* esperada.

As implicações teóricas da consideração do código institucionalizado permitem observar relações entre certas concepções de escrita e certas instâncias de poder. No quadro a seguir, procuro sintetizar algumas dessas correspondências, lembrando que, embora separadas para facilitar a exposição, sua atuação no âmbito das diversas práticas sociais é conjunta:

	Concepções de escrita	Instâncias de poder identificáveis
Atuando na organização da sociedade	**a)** como sinônimo de língua (efeito de uniformização da língua);	**a)** um **poder político**, envolvendo representações de classes, de segmentos de formadores de opinião, de segmentos da elite cultural e da elite propriamente política etc.;
	b) como sinônimo de planificação;	**b)** um **poder burocrático**, impondo adequação do dizer a tipos de atividades, fato que, sob o pretexto da organização e da capacidade preditiva na execução de certos fazeres – entre eles, os relacionados à administração – ou na produção de certos tipos de saber, implica, de fato, censura ao que supostamente deve ser excluído na regulamentação da atividade lingüística;
Atuando sobre o desempenho do sujeito	**c)** como produto acabado, de onde um ideal de produto escrito – materializado em modelos – é projetado no processo de escrever, produzindo a homogeneização do trabalho do sujeito-escrevente;	**c)** um **poder de recalque**, por meio do qual as várias instituições (a escola, inclusive) atuam sobre o indivíduo, levando-o a inibir a força expressiva de suas práticas lingüísticas, não só, muitas vezes, pela recusa da própria variedade de língua que fala, mas também pela autocensura de suas práticas escritas;
	d) como fim em si mesma, de onde a não-percepção, por parte do escrevente, de sua *relevância social* (efeito do restrito espaço de participação que ele tem no desenvolvimento de sua escrita).	**d)** um **poder pedagógico**, envolvendo a reprodução da imagem que a escola passa da escrita como produto autônomo, que prescindiria, portanto, da participação do escrevente na produção de um diálogo fecundo com o leitor.

Como se pode observar, apenas a última das associações tem relação mais próxima com a escolarização da língua (e da escrita). As demais fazem referência, preferencialmente, a outros espaços institucionais.

A apreensão das marcas da circulação dialógica do escrevente por este eixo consiste em localizar e explicar as representações que ele faz do institucionalizado para a (sua) escrita, bem como as antecipações do interlocutor, presentes em sua escrita atual. Esse enfoque sustenta-se na mesma consideração feita para o funcionamento do primeiro eixo, a saber, a de que momentos desse segundo tipo de circulação podem ser retomados, em tese, em qualquer época, na escrita de qualquer pessoa, em qualquer texto.

O código institucionalizado no conjunto de textos analisados

Inicialmente, retomo algumas observações metodológicas feitas sobre o primeiro eixo, aplicando-as a este segundo eixo de circulação imaginária. Em primeiro lugar, mantenho a abordagem globalizada dos textos. É, pois, neste ponto, a busca de como o código institucionalizado aparece representado nos vários textos que interessa destacar.

Na impossibilidade de uma investigação individualizada, estabeleço, também para este eixo, pontos de *individuação* comuns entre os escreventes. Desse modo, aquilo que poderia parecer, neste caso, o seu mais alto grau de assujeitamento, a saber, a sua recusa de uma identidade (recusa do que concede como "o errado") pela afirmação de uma identificação (tentativa de alçamento ao que imagina como o código escrito institucionalizado), será visto uma vez mais como um processo de *individuação*, em que o caráter relacional da constituição do sujeito determina sua existência histórica, isto é, determina sua especificidade, portanto longe, também, da centralidade do indivíduo tomado como fonte de seu dizer.

Esses pontos de *individuação*, que, desta vez, denunciam a tentativa de alçamento do escrevente ao (ou seja, afirmação de sua identificação com o) que imagina como código escrito institucionalizado, estão reunidos, como no primeiro eixo analisado, em um nível mais alto de generalidade, o das *regularidades* lingüísticas atinentes às várias dimensões da linguagem: marcas de natureza sintática e lexical, de organização textual, de recursos argumentativos e de natureza ortográfica. Mantenho, desse modo, o objetivo de garantir, por meio da captação de pistas comuns nos vários textos, tanto o trabalho com o método *indiciário* como a abordagem globalizada e de caráter explicativo do problema.

Segue, em termos percentuais, o quadro relativo à freqüência dessas *regularidade*s de acordo com as dimensões da linguagem analisadas[6]. Vale insistir na ressalva de que as pistas privilegiadas para análise não tiveram sua relevância avaliada simplesmente pela freqüência. Levei em consideração, sobretudo, o fato de guardarem em comum a característica de manifestar o mesmo modo particular de processamento (a mesma *regularidade*) em uma dada dimensão da linguagem, de tal forma que pudessem contribuir – no caso deste segundo eixo – para a caracterização da imagem que o escrevente faz do código escrito institucionalizado.

Quadro 1: Porcentagem das ocorrências segundo as dimensões da linguagem para o eixo de circulação imaginária pelo código escrito institucionalizado no conjunto dos textos

Dimensão da linguagem	%
Sintaxe*	20,1
Marcas lexicais	20,1
Organização textual	33,3
Recursos argumentativos	20,7
Marcas ortográficas	5,8
Total	**100,0**

* Mantive a separação entre Sintaxe e Léxico apenas para preservar o paralelismo quanto ao tratamento dado a essas dimensões da linguagem no capítulo 2.

6. Cf. o critério utilizado para o cálculo proporcional, aqui mesmo, p. 91.

Marcas sintáticas da representação do escrevente sobre a (sua) escrita como código institucionalizado

As *regularidades* sintáticas que se mostraram mais *salientes* nos textos analisados foram: (I) quanto à construção do sintagma nominal: (1) a posição do adjetivo no sintagma nominal; e (2) a construção do sintagma por meio de nominalização; (II) quanto à estruturação intrincada da frase: (1) a construção complexa de difícil compreensão; e (2) o fenômeno da hipercorreção. Estas subdivisões, que se repetem nas tabelas, são tratadas mais adiante sob o rótulo das regularidades I e II.

Embora, evidentemente, do ponto de vista sintático, ambos os tipos de marcas participem da construção da frase, a separação justifica-se por ser o sintagma um lugar privilegiado para observar a articulação entre léxico e sintaxe. A esse respeito, interessa detectar a passagem das formulações lingüísticas que pertencem ao domínio da produção[7] do escrevente para as que ele atribui ao seu interlocutor, a cujo padrão de linguagem busca se alçar. Minha hipótese é que, ao focalizar, no momento dessa passagem, a articulação entre léxico e

---

7. Os domínios da produção e da recepção correspondem, respectivamente, ao que Berruto (*op. cit.*) define como domínio ativo e domínio passivo, ao abordar a heterogeneidade das variedades lingüísticas dominadas pelo falante. O autor fala de uma "competência composta" para dar conta não só do domínio de certas variedades da língua ou de setores diversos de uma variedade, mas também dos aspectos pelos quais essa competência se apresenta: "competência ativa" (*capacidade de produzir mensagens*) e "competência passiva" (*capacidade de identificar e interpretar mensagens*). Acrescenta, ainda, que, presumivelmente, a "competência passiva" é mais ampla do que a "competência ativa", uma vez que todo falante pode identificar e interpretar mensagens que não está em condições de produzir (*id.* pp. 33-4). A própria definição do autor permite ver que os termos "ativo" e "passivo" marcam um certo equívoco em relação aos domínios que qualificam. Por exemplo: a maior amplitude da chamada competência passiva mostra que há muito pouco de passividade na recepção. Além disso, parece haver um salto — pelo menos entre áreas de investigação lingüística — quando se vai da consideração de atos que são essencialmente sociais (de produção e recepção) para a proposição de uma capacidade individual (de produção e recepção). Neste trabalho, evito tratar o domínio da produção e da recepção como uma capacidade do indivíduo (uma competência, mental ou comunicativa) para vê-los como o grau de sua inserção em certas práticas lingüísticas e o modo como ele as representa no texto, tenham elas a amplitude de uma língua, de uma variedade, de um registro, de um discurso, de uma modalidade etc.

sintaxe no interior do sintagma, terei acesso a uma das maneiras pelas quais o enunciado caminha por "pontos de deriva" e se torna suscetível de "se deslocar discursivamente de seu sentido para derivar para um outro"[8]. Mais precisamente, na discrepância entre os dois momentos desse deslocamento, terei acesso à representação do escrevente sobre si mesmo, sobre o interlocutor e sobre a própria escrita.

Eis o quadro indicativo da freqüência dessas *regularidades* da dimensão sintática:

Quadro 2: Porcentagem de ocorrência segundo *regularidades* lingüísticas da DIMENSÃO SINTÁTICA em relação ao total de ocorrências das *regularidades* das outras dimensões no conjunto dos textos

Regularidades lingüísticas	%
I. Quanto à construção do sintagma nominal:	**4,8**
(1) A posição do adjetivo	4,4
(2) A construção por nominalização	0,4
II. Quanto à estruturação intrincada da frase:	**15,3**
(1) Construção complexa de difícil compreensão	3,0
(2) O fenômeno da hipercorreção	12,3
Porcentagem de ocorrência (dimensão sintática)	**20,1**

(I) A CONSTRUÇÃO DO SINTAGMA NOMINAL: A POSIÇÃO DO ADJETIVO E A NOMINALIZAÇÃO

Duas *regularidades* lingüísticas destacam-se quanto à construção do sintagma. A primeira delas localiza-se na escolha e na posição do adjetivo; a segunda, no procedimento de nominalização.

8. Conferir Pêcheux (1990b) e, aqui mesmo, pp. 88-9.

Os textos são pródigos em exemplos de sintagmas em que *a escolha e a posição do adjetivo indiciam a tentativa de alçamento do escrevente* à *escrita culta formal*. É esse o constituinte do sintagma em que se localiza preferencialmente o ponto mais saliente da indiciação que o escrevente faz da sua representação sobre o código institucionalizado. Essa *saliência* é marcada tanto pela escolha do adjetivo como por sua posição no sintagma, a saber, DETERMINANTE + ADJETIVO + NOME.

A anteposição do adjetivo em relação ao nome ganha maior *saliência* quando vem associada a uma escolha de adjetivo que não é totalmente adequada:

> Crianças assassinas e assassinadas são páginas de jornal que *a concreta sociedade* vira diariamente, sem nenhum sinal de comoção ou indignação. (Texto 01-040)

Essa ocorrência acontece no terceiro parágrafo do texto, cujo título e os dois parágrafos antecedentes são os seguintes:

> Cotidiana Violência
>
> O fim da sensibilidade humana é muito interessante para os governantes, o homem já é desprovido de cultura, sem sentimentos também, será mais fácil manipulá-lo.
> Matam e morrem em vão. (Texto 01-040)

A análise estilística mais tradicional diria que tanto em *concreta sociedade* como em *cotidiana violência* há um acento da subjetividade, fato que poderia, no caso, ser verificado também no início do primeiro parágrafo do texto em que o escrevente exprime a queixa quanto ao *fim da "sensibilidade" humana*. Interessa destacar, porém, um outro aspecto levantado por esse mesmo tipo de estilística, a saber, o de que:

> Estas posições sentimentais não são favoráveis geralmente à nitidez das ideias. Por isso, o grupo do adjetivo antes do substantivo tende a constituir séries usuais de intensi-

capítulo 3 • **187**

dade e clichés. [...] Donde se pode tirar esta conclusão: o adjectivo anteposto serve de exprimir as qualidades primitivas ou geralmente consagradas (Lapa, s/d, pp. 155-6).

Observe-se que a busca de qualidades consagradas vem aliada, nos exemplos citados, a combinações lexicais questionáveis. No exemplo dado, aplicar o adjetivo "concreta" a "sociedade" não corresponde propriamente a supor a existência de uma "sociedade abstrata", mas parece marcar a busca de uma adequação que efetivamente não se dá. Defendo que essa busca, embora marcada pela inadequação, é a pista que o escrevente deixa de sua percepção da "dialogização interna"[9] da palavra, ou melhor, da tentativa de ser reconhecido, por meio desse uso, como um interlocutor possível diante do interlocutor que ele próprio representa para si. Portanto, o deslocamento de sentido que a escolha do adjetivo acarreta mostra que, nesses casos, essa escolha é muito eloqüente em razão da discrepância entre o enunciado atribuído ao interlocutor e o deslocamento de sentido presente no enunciado efetivamente produzido. Parece, pois, ser a tentativa de alçamento ao que representa como o modo de dizer próprio de seu interlocutor que leva o escrevente ao tipo de escolha dos dois casos citados e também dos casos abaixo, que serão mencionados apenas a título de ilustração:

> A atenção desviada para atingir metas [...], provoca um vazio no espírito *do moderno ser humano*... (Texto 03-155)

> Nos morros escorrem favelados que habitam a cidade roubando e matando para sobreviver. Começa a formação de *organizadas quadrilhas*... (Texto 03-173)

Cabe acrescentar que a representação do código institucionalizado, em todos esses casos, pode ter como modelo um dos textos da coletânea, o de n.º 6: "Fiscais uniformizados e armados patrulham as praias para controlar as *violen-*

---

9. Cf. Authier-Revuz, 1990, p. 26.

tas guerras entre os surfistas [...]. Nas ruas das cidades imundas e perigosas, *marginalizados povos primitivos* que habitavam as favelas agora vagam famintos e agressivos." Ressalve-se, porém, que o fato de mobilizar, neste ponto, o eixo da dialogia com o já falado/escrito não significa admitir uma relação de inclusão entre o segundo e o terceiro eixo, mas, ao contrário, mostra que a articulação entre os três eixos é possível e empiricamente constatável. O último exemplo citado é um caso flagrante de tomada da coletânea como modelo do código institucionalizado, momento em que o escrevente localiza, nesse empréstimo, uma "zona de *contato*" com o interlocutor representado em seu texto.

A segunda *regularidade* lingüística, ainda no âmbito do sintagma nominal, é a da tentativa de integração de informação por meio de *nominalização*. Observe-se o exemplo:

> É lógico que a educação tambem interfere no estado nervoso de uma pessoa, quanto maior sua capacidade de ser paciente, menor o nervosismo será gerado.
> *A solução de uma possível diminuição na violência*, seria a estabilização da economia... (Texto 01-021)

Em "a solução de uma possível diminuição na violência", o escrevente busca integrar duas afirmações "a solução para (o problema de) a violência" e "a possível diminuição da violência". Dessa tentativa parece resultar o uso da preposição "de": "a solução *de* uma [...] diminuição". É interessante observar que o que está em jogo nessas duas afirmações são duas questões motivadoras: a de como solucionar e a de como diminuir a violência. A abordagem a essas duas questões é, portanto, tomada pelo escrevente como o tópico de uma réplica ao que ele atribui ser a expectativa de abordagem de seu interlocutor. Desse modo, a supostas questões como "é possível solucionar o problema da violência?" e "é possível diminuir a violência?", o escrevente responde, procurando – ao construir o tópico sobre o já-dito supostamente partilhado com o interlocutor – integrá-las num único enunciado: "a solução de uma possível diminuição na violência". Desta vez, a tentativa de responder, à altura, à interpelação que atribui ao interlocutor fica registrada na nominalização ou, mais propriamente, na história enunciativa que ela carrega. Ao fazê-lo, o escrevente mostra-se a meio caminho da formulação desejada, evidenciando o processo em que se encontra e, especialmente, a imagem que faz sobre o código escrito institucionalizado.

Ainda no mesmo exemplo, a resposta propriamente dita às questões topicalizadas na nominalização vem curiosamente sob a forma de uma outra nominalização. Ou seja, a solução para o problema da violência: "seria a *estabilização da economia*". Ao contrário do exemplo anterior, não se pode afirmar, neste caso e apenas com base na construção dessa estrutura, que o escrevente esteja marcando alguma saliência quanto a sua circulação pelo que representa como código escrito institucionalizado.

No entanto, a insistência no uso desse recurso é também um dado que marca essa saliência. O escrevente parece caminhar na aquisição do que Benveniste (1989) classifica como uma "atividade metamórfica" e "talvez o trabalho [sobre o aparelho formal] mais singular da língua", que consiste em transformar "certas orações típicas, simples ou complexas, em signos nominais", segundo o autor, constituindo "compostos descritivos, instrumentos de classificação e de nomenclatura, aptos a se tornarem denominações científicas..." (*op. cit.*, pp. 163-4). Dado que uma das esferas de atividade que recorrem a esse tipo de enunciado é a científica (em alguns casos, como no do exemplo, freqüentemente presente na mídia e no discurso político), comprova-se que a motivação do escrevente para a nominalização advém da tentativa de produzir um texto apropriado ao interlocutor, projetado este último como pertencente ao campo do conhecimento formal, lugar em que localiza o código institucionalizado.

(II) A ESTRUTURAÇÃO INTRINCADA DA FRASE: CONSTRUÇÃO COMPLEXA DE DIFÍCIL COMPREENSÃO E O FENÔMENO DA HIPERCORREÇÃO

Utilizo a expressão "estruturação intrincada da frase" com a consciência de que é uma expressão pouco técnica e, talvez, pouco precisa, já que, também no primeiro eixo de circulação dialógica, podem aparecer estruturações de frase desse tipo, resultantes especialmente do enlaçamento, freqüente naquele eixo, entre o dito e a situação pragmática de enunciação. Mantenho, ainda assim, a expressão, reservando a ela o sentido de enredamento do escrevente no próprio plano verbal, neste caso projetado para ser o plano da expressão verbal apropriada para um interlocutor específico, a universidade. No que denomino "estruturação intrincada da frase", destacam-se duas *regularidades* lingüísticas: as construções complexas e de difícil compreensão, elaboradas para reproduzirem uma crítica; e o fenômeno da hipercorreção em geral (quanto à regência; quanto ao uso do pronome oblíquo como um caso particular de regência; quanto à concordância – nominal ou verbal –; e quanto ao uso de tempo verbal).

O exemplo abaixo mostra um tipo de *construção complexa elaborada para reproduzir uma crítica*:

> Ideais novos (ou velhos?) estão se impregnando no sistema de valores das sociedades, especialmente nos mais jovens, *devido, talvez à sua maior vulnerabilidade diante das "novidades", e seus preceitos, da sua contemporaneidade.* (Texto 03-150)

Observe-se que o escrevente investe numa formulação mais formal, é consistente em seu investimento, mas, num certo momento (a partir de: "e seus preceitos..."), dá indícios de que esse investimento é uma tentativa de alçamento a um padrão de linguagem que não é o seu.

Note-se que a heterogeneidade, assim marcada, evidencia-se novamente pela tentativa de alçamento e não pela alternância entre eixos de circulação diferentes. No mesmo eixo considerado, o do código institucionalizado, essa escrita evidencia, portanto, o processo em que o escrevente se encontra em sua relação com a linguagem.

No caso, o recurso de integração de informação que se mostrou possível no início da frase acaba por levar o escrevente a um torneio sintático bastante complexo e sem outro sentido senão o de direcionar a informação para a especificação das justificativas que levariam o jovem a ser mais vulnerável às novidades. Apreende-se, porém, essa direção, mas não a especificação pretendida.

Já no caso abaixo, a *complexidade da construção mostra-se numa seqüência descritiva* e não propriamente na elaboração de uma crítica:

> Não encontramos violência apenas no Rock, porém, há um enfoque maior neste pelo fato de que este não consegue acobertar seus problemas como fazem sistemas políticos e uma classe elitizada. *A reunião de milhares de pessoas num mesmo local leva a um intercâmbio magnético de ondas cerebrais que se atraem e se confrontam com os mesmos problemas.* A tensão vai aumentando e as ondas chocam-se cada vez mais até que a situação fica insuportável provocando mortes, brigas, conflitos, tumultos. (Texto 04-214)

Como se vê, a tentativa foi a de descrever um show de rock. Pode-se até admitir que o escrevente conseguiu fazê-lo, mas o mesmo "intercâmbio magnético" que poderia produzir uma evocação adequada da troca que acontece nas grandes multidões acaba por provocar um descompasso com a esfera de saber à qual está ligada a metáfora escolhida. Buscando dar continuidade a seu dizer com o *encadeamento temático*[10] entre "intercâmbio magnético", "ondas cerebrais", "se atraem" e "se confrontam", o escrevente parece pretender filiar seu enunciado ao saber formal sobre os efeitos físicos do magnetismo, especialmente à propriedade de atra-

---

10. Mecanismo de coesão textual tratado por Koch (1988).

ção e repulsão dos corpos. Note-se que o que começa como troca ("intercâmbio"), em seguida torna-se um movimento de "ondas" que "se atraem", porém que também "se confrontam", embora, curiosamente, "com os mesmos problemas". Pode-se assegurar que "confrontar" significa, nesse caso, "repelir" com base na seqüência do texto: "*a tensão vai aumentando e as ondas chocam-se cada vez mais...*". Vale, pois, destacar que atrair-se ou confrontar-se (umas às outras) com os mesmos problemas são coisas compatíveis, mas o atrair e o repelir do magnetismo físico acontecem em situações em que os corpos dividem propriedades, a cada fenômeno (no da atração ou no da repulsão), diferentes. A escolha da metáfora e do *encadeamento temático* a ela ligado têm clara relação com o aprendizado formal de Física. Utilizá-la pode parecer ao escrevente um recurso adequado à expectativa que ele antecipa para seu interlocutor. Evidencia-se, uma vez mais, a forte presença do interlocutor representado na construção do texto do escrevente. É nessa direção do saber institucionalizado (incluindo-se nele a representação que o escrevente faz do código escrito) que parece ir esse tipo de construção.

São muitos os modos pelos quais pode aparecer o que chamo genericamente de construções complexas. Os exemplos citados dão, porém, uma idéia de como o escrevente, ao reconstruir o efeito de sentido de um dado traço prosódico por meio do léxico e das construções sintáticas, pode enveredar por construções excessivamente complexas na busca de superação de limites. Exemplos como os comentados mostram que o escrevente, embora se aventure no alçamento ao que supõe institucionalizado para a (sua) escrita, situa-se fortemente no campo do que representa como sendo da oralidade. Portanto, no momento em que o escrevente representa para mais a necessidade de construções complexas em seu texto – ocasião em que se distancia dos recursos que, em outros pontos do texto, ele mesmo pode atribuir à gênese da escrita –, evidencia, em sua relação com o que representa como código escrito institucionalizado, um modo heterogêneo de constituição da escrita.

O segundo tipo de *regularidade,* vinculado ao aspecto da "estruturação intrincada da frase", é a *hipercorreção* (quanto à regência; quanto ao uso do pronome oblíquo como um caso particular de regência; quanto à concordância – nominal ou verbal –; e quanto ao uso de tempo verbal). Esse tipo de indiciação parece ser condicionado pelo respeito ao distanciamento que essa escrita, produzida sob a circunscrição de um evento muito particular, impõe ao escrevente em relação ao que ele diz. Nessas condições, o processo de textualização levado a efeito caracteriza-se por uma reprodução em simulacro de recursos sintáticos, cujo objeto de simulação é o próprio interlocutor, fato que evidencia, por um lado, a distância relativa entre escrevente/interlocutor representado, e, por outro, o distanciamento que ele é capaz de manter em relação ao que diz/para quem diz. Nesse sentido, pode-se dizer que, do ponto de vista do vestibulando, a hipercorreção constitui um ponto de mediação entre o crédito lingüístico que ele atribui ao interlocutor e o que atribui a si mesmo, mas também um ponto em que busca legitimar a sua alienação – uma forma de distanciamento – em relação ao que diz.

Observem-se os casos de regência abaixo:

... a televisão é o principal *veneno a que todos ingerem* (Texto 01-015)

O número de mulheres em decadência é elevado, e as que morrem por *prática ao aborto* por uma gravidez indesejada é irreversível. (Texto 01-015)

No primeiro caso, o escrevente procura mostrar o domínio da regência do verbo "ingerir" ao utilizar uma formulação sofisticada, em que ela se antecipa ao verbo ao compor uma relativa. No segundo caso, o escrevente parece optar por um emprego anteriormente feito em seu texto: "não se encontra *respeito aos direitos* do ser humano". Ao transferir esse emprego da preposição "a" para a expressão "*prática ao aborto*", sua expectativa pode ter sido a de reproduzir a estrutura de uma expressão (que já se tornou quase um bordão) para uma outra menos conhecida. Em ambos os casos, no entanto, como também no caso que será apresentado a seguir, configura-se o fenômeno da hipercorreção, claramente vinculado à representação que o escrevente faz do interlocutor, do código escrito institucionalizado e do lugar que ele próprio ocupa. Este último – contra o que indicam suas próprias expectativas – evidencia-se como sendo o lugar do "erro" (talvez das estratégias que ele atribui, genérica e indevidamente, à oralidade), a partir do qual projeta o lugar da "correção" (o das estratégias de que tem notícia pela escolarização da língua e que ele representa como as do institucionalizado para a escrita).

Quanto ao uso do pronome oblíquo como um caso particular de regência, observe-se o exemplo abaixo:

> Podemos perceber então que a violência não deve ser combatida isoladamente, e devemos levar em conta vários outros problemas *que a sobrepõem*. (Texto 03-124)

O pronome "a" ocupa a casa de um sintagma preposicionado que deveria estar ligado ao uso pronominal do verbo "sobrepor", também omitido no exemplo. A forma desejada parece ter sido, portanto, "que se sobrepõem *a ela*". Nesse caso, o escrevente busca o alçamento para o código institucionalizado ao usar um verbo de que domina a recepção, mas não a produção, e ao combinar esse uso com o que imagina ser a sintaxe da *escrita culta formal*. Talvez por localizar na estruturação perifrástica (preposição mais pronome: "a ela") um uso mais informal, prefere o preenchimento da casa do sintagma preposicionado com o pronome "a". A essa opção, e provavelmente baseado no que aprendeu ser a regra adequada para o caso, acrescenta a colocação do pronome "a" em próclise. Tome-se por base a tendência de desaparecimento do clítico acusativo de 3.ª pessoa (Duarte, *op. cit.*)[11] e o emprego inadequado do clítico acusativo no

---

11. Tendência já comentada (cf., aqui mesmo, pp. 67-8).

exemplo evidenciará claramente a hipercorreção e, por conseguinte, a imagem que o escrevente faz do código escrito institucionalizado.

No que se refere à concordância – nominal ou verbal – é comum o escrevente indiciar sua representação do código escrito institucionalizado ao empregar regras de concordância inadequadas ou em excesso.

É o caso da flexão inadequada do nome no exemplo abaixo:

> Através dos séculos a violência se manifestou das mais macabras formas, como em Roma; onde os *cristões* eram atirados aos leões para o delírio de uma inflamada platéia... (Texto 03-125)

em que parece ter havido uma assimilação da flexão de "cristão" à flexão de "leão", resultando numa formulação nitidamente ligada à correção gramatical atribuída à *escrita culta formal*.

O caso seguinte é um exemplo de hipercorreção quanto à concordância nominal:

> Caso contrário o que restará é um pais miserável, cheio de *gentes famintas e agressivas*. (Texto 01-019)

Esse é o enunciado de encerramento do texto do escrevente e se baseia nitidamente no texto n.º 6 da coletânea: "nas ruas das cidades imundas e perigosas, marginalizados povos primitivos que habitavam as favelas agora vagam *famintos e agressivos*". Pode-se dizer que a expressão "cheio de gente" cabe bem em gêneros falados mais informais. O modelo de *escrita culta formal* que o escrevente reconhece na coletânea de textos impõe-lhe, porém, uma interessante alteração. Em vez de cortar o plural dos adjetivos ("gente faminta e agressiva") que toma de empréstimo da coletânea, prefere trazê-los intactos para seu texto e promover a concordância a partir deles, colocando no plural também o nome "gente" da expressão "cheio de gente". Com esse procedimento – embora mais uma vez contra o que indicam suas próprias expectativas –, fica evidenciado que o lugar que o escrevente atribui a si mesmo é o que supõe como o do "erro" e que, desse lugar, procura alcançar o da "correção" (no caso, o do modelo que a própria coletânea representa para ele). O efeito resultante, portanto, é a indiciação do alçamento pretendido pelo escrevente.

Um último caso de hipercorreção que será destacado é o do uso do tempo verbal:

> Uma juventude como essa, que se acha tão marcante deveria agir com um pouco mais de humanismo e perceber, ou talvez encarar de frente, que não está fazendo nada mais que as outras gerações passadas. Tentando salvar o mundo. [...]
> O mais alarmante é que nada tem sido feito até hoje para a conscientização de que a violência só levará à contribuição de uma civilização ainda mais fria e calculista.
> Com jovens tão donos de si, agindo desta forma, o passado sem dúvida *fora* bem melhor, ou pelo menos não *foi* tão amargo, como promete o futuro. Que com toda essa violência talvez nem chegue. (Texto 3-169)

Como se vê, o escrevente, ao retomar as "gerações passadas" e ao constatar que "nada tem sido feito até hoje" no que tange à conscientização sobre os prejuízos da violência, acaba por escolher a forma do pretérito mais-que-perfeito simples para ocupar o lugar de um pretérito perfeito. A tentativa parece ter sido, portanto, indicar um estado que se produziu em algum momento do passado: "Com jovens tão donos de si, agindo desta forma [atualmente], o passado sem dúvida *foi* bem melhor". A ocorrência do pretérito-mais-que-perfeito se dá, como se pode constatar, depois de uma referência à atualidade da enunciação do escrevente – observe-se a coesão estabelecida pela expressão "desta forma". Parece ser essa referência à enunciação que leva o escrevente a procurar uma forma de recusa da incompatibilidade entre essa afirmação sobre uma situação presente e o comentário seguinte sobre uma situação passada.

É importante destacar, porém, que ele busca, então, dissipar essa possível ambigüidade não pela representação que poderia fazer da gênese da escrita – meio pelo qual, ao optar pelo pretérito perfeito, simplesmente assumiria que uma certa prosódia ficaria plasmada no escrito –, mas, ao contrário, por meio de um recurso que ele atribui à *escrita culta formal*: "Com jovens tão donos de si, agindo desta forma, o passado sem dúvida *fora* bem melhor". Nessa busca de alçamento, constata-se a imagem que o escrevente faz do institucionalizado para a (sua) escrita e, ao mesmo tempo, o modo heterogêneo de constituição da (sua) escrita.

* * *

Todas essas *regularidades* confirmam a tentativa do escrevente de utilizar recursos para a integração de informação. Confirmam, portanto, o modo pelo qual os escreventes representam essa característica que, segundo Chafe[12], é própria da escrita típica.

Dentre os fatores condicionantes do aparecimento de indícios sintáticos da circulação dialógica do escrevente, os mais relevantes são: a busca de construções tidas como consagradas, aliadas a combinações lexicais questionáveis; a passagem das formulações que pertencem ao domínio da produção do escrevente para aquelas que ele atribui ao seu interlocutor, caracterizando, no intervalo entre esses dois momentos, a discrepância entre o domínio (já alcançado) da recepção e o (por alcançar) da produção; o alto grau de influência do interlocutor representado na textualização levada a efeito pelo escrevente; o distanciamento que o escrevente toma, pela mediação do tipo de escrita que atribui ao interlocutor, em relação ao que diz.

---

12. Segundo o autor, o processamento mais lento da escrita dá a ela o traço da integração, que consiste em "incorporar elementos adicionais em uma unidade de pensamento" por meio de uma variedade de instrumentos sintáticos, tais como: *a nominalização, o uso de particípios, o uso de adjetivos atributivos, os sintagmas coligados, as séries* (enumerações), *as seqüências de sintagmas preposicionais, as orações completivas e as orações relativas* (1982, pp. 37-44).

Em virtude do interlocutor pretendido nos textos dos vestibulandos ser a universidade, grande parte desses fatores está ligada ao processo de escolarização da língua. O modo pelo qual essa escolarização vem representada revela a imagem que o escrevente faz do código institucionalizado, seja (a) pelo mecanismo do preenchimento de modelos, comentado por Lemos (1988), ou de um *esquema textual*, seja (b) pelo alçamento a uma metalinguagem, procedimento que tende a ser, segundo Pécora (1989), um "aborrecido exercício de cristalização de formas" (*op. cit.*, p. 72).

No entanto, mais do que simplesmente evidenciar o processo de escolarização a que estão submetidos os alunos, as marcas lingüísticas deixadas no texto delimitam um lugar para o próprio escrevente em relação à linguagem, fato que se verifica pela sua circulação também por outros pontos da imagem que faz da escrita, revelando, por contraste, momentos de representação de outros aspectos de constituição da escrita, como o de sua gênese e o de sua relação com o já falado/ouvido e o já escrito/lido. O funcionamento dessas marcas exemplifica – acredito que, com clareza – o modo heterogêneo de constituição da escrita.

Marcas lexicais da representação do escrevente sobre a (sua) escrita como código institucionalizado

Nitidamente ligadas às marcas sintáticas, separo as marcas lexicais tendo em vista apenas manter o paralelismo quanto ao tratamento dado a essa dimensão da linguagem no capítulo 2. Dois tipos de escolha lexical são representativos da circulação pela imagem que o escrevente faz do código institucionalizado e caracterizam as duas *regularidades* a serem tratadas aqui: (I) escolhas inadequadas ao registro assumido no restante do texto ou até mesmo ao registro tomado como modelo; e (II) escolhas cuja inadequação ultrapassa a questão do registro, dificultando a interpretação.

Na seqüência, apresento o quadro indicativo da freqüência dessas *regularidades* relativas à dimensão lexical.

Quadro 3: Porcentagem de ocorrência segundo *regularidades* lingüísticas da DIMENSÃO LEXICAL em relação ao total de ocorrências das *regularidades* das outras dimensões no conjunto dos textos

Regularidades lingüísticas	%
I. Escolhas inadequadas ao registro assumido no restante do texto ou ao registro tomado como modelo	7,0
II. Escolhas cuja inadequação ultrapassa a questão do registro, dificultando a interpretação	13,1
Porcentagem de ocorrências (dimensão lexical)	**20,1**

Exemplificam o primeiro caso de escolha lexical os seguintes casos:

> A violência como forma de defesa, como índice revelador do baixo padrão cultural e educacional de um povo tornou-se *atávica* e indiferenciável contemporaneamente. São flores que afloram depois de um longo período de dormência...
> [...]
> O problema deve ser tratado pela raiz de um modo humanamente racional e diplomático entre oprimidos e opressores, governantes e o povo para que a seiva circule para o restante da planta. A partir daí, se abrirá uma porta para um grande entendimento e o ser humano atingirá a capacidade de refletir sobre a vida e a sua *efemeridade*. (Texto 01-049)

Nos dois casos, a integração ao texto das escolhas lexicais (do adjetivo, no primeiro; e do substantivo, no segundo) destacadas não é feita senão com um certo grau do que normalmente se chama de inconsistência de registro. Mais propriamente, essas escolhas dão notícia do processo de aquisição da escrita do escrevente. É, pois, um aspecto da sua relação com a linguagem que se faz reconhecer em sua escrita. Esses indícios evidenciam a representação que o escrevente faz sobre as palavras pelas quais imagina transitar o diálogo que busca com seu interlocutor. Mais do que a adequação de sentido ao contexto lingüístico, o escrevente parece contar com a história que "ocupa" as palavras[13].

Uma variação desse tipo de escolha lexical aparece em textos que reproduzem de perto a imagem socialmente partilhada sobre o código institucionalizado. É o que ocorre no texto que, dentre os contidos no *corpus*, foi o que recebeu nota máxima nessa prova. Veja-se a explicação para "ideologia tradicional", em nota de rodapé:

> [Nota] 1. Que *está nas antípodas* da ideologia individualista. (Texto 01-054)

Tendo anteriormente mostrado como a violência está ligada ao individualismo, o escrevente defende, no momento em que faz a nota, que deve ser investigada a razão de o aumento da violência vincular-se freqüentemente a grupos, mais especificamente, a "grupos [...] de 'ideologia tradicional'". Uma hipótese para a escolha do item lexical "antípodas" é a de ela ter recaído no sentido corrente, por exemplo, em Filosofia, em contextos como "tese antípoda", significando "tese simétrica". Outra hipótese é que a expressão destacada seja empréstimo do francês "*être aux antipodes de*"[14], significando "estar exatamente do lado oposto de; o mais longe possível de". Essa expressão não aparece exemplificada no *Novo Dicionário Aurélio* nem no *Caldas Aulete*, mas o *Aurélio* registra que a palavra "antípoda", em português, pode ser utilizada em sentido figurado[15], significando "o contrário", "o oposto", podendo tam-

---

13. Cf. Authier-Revuz (1990, p. 27), ao retomar Bakhtin.
14. Fonte: *Le Petit Robert: Dictionnaire de la Langue Française*, versão eletrônica, 2003.
15. O Aurélio traz como sentido próprio: "S. m. 1. Habitante que, em relação a outro do globo, se encontra em lugar diametralmente oposto; antíctone." *[Us. quase só no pl. ...].* Uma outra acepção é a utilizada em Botânica, em que o substantivo femi-

bém como adjetivo significar "contrário", "oposto" e assumir os dois gêneros. Seja ou não verdadeira a segunda hipótese (e esteja o escrevente consciente ou não do empréstimo), a expressão portuguesa correspondente traz um campo de saber letrado específico para esse texto. Tal escolha é, pois, em qualquer das hipóteses, uma marca significativa da imagem que o escrevente faz do código escrito institucionalizado. Sem ser inadequada, ela mostra que a tentativa de superação do institucionalizado não é privilégio daqueles escreventes com pouco trato com a escrita.

Vale observar, num parêntese, que a seleção dos exemplos citados neste trabalho corre sempre o risco – especialmente em relação aos textos menos integrados ao padrão tido como adequado – de ridicularizar a escrita do vestibulando, prática comum na publicação das chamadas "pérolas" que os jornais gostam de fazer a cada ano. Meu objetivo, ao contrário, é localizar a especificidade da escrita do vestibulando, razão pela qual optei por lidar com a representação que ele faz da escrita, ou seja, com algo que, localizado em escritas particulares, não pode ser visto como uma extravagância individual, mas como uma atitude – em diferentes graus – socialmente partilhada.

Estes exemplos confirmam a mesma busca de alçamento, ainda que, desta feita, indo além da inadequação ao registro e dificultando a interpretação:

... o governo envolveu a população de tal forma, que em plena ditadura, todo o povo saiu as ruas comemorando uma vitória e deixando de lado as faucatruas governamentais.

As *manifestações populacionais* deveriam ser combatidas através de melhores condições de vida... (Texto 01-003)

Assistem calados *jovens auto-destrutíveis* se atropelando pelas ruas das favelas nas brigas de gangs... (Texto 01-040)

nino mantém o traço de "oposto". Como mostra o exemplo analisado, essa escolha não só se filia a um campo de saber específico, como busca sustentar o texto por meio da autoridade do especialista.

> Mas o pior de tudo não é perder bens e sim a integridade, ou a própria vida! Num país onde a *perspectiva de vida* é baixa... (Texto 00-014)

No primeiro desses exemplos, há uma evidente escolha inadequada do adjetivo "populacionais" em vez de "populares". Com essa opção, o escrevente manifesta a recusa de uma formulação perifrástica "manifestações *do povo*" que provavelmente julga pouco apropriada ao registro pretendido, em favor do adjetivo inadequadamente escolhido, por meio do qual busca criar o espaço dialógico que supõe como o exigido no vestibular.

No segundo exemplo, há, novamente, uma evidente escolha inadequada do adjetivo "auto-destrutíveis" em vez de "autodestrutivos". Desta feita, a opção está ligada a um dos textos mais mobilizadores da coletânea, o texto de n.º 6: "Fiscais uniformizados e armados patrulham as praias para controlar as violentas guerras entre os surfistas. Além disso, aplicam tranqüilizante nos surfistas que freqüentemente piram com a tensão do cotidiano [...]. Nas ruas das cidades imundas e perigosas, marginalizados povos primitivos que habitavam as favelas agora vagam famintos e agressivos". Parece ser o modelo do já-escrito na coletânea que ativa a escolha de "auto-destrutíveis" pelo escrevente. De qualquer modo, repete-se, por meio dele, o mesmo procedimento já descrito de tentativa de alçamento do escrevente.

Finalmente, no terceiro desses exemplos, há uma escolha enviesada do substantivo "perspectiva" na expressão "perspectiva de vida" em vez da forma consagrada pelo uso "expectativa de vida". Freqüentemente presente em pesquisas sobre a qualidade de vida das populações, é muito provável que o escrevente estivesse buscando realmente a expressão consagrada. A proximidade quase paronímica e de sentido justifica essa ocorrência, porém ela é mais bem explicada pela reprodução de um discurso crítico sobre a qualidade de vida, que o escrevente acredita marcado na expressão consagrada pelo uso.

* * *

A análise das escolhas lexicais mostra que o escrevente se empenha em alcançar o que supõe como institucionalizado para a (sua) escrita, fato que se comprova pelo tipo de item lexical copiado da coletânea ou nela inspirado. Especialmente nesse entendimento da coletânea como uma espécie de "referência de prestígio", fica clara a reprodutibilidade de um certo tipo de prática de escrita. Não surpreende, portanto, que o escrevente traga, guardados, seus trunfos lexicais, freqüentemente indicando ultrapassagem em relação ao registro do restante do texto e, às vezes, até mesmo em relação aos modelos em torno dos quais ele idealiza a escrita adequada ao interlocutor. Essa pressão de uma escrita tomada como referência explica aquelas situações em que o escrevente não tem domínio da produção de um item lexical, mas, ainda assim, o utiliza em função desse desejo de atender a expectativas.

Marcas organizacionais do texto referentes à representação do escrevente sobre o código escrito institucionalizado

Três *regularidades* congregam as marcas referentes à organização textual: (I) a das marcas de caráter estritamente gráfico do texto escrito; (II) a das marcas que indicam uma tendência à circunstancialização temporal; e (III) a das marcas que registram a explicitação do desenvolvimento temático ou que indicam modalização[16], em especial o caso dos delimitadores. Na seqüência, apresento o quadro indicativo da freqüência dessas *regularidades*.

---

16. A noção de modalização utilizada é a de Castilho e Castilho (1992) e será explicitada na seqüência.

Quadro 4: Porcentagem de ocorrência segundo *regularidades* lingüísticas da DIMENSÃO DA ORGANIZAÇÃO TEXTUAL em relação ao total de ocorrências das *regularidade*s das outras dimensões no conjunto dos textos

Regularidades lingüísticas	%
I. Marcas de caráter estritamente gráfico do texto escrito	1,7
II. Marcas de circunstancialização temporal	11,0
III. Marcas que indicam:	**20,6**
(1) A explicitação do desenvolvimento temático; e	10,0
(2) Modalização	10,6
Porcentagem de ocorrências (dimensão da organização textual)	**33,3**

Dentre as *marcas de caráter estritamente gráfico do texto escrito*, podem-se citar: o uso de nota de rodapé, o uso de epígrafe e a referência ao que Goody chama bidimensionalidade do espaço gráfico. Eis os exemplos:

> Não se trata de lamentar a existência da violência, já que ela está sempre presente e tem funções de manutenção do sistema social: nem tampouco de negar o seu aumento quando em épocas de desorganização econômica (e suas concomitantes) ou de tensões culturais. Trata-se de procurar a razão de ela se localizar com muita freqüência em grupos (em sub-grupos sociais) de "*ideologia tradicional*" *(1)* como as facções nacionalistas, as comunidades estrangeiras... [...] *Nota: (1) Que está nas antípodas da ideologia individualista.* (Texto 01-054)

> Violência – consequência, claro!
>
> *A polícia apresenta suas armas, escudos transparentes, cacetetes, capacetes reluzentes e a determinação de manter tudo em seu lugar (HERBERT VIANNA)*

Violência nas tribos urbanas. Deve-se primeiro definir o que são tribos e qual as suas funções no contexto urbano moderno. (Texto 03-172)

"Enquanto os homens exercem seus podres poderes, morrer e matar de fome, de raiva e de sede são tantas vezes gestos naturais" [...]
[...] Daí a adesão dos jovens aos movimentos metaleiro, "punk", etc., e a sensação de impotência do tradicionalismo em relação aos novos costumes. Com propriedade, querem exibir explícitamente a violência de nossos dias, não estimulá-la. Aquilo que Caetano Veloso faz com versos *como os acima*, os grupos bárbaros tentam fazer reconstruindo a realidade, nua e crua. (Texto 01-034)

A utilização desses recursos tipicamente gráficos indica, como *saliência*, os gêneros textuais com que o escrevente tem mais contato.

No caso da nota de rodapé, já comentada em relação ao léxico, a imagem que o escrevente faz do código escrito institucionalizado parece tomar como modelos gêneros bem específicos, como o ensaio ou o artigo científico. Diferentemente do pós-escrito, que – mais freqüente nas cartas – não tem relação com o assunto principal desenvolvido ou que tem relação com ele, mas deve, por alguma razão, permanecer isolado, a nota de rodapé, embora separada do corpo do texto e muitas vezes contendo apenas uma informação marginal, é, em geral, parte integrante do assunto principal desenvolvido. No exemplo dado, o uso desse recurso denota que o escrevente não só sentiu necessidade de dar um esclarecimento ao que vinha desenvolvendo, mas também fez questão de mostrar seu domínio sobre esse recurso tipicamente gráfico. O próprio uso do recurso, raro entre os vestibulandos, mostra-se, pois, saliente para o escrevente em questão. É um modo de alçamento por meio do qual o escrevente não se atém apenas a projetar-se para a posição do interlocutor. Mais do que isso, busca mostrar-se à vontade nela, ocupá-la e interpelar o interlocutor do próprio lugar que atribui a este último. Ao mesmo tempo que se evidencia uma busca de simetria entre essas posições, pode-se constatar a representação a que o escrevente restringe o institucionalizado para a (sua) escrita, localizando-o numa esfera específica de atividade verbal escrita – a científica.

No caso da epígrafe, os gêneros tomados como modelo podem ser muitos. No entanto, para detectar a preferência do escrevente, basta recorrer à esfera de atividade a que o texto faz referência. Nos exemplos dados, o escrevente traz para seu texto a citação de letras de música. Note-se que, desta vez, a utilização do recurso gráfico da epígrafe caracteriza um alçamento relacionado ao modo de desenvolver o tema. É, pois, bastante provável que a relação do escrevente com o tema o tenha feito destacar, de seu campo de conhecimento, uma voz que ele acreditava sustentar a argumentação que viria na seqüência. Vale lembrar também que a referência, por exemplo, a um grupo de rock está inteiramente avalizada pela coletânea de textos, que está repleta desse tipo de fonte, e que ela própria pode ser fonte para a escolha de epígrafes. Com efeito, esse fato acontece numa quase epígrafe proposta por um outro vestibulando ao basear-se no texto 1, de René Girard:

Vício inconciente

"... parece ser impossível não ter que usar a violência quando se quer liqüidá-la..."

Esse período mostra bem a situação que vivemos. [...] (Texto 03-173)

Em ambos os casos, as epígrafes mostram que o alçamento do escrevente prende-se à/sua relação com o assunto abordado. O fato de tomar fonte semelhante às da coletânea ou as dela própria indicia a sua preocupação com a abordagem do tema. Há, pois, para ele, um modelo exterior que lhe pode auxiliar nessa tarefa. Esse modelo, como se sabe, é o que ele representa como a expectativa da instituição à qual se apresenta como candidato ao ingresso. O fato de buscar um recurso tipicamente gráfico é, uma vez mais, um modo de mostrar-se competente no (um modo de se alçar ao) que imagina ser a exigência da instituição.

Finalmente, no caso da referência à bidimensionalidade do espaço gráfico do texto, é preciso lembrar que esse é também um recurso que aparece em diferentes gêneros. No entanto, o uso da localização espacial é particularmente difundido nos gêneros ligados às atividades administrativas e jurídicas, não deixando, porém, de ser muito freqüente também em trabalhos científicos. No exemplo dado, o uso de "como os acima" sinaliza a percepção do espaço gráfico em que circulam os sentidos do texto e pode mostrar, ao mesmo tempo, uma investida, por parte do escrevente, na sensibilização de seu interlocutor quanto ao domínio desse conhecimento e dos gêneros que dele mais se utilizam, provavelmente representados pelo escrevente como os mais prestigiados. Como se vê, o fato de se evidenciar a referência ao espaço gráfico pode ser também indício de alçamento, por parte do escrevente, ao que representa como código institucionalizado. Neste caso, não há a pretensão de ocupar o lugar do interlocutor (como no primeiro exemplo), nem a tentativa de ancorar o desenvolvimento temático (como no segundo). Trata-se de marcar o domínio da linguagem gráfica, base de toda a produção escrita. Em outras palavras: sabe lidar com a bidimensionalidade do espaço gráfico quem tem algum domínio da leitura do texto graficamente registrado. Lidar com ela é também lidar com os sentidos que se distribuem no espaço gráfico e o ocupam. Eis, portanto, um aspecto do código institucionalizado que se marca desde a base semiótica do registro gráfico, explorando a sua verticalidade. Do ponto de vista do processo de aquisição da escrita, mesmo considerando-se o grau de escolaridade do vestibulando, a utilização desse recurso é um aspecto nada desprezível. Ao provar que domina essa propriedade bidimensional da base semiótica da escrita, o escrevente acredita adentrar no universo do código escrito institucionalizado.

No que se refere à *regularidade* que congrega as *marcas de organização textual que indicam uma tendência à circunstan-*

cialização temporal, volto à questão da autonomia da escrita, defendida por pesquisadores que acreditam no seu caráter não-contextualizado. Do meu ponto de vista, a contextualização é uma propriedade da linguagem em geral, de tal modo que não se pode admitir nenhum tipo de utilização da linguagem sem ela[17].

Com os exemplos que serão trazidos não pretendo, portanto, provar que há uma necessidade de contextualização da escrita em virtude de um princípio de descontextualização que a definiria em suas bases. Também não tenho em vista, neste momento, a relação da escrita com a situação imediata. Busco apenas evidenciar – em função dos interesses deste trabalho – como certos modos de circunstancialização podem caracterizar o alçamento do escrevente para o que representa como o código institucionalizado. O destaque ficará para a circunstancialização temporal, freqüentemente tomada pelos escreventes como índice caracterizador de boa produção escrita.

Observem-se os dois casos a seguir:

> A violência veio *através da história* perseguindo o homem, *desde que esse se entende como tal. Através dos séculos* a violência se manifestou das mais macabras formas... (Texto 03-125)

> O tema violência está inserido *na história da humanidade* de forma indiscutível: *desde os primórdios da civilização...* (Texto 04-201)

São esses os tipos mais freqüentes de circunstancialização encontrados nos textos. Na verdade, não é propriamente a determinação de uma circunstância de tempo que está em jogo. Trata-se de encontrar um modo de começar o texto e de desenvolver um tema. Utilizado para esse fim, o apanhado histórico constitui-se num artifício tão freqüente que, mesmo considerada a preocupação efetiva em contextualizar historicamente o tema, pode-se reconhecer a reprodução de uma estrutura formal mais ou menos fixa.

---

17. Cf., sobre o assunto, a posição de Marcuschi (1994a).

Além desse aspecto, é importante notar que o tipo de contextualização é bastante genérico, pouco contribuindo para situar o tema. É provável, portanto, que, não reconhecendo essa deficiência, o escrevente acredite estar obedecendo a um requisito indispensável da escrita esperada pela instituição.

Finalmente, trato da *regularidade* que congrega as *marcas de organização textual explicitadoras do desenvolvimento temático e as que funcionam como delimitadores*. Começo pelas marcas que explicitam a marcha do desenvolvimento temático para, em seguida, abordar o valor modal dos delimitadores. Os exemplos abaixo obedecem à seguinte ordem:

(a) explicitação para marcar início do desenvolvimento temático;

> Violência nas tribos urbanas. *Deve-se primeiro definir* o que são tribos e qual as suas funções no contexto urbano moderno. (Texto 03-172)

(b) explicitação de continuidade de um desenvolvimento temático;

> [...] Ela [a violência] existe desde a antiguidade [...]
> *Fazendo um pequeno paralelo,* atualmente as coisas não são muito diferentes... (Texto 04-200)

(c) explicitação de conclusão de um desenvolvimento temático (presente no último parágrafo do texto).

> Nas sociedades primitivas, a violência individual ou tribal garantia vantagens de moradia e alimentação. Com o surgimento da civilização, impulsos antes benéficos agora são censurados...
> [...] Historicamente, vemos que as diversas sociedades desenvolveram válvulas de escape para as tensões do dia-a-dia...
> [...] Apesar de exibirem comportamentos bem diferentes, todas as tribos têm em comum a rebeldia. [...]

> *Como vimos*, a agressividade parece ser uma característica do homem que as sociedades civilizadas modernas procuram reprimir. (Texto 04-182)

ou

> Deus criou o homem e o homem criou a violência e esta só vai acabar quando o homem se for, *esta é a conclusão que chegamos*. (Texto 01-010)

Esses exemplos mostram a reprodução da estrutura textual canônica: introdução, desenvolvimento e conclusão. O fato de o escrevente julgar necessário explicitar esses momentos (ou pelo menos um deles) poderia ser visto simplesmente como um mecanismo de edição explícita, por meio do qual o sujeito iria revelando os passos do processamento de seu texto. Defendo, no entanto, que, nesses casos, não se trata de um autocomando, mas de um comando que, de fora, vem atuar nessas escolhas, reduzindo a produção do escrevente ao cumprimento de uma tarefa muito próxima à da reprodução de um modelo. Vale observar que os exemplos citados a esse respeito têm íntima ligação com a circunstancialização temporal exemplificada anteriormente. Basta, pois, atentar para os circunstancializadores para detectar a articulação desses dois recursos em função de um mesmo objetivo: a reprodução de um modelo como forma de alçamento ao código escrito institucionalizado.

Com respeito às marcas de organização textual que funcionam como modalizadores, cabe uma observação. Em primeiro lugar, é importante lembrar que tomo o funcionamento de certas marcas sintáticas como diretamente ligado à organização textual. Ao mesmo tempo, assumo, com Castilho e Castilho (1992), que modalização ou modalidade revelam, indiferentemente, a avaliação do falante sobre o conteúdo de uma proposição:

> há sempre uma avaliação prévia do falante sobre o conteúdo da proposição que ele vai veicular, decorrendo daqui suas de-

cisões sobre afirmar, negar, interrogar, ordenar, permitir, expressar a certeza ou a dúvida sobre esse conteúdo etc. (*op. cit.*, p. 217).

A modalização de que trato é, na classificação dos mesmos autores, a modalização epistêmica, que "expressa[m] uma avaliação sobre o valor de verdade e as condições de verdade da proposição" (*id.*, p. 222). O caso específico a ser comentado é o dos *delimitadores*, que são os modalizadores epistêmicos que "estabelecem os limites dentro dos quais se deve encarar o conteúdo de P [da proposição]" (*id., ibid.*). A particularização do tratamento aos *delimitadores* deve-se à busca, nos textos analisados, de *fragmentos* indiciadores de *interação*, aos quais dou o estatuto de pistas lingüísticas sobre o modo heterogêneo de constituição da escrita. Em outras palavras, deve-se ao aspecto dialógico que os caracteriza. Segundo Castilho e Castilho, os *delimitadores* "implicitam uma negociação entre os interlocutores, necessária à manutenção do diálogo" (*id., ibid.*). Eis uma seqüência textual com três exemplos:

> Toda vez que uma pessoa é agredida *de certa forma* ela *geralmente* torna-se mais violenta. Isso começa dentro de casa *principalmente* durante a infância e a adolescência... (Texto 01-025)

O caráter de negociação das partes destacadas é bastante evidente, ainda mais pelo fato de que esses enunciados estão na abertura do texto, propondo, portanto, os termos do diálogo. Embora Chafe (1985) lembre que "a língua falada faz uso freqüente" desses delimitadores (*op. cit.*, p. 121) e ainda que o trabalho de Castilho e Castilho seja também voltado à norma falada culta, a *saliência* de certos delimitadores nos textos dos vestibulandos parece ser fruto de um certo tipo de recomendação dos professores de redação. Como se sabe, no ensino de redação, são comuns as observações restritivas ao uso de generalizações, por um lado, e de afirmações categóricas, por outro. Como diz o próprio Chafe, "a língua escrita [...] mostra mais consciência de que a verdade não é categórica, mas uma questão de grau" (*id., ibid.*). Na seqüência citada, o escrevente parece ter levado à risca a recomendação quanto a evitar as afirmações categóricas, buscando, por três vezes seguidas, tomar uma certa distância em relação ao que afirmava. Esse distanciamento não se sustenta, porém, no decorrer do texto, uma vez que, comprometido com o trabalho de convencer seu interlocutor, busca, na seqüência da argumentação, envolvê-lo com modalizações fortemente afetivas (como: "passar fome *nem prá cachorro*") já tratadas aqui como expressões formulaicas[18].

A ocorrência dos delimitadores mostra, portanto, que o escrevente está em vias de se apropriar de mecanismos de negociação com o interlocutor representado na escrita. No caso exemplificado, a própria repetição mostra que os delimitadores são marcas *salientes* da representação que o escrevente faz do código institucionalizado.

* * *

Também quanto à organização textual, pode-se dizer que é bastante forte a reprodutibilidade da prática escolar de redação. Participando dela, o escrevente, ao contrário de demonstrar, como desejaria, um domínio efetivo dos recursos de organização do texto, denuncia – também quanto a esses recursos – sua tentativa de alçamento ao código institucionalizado. A simples reprodução de dicas do professor de redação, juntamente com os trunfos lexicais já comentados, ganham o efeito de ultrapassagem em relação ao registro assumido no restante de seu próprio texto.

Recursos argumentativos do texto referentes à representação do escrevente sobre o código escrito institucionalizado

Antes de mais nada, lembro que todos os tópicos tratados até o momento atuam também como partes do mecanismo argumentativo dos textos analisados. Interessa des-

---

18. Cf., aqui mesmo, pp. 146-8.

tacar, porém, a alternância entre os recursos definidos no primeiro eixo de circulação e os deste, como forma de mostrar o modo heterogêneo de constituição da escrita. Assim, mantendo um paralelismo com a análise do primeiro eixo, abordo, neste ponto, alguns recursos argumentativos específicos da representação que o escrevente faz do código escrito institucionalizado.

Ao contrário dos recursos argumentativos ligados à representação que o escrevente faz da gênese da (sua) escrita – em que há a preocupação de acumular dados, argumentos e fatos em estruturas que os justapõem (como as enumerações) ou que interpelam diretamente o interlocutor (como as perguntas) –, a busca de recursos argumentativos ligados à representação que o escrevente faz do código escrito institucionalizado caracteriza-se pela tentativa de tratamento analítico desses dados, fatos e argumentos. Desta vez, o escrevente ensaia – pode-se dizer, lembrando a escrita típica mencionada por Tannen[19] – uma maior atenção ao conteúdo.

No entanto, a especificidade dos recursos argumentativos aqui tratados tem relação com a saliência do caráter polifônico que, em determinados momentos, os textos dos vestibulandos apresentam. Vale a pena lembrar que, segundo Barros (1994), há uma diferença entre "textos dialógicos" e "efeitos de polifonia" ou "de monofonia". O caráter dialógico do texto é o que permite encará-lo em sua heterogeneidade – "os textos são dialógicos porque resultam do embate de muitas vozes sociais" (*op. cit.*, p. 6). O tipo de efeito produzido por esse embate pode ser, porém, o da polifonia – "quando essas vozes ou algumas delas deixam-se escutar" – ou o da monofonia – "quando o diálogo é mascarado e uma voz, apenas, faz-se ouvir" (*id., ibid.*). Os recursos argumentativos que comentarei caracterizam-se, portanto, por apresentarem o efeito de polifonia[20].

---

19. Cf. Tannen (1982).
20. Esse efeito de polifonia também poderia ser descrito por meio da teoria polifônica da enunciação de Ducrot (1987) em termos dos conceitos de locutor (L) e de enunciador (E).

As pistas lingüísticas desse tipo de tratamento dado ao texto foram reunidas numa única *regularidade*: a da *tentativa de construção de um caráter analítico para o texto, incluindo um caso de argumento estatístico*. Nesses recursos argumentativos, é bastante claro o *distanciamento* ao abordar o tema. O quadro abaixo mostra a freqüência dessa *regularidade* da dimensão argumentativa:

Quadro 5: Porcentagem de ocorrência segundo a *regularidade* lingüística da DIMENSÃO ARGUMENTATIVA em relação ao total de ocorrências das regularidades das outras dimensões no conjunto dos textos

Regularidades lingüísticas	**%**
1. Construção de um caráter analítico para o texto (incluindo um caso de argumento estatístico	20,7
Porcentagem de ocorrências (dimensão argumentativa)	**20,7**

Observem-se os seguintes textos:

A modernização e o desenvolvimento de uma cidade levam, a "Classe Massacrada" a cometer assaltos, sequestros; e até mesmo a matar sem um motivo. Como não bastasse, os jovens ditos rebeldes (na verdade, um bando de tolos que querem aparecer) provocam a destruição cometem atos de vandalismo e aterrorizam as pessoas.

Analisando o assunto, vemos que a violência se inicia com os policiais que ao suspeitarem de uma determinada pessoa, vão logo dando porrada... (Texto 03-162)

Aspectos gerais da violência

A ampla definição de violência traduz um significado muito complexo, onde, no Mundo Moderno se destina a todos os lugares. (Texto 01-015)

Dentre as inúmeras faces da violência, uma tem deixado perplexas milhares de pessoas... [...]

Argumentam alguns que isso se deve a fatores sociais, à condição de miséria e fome a que são submetidos os menos privilegiados. *Por outro lado, tem-se constatado* a presença cada vez maior de elementos das classes mais abastadas nessas brigas – *o que evidencia* que podem haver outros motivos para tais confrontos. (Texto 04-201)

Todos os exemplos têm em comum o fato de construírem um caráter analítico para o texto. No primeiro exemplo, o próprio verbo "analisar" explicita essa preocupação. No segundo exemplo, o título simula títulos de artigos e ensaios científicos: "Aspectos gerais da violência". Por sua vez, o enunciado que abre o texto mostra a preocupação do escrevente em definir o que será tematizado, definição que aparece, nessa posição de abertura, em um grande número de textos. No terceiro exemplo, uma seqüência de indícios mostra a *saliência* que podem ter essas marcas. Após reconhecer a existência de "várias faces da violência", sinaliza na direção de uma contraposição de vozes que marca "um lado" (como "argumentam alguns...") e o "outro lado", no qual – mais uma vez sinaliza o escrevente – "tem-se constatado...". Tendo por base essa contraposição, conclui, ao final, com um outro indício de sua preocupação analítica: "o que evidencia...".

Como se vê, a argumentação cerrada que caracteriza o texto dissertativo impõe um conjunto de marcas de uma abordagem analítica do tema. É verdade que nem sempre o escrevente é consistente com esse tipo de abordagem durante todo o texto – conferir, a esse respeito, em especial o primeiro e o segundo exemplos citados –; pode-se mesmo dizer que é raro que essa consistência seja integralmente mantida. No entanto, importa detectar não a realização consistente de uma abordagem analítica, mas o descompasso entre o que o escrevente teria efetivamente a dizer (nem sempre muito claramente recuperável) e o que ele adapta ao modo analítico de escrita que atribui à instituição que o avalia. Esse descompasso é o que permite que essas vozes deixem-se escutar.

Acredito que esse "efeito de polifonia" revela, no caso, a mesma expectativa de alçamento por parte do escrevente já comentada para outros aspectos do texto. É, pois, a imagem da instituição na qual se candidata a ingressar e a do interlocutor que, para esse mesmo fim, ele representa em seu texto, que se sobrepõem à sua voz, dando indicações do modo como ele representa o institucionalizado para a (sua) escrita. Ao mesmo tempo, a inconsistência em relação ao aspecto analítico almejado revela que o escrevente enuncia a partir de um modo heterogêneo (no caso, sob um efeito polifônico específico) de constituição da escrita. A maneira mais clara de checar essa inconsistência é a oposição, no próprio enunciado do escrevente, entre o que já é mais ou menos previsível ou estereotipado (e que, por isso, vem para o texto por meio de um simples jogo mnemotécnico) e o que deve ser construído pelo escrevente (e, portanto, depende de um outro tipo de recorrência à memória); neste último caso, numa evocação que, mais freqüentemente, leva-o a deixar marcas da imagem que faz da gênese da escrita.

Exemplo de um recurso semelhante, o texto abaixo também trabalha com certas *expressões estereotipadas* de argumentação:

> A violência, nos dias atuais, tornou-se algo comum em nossas sociedades urbanas. *Como conseqüência desse fato* temos muitos cidadãos vivendo encarcerados em suas próprias residências, *enquanto que* a violência toma conta das ruas. [...]
>
> Portanto tudo e todos que não seguem as regras que a sociedade impõe são discriminados; mas nem sempre esta parcela aceita passivamente este fato e, *a partir do momento que* a ameaça ressurge, a sociedade os extermina, pela própria lei da sobrevivência.
>
> A sociedade julga e pune as conseqüências do ato violento através de violência, como meio de amenizá-la, *enquanto que* se tentássemos julgar as causas deste ato... (Texto 00-012)

Vê-se, nessa seqüência, a relação de causa e efeito marcada por "como conseqüência desse fato". Em seguida, há a contraposição de vozes com "enquanto que", retomada também no último parágrafo.

Por fim, a forma mais marcada de todas "a partir do momento que" sugere, pela simulação temporal, a projeção de um lugar para o argumento que é encadeado na seqüência. Normalmente, trata-se de um lugar que compromete o interlocutor com a circunstância da afirmação de algo. Do ponto de vista do escrevente, trata-se, pois, de um lugar que situa o ponto a partir do qual se dá a possibilidade de resolução da questão abordada. É interessante notar que o texto ganha em *fluência*[21] quando o escrevente emprega a expressão "a partir do momento que a violência ressurge", mas sofre do que se poderia chamar uma recaída de *disfluência* quando tem que explicitar a resolução do argumento: "a sociedade os extermina", em que o pronome não pode retomar o antecedente que lhe corresponderia: "esta parcela". Portanto, uma estrutura argumentativa que é construída para colocar o interlocutor em posição de adesão ganha em *fluência* quando se ancora numa expressão estereotipada, ou seja, quando o escrevente busca reproduzir a expressão que atribui ao uso habitual do interlocutor. Ela se torna, porém, *disfluente* no momento da resolução, que é marcada em função do que o escrevente representa como de sua alçada pessoal. Tanto Scarpa (1995), ao tratar da fluência/disfluência na aquisição da linguagem, quanto Silva (1991), ao tratar da aquisição da escrita, mostram que, também nesses dois domínios, a discrepância entre o que o escrevente representa como sendo do outro e o que representa como seu pode determinar seu desempenho. No caso citado, a forma estereotipada – atribuída ao outro – é um momento em que a argumentação flui normalmente. Já no caso da marca que representa como sua – momento da resolução do argumento – a argumentação tropeça num problema de coesão, o que inviabiliza o resultado esperado. Essas vozes que se fazem ouvir no texto do vestibulando e o descompasso que se cria

---

21. Conferir Scarpa (1995) e, aqui mesmo, pp. 161-2.

entre elas revelam o mesmo efeito polifônico de que falava no caso anteriormente visto.

O alçamento na direção do código escrito institucionalizado que é buscado por meio de formas estereotipadas – entre as quais incluí o uso marcado de "enquanto que", comentado anteriormente – é um forte indício de que os recursos argumentativos utilizados denotam a circulação que o escrevente faz pelo imaginário que tem sobre o código escrito institucionalizado.

Para encerrar este tópico, cito o caso, único (mas não menos relevante) no *corpus*, do *argumento estatístico*:

> [...] a violência aumenta assustadoramente. Gangues de jovens que se digladiam, grupos de extermínio de menores abandonados, são comuns nos noticiários. E um mecanismo de defesa dessa neurose urbana nos condiciona a um estado de anestesia.
>
> No Brasil onde *mais de 40% da população* vive na miséria absoluta, onde **s**omente *10% dos habitantes* abocanham *51% da renda nacional* e onde existe uma absurda concentração de terras nas mãos de latifundiários, a violência é quase incontrolável. No País do "jeitinho" falta de ética e miséria se confundem nos levando ao limite do suportável. (Texto 01-036)

Vale dizer que, em nenhum momento de seu texto, o escrevente esclarece as fontes dessas estatísticas. Não é esse, porém, o aspecto que pretendo destacar, mas, sim, o da própria escolha do argumento estatístico. Nesse exemplo, pode-se observar o decalque de textos jornalísticos, de propaganda política e/ou de dados econômico-administrativos, inspirados, por sua vez, na ciência estatística. Não parece, portanto, ter sido apenas a sensibilidade quanto à força desse argumento que teria levado o escrevente a jogar com ele, mas principalmente seu interesse em tornar visível o contato com o código escrito institucionalizado em função da antecipação de uma expectativa atribuída ao interlocutor. Desse modo, pode-se observar, uma vez mais, as vozes que se fazem ouvir nesse *fragmento*. A referência estatística representada como a voz oficial sobre as causas da violência sobrepõe-se à voz que o escrevente representa como sua. No entanto, na falta da fonte que daria legitimidade a esses números, o descompasso entre um argumento de autoridade e a ausência da autoridade legitimadora permite que uma outra voz se faça ouvir, a saber, a do senso comum. O alçamento desejado pelo escrevente – caracterizando esse momento de circulação pelo imaginário sobre o código escrito institucionalizado – novamente fica a meio caminho e indicia, assim, o modo heterogêneo (também, neste caso, com um efeito polifônico específico) de constituição da escrita.

Uma última palavra a respeito do tratamento dos recursos argumentativos exemplificados como polifônicos e não como monofônicos. Contra essa análise, poder-se-ia argumentar que há um funcionamento ideológico mais amplo, proveniente da instituição escola, de tal modo atuante que silencia a voz do escrevente. Essa posição, que admite o assujeitamento total do escrevente, não me parece esclarecer muito mais do que uma pequena faceta do seu processo de letramento, aquela ligada à escolarização. Considerar o conjunto de práticas sociais de que ele participa pode apurar o ouvido para a sua circulação dialógica, por meio da qual a sua voz se faz ouvir ao lado do já institucionalizado para a (sua) escrita. Se a pressão institucional (da escola, em particular) – a do (que é tido como) "acerto" – pode ser sufocante para o escrevente, não é menos incômoda a posição da escola em relação à pressão do que julga, negativamente, como "erros" do escrevente – a pressão do (que é tido como) "erro". Não se trata, é claro, de simplesmente querer ouvir essas vozes de uma maneira positiva, não-excludente, para que se perceba o efeito polifônico. Acredito que reconhecer a heterogeneidade como constitutiva da escrita é, ao mesmo tempo, reconhecer as determinações e o trabalho do sujeito. Desse reconhecimento, isto é, sabendo como/para onde olhar ao abordar o texto, o efeito polifônico aparece onde se poderia ver apenas monofonia.

* * *

A análise dos recursos argumentativos como marcas da representação que o escrevente faz do código escrito institucionalizado mostrou, entre outras coisas, que o aspecto da reprodutibilidade da prática escolar de redação continua presente também no que se refere à utilização, por parte do escrevente, de recursos argumentativos. Não é demais insistir que, também quanto à argumentação, o escrevente evidencia um trabalho de atribuição de lugares a coisas e pessoas. No intervalo produzido pelo descompasso dessas representações, efeitos polifônicos específicos acabam resultando, em geral, num enunciador inconsistente do ponto de vista da orientação argumentativa escolhida para ser a dominante (a da assimilação do dizer à voz da instituição), deixando-se ouvir, ao lado dessa voz que escreve (a da instituição), a voz de quem fala (a do escrevente), fato que caracteriza o modo heterogêneo de constituição da escrita.

Marcas ortográficas da representação do escrevente sobre a (sua) escrita como código escrito institucionalizado

O quadro abaixo dá a freqüência da *regularidade* lingüística referente às marcas ortográficas da representação que o escrevente faz do código escrito institucionalizado. Denomino-a "procedimentos e convenções ortográficas tomadas ao pé da letra" para enfatizar que, contrariamente ao primeiro eixo, em que a ênfase recai no som, o referencial tomado como parâmetro é, nesse caso, a própria letra.

Quadro 6: Porcentagem de ocorrência segundo a *regularidade* lingüística da dimensão ORTOGRÁFICA em relação ao total de ocorrências das *regularidade*s das outras dimensões no conjunto dos textos

Regularidade lingüística	%
1. Procedimentos e convenções ortográficas tomados ao pé da letra	5,8

Nesta regularidade, optei por privilegiar apenas os casos da hipo e da hipersegmentação, uma vez que contrastam com a tendência apresentada no primeiro eixo analisado. Observe-se, no caso abaixo, a hipersegmentação pela separação de uma sílaba de um vocábulo:

> Dará tempo, para acharmos uma saída para acabar de vez com a violência, ai será tarde *de mais*, pois o estágio em que se encontra na atualidade é Alarmante?... (Terxto 03-180)

Embora não se trate de escrita espontânea, nem de escrita infantil, pode-se dizer que ocorrências como a destacada mostram o que Silva (1991) descreve como "uma convivência entre a percepção da escrita e um componente tônico da fala como marcadores de possíveis pontos de corte para a criança" (*op. cit.*, p. 75). Ainda com base em Silva, pode-se dizer que fatos como esse mostram como podem ficar preservadas as marcas do contato com a escrita e os critérios intuitivos incorporados para a segmentação de um enunciado escrito. Importa destacar, portanto, que é um procedimento gráfico que orienta essa escolha.

O exemplo abaixo explora, ao contrário, a hipossegmentação:

> Bem que o mundo onde vivemos, poderia ser melhor sem violências; mortes, drogas, e tudo de ruim que existe nessa vida, eu cresci no meio de muita violência, drogas, mas não tenho *nada haver* com isso, prefiro levar a minha vidinha tranqüila, vendendo balas nos faróis e catando papel na rua... (Texto 01-044)

Como se vê, nesse caso, ocorre a junção de um clítico a uma palavra. Entretanto, essa ocorrência de hipossegmentação destoa do que comumente se espera, a saber, que o escrevente esteja, como a criança na escrita espontânea, tentando "representar graficamente um trecho de um discurso seu" (Silva, *id.*, p. 37). Parece ser, ao contrário, o contato com a escrita e com as recomendações passadas durante anos de escolarização que está sendo determinante na segmentação do escrevente. Vachek (1989 [1987d]), ao criticar o caráter purista da reforma ortográfica de 1947, mostra que, no sistema grafêmico do Português moderno, o <h> é "um sinal diacrítico que informa o leitor sobre a implementação fônica palatal do fonema geralmente denotado pelo grafema precedente" (*op. cit.*, p. 145). Como se sabe, além desse uso no interior do vocábulo, um outro emprego do <h> acontece no princípio de certas palavras como <haver>, em uso ligado à etimologia e à tradição escrita do português. É, pois, essa tradição que está sendo buscada nesse caso especial de hipossegmentação.

* * *

O estudo da *regularidade* que congrega as marcas ortográficas da representação que o escrevente faz sobre o código escrito institucionalizado mostra que os anos de escolarização, pelos quais o vestibulando já passou, interferem no seu modo de segmentar o enunciado escrito. Essa representação da ortografia institucionalizada pode ocorrer, portanto, sempre que o escrevente busca seguir as convenções ortográficas. A hipersegmentação é o procedimento mais esperado quando se toma como modelo a segmentação aprendida por meio da escrita. A hipossegmentação, embora mais comum no primeiro eixo analisado, pode, como se vê, ocorrer também quando o escrevente circula pela imagem do código escrito institucionalizado.

Finalmente, vale destacar que, embora o critério fundamental do escrevente seja seguir "o modelo da escrita", segui-lo significa orientar-se pela representação que se faz desse modelo.

Considerações finais

Neste capítulo, abordei o segundo dos três modos pelos quais a escrita do vestibulando pode ser observada do ponto de vista da relação que o escrevente mantém com a linguagem.

Tido, a exemplo do primeiro eixo, como um dos lugares privilegiados para observar essa relação, cabe destacar que, durante muito tempo, os problemas levantados por esse segundo eixo foram vistos como a síntese de todo o estudo sobre a escrita, mesmo nas análises mais críticas. Além disso, são, em geral, resumidos na crítica ao preenchimento de modelos que a escolarização da língua imporia. Embora tenha feito referência a esse fato em vários momentos da análise, busquei – mais do que a detecção desses modelos – captar as marcas das flutuações do escrevente em sua relação com modelos. Penso que essas flutuações permitem apreender a relação que o escrevente mantém com a linguagem e, portanto, com as mediações que o colocam diante de si mesmo, diante do seu interlocutor e diante do código que representa como institucionalmente adequado à ocasião. Dar prioridade à observação dessas flutuações (desse diálogo entre diferentes representações) está, portanto, a meu ver, muito mais de acordo com a proposição de um modo heterogêneo de constituição da escrita do que apenas reconhecer, neste eixo, uma síntese da escrita e nela detectar simplesmente a reprodução de modelos.

Os momentos de flutuação ou de inconsistência apontados são variações na representação que o escrevente faz da (sua) escrita, mas não necessariamente inconsistências em relação a formas típicas do letrado/escrito pela ingerência de formas típicas do oral/falado. Essas variações, embora visíveis nos modos oral e escrito de enunciação, remetem, sobretudo, às variedades lingüísticas, aos registros e aos gêneros discursivos. Ademais, elas estão sujeitas às representações do escrevente e associadas à sua relação com a linguagem. Em outras palavras, o trabalho do escrevente se dá nas fronteiras pouco nítidas das práticas sociais do oral/falado e letrado/escrito.

A partir das *regularidades* lingüísticas estabelecidas, duas propriedades podem ser tomadas como características da representação que o escrevente faz deste segundo eixo: a da integração e a do distanciamento.

Os próprios fatores presentes no evento vestibular favorecem a mobilização de recursos sintático-semânticos de integração e de distanciamento. Não são, portanto, categorias da língua que pudessem ser descritas de uma vez por todas, para qualquer nova ocorrência. Trata-se, ao contrário, de um modo bastante instável de utilização daqueles recursos. Ou seja, as condições de produção dessa escrita contribuem para a flutuação do escrevente quanto à variedade lingüística, ao registro e ao gênero escolhidos. Nos pontos de *individuação*, podem ocorrer tanto esses tipos de flutuação quanto tentativas de alçamento ou mesmo ultrapassagens em relação à variedade, ao registro ou ao gênero imaginados pelo escrevente como adequados à ocasião. É, pois, no hiato produzido por esse salto em direção à representação do código escrito institucionalizado que as propriedades de integração e de distanciamento se definem como tais no que se refere a esse eixo de circulação imaginária do escrevente.

Flutuações de variedade, registro e gênero, alçamentos e ultrapassagens também podem ser vistos como formas de resolução de problemas. O escrevente, ao fazer uma representação exacerbada do que seria o padrão lingüístico próprio a quem escreve, freqüentemente produz um transbordamento da forma estereotipada. Desse modo, é o que calou interiormente no escrevente – e aqui "calou" também no sentido daquilo que se depositou e que, uma vez instalado, nele permanece em estado de latência – que passa a aflorar no momento de responder ao complexo jogo de expectativas que cerca o evento de escrita do vestibulando. Nesse caso, contrariamente aos momentos em que aflora a representação da gênese da (sua) escrita, não há propriamente emergência de índices lingüísticos, mas extravasamento, sobras resultantes das tentativas de alçamento em função de padrões introjetados pelo escrevente e reproduzidos como estereotipias dialógicas. Barros (1985), também ao analisar a escrita de vestibulandos, mostra que, na falta de tomarem "consciência das variações de modalidades", os escreventes tendem a alargar, "com a fantasia do desconhecido, a distância que separa a escrita da fala". Segundo a autora, por *não saber onde estão realmente as diferenças*, o escrevente "imagina ainda mais difícil a tarefa de escrever e preenche a redação com os elementos lingüísticos que acredita caracterizarem a escrita" (*op. cit.*, p. 475).

É importante notar também que a integração de informação e o distanciamento em relação ao que é tematizado nesses textos não são propriedades que definem o produto final escrito, mas o processo de textualização. Não as utilizo, portanto, para caracterizar a escrita típica, como propõem Chafe (1982, 1985) e, de um outro modo, Tannen (1982) ao tratar da lexicalização com ênfase no conteúdo. Atento ao processo de textualização, defendo que, ao buscar integração sintática ou textual e distanciamento em relação ao que diz, o vestibulando – como, de resto, em diferentes graus, qualquer escrevente – freqüentemente denuncia esse seu fazer pelo deslizamento que o jogo de representações e expectativas não cessa de provocar. Não se trata, pois, naturalmente, nem de propriedades gerais da escrita típica, nem de uma representação unívoca, nem de uma expectativa única, mas do jogo entre representações e expectativas que vai sendo alterado no decorrer do próprio desenrolar do texto, freqüentemente variando de acordo com o fragmento temático abordado.

As marcas lingüísticas levantadas permitiram verificar que a *individuação* histórica do sujeito se dá pelo movimento entre a reprodutibilidade[22] de uma prática (busca de estereótipos formais e/ou de conteúdo) e o dado de ineditismo por meio do qual o escrevente se representa nessa prática (momento em que o escrevente assume como sendo da alçada pessoal a formulação de seu texto), flutuação a partir da qual

---

22. Não confundir com simples "reprodução de modelos", que, sendo uma prática escolar, reduziria o institucionalizado para a escrita apenas ao ensino formal e à escola.

o escrevente, ao mesmo tempo, constitui e manifesta a sua representação do institucionalizado para a (sua) escrita.

A consideração desse movimento do escrevente só pôde ser feita em virtude do reconhecimento do papel do sujeito no processo de escrita. Uma vez mais, não se trata de investigar um procedimento técnico, mas de determinar a representação do escrevente sobre uma forma de participação social. É nesse sentido que entendo a afirmação de Street (1984): "a aquisição do letramento é, na verdade, um processo de socialização mais do que um processo técnico" (*op. cit.*, p. 180). Por outro lado, como ficou dito, a consideração do papel do sujeito está intimamente ligada à consideração metodológica do caráter local – e dialógico – dos dados lingüísticos, uma vez que só faz sentido considerar os dados lingüísticos locais no interior da dimensão histórica do sujeito.

No capítulo seguinte, abordo o modo pelo qual o escrevente circula pelo imaginário sobre o já falado/ouvido e o já escrito/lido.

Capítulo 4 **O escrevente e a dialogia com o já falado/escrito**

Seguindo na abordagem particularizada de cada eixo, tomo, como lugar privilegiado de observação, o terceiro deles, aquele que se define por sua característica dialógica.

Na tentativa de organizar as considerações já feitas a respeito deste eixo nos capítulos anteriores, comento-as, neste ponto, de acordo com os seguintes tópicos: (a) o caráter fundamental do dialogismo na utilização da linguagem em geral; (b) o caráter dialógico como modo de constituição da escrita; e (c) as conseqüências do dialogismo na abordagem metodológica levada a efeito neste trabalho.

Assumindo *o caráter fundamental do dialogismo na utilização da linguagem em geral,* a abordagem aqui adotada toma como base o fato de que a circulação pela imagem que o escrevente faz da (sua) escrita caracteriza-se como uma extensão da necessária dialogia estabelecida com outros textos, dialogia que regula qualquer utilização da linguagem.

Desse modo, o ato particular de apropriação da escrita, ao estabelecer-se na ligação de um discurso com outro(s) discurso(s), mostra sua vinculação a uma prática social. Considerando-se, pois, que o sujeito e seu discurso sempre se constituem pela negociação com outros sujeitos e discursos (com o *interdiscurso*), as negociações mostradas no texto escrito abrem a possibilidade de observar o aspecto dialógico constitutivo também dessa sua prática, ainda que nela atuando de um modo particular.

Portanto, a consideração do eixo da dialogia com o já falado/escrito na circulação imaginária que constitui os textos analisados vem justamente fazer ecoar o fato de que os textos em geral – e não apenas partes destacadas de textos escritos particulares – podem ser considerados como produto do já-dito.

Esse fato pode ser exemplificado também do ponto de vista da história do aparecimento da escrita e de sua relação com a "tradição oral". Havelock (1996), ao defender que "o verdadeiro pai da história não foi um 'escritor' como Heródoto, mas o próprio alfabeto", liga a historiografia de Heródoto e de Tucídides, mostrando que a "concepção da história como gesta militar e heróica" desses pioneiros "foi herdada de Homero", primeira transcrição alfabética a produzir-se. Havelock destaca os estilos característicos de um e de outro: Heródoto (cerca de 480 a.C.) "mais próximo da forma de composição oral" – segundo o autor, "por trás da prosa de Heródoto, de sua descrição do conflito épico entre gregos e persas no continente, ouve-se os hexâmetros épicos, tal como eram recitados (quer dizer, ele os estava a recordar)" –; Tucídides (471 a.C.) "mais próximo (e quiçá consciente dessa proximidade) da forma letrada" – em quem, segundo o autor, "vemos um leitor de Homero numa perquirição cuidadosa de pormenores, a fim de corrigi-lo". Conclui, então, que a diferença entre os dois historiadores é decorrente "de suas posições relativas na transição cultural", transição que Havelock caracteriza como a "revolução da escrita". Ou seja, a diferença entre os dois historiadores se explicaria em função de "sua posição intermediária num ponto de transição da cambiante tecnologia da comunicação" (*op. cit.*, pp. 30-2). Interessa destacar dessas observações o fato de que, apesar de Havelock dar um grande peso à tecnologia do sistema alfabético ("o verdadeiro pai da história"), a escrita não se mostra como um dado absoluto. Parece, pois, que o *uso* que se pode fazer dela é também função de uma posição relativa quanto ao já falado/ouvido e o já escrito/lido.

Voltando ao campo lingüístico-discursivo, uma tal consideração poderia ser associada a uma visão "do discurso como produto do interdiscurso" (Authier-Revuz, *op. cit.*, p. 27). É no interior dessa concepção que são buscadas – no diálogo que o escrevente mantém com o que representa como sua exterioridade – as pistas destacadas pela *heterogeneidade mostrada*, por meio das quais o próprio escrevente negocia com a *heterogeneidade* que lhe é *constitutiva*.

Essas pistas, que marcam a relação do escrevente com o já falado/ouvido e já escrito/lido, correspondem, *grosso modo*, ao que normalmente se chama de *relações intertextuais*. É importante observar que um discurso mantém sempre relação com o *interdiscurso* mesmo que essas relações não se efetivem em relações intertextuais. Na formulação de Fiorin (1994), "a interdiscursividade não implica a intertextualidade, embora o contrário seja verdadeiro, pois, ao se referir a um texto, o enunciador se refere, também, ao discurso que ele manifesta". E conclui: "a intertextualidade não é um fenômeno necessário para a constituição de um texto. A interdiscursividade, ao contrário, é inerente à constituição do discurso" (*op. cit.*, p. 35). No procedimento indiciário adotado para a captação da circulação dialógica do escrevente pelos três eixos propostos, a falta dessas relações intertextuais (mostradas) constitui-se, no entanto, numa pista importante, ora evidenciando uma dificuldade para formular lingüisticamente a integração desse contato prévio com outras práticas, ora fazendo-o por um modo de apropriação que leva o próprio discurso a assimilar-se às práticas discursivas retomadas.

Várias considerações adiantadas nos capítulos anteriores concernem também ao *caráter dialógico como modo de constituição da escrita,* hipótese organizadora deste trabalho. Ou seja, a proposição de três eixos que evidenciam a circulação do escrevente por seu imaginário sobre a escrita é, em si mesma, uma hipótese de constituição dialógica da própria escrita.

Esse modo dialógico de constituição é, em certa medida, percebido pelos autores que pensam a escrita como forma de representação ao lhe atribuírem uma dupla possibilidade de relação: com o mundo e com o falado. Alguns deles definem essas relações, respectivamente, como uma representação de primeira ordem (caso da escrita socialmente bem estabelecida e de escreventes/leitores com alto domínio técnico que fazem uma relação direta: escrita → mundo) e uma representação de segunda ordem (escrita incipiente ou escreventes/leitores com domínio precário que fazem uma relação indireta: escrita → falado → mundo). É certo que esses autores, ao fazerem tal hipótese, não levam em conta recomendações como a de Abaurre de que existiriam "bons motivos para supor que a representação de escrita que o indivíduo já traz para a escola seja mais complexa, *por mais limitado que tenha sido o seu contato com a escrita* e seus usos"[1]. Vale lembrar também, no que toca às opções teóricas deste trabalho, que não reconheço nenhuma dessas duas opções como um caminho teórico justificável. Interessa-me menos lidar com a questão "a quem a escrita representa: ao mundo ou ao falado?" do que investigar como o escrevente representa a escrita, inclusive como ele lida com as relações escrita/mundo e escrita/falado. Trabalho, portanto, com a idéia de que a escrita é um tipo particular de enunciação em que relações com o mundo e com o falado se dão no próprio processo de escrever, caracterizando não a representação escrita do mundo e do falado, mas a representação que o escrevente faz da relação escrita/mundo e escrita/falado.

Desse modo, embora a concepção de escrita que adoto não seja a da escrita como forma de representação, concepção que implicaria pensá-la como o produto acabado resultante da relação que mantém com outros produtos (o do vivido e o do falado – este último, apenas didaticamente, separado do vivido), não é inútil investigar de que modo, no processo de textualização escrita, o escrevente pode localizá-

---

1. Cf. Abaurre (1990a, p. 193, grifos no original) e, aqui mesmo, p. 168.

la mais como uma relação com o processo do vivido (com o mundo) ou mais como uma relação com o processo de elaboração verbal (com o falado).

Lembrando Bakhtin (1979), pode-se dizer que, na relação com esses dois tipos de processos, há *atividade mental* e, se há atividade mental, há *expressão semiótica* (*op. cit.*, p. 98). Mas lembra ainda o mesmo autor que "o centro organizador e formador não se situa no interior, mas no exterior". Portanto, "não é a atividade mental que organiza a expressão, mas, ao contrário, é *a expressão que organiza a atividade mental,* que a modela e determina sua orientação". Desse modo, a expressão escrita, que é o assunto que interessa a este trabalho, como qualquer outro tipo de "expressão-enunciação", está determinada "pelas condições reais da enunciação em questão, isto é, antes de tudo *pela situação social mais imediata*". Ou seja, "a enunciação é o produto da interação de dois indivíduos socialmente organizados e, mesmo que não haja um interlocutor real, este pode ser substituído pelo representante médio do grupo social ao qual pertence o locutor" (*id.*, *ibid.*, grifos no original).

Portanto, no processo de textualização pela escrita, o escrevente pode localizar sua escrita mais como uma relação com o processo do vivido (o mundo) ou mais como uma relação com o processo de elaboração verbal (o falado), de acordo com o papel que atribui a seu interlocutor. É preciso recorrer ainda uma vez a Bakhtin para que se possa compreender esse papel do interlocutor quanto ao mecanismo a que o escrevente se submete no movimento flutuante entre esses dois processos. Segundo Bakhtin, "o mundo interior e a reflexão de cada indivíduo têm um *auditório social* próprio bem estabelecido, em cuja atmosfera se constroem suas deduções interiores, suas motivações, apreciações, etc.". Mas ressalva: "quanto mais aculturado for o indivíduo, mais o auditório em questão se aproximará do auditório médio da criação ideológica..." (*id.*, pp. 98-9, grifo no original). O lugar que o escrevente atribui a seu interlocutor – variando entre o médio de seu "auditório social" e o "médio da criação ideológica" (este último, responsável pelo que tenho chamado, neste trabalho, de tentativa de alçamento) – interfere, portanto, na relação que o escrevente, em seu processo de textualização, estabelece com o processo do vivido (relação com o mundo) e com o processo de elaboração verbal (relação com o falado).

Nessa relação entre a textualização, o vivido e o falado, sujeita à mediação do interlocutor representado, pode-se facilmente detectar a dimensão dialógica da linguagem atuando na constituição da escrita. Um outro modo de abordar essa circulação dialógica é o que proponho neste trabalho. Evitando a concepção da escrita como produto de uma representação do mundo e do falado, a proposição dos três eixos de circulação dialógica aqui apresentados procura atender a um certo tipo de representação do escrevente ao mesmo tempo que busca a apreensão do seu processo de escrita. Em outras palavras, a proposição desses eixos procura captar o movimento flutuante do escrevente, em termos de suas representações, no processo de sua *expressão semiótica* pela escrita.

Sendo a dimensão dialógica o móvel das representações do escrevente, pode-se observar o terceiro eixo de circulação dialógica alternando sua aproximação ora na direção do imaginário sobre a gênese da escrita, ora na direção do imaginário sobre o código escrito institucionalizado. Um caso particular dessa alternância diz respeito ao aproveitamento, por parte dos vestibulandos, da coletânea de textos dada no momento da prova. Defendo aqui que o grau de percepção do escrevente quanto ao reconhecimento de que seu ato não é inaugural – isto é, reconhecimento de que esse ato faz parte de uma prática social –, move seu aproveitamento da coletânea e sua apropriação da escrita na direção do que representa como a sua gênese ou do que representa como o código institucionalizado, ocasiões em que estabelece lugares específicos também para seu interlocutor. Nesse mesmo movimento, as várias formas pelas quais o escrevente aproveita a coletânea têm relação também com o modo pelo qual ele procura enquadrar o material dado para leitura no seu universo de referência sobre o assunto tratado, ocasiões em que reafirma lugares específicos para si mesmo.

Efeitos de generalização, colagem, réplicas marcadas e não marcadas por tom crítico, aproveitamento sem citação ou paráfrase, bem como pressuposição de que o leitor conhece os textos da coletânea são muito comuns na dialogia que o escrevente explora em sua leitura da coletânea. Destaca-se, em qualquer desses casos, o fato de que a solicitação de uma dada variedade (a de prestígio), de um dado registro (o formal), de uma especificação da modalidade (a escrita) e da norma (a culta) é atendida de acordo com a imagem que cada escrevente faz a respeito de uma tal região da língua e de como recortá-la. É, pois, pela mediação desse imaginário que se dá o ato de apropriação da escrita, evidenciando a dimensão dialógica de sua constituição como escrita.

O terceiro ponto que organiza as referências feitas ao eixo da dialogia com o já falado/escrito inclui, resumidamente, as considerações ao *dialogismo quanto à abordagem metodológica* que adoto.

O evento vestibular caracteriza-se, por si só, como mobilizador de expectativas. Esse fato impõe à produção do texto um tal caráter responsivo que se tornam muito evidentes as marcas lingüísticas que buscam atender a esse jogo de expectativas, mais até do que aquelas que denotam a tentativa de atender propriamente ao tema proposto para redação. A esse tipo de marca está, pois, associado o caráter de réplica do diálogo, ao qual se subordina a apreensão das *pistas* lingüísticas detectadas na análise. Daí, em todo o percurso deste trabalho, nomear esse comportamento como a circulação *dialógica* do escrevente pelos três eixos propostos.

No que diz respeito ao eixo da dialogia com o já falado/escrito, esse caráter de réplica atinge várias ordens de remissão, as quais reúno – baseado em Authier-Revuz (1990) – em *regularidades* lingüísticas que apontam: para outros enunciadores, para a própria língua, para os leitores, para o próprio texto, para um registro discursivo e para o evento vestibular (representado não só pelos leitores, mas também pelas citações da coletânea). É, pois, pela consideração do caráter dialógico intrínseco à utilização da linguagem que a abordagem metodológica escolhida permite observar essas remissões como *fragmentos* indicativos de *interação* também neste terceiro eixo.

Reunidas e comentadas essas referências, passo a implicações teóricas mais precisas sobre o eixo da dialogia com o já falado/escrito.

Implicações teóricas da consideração do imaginário sobre a dialogia com o já falado/escrito

Questões preliminares

Do que foi discutido no capítulo 3, poder-se-ia talvez concluir que o eixo da dialogia com o já falado/escrito não se distingue do eixo da representação do código escrito institucionalizado. Afinal, este último pertence ao já escrito e "a incorporação de aspectos convencionais, de escolhas de estruturas típicas da escrita, de modelos escritos"[2] poderia ser vista como parte da dialogia com o já falado/escrito.

Do mesmo modo, a partir do que foi discutido no capítulo 2, poder-se-ia também supor que o eixo da dialogia com o já falado/escrito recobre o eixo da representação da gênese da escrita. Afinal, este último tem relação direta com a representação sobre o modo de constituição da escrita e, como acabo de mostrar, essa representação é mobilizada pela dimensão dialógica constitutiva de toda a linguagem.

Nenhuma das duas objeções procede. Do ponto de vista metodológico, pouco se poderia ganhar reunindo, num único eixo, as remissões ao código institucionalizado e à gênese da escrita. Muito se poderia perder, porém. Se não pela desconsideração da diferença entre aqueles eixos e o da dialogia com o já falado/escrito, pela própria desconsideração da diferença daqueles dois eixos entre si, ou seja, pela des-

---

2. Cf. Abaurre (1990a, p. 193) e, aqui mesmo, p. 168.

consideração das diferentes representações invocadas na circulação dialógica pelo código institucionalizado e pela suposta gênese da escrita.

Aceitas essas objeções, sobreviriam ainda dois riscos: o de considerar o modo heterogêneo de constituição da escrita como simples interferência da oralidade na escrita (momento em que aparece a representação do escrevente sobre a gênese da escrita) ou o de ver esse modo de constituição como simples reprodução de modelos da língua escolarizada (momento em que aparece a representação do escrevente sobre o código institucionalizado). Tanto na hipótese da interferência como na da reprodução vê-se imediatamente renascer a concepção da escrita como produto e como produto de sua própria autonomia. Parece claro que o que é "interferente" está fora do que seria o domínio próprio da escrita e o que é "reprodução" projeta, também de fora, o que seria uma convenção fixa para ela. Em ambos os casos, portanto, a autonomia da escrita é tomada como um dado de referência, de tal modo que o produto escrito só poderia ser avaliado em função de seu grau de aproximação estrita a modelos escolarizados e de seu potencial ilustrativo da concepção autonomista (descontextualizada) de escrita.

Para evitar esses riscos, reservo o terceiro eixo às remissões ao já falado/escrito. A especificidade desse eixo em relação aos demais é a de ligar-se a uma dimensão constitutiva da linguagem em geral, portanto ligada também a uma dimensão de constituição da escrita: a da dialogia, enquanto os dois outros eixos se definem como parâmetros mais ou menos difusos, que, no processo dinâmico da textualização pela escrita, são alternadamente fixados pelo escrevente em função da história de sua inserção em certas práticas sociais.

No que se refere a sua especificidade em relação à escrita, além de estar na sua constituição pela necessária relação do discurso com outros discursos, define-se também pelo tipo de circulação dialógica que permite ao escrevente marcar *zonas de contato* com o que representa como sua exterioridade. Este terceiro eixo está, pois, na base do processo de constituição da escrita e do sujeito escrevente, na medida em que fornece ao escrevente o fundamento de linguagem que lhe permite colocar-se em relação com o outro.

Mas há, ainda, um último aspecto da especificidade do eixo da dialogia com o já falado/escrito que tem relação direta com o modo como defino a escrita. Trata-se do fato de que, em sua composição com os outros dois eixos propostos, ele desempenha um duplo papel: o de guardar a dimensão dialógica que permite o movimento entre os eixos, marcando *zonas de contato* (ou, talvez, fronteiras entre eles) e o de ser ele mesmo um pólo de circulação.

Nos textos analisados, são muito freqüentes as ocasiões em que se pode localizar esse eixo como sendo ele mesmo um pólo de circulação dialógica. Trata-se tanto dos casos de colagem da coletânea (específico dos textos analisados) como de casos (muito mais raros nesses textos) em que as remissões beiram a erudição. A forma como o escrevente demarca o terreno da (sua) escrita e o tipo (e mesmo o grau) de negociação com o que representa como sendo o seu exterior revelam nitidamente a sua relação não só com a leitura de textos de natureza vária, mas com tipos de leitura (da simples colagem até as demonstrações de erudição), fator que – ao buscar, em tese, a valorização do conhecimento global do vestibulando – está na base da concepção do próprio vestibular em questão.

Dando por estabelecida a especificidade do terceiro eixo de circulação dialógica, cabe, ainda, em virtude de sua ligação com a leitura, uma última determinação quanto a não considerar a sua atuação isolada como recobridora dos demais eixos. Do mesmo modo que se mostrou ser útil a distinção dos dois primeiros eixos entre si para evitar definir o modo heterogêneo de constituição da escrita como uma questão de interferência da oralidade na escrita ou de reprodução de modelos vindos da língua escolarizada, o último aspecto da especificidade do terceiro eixo, isto é, seu caráter de registro de uma leitura, permite localizar uma outra posição discutível, mas muito corrente, sobre a escrita: a da atribuição dos chamados "problemas de escrita" à falta de leitura dos escreventes, genericamente referida ao contato com textos escritos, mas restringindo-se, ainda mais especificamente, à falta de certos tipos de leitura valorizados pela escola. Sem fazer o elogio da falta de leitura escolarizada, acredito que as análises feitas nos capítulos anteriores permitem concluir que é a produção (e não a falta) de leitura (de vários tipos) que agrega dificuldades no momento da textualização pela escrita. Vistas desse modo, as dificuldades de escrita deixam de ser consideradas no âmbito exclusivo da aprendizagem (deficiência do escrevente, falta de leitura) para dialogar também com o âmbito do ensino (onde predominam concepções muito restritas de leitura e escrita).

A meu ver, seria recomendável fazer a crítica daquela concepção de leitura, começando por questionar a identificação entre alfabetização e tecnologia das correspondências fonema/grafema. Essa visão, que permanece no imaginário social sobre a escrita como a única possibilidade de leitura, exclui inúmeras outras possibilidades de acesso ao texto escrito. Para ficar num único exemplo, lembro a leitura coletiva nos âmbitos familiar e religioso. Além disso, para essa concepção que dá à tecnologia da escrita (alfabetização) o estatuto de condição de acesso à leitura, a escrita não passa de um produto de codificação, suscetível de decodificação (de leitura) quase que automática. Já mencionei que antes e depois do uso da escrita (em sua produção ou em sua leitura), há sujeitos que se definem pela relação que mantêm entre si, com outros modos de inserção na linguagem (na linguagem não-verbal, inclusive) e com o mundo. Portanto, embora a tecnologia da escrita seja também uma mediação, não há nada de automático na leitura que se faz de seu produto, pois esta, além de poder fugir ao âmbito individual, vem sempre mediada, sob a forma de efeitos de sentido, por aquelas outras relações que definem uma posição para o sujeito-escrevente-leitor.

Seria recomendável também questionar os métodos de leitura em sala de aula para, finalmente, problematizar a concepção que restringe a leitura a textos escritos, crítica especialmente válida quando se considera a gama de linguagens que convive na sociedade – e é bom lembrar que o argumento não se justifica apenas pelo progresso dos meios de comunicações ocorrido no século passado nem, simplesmente, pela sua atualidade! Quero dizer, portanto, que essa convivência é muito mais antiga.

Expressões como interferência da oralidade, reprodução de modelos e falta de leitura não têm, pois, o estatuto de categorias de análise. São, a meu ver, mais bem definidas como sintomas da falta de reconhecimento e de compreensão da relação que o sujeito mantém com a linguagem no processo de sua constituição como escrevente-leitor.

Esses esclarecimentos preliminares estabelecem as bases da discussão que faço, a seguir, a respeito das implicações teóricas da consideração do imaginário sobre a dialogia com o já falado/escrito. Com esta exposição, pretendo: (a) aprofundar o tema da dialogia como uma dimensão da utilização da linguagem por meio da noção de língua materna; (b) aprofundar o tema da dialogia como uma dimensão constitutiva da escrita por meio da noção de "dialogismo mostrado" (Maingueneau, 1989, p. 123); e (c) aprofundar o tema da dialogia como uma dimensão básica na utilização do paradigma indiciário por meio da consideração do "material semiótico do psiquismo" (Bakhtin, 1979, p. 38).

A dialogia e a noção de língua materna

Pensar a dialogia como uma dimensão constitutiva da utilização da linguagem já é quase um lugar-comum. São também bastante conhecidos os estudos que tomam como objeto a materialização lingüística dessa dimensão da linguagem, a saber, o estudo, no âmbito da língua, de sua heterogeneidade[3].

3. Vale o registro de que, em sociolingüística, *"heterogeneidade é um conceito sincrônico"*, oposto à mudança lingüística, que é um conceito diacrônico (Berruto, *op. cit.*, p. 54, grifo meu).

Vem, como se sabe, de Bakhtin a consideração da dimensão dialógica da linguagem, fato que leva Stam (1992) a constatar naquele autor a preferência pela "multiplicidade à unicidade". Segundo Stam, essa preferência vem "indicada verbalmente em suas oposições sistemáticas entre *hetero*glossia e *mono*glossia, *poli*fonia e *mono*fonia, *dia*logismo e *mono*logismo, discurso *bi*vocal e discurso *mono*vocal" (*op. cit.*, p. 41, grifos no original).

Detenho-me, neste ponto, no fato de que o dialogismo está presente na noção de língua pela consideração da heterogeneidade como uma das propriedades lingüísticas que dão a dinâmica de suas variações e mudanças.

A propósito, Lopes (1993) propõe uma divisão em "oito variedades discursivas de base do Português do Brasil". Ao propô-las, o autor recorre a uma certa noção de língua que ele próprio caracteriza como "vaga e parcial", isto é, língua como "meio de expressão da cultura de todos os falantes pertencentes à comunidade de língua portuguesa" (*op. cit.*, p. 27). Ao mesmo tempo – e esta consideração é a que mais interessa aqui – o autor destaca que a distintividade dessas oito variedades discursivas de base só se sustenta por meio de fronteiras fluidas e pelo seu caráter de coexistência (não só entre si, mas também em relação a uma extensa série de outras variedades). Pode-se, pois, compreender em que sentido a noção de língua como "expressão da cultura de todos os falantes" é caracterizada como "vaga e parcial" pelo próprio autor. Esse caráter vago e parcial deve-se, a meu ver, à unicidade embutida na noção de cultura ("expressão d*a cultura*"), que não permite contemplar a multiplicidade de variedades, a falta de fronteiras e a disputa entre elas. No que se refere, portanto, à presença do dialogismo – como "constitutivo da linguagem e de todo o discurso" (Barros, 1994, p. 6) – na noção de língua, pode-se dizer que ele se materializa, na formulação de Lopes, na detecção de *variedades* discursivas. Essas *variedades* podem, pois, ser vistas como a manifestação dessa propriedade dialógica da linguagem em regiões mais ou menos definidas no interior da língua. Caracterizam-se como formas que, ao competirem entre si, permitem observar a dinâmica da língua (variações e direções de mudança detectáveis numa sincronia) pela heterogeneidade que a constitui. Heterogeneidade, neste sentido, é uma propriedade descritiva, reconhecível nas marcas lingüísticas das variedades e, portanto, constatável em materiais lingüísticos concretos.

Também Camacho (1988), em texto que compõe coletânea dedicada a dar *Subsídios à proposta curricular de língua portuguesa para o 1.º e 2.º graus*, mostra, ao tratar da variação lingüística, o caráter heterogêneo da língua, afirmando haver "no seio de um mesmo instrumento de comunicação quatro modalidades específicas de variação lingüística, respectivamente, histórica ou diacrônica, geográfica ou espacial, social e estilística" (*op. cit.*, p. 30).

No mesmo volume de *Subsídios...*, uma outra reflexão sobre o ensino de língua portuguesa é feita por Castilho (1988). Segundo esse autor, com a expansão do espectro social atendido pelo ensino fundamental (antigo 1.º grau), foram incorporados contingentes de alunos que "trazem para a escola as variedades desprestigiadas do português" (*op. cit.*, p. 57). Diante da insensibilidade para essas mudanças de clientela, demonstrada na elaboração de livros didáticos e na preparação dos professores, o autor propõe como solução a consideração de "pelo menos duas questões: o estudo da variação lingüística e o ensino da norma culta" (*id., ibid.*). A propósito, lembra que "a pesquisa sociológica e antropológica contemporânea vem 'redescobrindo' o Brasil como uma nação complexa, formada por um tabuleiro de comunidades diferenciadas, compondo um quadro bem diverso do da historiografia oficial" (*id., ibid.*). Desse modo, continua Castilho, "a disparidade lingüística entre a classe baixa e a classe média e alta configuram um verdadeiro caso de diglossia, figura a que os educadores brasileiros não estão afeitos, dadas as mudanças de clientela já aludidas" (*id., ibid.*). Por fim, e é o que se deseja sobretudo destacar aqui, o autor especifica o que entende por diglossia:

trata-se de duas variedades da mesma língua que escolhemos alternativamente, tendo em vista a situação em que nos encontramos. Difere portanto do bilingüismo, hipótese em que duas línguas são disponíveis e a escolha de cada qual depende da que é falada pelo interlocutor (*id.*, pp. 57-8).

As contribuições dadas por Lopes, Camacho e Castilho indicam, para o caso da língua portuguesa falada no Brasil, aspectos da heterogeneidade que a constitui. Essas contribuições exemplificam, de certo modo, o que Weinreich *et al.* (1968) apontam como solução para a pesquisa preocupada com o estudo da mudança lingüística. Segundo os autores, essa pesquisa se dá ao quebrar-se a identificação entre estruturação e homogeneidade. Recuperando uma reflexão lingüística que se enraíza nos anos 1920 e 1930, aludem à *"abordagem das camadas sobrepostas"* (*"multilayer approach"*) que Mathesius e outros lingüistas de Praga, como Jakobson, utilizam "para caracterizar sistemas que coexistem na mesma comunidade" (*op. cit.*, p. 160). Lembram os autores que Jakobson declarou que "a alternância de estilo é um fato permanente que não compromete a sistematicidade de cada estilo como um objeto da descrição lingüística" (*id., ibid.*). Lembram ainda que a *"abordagem das camadas sobrepostas"* (*"multilayer approach"*) foi desenvolvida por Fries e Pike nos Estados Unidos e que, nos anos 1960, era aplicada "mais sistematicamente aos estudos sociolingüísticos por Gumperz"[4] (*id.*, p. 164). A desidentificação entre estruturação e homogeneidade vem romper com a simples atribuição da heterogeneidade à diversidade dos indivíduos, idéia presente, embora de diferentes maneiras, em Paul (no domínio da lingüística histórica) e em Saussure (no domínio da lingüís-

---

4. Cadiot (1989) cita Gumperz como um dos lingüistas que, ao tratar do *code-switching*, rompeu com a "lingüística estruturalista do contato" e construiu seu objeto opondo-o ao dessa lingüística: *"assim J. J. Gumperz distingue o code-switching conversacional do code-switching que ele chama de situacional: no situacional, a alternância é regulada pelos tipos de atividade, meio social dos falantes... No conversacional, ao contrário, a alternância não é nem regida nem regulada pela sociedade ou organização social; [...] a alternância, apenas suscetível de aflorar à consciência, é simplesmente uma das formas concretas das trocas verbais, um regime – um modo – da fala"* (*op. cit.*, p. 144).

tica sincrônica). À *abordagem das camadas sobrepostas* ("*multilayer approach*"), Weinreich *et al.* acrescentam a idéia de uma "distintividade funcional" que consiste no fato de que "as camadas ("*layers*") devem estar em competição, não em complementaridade", em conseqüência do que "é necessário prover uma descrição rigorosa das condições que governam a alternância dos dois sistemas [caso de dois dialetos regionais, por exemplo]" (*id.*, p. 162). Dos *fundamentos empíricos para uma teoria da mudança*, estabelecidos pelos autores, interessa aqui destacar dois deles:

- A associação entre estrutura e homogeneidade é uma ilusão. A estrutura lingüística inclui a diferenciação ordenada de falantes e estilos por meio de regras que governam a variação na comunidade de fala; o domínio nativo da linguagem inclui o controle de tais estruturas heterogêneas;
- Nem todo tipo de variabilidade e heterogeneidade da estrutura lingüística envolve mudança; mas toda mudança envolve variabilidade e heterogeneidade (*id.*, pp. 187-8).

Para o caso específico da escrita dos vestibulandos, o presente trabalho sustenta-se principalmente no segundo desses fundamentos empíricos determinado pelos autores. Não é, pois, a ligação da variabilidade e da heterogeneidade com a mudança lingüística que busco, mas procuro, na variabilidade e na heterogeneidade, formas de identificação (do escrevente em relação à língua, aos vários registros discursivos, ao interlocutor...) detectáveis nos textos.

Vale destacar ainda, nesses dois fundamentos empíricos, a forte presença da multiplicidade – se pensasse a heterogeneidade como constitutiva das variedades tomadas isoladamente, poderia traduzi-las por *heteroglossia, polifonia, dialogismo, bivocalidade* – mesmo quando a idéia de estrutura é ainda central.

Mas não é apenas quanto à definição de língua como objeto de estudo da Lingüística que o tema da heterogeneidade é central. Ao identificar língua com "expressão da cultura de todos os falantes", como foi visto na formulação crítica de Lopes, pode-se trazer também à discussão as noções de *língua materna* e *língua nacional*. A esse respeito, é interessante lembrar a observação de Vermes e Boutet (1989): "as línguas não são [...] somente objetos científicos, estudados cientificamente pelos lingüistas, elas são também objeto de práticas sociais e, como tais, estão ligadas a Estados particulares, a políticas lingüísticas e a territórios distintos" (*op. cit.*, p. 9). Nesse contexto de reflexão, as autoras se perguntam, ainda, sobre a proporção em que a noção de "língua materna pode funcionar como conceito descritivo ou explicativo" (*id.*, p. 11).

Procuram, então, responder a isso, ampliando ainda mais a abrangência de tal noção: "estas questões se colocam em todos os níveis da organização social, do nível 'macro' do Estado ao 'micro' do psiquismo dos indivíduos, passando pela região, a comunidade, o grupo local, a família" (*id., ibid.*). E concluem:

> A noção de língua materna, ponto de partida e de ancoragem da identidade, ao mesmo tempo individual e coletiva, se bem que utilizada constantemente como valor referencial, permanece um conceito vago, senão ambíguo (*id., ibid.*).

Essas reflexões trazem à tona as discussões já desenvolvidas sobre a natureza heterogênea das práticas sociais do oral/falado e do letrado/escrito – discussões localizadas no "nível *macro*" da organização social. Contemplam também o que foi discutido sobre o modo de *individuação do sujeito,* na medida em que permitem uma visão particularizada de como o escrevente se representa em relação à língua ("língua materna" como "ponto de partida e de ancoragem da identidade") e, portanto, em relação a sua escrita e ao interlocutor que constrói em seu texto – discussões localizadas no "nível *micro*" da organização social.

Na mesma linha de raciocínio, Decrosse (1989) localiza "no primeiro milênio de nossa era" a instauração da idéia de que, "ao lado das línguas de cultura, existem usos diferentes, mas importantes, adquiridos naturalmente em um dado espaço geográfico" (*op. cit.*, p. 19): trata-se da função de "língua materna". Segundo a autora, "esta noção é uma função, ou ainda um mito, necessária à constituição de fronteiras" (*id.*, p. 20). Desse modo, Decrosse resume, em duas vertentes, a atuação da noção de língua materna: a de sua oposição às línguas de cultura e a de sua delimitação de um território nacional ("uma língua para um povo, em um território nacional"), esta última instalada "sob a forma de discurso de legitimidade (*Chartes, traité, chroniques*), mas também de técnicas (entre as quais a escrita e o alfabeto)" (*id.*, p. 21). A autora mostra de que modo uma política lingüística nacional estabelecida na França no século XIV acabou por levar o francês "a um lugar cada vez mais central", a ponto de, no século XVII, o "poder real" atingir "o ideal monolíngüe", ocasião em que "as línguas maternas só terão de combater a língua de cultura" (*id.*, p. 27).

Por sua vez, Achard (1989), ao afirmar que o ideal monolíngüe não é óbvio, uma vez que "muitos impérios existiram e se perpetuaram sem querer impor a seus súditos o uso de uma língua particular" (*op. cit.*, p. 32), mostra que "a situação contemporânea não suprimiu nem o multilingüismo social funcional nem o multilingüismo individual" (*id., ibid.*)[5]. Mostra também que, desde o início do século XX, pode-se constatar, "a despeito da contradição aparente, que as reivindicações das línguas minoritárias retomam, no essencial, os ideais monolingüistas do estado central, e os desloca" (*id.*, p. 54). E acrescenta: "tudo se passa como se a variação local e a tradição oral fossem de valor inassumíveis no espaço do político, tal como é atualmente estruturado" (*id., ibid.*). Por fim, conclui: "para ser legítimo, o particular deve proceder do geral, não o contrário" (*id., ibid.*). Vê-se, pois, a promoção da língua a um "critério de identidade", como "alma das nações" (*id., ibid.*).

Agrupadas, as postulações sobre o multilingüismo de Vermes e Boutet, de Decrosse e de Achard tratam, pois, do

---

5. Berruto, atento à variação dialetal na Itália, defende que a manutenção, em uma comunidade, de grupos cultural e lingüisticamente diversos, que desenvolvem valores e conteúdos próprios, é freqüentemente a única garantia de que se realize naquela comunidade "uma 'verdadeira' comunicação e um real progresso sociocultural" (*op. cit.*, p. 102).

aparecimento da noção de *língua materna*, de sua associação a um poder político ("língua nacional"), dos gêneros de produção lingüística (cartas, tratados, crônicas) que a legitimaram, de sua associação com a escrita e o alfabeto, da contradição aparente dos povos de línguas minoritárias ao defenderem, também para si, o ideal monolíngüe.

Finalmente, no que se refere à heterogeneidade como constitutiva da noção de língua materna e ainda no campo de estudo das *"misturas de línguas"*, situações em que os falantes se especializam em certos registros ("língua nacional na escola, língua regional ou dialeto em casa"), Cadiot (1989) afirma que "uma reflexão satisfatória [sobre essa alternância de código] deveria permitir:

> a) indicar e dar o devido lugar à heterogeneidade do enunciativo [de forma a especificar esta heterogeneidade como "ligada a um deslocamento das posições enunciativas"];
> b) indicar os efeitos desta "estratégia enunciativa": notamos que ela pode operar em detrimento da integridade sintática definida em termos estritamente gramaticais [...];
> c) constatar enfim, e sobretudo, que a noção de integridade sintática, assim definida (ligada a um julgamento de aceitabilidade fixa), torna-se um impasse ao nível da produtividade discursiva [...]. Se é verdade [que em certos enunciados] não existe *integridade sintática*, poderíamos dizer que existe *plausibilidade discursiva*" (*op. cit.*, p. 150, grifo no original).

As recomendações de Cadiot, embora voltadas para as situações de línguas em contato, são importantes não só do ponto de vista da constatação do que ele próprio chama "heterogeneidade constitutiva da língua", mas também do ponto de vista da abordagem metodológica que ele propõe. Num paralelo com a abordagem metodológica assumida neste trabalho, o caráter de réplica que orienta o recorte das pistas lingüísticas feito na análise aqui empreendida tem correspondente no que o autor chama de "controle por ajustamento", que, segundo ele, "traduz [...] a incorporação dos efeitos da presença real ou imaginária do outro" (*id., ibid.*).

Com essas menções aos estudos sobre variação lingüística e multilingüismo, acredito ter mostrado a abrangência da noção de heterogeneidade no âmbito da língua. Para encerrar esta reflexão ligada à primeira implicação teórica da consideração do eixo da dialogia com o já falado/escrito, lembro aqui uma afirmação de Bakhtin sobre a atuação do dialogismo na linguagem: "as relações dialógicas [...] são um fenômeno quase universal, que penetra toda a linguagem humana e todas as relações e manifestações da vida humana, em suma, tudo o que tem sentido e importância" (1981, p. 34).

Passo, neste ponto, à segunda implicação teórica da consideração do eixo da dialogia quanto ao já falado/escrito.

Dialogismo mostrado: a dialogia como constitutiva da escrita

Para aprofundar a propriedade da dialogia como uma dimensão constitutiva da escrita com base na noção de "dialogismo mostrado", é importante lembrar, com Maingueneau (1989), que o *dialogismo mostrado* "diz respeito à interdiscursividade manifestada" (*op. cit.*, p. 123).

Quanto à interdiscursividade, pode-se destacar o papel determinante que Bakhtin (1979) atribui ao centro exterior de toda enunciação:

> O *centro* organizador de toda enunciação, de toda expressão, não é interior, mas exterior: está situado no meio social que envolve o indivíduo. [...] A enunciação enquanto tal é um puro produto da interação social, quer se trate de um ato de fala determinado pela situação imediata ou pelo contexto mais amplo que constitui o conjunto das condições de vida de uma determinada comunidade lingüística (*op. cit.*, p. 107, grifo no original).

Pensando na escrita, em cuja enunciação conta a determinação imposta pelo interlocutor nela representado, pode-se dizer – ainda com Bakhtin (1992) – que "o enunciado está voltado não só para o seu objeto, mas também para o discurso do outro acerca desse objeto" (*op. cit.*, p. 320). E completa: "a mais leve alusão ao enunciado do outro confere à fala um aspecto dialógico que nenhum tema constituído puramente pelo objeto poderia conferir-lhe" (*id., ibid.*).

O *dialogismo mostrado* é detectável também na escrita infantil. Silva (1991) afirma que a criança, *para resolver os diversos problemas que a escrita lhe apresenta*, "se utiliza de critérios próprios que lhe parecem mais adequados para aquele dado momento e que resultam, na maioria das vezes, da intermediação de tudo aquilo que percebe da fala e do que já percebeu e inferiu acerca da escrita..." (*op. cit.*, p. 62).

Val (1991), estudando textos escritos de vestibulandos, retoma Beaugrande e Dressler sobre o caráter constitutivo das relações intertextuais: "inúmeros textos só fazem sentido quando entendidos em relação a outros textos, que funcionam como seu contexto". E, em seguida, acrescenta sua própria contribuição, dizendo: "o mais freqüente interlocutor de todos os textos, invocado e respondido consciente ou inconscientemente, é o discurso anônimo do senso comum..." (*op. cit.*, p. 15).

A noção de dialogismo aparece ainda na relação do sujeito com a linguagem, relação que vem sempre mediada por um outro. É o que afirma Abaurre (1992) ao dizer que essa relação tem no "interlocutor fisicamente presente ou representado [um] ponto de referência necessário para esse sujeito em constituição" (*op. cit.*, p. 9).

Todos esses autores mostram, por vias diferentes, a importância da consideração do *dialogismo mostrado*. A particularização desse caráter constitutivo da dialogia para o enunciado escrito visa a dar conta, como adiantei, das *regularidades* lingüísticas que marcam remissões feitas pelos escreventes: à coletânea de textos dada na proposta de prova, a outros textos escritos, a textos já falados/escritos, mas também a uma outra língua, a uma outra palavra, ao interlocutor, a outros registros discursivos etc.

A opção teórica que essa consideração implica está associada, portanto, à assunção do discurso como produto do interdiscurso, com o qual, segundo Authier-Revuz (1990), os *pontos de heterogeneidade mostrada* se relacionam para marcar "um *lugar* para um fragmento de estatuto diferente na linearidade da cadeia" e "uma *alteridade* a que o fragmento remete" (*op. cit.*, p. 30).

Dando por assentada a propriedade da dialogia como constitutiva da escrita, passo à terceira das implicações teóricas anunciadas.

Dialogia e paradigma indiciário

Pretendo, como última implicação teórica da consideração do eixo da dialogia com o já falado/escrito, aprofundar a reflexão sobre a propriedade da dialogia como uma dimensão básica na utilização do paradigma indiciário pela consideração do "material semiótico do psiquismo" (Bakhtin, 1979, p. 38).

A respeito do que chama o "material semiótico do psiquismo", Bakhtin (1979) afirma:

> todo gesto ou processo do organismo: a respiração, a circulação do sangue, os movimentos do corpo, a articulação, o discurso interior, a mímica, a reação aos estímulos exteriores (por exemplo, a luz) [...] *tudo que ocorre no organismo pode tornar-se material para a expressão da atividade psíquica, posto que tudo pode adquirir um valor semiótico, tudo pode tornar-se expressivo*" (*op. cit.*, p. 38, grifo no original).

Ainda segundo o autor, há que se eliminar a distinção qualitativa, típica do pensamento *subjetivista individualista*, entre o conteúdo interior e a expressão exterior[6]: "não existe atividade mental sem expressão semiótica" (*id.*, p. 98).

---

6. É interessante observar também que, segundo Brait (1994) – retomando a análise de Bakhtin sobre o discurso verbal flagrado num momento de conversação cotidiana – "a situação extraverbal não é meramente a causa mecânica do enunciado, mas se integra ao enunciado como uma parte constitutiva essencial à estrutura de sua significação". E a autora continua: "para Bakhtin, o enunciado concreto, como um todo significativo, compreende duas partes: a parte percebida e realizada em palavras e a parte presumida" (*op. cit.*, pp. 19-20).

Essas afirmações de Bakhtin trazem à discussão a heterogeneidade do caráter semiótico da escrita[7]. A esse respeito, Rossi-Landi diz que "muitas vezes [...] não se percebe que estamos emitindo continuamente mensagens de outro tipo" (*op. cit.*, p. 111). Corroborando a posição do autor, é importante lembrar que o material significante que dá base às comunicações verbais é ele próprio uma dessas "mensagens de outro tipo" que compõem a comunicação verbal.

O gesto como signo antecipatório da escrita, o gesto rítmico presente no processo de escrita, bem como o ritmo da escrita resultante de sua impressão gráfica, já discutidos aqui, são fatores (entre outros) que marcam a diversidade presente na constituição da base semiótica da escrita.

Para estabelecer a relação do "material semiótico do psiquismo", proposto por Bakhtin, com o paradigma indiciário, lembro a seguinte formulação de Eco (1991):

> Quando um fato singular é tomado como hipótese explanatória de outro fato singular, o primeiro funciona (em um dado universo textual) como a lei geral que explica o segundo. [...] Atualmente, um médico busca tanto leis gerais quanto causas específicas e idiossincráticas, e um historiador trabalha para identificar tanto leis históricas quanto causas particulares de eventos particulares. [...] historiadores e médicos estão conjecturando acerca da qualidade textual de uma série de elementos aparentemente desconexos. Eles estão operando um *reductio ad unum* de uma pluralidade (*op. cit.*, p. 227, grifo no original).

Parece ser útil testar a adequação desse método de médicos e historiadores também no reconhecimento do "material semiótico do psiquismo". Por certo, o ensino de língua materna ganharia muito com ele. É possível que uma leitura que respeite a complexidade semiótica de textos de vestibulandos e – sabe-se – de muitos outros textos produzidos em situação escolar consiga reverter um preconceito

---

7. Cf., aqui mesmo, pp. 5-9.

comum em relação a esse tipo de prática textual: o da inaptidão do escrevente.

As evidências de fragmentação, a reprodução de modelos, os vácuos deixados pela falta de lexicalização ou pela lexicalização inadequada, a construção da alternância rítmica por pontuação que rompe a integridade sintática dos enunciados; as tentativas de plasmar a prosódia na escrita são, entre outros, indícios que compõem a complexa heterogeneidade do feixe de material semiótico que o escrevente articula em seu processo de escrita, incluindo gesto, som – pela prosódia –, grafia, espaço em branco e complexos empregos da dêixis. Toda essa complexidade oculta-se sempre sob a aparência de simplicidade do produto textual final, em geral rotulado apenas por categorias gerais, tomadas, por sua vez, como reaplicáveis para todos os tipos de enunciado escrito, desconsiderando-se, assim, não só a especificidade de cada produção, mas também a sua complexidade semiótica e enunciativa.

Seria recomendável substituir a avaliação negativa em geral apegada à imputação de falta de "integridade sintática (ligada a um julgamento de aceitabilidade fixa)" pela busca do que Cadiot chama a "plausibilidade discursiva" dessa escrita. Essa nova atitude consiste apenas em fazer valer para a escrita aquilo que normalmente se faz na *fala informal,* seja ela a chamada fala "popular" ou a "culta". Segundo Verón (1980), "os sujeitos falantes não fazem avaliações acerca da normalidade ou anormalidade de frases isoladas; avaliam sempre *discursos*" (*op. cit.*, p. 37).

Dou por concluída a abordagem das implicações teóricas da consideração do eixo da dialogia com o já falado/escrito. Fiz, neste tópico, observações a respeito da especificidade deste eixo em relação aos outros apresentados e de seu duplo papel: o de guardar a dimensão dialógica que permite o movimento entre os três eixos, marcando fronteiras entre eles, e o de ser ele mesmo um pólo de circulação.

Busquei, ainda, reafirmar a dimensão dialógica constitutiva da linguagem: recorrendo a estudos que propõem a heterogeneidade já na noção de língua (como conceito teórico e como unidade política); observando a dialogia como uma dimensão constitutiva da escrita; e, finalmente, observando-a como a propriedade que dá base à utilização do paradigma indiciário, considerada a heterogeneidade do material semiótico da escrita.

A exemplo do que busquei apreender em relação aos dois outros eixos, pretendo, com a postulação deste terceiro eixo, captar a imagem que o escrevente faz da dialogia com o já falado/escrito. Trata-se, neste caso, de localizar e explicar as representações do escrevente acerca de outros textos, outros interlocutores, outros registros discursivos, outras modalidades de sentido, todos eles, fatores relacionados com a imagem que o escrevente faz de si mesmo, de seu interlocutor e da própria escrita. Parto, uma vez mais, da hipótese de que momentos dessa circulação imaginária podem ser retomados, em tese, em qualquer época, na escrita de qualquer pessoa, em qualquer texto.

A dialogia com o já falado/escrito no conjunto de textos analisados

Na abordagem globalizada dos textos, as *regularidades* lingüísticas serão buscadas em *pontos de heterogeneidade* (Authier-Revuz, *op. cit.*, p. 30) que, de um modo geral, os vestibulandos marcam em seus textos. Trata-se, portanto, não da comprovação óbvia de que o escrevente lida, em seu texto, com a *heterogeneidade mostrada,* mas da busca de como a dialogia com o já falado/escrito aparece representada nos vários textos, tendo em vista a circulação imaginária que constitui o modo heterogêneo de constituição da escrita.

Mediante esses *pontos de heterogeneidade,* tomados como pistas locais específicas do terceiro eixo de circulação e – a exemplo dos outros eixos – como réplicas presentes em pontos de *individuação* do escrevente, pretendo mostrar não só a circulação do escrevente na direção dos dois primeiros eixos, mas também na da representação que ele faz do já falado/escrito.

Antecipo, no quadro a seguir, as ocorrências das *regularidades* que denunciam a imagem que o escrevente faz da (sua) escrita a partir da dialogia que estabelece com o já falado/escrito.

Quadro 1: Porcentagem das ocorrências segundo as *regularidades* lingüísticas que congregam *pontos de heterogeneidade*

Regularidades lingüísticas	%
I. Quanto ao enunciador	17,8
II. Quanto à língua (um outro discurso, uma outra modalidade de sentido, uma outra palavra, uma outra língua)	11,2
III. Quanto ao registro discursivo	4,7
IV. Quanto ao leitor	3,3
V. Quanto às citações da coletânea	60,4
VI. Quanto às remissões ao próprio texto	2,6
Total	**100,0**

A presença de outro enunciador no texto do escrevente

Elaborada para medir, entre outras capacidades do vestibulando, a de estabelecer relações e interpretar dados e fatos, o tipo de prova aplicado é o registro de uma leitura: no sentido amplo da palavra (leitura do mundo em que se situa o estudante) e no seu sentido restrito (leitura de textos e, ainda mais particularmente, leitura de textos dados pela coletânea no momento da prova).

O modo que escolhi para lidar com o registro dessas leituras é o da captação das formas pelas quais o heterogêneo se manifesta na escrita do vestibulando, denunciando, entre outras coisas: uma expectativa de alçamento à posição que atribui ao interlocutor um tipo de leitura pouco convincente, uma percepção de que as citações podem valorizar e sustentar seu texto.

Inicialmente, abordo as várias formas de aparecimento de outro enunciador no texto do escrevente: (1) assimilação da voz da instituição como tentativa de adequação ao perfil do aluno por ela desejado; (2) remissão a outros enunciadores com pretensão de ironia, de atribuição negativa ou de simulação de um outro; (3) remissão, mediante discurso direto, a autor citado na coletânea ou a outro qualquer; (4) indecisão quanto à identificação ou não da fala do locutor com a do discurso citado; (5) sustentação do dizer no que se estabelece como a voz do senso comum. Todas essas formas de emergência de outro enunciador caracterizam-se como *efeitos de polifonia*[8] no texto do escrevente.

Eis, a título de ilustração, como se distribuem, em termos de freqüência, as várias formas de aparecimento de outro enunciador.

Quadro 2: Porcentagem de ocorrência de aspectos particulares da *regularidade* lingüística OUTRO ENUNCIADOR em relação ao total de ocorrências das outras *regularidades* no conjunto dos textos

Aspectos particulares das remissões a outro enunciador	%
(1) assimilação da voz da instituição como tentativa de adequação ao perfil do aluno por ela desejado	0,9
(2) remissão a outros enunciadores com pretensão de ironia, de atribuição negativa ou de simulação de um outro	7,0
(3) remissão, explícita ou não, mediante discurso direto, a autor citado na coletânea ou a um outro qualquer	4,5
(4) indecisão quanto à identificação ou não da fala do locutor com a do discurso citado	3,6
(5) sustentação do dizer no que se estabelece como a voz do senso comum	1,8
Porcentagem de ocorrências (remissões a outro enunciador)	**17,8**

8. Cf. Barros (1994) e, aqui mesmo, p. 214.

A primeira forma de aparecimento de outro enunciador consiste na *assimilação da voz da instituição como tentativa de adequação ao perfil do aluno* e se marca no próprio *esquema textual* adotado. Como disse[9], há sempre, nesse esquema, um espaço para o posicionamento do escrevente a respeito do tópico específico abordado:

> A violência é só mais um reflexo do caos social, político e econômico em que vivemos e deve ser combatida na sua raiz. O resgate de nossa condição de civilizados *depende de cada um de nós.*
> E, *conscientes desta responsabilidade,* quem sabe um dia a violência dos filmes futuristas não ultrapassem as telas de cinema. (Texto 01-036)

Como se vê, não há, nesse exemplo, uma remissão explícita, marcada, a outro enunciador. No entanto, as condições de produção dessa escrita permitem dizer que o escrevente procura, nos dois trechos destacados, reafirmar-se como participante do que ele próprio representa como o perfil de aluno esperado pela instituição: sensível aos problemas sociais e pronto a assumir sua responsabilidade pessoal. Fala, portanto, uma voz assimilada polifonicamente à voz atribuída à instituição, indiciando um momento em que o escrevente circula pelo que imagina institucionalizado para a sua escrita.

A segunda forma de aparecimento de outro enunciador marca-se pela *remissão a outros enunciadores com pretensão de ironia, de atribuição negativa ou de simulação de um outro.* O exemplo a seguir é um caso de ironia indicada pelo uso de aspas:

> Cometemos um grande crime ao chamar de índio uma pessoa que comete a violência. Nossos índios viviam em perfeita harmonia. Vieram os colonizadores e trouxeram a *"civilização".* (Texto 01-019)

---

9. Cf., aqui mesmo, pp. 43-4.

Essa é uma forma de ironia por meio da qual um outro enunciador (o colonizador, o homem branco...) é localizado como porta-voz do discurso corrente que separa o primitivo do civilizado. Ao buscar alçar-se a uma crítica dessa dicotomia e da estigmatização dos índios, o escrevente denuncia, porém, a leitura equivocada que faz do tema. Vê, no tema "violência nas tribos urbanas modernas", uma referência à dicotomia primitivo (tribos)/civilizado (tribos urbanas modernas). Essa leitura denota a expectativa do escrevente de se alçar ao patamar crítico que imagina ser o desejado pela instituição, mais uma vez indiciando sua circulação pelo que imagina como institucionalizado para a (sua) escrita. Um exemplo semelhante é o seguinte:

> A chave para a paz esta cada dia menor para entrar na enorme fechadura que separa os *"índios de esquinas"* dos *"moderninhos de santana 2.000"*. (Texto 01-055)

em que o escrevente também parte da associação entre "tribos" e "índios", questionando, com ironia, a oposição entre "índios de esquinas" e "moderninhos de santana 2.000". Nesse caso, parece que o escrevente está a caminho de desenvolver a sensibilidade para o fato de que as remissões a outros enunciadores podem valorizar e sustentar seu texto. O exemplo é claramente o de uma atribuição negativa, fato que parece ser um outro aspecto em processo de desenvolvimento, desta vez quanto ao modo de fazer as remissões. O movimento do escrevente nessa direção retoma, portanto, a tentativa, já mencionada no exemplo anterior, de alcançar o patamar que atribui a seu interlocutor representado.

Essa tentativa de alçamento vem, em geral, marcada por aspas, modo pelo qual o escrevente procura simular uma outra voz:

> Em qualquer sistema social existe um *"grau de violência"*. Esta se manifesta devido não somente por influência de alguns fatores, mas de uma rede complexa de valores sociais adiquiridos. (Texto 04-197)

É possível que, nesse caso, o escrevente tenha querido amenizar a afirmação categórica que se anunciava. O escrevente emprega, então, as aspas para marcar uma especificação de sentido pela simulação de uma outra voz, modo de sustentar sua argumentação.

A terceira forma de aparecimento de outro enunciador marca-se pela *remissão explícita ou não, mediante discurso direto, a um enunciador presente na coletânea ou a outro qualquer*:

> Ninguém é o "Batman" ou o "Robocop" que lutam contra tal caos, pelo contrário, eles nos agridem com sua violência hemorrágica e nós, tolos sangrentos sugamos todo esse néctar vermelho e fúnebre. "*Ó Deus porque nos abandonastes?*" Essa situação não é atual, é pré-histórica e pós-moderna. (Texto 01-022)

O texto bíblico aparece numa ordem crescente de preferência em relação à experimentação e o descarte que o escrevente faz dos justiceiros de massa Batman e Robocop. Pode-se notar, nesse exercício de experimentação, posições sucessivas que o escrevente testa para seu interlocutor. O texto bíblico, que não é citado explicitamente, constitui o outro em quem o escrevente sustenta toda sua argumentação, ou seja, é com a moral religiosa que o escrevente identifica a expectativa da instituição onde busca uma vaga. Portanto, embora não se possa dizer que a citação do texto bíblico seja produto da leitura solitária do escrevente, com ela, ele desloca a discussão do tema para o domínio do discurso religioso, cujo tipo de regulamentação parece ser tomado pelo escrevente ou como adequado à linguagem exigida pelo vestibular ou como uma forma de sobrepor-se a essas exigências. Vê-se, em qualquer dos casos, um recurso argumentativo que opera num terreno cujo princípio básico é a regulamentação de comportamento, regulamentação que atinge, a um só tempo, o tratamento moral do tema da violência e a própria linguagem. Eis, portanto, um indício do campo de interlocução que o escrevente representa como próprio para as trocas lingüísticas orientadas pelo institucionalizado para a (sua) escrita.

Outro exemplo de discurso direto, desta vez com atribuição explícita, mas imperfeita, é o seguinte:

> Como diz Gilberto (*escritor da* Folha de São Paulo), "Quem não investe na inteligência paga o preço do atraso". (Texto 01-050)

A referência, no caso, parece ter sido a Gilberto Dimenstein, jornalista da *Folha de S. Paulo*. Pode-se observar que a emergência desse enunciador é também uma forma de alçamento, voltada desta vez para o que o escrevente imagina ser a voz de uma autoridade intelectual, um escritor. Com o respaldo dessa voz, procura alçar-se para onde supõe estar seu interlocutor. Vale lembrar que, nesse vestibular, é freqüente o uso de fragmentos de jornais e revistas de grande circulação para compor a coletânea de textos da prova. Além disso, na própria proposta de redação, os candidatos são orientados da seguinte maneira quanto à composição da coletânea: "são textos como aqueles a que você está exposto na sua vida diária de leitor de jornais, revistas ou livros, e que você deve saber ler e comentar". Fica patente, portanto, a tentativa de alçamento para o lugar do interlocutor, a partir do qual representa, no caso, a adequação de seu texto ao código escrito institucionalizado.

A quarta forma de aparecimento de outro enunciador consiste na *indecisão quanto à identificação ou não da fala do locutor com a do discurso citado*:

> O maior problema é das pessoas que não têm uma vida digna, quanto maiores as preocupações e problemas, como por exemplo: "*o que dar de comer a sua família*", maior o seu desânimo com a vida e rebeldia com todos, se tornando cada vez mais agressivo. (Texto 01-021)

O fragmento destacado é uma estrutura intercalada que mistura características de um discurso direto (notem-se os dois-pontos e o uso das aspas), de um discurso indireto (notem-se o emprego do determinante possessivo de terceira pessoa, o uso de dois-pontos como introdutor não de uma fala, mas de um exemplo que viria na seqüência e, finalmente, o próprio contexto do exemplo em que a seqüência aparece) e de um discurso indireto livre (efeito casual, mas que seria integralmente obtido se fosse omitido o determinante possessivo). Pode-se dizer, com quase absoluta segurança, que o escrevente usa uma pontuação que estava servindo para introduzir um exemplo (usa dois-pontos) para, em seguida, associá-la com um outro uso possível, o da introdução do diálogo, ocasião em que se resolve pelo uso também das aspas. Essa indecisão em relação à estrutura do enunciado (incluindo a falta de pontuação da interrogação marcada pelo elemento interrogativo "o que...") revela que a alusão ao outro enunciador vem marcada por um encadeamento de reformulações semelhante ao que se usa no *modo conversacional de organização do discurso,* fato referendado também pela suposição de que marcas prosódicas estejam plasmadas no registro gráfico. Como ficou demonstrado, esse tipo de circulação indicia a imagem que o escrevente faz da gênese da (sua) escrita.

A quinta forma de aparecimento de outro enunciador consiste na *sustentação do dizer no que se estabelece como a voz do senso comum.*

>*Como o povo diz, "O exemplo vem de cima".* Mas o que vêm de cima são policiais matando a torto e a direito, são deputados brigando... (Texto 03-127)

Ocorrências como essa exemplificam o que Pécora (1989) diz a respeito dos lugares-comuns. Segundo o autor, "seria ingenuidade atribuir a um interlocutor particular a responsabilidade por esse tipo de imagem fixa que redunda na atividade reprodutiva" (*op. cit.,* p. 85). E continua: "a fonte dessa antiimagem, na verdade, não se localiza em qualquer um dos possíveis leitores a quem essas ocorrências-clichê se destinam em uma situação isolada" (*id., ibid.*). Portanto, não se pode dizer, nesse caso, que é o peso da instituição que está contando para essa escolha. Parece, ao contrário, ser o peso das trocas cotidianas que está determinando a reprodução de "uma linguagem consagrada, codificada, imune à diversidade das situações de uso" (*id., ibid.*). Poder-se-ia alegar que mesmo a *escrita culta* freqüentemente se utiliza desse tipo de remissão como um recurso argumentativo. No entanto, a seqüência do texto não deixa dúvidas quanto ao fato de o escrevente estar, nesse momento, efetivamente mergulhado na representação que faz da gênese da (sua) escrita, momento em que as formas consagradas do oral/falado estão falando nessa escrita. São muito freqüentes essas ocorrências, mas é importante observar também uma gradação quanto ao já estabelecido pelo senso comum. Observem-se estes três exemplos:

> Agora o que gera a violência entre essas tribos? O que leva um político a agredir sua colega de trabalho? Um metalúrgico a destruir seu local de serviço? A polícia a bater em estudantes de direito do largo São Francisco porque realizavam *a famosa "Peruada"*? (Texto 03-172)

> O livro de "Genesis", em seu capítulo seis, conta-nos que o Senhor todo-Poderoso prometera não mais destruir o homem, porque "a imaginação" deste "é má desde a sua meninice". Sim, o Deus onisciente sabia que a maldade é intrínseca à raça humana, sabia que o homem já nasce com um germe de perversidade dentro de si.
> A Lei Mosaica, *sabidamente* um código penal escrito por Moisés sob inspiração divina, procurava coibir a violência com severas penas... (Texto 03-138)

> *É reconhecida* a ocorrência de fatos desagradáveis, como a morte de um rapaz durante um show da Banda Sepultura. Portanto não podemos isentar esta de qualquer culpa, mas há de se analisar que ela pode apenas ter estimulado a liberação de desejos reprimidos. (Texto 03-147)

No primeiro exemplo, a expressão destacada recorre não propriamente à sustentação do dizer no que se estabelece como a voz do senso comum, mas ao que é de domínio público ou, pelo menos, de domínio de um certo público – aquele que acompanha as clássicas notícias ligadas a certos eventos que já pertencem ao calendário rotineiro da grande imprensa. É já o desdobramento do *fait divers* que está presente nesse texto.

No segundo exemplo, a expressão em destaque recorre a um discurso supostamente dominado sobre a história do homem, vista sob um ângulo religioso. O escrevente aposta, portanto, em trazer para a memória do leitor um domínio de saber particular – embora mais ou menos informal –, com o qual acredita estabelecer um *contato de espírito*[10] com seu interlocutor.

No terceiro exemplo, a expressão destacada, ao recorrer ao mesmo princípio de sustentação do dizer, não busca esse apoio diretamente no senso comum, nem no que provém dos desdobramentos do *fait divers*, tampouco no domínio do religioso. Parece que a tentativa, nesse caso, é a de se alçar às formas típicas de argumentação da comunidade científica. Corrobora a definição desse indício o fato de o escrevente dar a seu dizer um tom analítico ("não podemos isentar esta de qualquer culpa, mas há de se analisar que..."), provavelmente inspirado no que representa como o discurso da academia.

Eis, portanto, nos quatro exemplos comentados, a gradação quanto à sustentação polifônica do dizer no senso comum: ora diretamente apoiada no lugar-comum, ora apoiada no seu redimensionamento como *fait divers*, ora recorrendo ao domínio mais ou menos informal do religioso, ora, finalmente, como tentativa de alçamento ao lugar em que imagina estar o conhecimento valorizado por seu interlocutor: o do domínio científico. Nessas quatro possibilidades, pode-se notar uma gradação quanto às diferentes representações dos escreventes sobre a escrita: mais próxima do que o escrevente toma como a gênese da escrita no primeiro caso, parece aproximar-se ao imaginário sobre o código escrito institucionalizado nos três últimos.

---

10. Cf. Perelman e Olbrechts-Tyteca (1996, pp. 17-9).

* * *

Em todos esses exemplos de remissão polifônica, registram-se tipos de leitura, ainda que nem sempre bem-sucedidos. No entanto, em vez de serem utilizados como argumentos para as críticas fáceis da qualidade da leitura e – ainda mais comumente – da falta de leitura do vestibulando, os exemplos citados podem ser tomados como pistas da posição relativa que os escreventes ocupam quanto ao já falado/escrito. Bastaria lembrar, por exemplo, que, num mesmo texto, podem conviver formas mais e menos sofisticadas de remissão a outro enunciador, cabendo dar, em cada caso, o estatuto que lhes cabe como marcas salientes ou não para o escrevente.

Requisitos que poderiam, talvez, ser solicitados do escrevente, tais como: (a) o de ter clareza quanto ao tipo de referência que faz; (b) o de calcular a pertinência da relação que propõe; e (c) o de revelar um certo grau de consciência de que as *zonas de contato* escolhidas registram o território de seu próprio dizer e a antecipação do valor relativo que o interlocutor lhe atribui; não são, em geral, integralmente cumpridos no processo de escrita do vestibulando. Essa falta de atuação conjunta tem relação com a discrepância entre o fato de o escrevente já dispor de um saber baseado no ouvido/lido (domínio da recepção) e ainda não articulá-lo ao saber correspondente, aplicável ao momento da *textualização* falada ou escrita (domínio da produção). Nesse descompasso, fica evidenciada a flutuação do escrevente quanto à imagem que faz da (sua) escrita, ora vinculando-a ao que representa como a sua gênese, ora vinculando-a ao que toma como o já institucionalizado para ela. Nesse movimento, evidencia-se o modo heterogêneo de constituição da escrita.

Passo, neste ponto, a mostrar como o escrevente representa a dialogia com o já falado/escrito quando toma como referência a própria língua.

As referências à própria língua

Reuni como parte desta *regularidade* lingüística os seguintes "pontos de heterogeneidade mostrada": um "outro discurso", uma "outra modalidade de sentido", uma "outra palavra", uma "outra língua", propostos por Authier-Revuz (1990, p. 30). Essa simplificação mantém, porém – a exemplo do que faz a própria autora –, a preocupação em observar o modo como – nas palavras de Barthes (s/d) – "a língua aflui no discurso" e "o discurso reflui na língua", uma vez que ambos (língua e discurso) "persistem um sob o outro" (*op. cit.*, p. 32).

Apresento, abaixo, o quadro indicativo da freqüência dessa *regularidade* relativa às referências à própria língua.

Quadro 3: Porcentagem de ocorrência de aspectos particulares da *regularidade* REMISSÃO À PRÓPRIA LÍNGUA em relação ao total de ocorrências das outras *regularidades* no conjunto dos textos

Aspectos particulares das remissões à própria língua	%
(1) a um outro discurso, a uma outra modalidade de sentido ou a uma outra palavra	6,2
(2) a uma outra língua	5,0
Porcentagem de ocorrências (remissões à própria língua)	**11,2**

Observe-se o exemplo a seguir, em que o escrevente busca ganhar a adesão de seu interlocutor pelo tipo de especialização do argumento:

> A atenção desviada para atingir metas *ditas materiais inéditas*, provoca um vazio no espírito do moderno ser humano... (Texto 03-155)

A parte destacada revela, a meu ver, que o escrevente está recorrendo a *"outro discurso"* como traço evidente de uma argumentação que procura apresentar-se como adequada a um certo tipo de interlocutor. No caso, a forma pela qual o escrevente lê esse discurso é a da rejeição. Rejeitando, portanto, o discurso que propõe a obtenção de *metas ditas materiais inéditas*, o escrevente esboça o território de seu discurso, tomando-o como o espaço comum que divide com o interlocutor, modo pelo qual acredita alçar-se ao que toma como o institucionalizado para a sua escrita. Nos exemplos abaixo, o escrevente marca sua reserva em relação ao uso de certas palavras:

> Grandes empresários são os alvos preferidos de *gente (se assim podemos chamar)* que quer trocar vida por dinheiro. Os sequestradores estão sempre bem equipados... (Texto 00-014)

> Os sindicatos tem esse poder, pois com o uso de violência, ou não, lutam por uma nova ordem social e econômica, visando melhorias para a população assalariada. Essa é uma *violência saudável, se assim é permitido chamá-la*. (Texto 04-185)

Nos dois casos, os escreventes procuram ler o modo pelo qual as palavras estão "ocupadas", "atravessadas pelos discursos nos quais '[viveram] sua existência socialmente sustentada'" (Authier-Revuz, *op. cit.*, p. 27). Permanece em aberto, porém, a questão de sua adequação, restando ao interlocutor a possibilidade de recusá-las. Esse mesmo tipo de referência às palavras pode, porém, marcar uma confirmação de sentido:

> ... com um sistema educacional coerente, as *tribos urbanas* consideradas muito agressivas à ordem e paz da sociedade, conseguiríam manter essa agressividade a níveis toleráveis, mas estas, *como o próprio nome diz*, são excluídas da sociedade, são isoladas... (Texto 04-214)

Nesse caso, o escrevente necessita da confirmação do sentido ("tribo urbana" = "grupo isolado") como forma de opor o que a sociedade faz (lugar da confirmação daquele sentido) e o que ela deveria fazer em relação às tribos urbanas (o sentido resultante da desconstrução que o escrevente acredita compartilhar com seu interlocutor). Em todos esses casos, repete-se o mesmo tipo de alçamento já comentado.

Tal procedimento volta a acontecer no caso abaixo, em que a indiciação dialógica por meio de outras palavras se dá pela retificação:

> Concluindo, se, for possível, uma conscientização geral através de campanhas, e maior *segurança (digo policiamento adequado sem pancadaria)* poderemos viver sem medo de sair às ruas... (Texto 03-162)

A *saliência* dada à palavra "segurança" indica que o escrevente busca fugir de um sentido concretamente vivido de segurança (com pancadaria) para um sentido desejado (sem pancadaria). É na direção desta última leitura de "segurança" que propõe a retificação, posição em que espera encontrar seu interlocutor.

Tomando, ainda, como ponto de heterogeneidade mostrada a referência a outra palavra, pode-se detectar um último caso. Trata-se do reconhecimento da polissemia:

> Se nas sociedades tradicionais são a iniciação, os ritos de passagem, os momentos em que o sujeito empírico se vê só, e por isso perigosamente despido de regras, é a quase perfeita recíproca que se dá nas sociedades modernas: "movimentos" como o hippie, o rock, a ecologia (para ficarmos com os de maior alcance), convidam-nos a um mergulho na consoladora experiência de pertencer, não a uma <u>tribo</u> *(a palavra teria aqui conotações indesejáveis)*, mas a um grupo onde o valor moral é depositado nas <u>relações</u> entre os seus membros. (Texto 01-054, sublinhado no original)

Nota-se que o escrevente, apresentando um domínio de linguagem pouco comum nos textos pertencentes ao *cor-*

pus estudado, recorre à "língua como lugar da polissemia" (Authier-Revuz, *id.*, p. 30). Esse reconhecimento lhe serve para recusar a palavra "tribo" e propor uma leitura para a palavra "grupo". Assim procedendo, contorna um dos efeitos de sentido com o qual a maioria dos vestibulandos se debate em função da polissemia da palavra "tribo", a saber: o da já comentada dicotomia entre primitivo e civilizado (note-se que o texto ora analisado se refere a sociedades "tradicionais" e "modernas"). Vale notar que o fragmento como um todo é um exemplo particularmente interessante porque sua representação do código escrito institucionalizado vem mais sob a forma da satisfação das expectativas da instituição do que sob a forma do descompasso entre a representação que o escrevente atribui à instituição e aquela que ele se auto-atribui. O interesse desse fragmento está, portanto, no fato de que a adequação à instituição é tão nítida que fica difícil não pensar numa autoprojeção do escrevente para a posição do interlocutor representado em seu texto. Basta observar a semelhança desse fragmento com textos provenientes das chamadas Ciências Sociais para que se detecte o grau de simetria proposto por essa interlocução.

Não fossem os critérios que utiliza para a correção dos textos, o agente autorizado (a banca de correção dos textos dos vestibulandos) seria certamente levado a mobilizar a sua representação sobre os textos dessas disciplinas no momento de avaliá-lo. No entanto, para além da avaliação, é preciso estar atento para o fato de que essa representação ligada a uma área específica de conhecimento é apenas uma dentre as várias possibilidades de se representar o institucionalizado para a escrita.

Já nos exemplos seguintes, é *uma outra língua* o ponto de heterogeneidade destacado:

> Como é possível ter inerente a capacidade de agressão verbal ou visual, tão propagandeada pelos *"megastars"*, se, ao nascer, uma criança mal sabe distinguir palavras e imagens? (Texto 01-012)

No entanto a violência mostra-se como um meio de manutenção do *"status quo"*, o estado das coisas. (Texto 03-125)

Na composição a partir do prefixo grego e do substantivo inglês ou na expressão latina, observa-se a indiciação dialógica do escrevente em relação a outras línguas. A *ilha gráfica*[11] que ele constrói com as aspas marca um estranhamento e, do ponto de vista argumentativo, é uma forma de o escrevente mostrar que reconhece outras línguas, fator considerado de prestígio. Constata-se, portanto, também nesse caso, uma tentativa de alçamento do escrevente ao que imagina como o código escrito institucionalizado.

* * *

Não é preciso lembrar que esses tipos de remissão também registram tipos de leitura. Além disso, remeter a outro discurso, a outra modalidade de sentido, a outra palavra ou a outra língua pode ter um papel argumentativo diferente a cada ocorrência particular. No entanto, todas essas remissões marcam, no processo de sua relação dialógica com o já falado/escrito, uma região para a constituição do sujeito escrevente, região que evidencia, num plano geral, a sua relação com a linguagem e, num plano específico, a sua relação com a escrita e com o interlocutor que representa em seu texto.

A próxima *regularidade* lingüística a ser tratada é a que denuncia a dialogia com o já falado/escrito pelas referências a um registro discursivo.

As referências a um registro discursivo

Ainda a título de ilustração, uma vez que não é a relevância estatística que orienta a definição das *regularidades* lingüísticas, apresento o quadro indicativo da freqüência dessa *regularidade* atinente ao registro discursivo.

11. A expressão é de Vachek (1989 [1979], p. 46) ao referir-se ao uso do itálico no texto impresso. Cf. também, aqui mesmo, nota 21, p. 129.

Quadro 4: Porcentagem de ocorrência de aspectos particulares da *regularidade* OUTRO REGISTRO DISCURSIVO em relação ao total de ocorrências das outras *regularidades* no conjunto dos textos

Aspectos particulares das remissões a outro registro discursivo	%
(1) pela recusa à informalidade	4,4
(2) pela recusa à formalidade	0,3
Porcentagem de ocorrências (remissões a outro registro discursivo)	**4,7**

A ocorrência mais comum deste *ponto de heterogeneidade mostrada*, como indica o quadro 4, é a da recusa à informalidade. Em geral, os escreventes utilizam-se das aspas para marcar essa recusa:

> Analisando o assunto, vemos que a violência se inicia com os policiais que ao suspeitarem de uma determinada pessoa, vão logo *dando "porrada"*, sem saberem o que realmente aconteceu (se é que aconteceu). (Texto 03-162)

Como já destaquei, a coletânea de textos proposta nesse vestibular é bastante acessível. O registro discursivo caracteriza-se pela informalidade, cabendo expressões do tipo: "acertar as pontas", "palavrões cabeludos", "descem o verbo", "um lance de rebeldia". Dentre elas, apenas a expressão "descem o verbo" aparece entre aspas.

Mesmo assim, a sensibilidade ao requisito da *escrita culta formal* leva, com freqüência, o escrevente a marcar como exterior a seu dizer a informalidade que a própria coletânea apresenta. É o caso do exemplo citado. Cria-se, uma vez mais, um interessante jogo entre as expectativas da banca de confecção das provas (que busca, na informalidade da coletânea, um diálogo com o escrevente) e as do vestibulando (que busca, na leitura que faz da informalidade – recusando-a –, um dialógo com a instituição proponente, pelo que imagina ser o código escrito institucionalizado). Mas a sensibilidade ao registro adotado pode acontecer também na direção oposta:

> Atualmente costuma-se falar em tribos urbanas por realmente lembrarem os traços tribais, como um líder, a *"xenofobia"*, o preconceito, aversão as idéias que não as próprias, e o mais importante, a crença religiosa, seja num grupo de rock, no neonazismo ou mesmo nenhuma. (Texto 03-125)

Nota-se que o escrevente aspeia a palavra "xenofobia" provavelmente por considerá-la estranha ao registro adotado na seqüência, que, de certo modo, explica o seu sentido. A fronteira que o escrevente delimita, neste caso, relaciona-se com a sua sensibilidade em relação ao registro que atribui ao interlocutor. Esse registro assinalado como estranho a seu discurso indicia, no entanto, a tentativa de mostrar a sua capacidade de lidar com contextos de fala mais formais e traduzi-los em termos menos formais, modo de representar capacidade de leitura e domínio de produção das formulações lingüísticas que supõe institucionalizadas para a (sua) escrita.

* * *

A remissão aos diferentes registros discursivos revela, entre outras coisas, a representação que o escrevente faz acerca da situação de discurso construída no seu processo de escrita. A tentativa de distanciamento do registro formal ou do informal constitui, portanto, um bom exemplo de como a relação com o assunto e com o interlocutor acabam por resultar em diferentes configurações da cena representada, tendo em vista o diálogo com o já falado/escrito. Mais uma vez, apresenta-se à observação uma forma de leitura.

Na seqüência, abordo as referências (implícitas ou não) ao leitor, tomado como um co-enunciador.

As referências ao leitor

Antes de mais nada, é preciso esclarecer que a separação entre as referências a outro enunciador e as referências ao leitor foi feita tendo em vista a situação específica em que se dá a prática textual do vestibulando. Considero como referências ao leitor aquelas relacionadas mais diretamente com a situação de avaliação em que se constitui o evento vestibular. Nesse sentido, pode-se dizer que, quanto ao *ponto de heterogeneidade mostrada* em que o outro é o leitor, destacam-se a colmatagem do espaço argumentativo (contra-argumentativo) do outro e o entrecruzamento da leitura da coletânea e da situação imediata de enunciação pela pressuposição de conhecimento sobre os textos da coletânea (ou outros) por parte do leitor. O quadro abaixo dá uma idéia da freqüência desses aspectos da remissão ao leitor:

Quadro 5: Porcentagem de ocorrência de aspectos particulares da *regularidade* lingüística REMISSÕES AO LEITOR em relação ao total de ocorrências das outras *regularidades* no conjunto dos textos

Aspectos particulares das remissões ao leitor	%
(1) colmatagem do espaço argumentativo do outro	1,8
(2) entrecruzamento da leitura da coletânea e da situação imediata de enunciação pela pressuposição de conhecimento sobre os textos da coletânea (ou sobre outros) por parte do leitor	1,5
Porcentagem de ocorrências (remissões ao leitor)	**3,3**

Exemplifico, a seguir, o aspecto da colmatagem do espaço argumentativo do outro:

> A violência, ao meu ver, vem da má administração que levam a sérias desigualdades que por sua vez geram insatisfação e violência.

> *Mas alguem poderia argumentar* que em certos lugares onde não há tanta desigualdade, também existe violência, mas então eu diria que existe a violência ideológica que ao inibir e reprimir livros ideológicos, geram barris de polvora... (Texto 03-127)

Esse recurso, que bem caracteriza o tom argumentativo das dissertações, evidencia que o escrevente já mostra domínio sobre esse aspecto do texto dissertativo. A inclusão de um possível contra-argumento do leitor mostra, ao mesmo tempo, a constituição de fronteiras para o próprio desenvolvimento temático a fim de delinear uma abordagem pessoal. Essa clara construção dialógica revela, pois, a preocupação do escrevente em mostrar seu conhecimento sobre o modo de construção desse tipo de texto. Todo o requinte desta representação do interlocutor está no fato de que a colmatagem efetuada não atua como uma referência direta ao leitor concreto que vai corrigir o texto. Mais sofisticado, esse recurso argumentativo faz parte do tipo de texto cuja estruturação se encarrega de prever lugares para o leitor, que, por sua vez, pode aceitar instanciá-los ou não. Desnecessário dizer que o escrevente – ao propor uma leitura e antecipar uma outra que atribui ao interlocutor – toma por base a representação que faz do código escrito institucionalizado.

Os exemplos a seguir ilustram um procedimento semelhante do escrevente:

> Em um show de rock, principalmente heavy-metal, é mais freqüente uma manifestação violenta, não porque a música incite à violência em si, mas porque esta ajuda a liberar aquela energia negativa acumulada e talvez até pelo som ser mais pesado provocaria atitudes mais agressivas nos ouvintes. *É certo* que deve ser levado em consideração o posicionamento dos "ídolos de rock", pois um metaleiro que presencia um "Axl Rose da vida" quebrando uma garrafa na cabeça da vizinha ou atirando objetos em seu público projetará em si essa postura e provavelmente no show vai querer mostrar ao seu ídolo que assimilou a sua "ideologia". (Texto 03-171)

Por detrás da violência

É verdade que a violência existe em todos, mas quando se torna cotidiana e presente a cada momento é porque algo está por detrás... (Texto 03-137)

Os dois *fragmentos* destacados são, considerado o seu caráter indicativo de interação, uma concessão a um ponto de vista. No primeiro caso, o escrevente, pela colmatagem do espaço argumentativo do leitor, efetivamente concede a anuência ao ponto de vista atribuído a este último. No segundo caso, a colmatagem tem como efeito uma concessão que, em seguida, é recusada. Importa notar, porém, que, em ambos os exemplos, pelo menos duas leituras, sob a forma de lugares previstos para o leitor, se sobrepõem para marcar o caráter de réplica que está presente no procedimento de colmatagem.

É digno de nota o caso de pressuposição de conhecimento da coletânea ou de outros textos, por parte do leitor. Trata-se de uma relação com a coletânea em que se entrecruzam a leitura dos textos e a leitura da situação imediata de enunciação do escrevente. Procuro mostrar, a seguir, que este é um caso de circulação dialógica do escrevente pela imagem que ele faz da gênese da (sua) escrita:

Atualmente, época violenta em que pensamos querer a Paz, é duro aceitarmos o fato de que talvez não exista *aquele "bom selvagem" do Rousseau* [...]

Apenas contradições, isto aparenta ser a violência. Talvez estejamos apenas "sorrindo e seguindo à toa", *contra a letra dos Titãs*. (Texto 00-001)

Nesses casos, a presença do co-enunciador não só pressupõe o conhecimento de textos não mencionados na coletânea (caso de Rousseau), como também a participação do interlocutor no contexto imediato de comunicação (mais precisamente, pressupõe seu conhecimento sobre a coletânea dada na prova: "a letra dos Titãs"). O escrevente mostra-se, portanto, ao recorrer à *aceitabilidade*[12] do leitor pelo reconhecimento de elementos da situação concreta, num momento de representação da gênese da (sua) escrita. A propósito, Val (1991) afirma que, em certas situações, "o contexto e a imagem do interlocutor podem autorizar lacunas na configuração textual não possíveis noutras circunstâncias" (*op. cit.*, p. 29). No caso analisado, há um exemplo de circunstância em que as lacunas causam problemas locais de textualidade ligados ao fator pragmático da aceitabilidade. O escrevente constrói um texto dependente da elaboração conjunta com o leitor, à maneira de uma conversação. Eis, portanto, um exemplo do eixo da dialogia com o falado/escrito nitidamente ligado à circulação do escrevente pela imagem que ele faz da gênese da (sua) escrita.

* * *

Como foi visto, quando o *ponto de heterogeneidade mostrada* é o leitor, os textos dos vestibulandos registram duas tentativas mais freqüentes de integrá-lo em seus textos.

A primeira refere-se à colmatagem do espaço argumentativo, ligada a uma característica do tipo de texto desenvolvido – o dissertativo – que consiste na sobreposição de pelo menos duas possibilidades de leitura (ou seja, de lugares previstos para o leitor já na estruturação do texto). É verdade que esse tipo de recurso argumentativo pode aparecer também em textos falados, no entanto, no caso presente, trata-se da circulação pelo que o escrevente representa como o institucionalizado para tal escrita. Mais propriamente, pode-se dizer que ele está lidando com o aspecto do "gênero" (ligado a essa esfera específica de atividade humana) do tex-

---

12. O termo é de Beaugrande e Dressler (*apud* Val, 1991). Baseada nesses autores, Val trabalha, a seu modo, com dois tipos de fatores responsáveis pela *textualidade*: os que têm relação com o *material conceitual e lingüístico do texto* (coesão e coerência) e os que são propriamente *fatores pragmáticos* (intencionalidade, aceitabilidade, situacionalidade, informatividade e intertextualidade) *envolvidos no processo sociocomunicativo* (cf. *op. cit.*, pp. 5 ss.).

to, evidenciando sua representação sobre o tipo de texto requisitado. O fato indica, portanto, que o vestibulando, ao empregar esse tipo de colmatagem, indicia um momento de seu processo de escrita. Com base nessa indiciação, pode-se saber o grau de adequação que o escrevente consegue em relação ao tipo de texto.

A segunda tentativa mais freqüente de integração do leitor como participante dos textos analisados é a pressuposição de seu conhecimento sobre textos dados na coletânea presente na proposta de redação ou sobre outros textos trazidos por conta própria pelo escrevente. Nesse caso, localizo a articulação entre a imagem que o escrevente faz da gênese da (sua) escrita e a dialogia que propõe com o já falado/escrito, articulação que permite observar o entrecruzamento entre a leitura da situação imediata de enunciação do escrevente e a leitura propriamente dita dos textos da coletânea.

Trato, a seguir, das remissões à coletânea de textos. Procuro contemplar, portanto, separadamente, as referências a esse elemento das circunstâncias imediatas de comunicação do escrevente, dado que esta não é uma característica da escrita em geral, mas uma exigência do tipo de escrita sob análise.

As citações da coletânea apresentada para a produção do texto

Destaco, neste ponto, os tipos de leitura da coletânea levados a efeito pelo escrevente. Serão analisados, para tanto, os seguintes modos de referência aos textos da coletânea: (1) no título; (2) colagem – com ou sem aspas – de fragmentos de textos; (3) remissão à coletânea por tentativa de paráfrase com adaptação ao conhecimento do escrevente ou por discurso direto; e (4) remissão crítica – explicitada ou não como tal – ao conteúdo de um dos fragmentos da coletânea. O quadro a seguir não só ilustra, como também revela aspectos importantes da utilização da coletânea relativos à freqüência com que aparecem alguns tipos de remissão:

Quadro 6: Porcentagem de ocorrência de aspectos particulares da *regularidade* lingüística REMISSÕES À COLETÂNEA em relação ao total de ocorrências das outras *regularidades* no conjunto dos textos

Aspectos particulares das remissões à coletânea	%
(1) no título:	**16,5**
(a) por cópia do tema proposto	4,7
(b) por derivação da coletânea	11,8
(2) colagem:	**26,2**
(a) de fragmentos de textos	4,1
(b) de itens lexicais	22,1
(3) remissão:	**16,2**
(a) por tentativa de paráfrase com adaptação ao conhecimento do escrevente	10,3
(b) por discurso direto	5,9
(4) remissão crítica – explicitada ou não como tal – ao conteúdo de um dos fragmentos da coletânea	**1,5**
Porcentagem de ocorrências (remissões à coletânea)	**60,4**

É relativamente comum o escrevente tomar como *título* de seu texto o próprio tema proposto: "Violência nas tribos urbanas modernas". Quando esse empréstimo não acontece, a elaboração de títulos pode ser derivada do tema ou da coletânea:

> Violência – conseqüência, claro! (Texto 03-172)
>
> Vício inconciente (Texto 03-173)
>
> Violência: natureza humana? (Texto 04-189)

Em "Violência – conseqüência, claro!", o escrevente toma emprestada parte do tema e marca, desde o início, sua posição, assumida esta última com base na coletânea, mais precisamente, com base num fragmento da entrevista com Max Cavalera, líder do grupo de rock Sepultura, em que o músico afirma que o verdadeiro culpado pela violência é "o estado que o país se encontra".

É interessante observar, neste ponto, como essas *saliências*, marcadas, desta vez na leitura da coletânea, podem revelar com mais clareza o processo de leitura do escrevente, tendo em vista: seu conhecimento sobre o assunto, suas leituras prévias e as condições históricas particulares determinantes das possibilidades também particulares de associação.

O título "Vício inconciente" aparece seguido de uma epígrafe composta a partir do texto de René Girard: "'... parece ser impossível não ter que usar a violência quando se quer liquidá-la...'". O restante do texto também confirma que o título é uma inferência feita com base nesse fragmento escolhido para epígrafe. A idéia de "vício", no entanto, não capta, do texto de Girard, o caráter constitutivo da violência no ser humano, fato que evidencia, pela presença da palavra "vício", que o tema das "drogas", não abordado por Girard, foi mobilizado (talvez por influência de outros fragmentos da coletânea) e parece ter saliência no processo de leitura desse vestibulando.

O mesmo fragmento de autoria de Girard – uma das referências à coletânea mais salientes na leitura dos vestibulandos – ganha, no título "Violência: natureza humana?" uma outra característica. Trata-se de um título que, composto a partir de um texto da coletânea, tem o caráter de réplica a esse texto.

Esses títulos dão uma idéia da leitura e do modo pelo qual o escrevente se posiciona em relação aos textos lidos no momento da prova. As réplicas a temas (o da situação social como causa da violência, por exemplo), a questões polêmicas (como a das drogas) ou a textos (como o questionamento da violência como um traço da natureza humana) são também réplicas ao interlocutor representado. O interessante, porém, é que dificilmente o escrevente consegue manter seu texto numa linha argumentativa muito clara. Isto é, a imagem que faz de seu interlocutor por vezes flutua de acordo com o que lhe parece mais saliente dos textos da coletânea, ocasião em que, por falta de uma leitura que determine uma hierarquização mais clara de pontos de vista, fica evidenciada uma construção argumentativa oscilante, fato que caracteriza um aspecto dialógico importante desse evento de linguagem.

Dois fragmentos da coletânea são dignos de nota pelo tipo de *aproveitamento* feito pelos vestibulandos *por meio de colagem*. São eles: o texto de Girard e a entrevista com Cavalera, ambos já referidos. Observem-se os exemplos de colagem:

> E como construir um futuro melhor, se os jovens atuais são movidos pela violência e não sabem encontrar outra forma de enfrentar os problemas? Se a *violência é interminável*, viveremos sempre assustados num mundo violento onde todos utilizam a violência (principalmente os pertencentes às sociedades "civilizadas") como uma expressão de medo de tentar mudar a situação crítica em que o mundo vive. (Texto 04-184)

> O culpado dessa violência não é o rock e sim *a situação em que o país se encontra*. (Texto 01-060)

Nos dois casos, a referência é por colagem sem nenhum recurso gráfico ou lexical para marcar a alteridade. No primeiro, ainda que num movimento argumentativo hesitante, esse empréstimo é quase objeto de uma rejeição explícita. Embora se possa ler nesse trecho um confronto de perspectivas, não fica claro, porém, a quem se deve atribuir a perspectiva criticada, uma vez que há, nesse caso, a pressuposição de conhecimento da coletânea por parte do leitor. No segundo caso, a natureza do empréstimo – na origem, um lugar-comum – atua para que ele venha para o texto como simples repetição de um bordão popularmente consagrado. O processo de leitura em que se situam esses dois escreventes parece, pois, pouco aberto à explicitação do confronto de perspectivas, uma vez que seus textos simplesmente se apropriam de uma voz sem distanciamento enunciativo marcado. Cria-se, então, um *efeito* local *de monofonia* pelo empréstimo da palavra de outrem, fato que tem paralelo com o que Lemos mostra, também em textos de vestibulandos, a respeito do monólogo a partir da palavra do Outro[13]. Parece, pois, que estar dito por escrito (e na coletânea) é o critério, que, para o escrevente, justificaria a adequação ao código escrito institucionalizado.

Um caso particular de colagem, extremamente freqüente, é a que tem por objeto o léxico. No que se refere a essa marca, a exemplo de todas as outras já discutidas, assinalei um a um, nos textos analisados, os itens lexicais que os escreventes tomaram emprestados da coletânea. O resultado obtido com essa assinalação foi a constatação de que a maior parte das referências à coletânea é feita para atender a duas exigências da prova: a da obediência ao tema e a do aproveitamento dos textos da própria coletânea.

A reprodução fiel de itens lexicais da coletânea parece buscar, portanto, a garantia de atendimento, ao mesmo tempo, a esses dois requisitos. Quanto ao tema, o encadeamento que o escrevente estabelece em função do léxico tende a garantir um desenvolvimento com menos riscos de fugir a essa exigência de adequação. Por sua vez, quanto ao aproveitamento da coletânea – nesses casos, não indo muito além de uma leitura decodificadora –, o escrevente parece supor garantido o atendimento a essa exigência se, ao lado da colagem lexical, buscar uma paráfrase, ainda que um tanto distante do fragmento parafraseado.

Embora o aproveitamento nem sempre se dê a contento, mais importante do que esse fato é captar o processo de leitura que o escrevente registra ao fazer esse tipo de colagem lexical a partir da coletânea. Se, nas citações que não apresentam recurso gráfico nem lexical para explicitar a alteridade, o distanciamento enunciativo é mínimo; nos casos de colagem de itens lexicais, esse distanciamento tende a zero. Observem-se os itens em itálico:

---

13. Cf. Lemos (1988) e, aqui mesmo, pp. 175-6.

> *Tribos urbanas: rock e violência*
>
> A juventude de hoje vive um momento triste, a era das *tribos*. *Jovens* que se organizam em *grupos* e que adoram escutar *rock pesado*, consumir *drogas* e praticar todo e qualquer ato contra as normas *sociais*. A juventude do "paz e amor" tornou-se a juventude da "*violência*". [...]
> As *tribos* que adoram esse *som*, extravasam toda a sua *rebeldia* nos *shows*, onde sempre ocorrem *mortes* devido à *brigas* entre *tribos*. (Texto 03-141)

Esse fato mostra a relação que o escrevente mantém com o eixo da dialogia com o já falado/escrito, evidenciando que, na tarefa escolar da redação, o escrevente tende a monologizar as vozes que constituem seu discurso. Estar dito por escrito (e na coletânea) parece ser novamente o critério, que, para o escrevente, justifica as colagens feitas. É possível que, nesse caso, esteja contando um curioso encontro no que se refere à imagem que o escrevente faz do já falado e do já escrito. Ao mesmo tempo que toma o já escrito (na coletânea) como adequado à representação que faz do código escrito institucionalizado, são freqüentes as escolhas baseadas no que já viu utilizado (e provavelmente já utilizou) no âmbito do falado, ocasião em que tende a recorrer à imagem que faz da gênese da (sua) escrita. Justificar, com o testemunho de uma escrita (a de um outro, presente na coletânea), o que, de fato, faz na fala, eis uma forma de emergência do modo heterogêneo de constituição da escrita.

Uma outra utilização da coletânea se dá por *tentativa de paráfrase*, freqüentemente *adaptada ao conhecimento do escrevente, ou por discurso direto*. Observem-se os exemplos:

> *A sociedade julga e pune as conseqüências do ato violento através de violência, como meio de amenizá-la,* enquanto que se tentássemos julgar as causas deste ato, estaríamos dando o primeiro passo para uma resolução real do problema... (Texto 00-012)

A violência não é encontrada só nos jovens ela está em todas as pessoas. *O governo, tentanto acabar com a violência, acaba gerando mais ainda*, basta analisar a atuação dos polliciais em um jogo, em uma greve ou em qualquer outro tipo de manifestação... (Texto 04-195)

A distruição ideológica e humana significa uma ameaça ao nosso futuro e a nossa própria vida, por apresentar um presente tenebroso e sem perspectivas de melhoras; não havendo sociedades civilizadas.
"A violência é de todos e está em todos", conforme disse René Girard. Uma violência onde sua causa muitas vezes é desconhecida, sendo utilizada em qualquer situação e por qualquer pessoa.
A violência não como agressão física, mas também como uma forma grotesca de se referir aos outros, perdendo sua dignidade, compostura e utilizando a palavra como um instrumento de se chegar a violência corporal. (Texto 04-184)

Os dois primeiros exemplos voltam-se para a reprodução de um enunciado que, nos textos analisados, se tornou quase um *slogan*: "violência gera violência". A remissão por paráfrase tentada nesses exemplos vem adaptada ao conhecimento do escrevente, simplificando ou, pelo menos, desviando a caracterização da violência como um problema do ser humano em geral para sua caracterização como um problema conjuntural de sociedades particulares (a sociedade brasileira, no caso). Privilegiar a leitura da crítica social parece, no caso, uma tentativa de corresponder ao que imagina como expectativa da instituição. Desse modo, pode-se dizer que o próprio tema da crítica social impõe-se ao escrevente como necessário à adequação ao que imagina como o institucionalizado para sua escrita.

No terceiro exemplo, o mesmo texto da coletânea volta a ser citado, mas desta vez em discurso direto, marcado por aspas. Após a citação, há uma tentativa do escrevente de dar sentido à seqüência do texto de Girard: "Mesmo que o sistema judiciário contemporâneo acabe por racionalizar toda a sede de vingança que escorre pelos poros do sistema social, parece ser impossível não ter que usar a violência quando se quer liqüidá-la e é exatamente por isso que ela é interminável". Como se vê, o recorte feito pelo escrevente parece ter sido o que ele melhor compreendeu do texto lido. Tendo feito essa citação em discurso direto, sente provavelmente como cumprida a tarefa de utilizar o fragmento da coletânea e autoriza-se a formular a seqüência de seu texto, valendo-se de associações mais pessoais em relação ao fragmento utilizado. Cria-se, então, uma discrepância entre essas vozes, fato que permite flagrar dois tipos de circulação do escrevente, mostrando o modo heterogêneo de constituição da escrita.

Um último tipo de leitura da coletânea é aquele em que *o escrevente procura dar um tom crítico em relação à retomada que faz*:

> O próprio fato de se viver em sociedade gera atritos que muitas vezes acabam em violência. *Não que a violência é de todos e está em todos como conclui René Girardi*, mas que ela simplesmente é a consequência mais radical da vida em relação a comunidade. (Texto 03-172)

> Durkheim, o pai da sociologia funcionalista, foi talvez o primeiro a demonstrar – *sem o auxílio de pressupostos psicológicos discutíveis ou qualquer metafísica teologizante* – o caráter <u>normal</u> da violência nas sociedades humana. (Texto 01-054, sublinhado no original)

Nos dois casos, uma vez mais, o texto objeto de citação e crítica é o de Girard. No primeiro exemplo, o escrevente registra sua discordância com base no que pode articular de seu conhecimento sobre o assunto, marcando a sua circulação dialógica e a constituição heterogênea de sua escrita pelo desnivelamento das vozes. No segundo exemplo (texto já comentado anteriormente), o conhecimento sobre o assunto vem sob a forma de um discurso crítico em que as categorias utilizadas são, também elas, remissões ao já escrito/lido, marcando a constituição heterogênea de sua escrita pela recorrência a um "fora" de seu discurso, mais precisamente, a fontes de procedência escrita, utilizadas como argumento de autoridade.

* * *

Destaco, neste item, que, quando o escrevente toma a coletânea como *ponto de heterogeneidade mostrada*, ele cumpre, em primeiro lugar, uma exigência do próprio vestibular. Apresenta-se, por essa razão, um momento privilegiado para a avaliação da leitura do vestibulando.

Um dos pontos salientes dessa leitura é, justamente, o da escolha dos textos da coletânea. A grande maioria dos textos analisados mostra que os escreventes detiveram-se no primeiro texto da coletânea (o de Girard). Merecem destaque também a saliência que receberam o texto de n.º 5 (entrevista com o músico Max Cavalera) e o de n.º 6 (texto de Tito Rosemberg). Os demais foram mencionados mais pela via da colagem, uma vez que estavam mais próximos do vocabulário do vestibulando: o texto de n.º 2, que era uma letra de música de Arnaldo Antunes; o de n.º 3, que era uma nota da edição especial da revista *Top Metal Band* sobre o grupo Guns N'Roses; e o de n.º 4, que era a tradução de uma letra de música do mesmo grupo.

Como ficou demonstrado, essa leitura vem mais freqüentemente sob a forma de colagem, mas pode também aparecer em adaptações já no título da redação, bem como em tentativas mais sofisticadas como a da paráfrase (embora freqüentemente venha sob o efeito de simplificações) e a da remissão crítica.

Ligado ao aspecto da leitura, há, freqüentemente, um descompasso nas *zonas de contato* que o escrevente cria entre os empréstimos feitos à coletânea e o que representa como seu. Nesse descompasso, foram detectadas várias formas de emergência do modo heterogêneo de constituição da escrita.

Mesmo nos casos em que esse descompasso não se deixa marcar, a heterogeneidade vem registrada ora pelas fontes orais (o já falado), ora pelas fontes escritas trazidas (o já escrito) e pelo tipo de discurso (em geral, o científico), projetados no texto.

Como último tópico a ser abordado, analiso, na seqüência, as remissões internas ao próprio texto do escrevente.

As remissões ao próprio texto

Essa remissão ocorre quando o escrevente explora o tipo de edição do texto escrito, em que planejamento e elaboração podem ser momentos bem definidos e isolados. Por serem próprios do caráter gráfico da escrita, os casos que comento a seguir já foram discutidos quanto a sua ligação com a imagem que o escrevente faz sobre o código institucionalizado.

Em termos da freqüência com que ocorrem essas remissões, retomo, no quadro abaixo, a informação já presente no quadro 1[14]:

Quadro 7: Porcentagem de ocorrência de aspectos particulares da *regularidade* REMISSÕES AO PRÓPRIO TEXTO em relação ao total de ocorrências das outras *regularidades* no conjunto dos textos

Regularidade lingüística	%
Remissões ao próprio texto	2,6
Porcentagem de ocorrências (remissões ao próprio texto)	**2,6**

Cabe também lembrar que essas remissões ao próprio texto ficam marcadas pelo que Goody chama o aspecto da

---

14. Cf., p. 254.

bidimensionalidade do registro gráfico ou, ainda, pelas referências à situação específica de sua prática textual.

Eis alguns exemplos:

> A longo prazo a expectativa parece a mesma, *como foi dito no começo*, o homem carrega com sigo a violência... (Texto 03-125)

> Um dos fatos de maior destaque, *baseado no que foi mencionado acima*, é a adoção da violência como ideal de vida. (Texto 03-150)

> Se, nas tribos urbanas modernas, todos os grupos sociais tivessem o bom senso de acompanhar as mudanças do mundo negando a ordem social vigente de forma consciente, como o grupo demonstrado na letra da música, e não de forma eminentemente instintiva, como o grupo de jovens *comentado mais atrás*, o descompasso do ritmo do homem-mundo atual com o ritmo do homem-essência seria menos intenso... (Texto 04-421)

> Eu estou aqui tentando *fazer uma boa prova* depois de meses de estudo, mas estou com medo de que alguem roube o meu carro que está sozinho lá fora. (Texto 03-127)

No primeiro exemplo, o escrevente explora o aspecto da verticalidade do espaço gráfico para referir-se a uma parte ("o começo") da estruturação do texto. No segundo exemplo, refere-se a essa verticalidade ("acima"), mas como parte, ela própria, da natureza (escrita) de seu texto. Fato semelhante ocorre no terceiro exemplo, em que o escrevente explora, porém, o aspecto da horizontalidade do espaço gráfico ("atrás"). No quarto e último exemplo, na referência feita à "prova", o escrevente qualifica sua prática textual pelo próprio evento que o circunda, evidenciando não só o modo pelo qual ele se posiciona no processo de textualização, mas também o fato de que pratica a escrita e um tipo de escrita especial, uma prova, que tem de ser "boa".

Há, ainda, no *corpus*, pelo menos um texto com a presença de nota de rodapé[15], presença que mostra também uma forma de diálogo com o já escrito/lido.

Resta acrescentar que todos esses exemplos são modos da dialogia do escrevente em relação ao já falado/escrito. A imediatez que busco dar a essa remissão dialógica – ao próprio texto – não exclui, evidentemente, que tal exploração do espaço gráfico, que ora recai no aspecto material do texto, indique também o diálogo com modelos que toma como próprios ao institucionalizado para a escrita (pense-se nos diários ou nas cartas pessoais).

Considerações finais

Neste capítulo, mostrei o funcionamento do terceiro dos três eixos pelos quais a escrita do vestibulando pode ser observada do ponto de vista da relação que o escrevente mantém com a linguagem.

Considerado seu duplo papel na composição com os dois outros eixos propostos, o eixo da dialogia com o já falado/escrito caracteriza-se, ao mesmo tempo, por guardar a dimensão dialógica que permite o movimento entre os três eixos – marcando fronteiras entre eles – e por ser ele mesmo um pólo de circulação.

Tomando-o como um dos pólos de circulação dialógica do escrevente, pode-se ilustrar comparativamente (em termos percentuais) o resultado da circulação dos escreventes pelos três eixos analisados. Eis, portanto, o quadro da freqüência de circulação em relação a cada um dos três eixos, considerado o conjunto dos textos:

---

15. Cf. comentário sobre esse texto, aqui mesmo, pp. 201-2.

Quadro 8: Porcentagem de ocorrência do conjunto das *regularidades* linguísticas próprias a cada um dos eixos de circulação imaginária analisados no conjunto dos textos

Eixos de circulação imaginária	%
Representação que o escrevente faz da gênese da escrita	29,1
Representação que o escrevente faz do código escrito institucionalizado	28,5
Representação que o escrevente faz da dialogia com o já falado/escrito	42,4
Porcentagem de ocorrências (remissões aos três eixos analisados)	**100,0**

Tomado ele próprio como um pólo de circulação, esse eixo é também – inclusive pela freqüência, como se pode ver no quadro acima – um lugar privilegiado para se observar a relação do sujeito com a linguagem e, em particular, com a escrita. Merece destaque o fato de que os *fragmentos* indicativos da circulação do escrevente por esse eixo devem ser vistos como marcas do processo de leitura em que se situa o escrevente.

Considerá-las em relação a esse processo significa evitar que essas marcas sirvam como simples argumento para denunciar a falta de leitura dos escreventes ou para denunciá-los como maus leitores. Por rudimentares que sejam, por exemplo, as remissões à coletânea de textos, pode-se sempre pensar que elas se justificam pela exigência de adequação ao tema e de uso da coletânea, sob pena de anulação da prova. Mas, mesmo que não se considerasse o caso especial das exigências ligadas ao evento vestibular, não é tão simples a atribuição de um caráter rudimentar à leitura feita pelos escreventes. Atribuí-lo, por exemplo, à falta de leitura do escrevente revelaria, acima de tudo, a que tipo de leitura – exclusivamente aquela obtida na escola – refere-se o avaliador.

Dizer, portanto, que os *fragmentos* indiciativos da circulação do escrevente por esse eixo são marcas do processo de leitura em que esse escrevente se situa não significa simplesmente considerar a atividade concreta de ler livros e jornais, por exemplo. Mais do que isso, significa observar, por meio desses *pontos de individuação*, como o sujeito negocia com (como lê) o que marca como a sua exterioridade. Esse território instável do sujeito e de seu discurso é, pois, o resultado de como o escrevente lida com o que lê – no sentido mais amplo da palavra –, ou seja, é resultado do confronto de perspectivas que ele constrói em seu texto. Dito ainda de outro modo, esses *pontos de individuação* marcam o acontecimento da escrita do vestibulando como a confluência mais ou menos previsível, mais ou menos aleatória dos ecos de suas práticas sociais do oral/falado e do letrado/escrito.

Objetivando a caracterização de um modo heterogêneo de constituição da escrita, busquei – mais do que detectar leituras previsíveis ou inéditas do escrevente – captar, em sua leitura, marcas de sua flutuação quanto a aspectos de reprodutibilidade estrita e quanto a aspectos próprios de uma leitura particular, considerada a especificidade histórica do sujeito.

Nos capítulos 2 e 3, as pistas lingüísticas que indiciam a circulação do escrevente pela imagem que ele faz da gênese da (sua) escrita e aquelas que indiciam a circulação pelo que ele representa como o código escrito institucionalizado foram agrupadas em propriedades mais gerais, respectivamente, de fragmentação/envolvimento e de integração/distanciamento.

No caso presente, os *fragmentos* indiciativos da dialogia com o já falado/escrito, caracterizados por explicitação lexicalmente marcada, por aspas, por dois-pontos, por ironia, por discurso direto ou por simples colagem foram reunidos em *regularidades* lingüísticas tomadas como marcas de remissões que apontam: para outro enunciador, para a língua, para um registro discursivo, para o leitor, para a coletânea ou para o próprio texto.

No que se refere à propriedade mais geral que reúne todas essas remissões, pode-se dizer que a escrita dos vestibulandos, a exemplo da escrita em geral, caracteriza-se pela heterogeneidade, fato que, por estar ligado à propriedade dialógica da linguagem, torna mais clara a possibilidade de, em certas ocasiões, várias vozes se fazerem ouvir. Esses *efeitos* específicos de *polifonia* podem ser assim tratados, uma vez que se dão no hiato entre uma voz representada como de fora e outra representada como a do próprio escrevente, evidenciando a discrepância entre essas duas representações. A heterogeneidade, seja com efeitos de monologização (por exemplo, na colagem da coletânea), seja com efeitos específicos de polifonia (por exemplo, nas referências a outros enunciadores), é, pois, a propriedade fundamental que caracteriza este eixo de circulação dialógica e dá nome ao modo de constituição da escrita que ora estudo.

Portanto, a propriedade da heterogeneidade, que sintetiza este terceiro eixo, é também a propriedade organizadora da própria escrita. Retomando as propriedades ligadas aos dois eixos já estudados, pode-se dizer que a heterogeneidade, como móvel de todas as relações, faz alternar, nos textos dos vestibulandos, o caráter fragmentário-integrativo em função da circulação do escrevente pela imagem que ele faz da (sua) escrita, de seu interlocutor e de si mesmo. Essa alternância se produz quando o escrevente passa pelas representações que faz da gênese da escrita, do código escrito institucionalizado e da dialogia com o já falado/escrito.

"Fragmentário-integrativo" ou "envolvido-distanciado" não se referem, portanto, apenas aos dois primeiros eixos estudados. Se lá essas propriedades dizem respeito ao arranjo do texto e das estruturas que o sustentam, aqui concernem ao modo pelo qual o texto evidencia a constituição do sujeito e de seu discurso. Neste último sentido, fragmentação-integração e envolvimento-distanciamento são propriedades inseparáveis. Materializadas no texto, são, na verdade, movimentos de um mesmo processo de *individuação* do sujeito, em cuja constituição (e de seu discurso) se interpõem as determinações de sua inserção particular nas práticas sociais do oral/falado e do letrado/escrito, marcando-se em registros específicos de leitura.

Sintetizo, neste ponto, os principais efeitos da circulação do escrevente pelo eixo da dialogia com o já falado/escrito. Já foram comentados os aspectos da remissão à coletânea de textos, ligados às exigências da prova. Merecem, ainda, destaque outros efeitos produzidos por essa circulação dialógica do escrevente: determinação do território de seu próprio dizer em relação ao de outros enunciadores; determinação de sua relação particular com a escrita (e com a linguagem) ao delimitar espaços para outros discursos, outras modalidades de sentido, outras palavras ou outras línguas; determinação de sua relação com a situação de discurso, cujas configurações variam de acordo com as remissões ao registro formal ou informal; determinação do grau de familiaridade com o gênero textual solicitado, de acordo com o tipo de antecipação – colmatagem própria do texto dissertativo – de contra-argumentações possíveis por parte do leitor; determinação de sua relação com o contexto imediato de sua prática textual pela pressuposição de conhecimento de dados dessa situação por parte do leitor.

Todos esses efeitos podem estar ligados a mais de um dos três eixos de circulação dialógica do escrevente, uma vez que essa vinculação deve ser observada localmente. Para o terceiro eixo, mas também para os outros a ele ligados, essa indeterminação – possivelmente constrangedora para uma análise de cunho quantitativista – é a própria força do método adotado neste trabalho. O percurso de associação de um *fragmento* indiciativo de *interação* a *regularidades* lingüísticas específicas e a propriedades gerais de cada eixo proposto não se faz, portanto, independentemente do seguinte requisito: é preciso observar, em cada texto, de cada escrevente, a ocorrência local de cada fragmento e a sua relação com outras ocorrências de mesma ou de outra natureza para que se possa, então, detectar, com o rigor do conhecimento histórico que individua (que dá acesso ao específico de um fato, ou seja, ao que dele é, ao mesmo tempo, *geral e particular*[16]), o tipo de circulação dialógica do escrevente.

No capítulo seguinte, faço um breve apanhado dos resultados obtidos, dos objetivos alcançados e das perspectivas abertas por este trabalho.

---

16. Cf. Veyne (1971) e, aqui mesmo, pp. 16-7.

Conclusão

Para finalizar, destaco os resultados que considero mais significativos deste trabalho.

Chegar à definição de um modo heterogêneo de constituição da escrita foi a sua principal meta. Não retomo aqui o longo percurso que ora termina. Gostaria de salientar apenas que, à conceituação desse modo heterogêneo, obtida num primeiro momento a partir de referências teóricas, das quais destaco as contribuições dos trabalhos de Chacon (1998) e Abaurre (vários), pude, utilizando metodologia amplamente comentada, associar sua ocorrência empírica em textos de vestibulandos.

Do ponto de vista teórico, esse modo heterogêneo baseia-se na existência sócio-histórica da linguagem, a partir da qual pode-se pensar o cruzamento das práticas orais/faladas e letradas/escritas. Esse postulado foi, neste trabalho, verificado apenas no âmbito do texto escrito, portanto da escrita adquirida pela alfabetização formal. Desse modo, nos textos analisados, o cruzamento entre as práticas orais e letradas foi um pressuposto teórico necessário para que pudesse supor e mostrar o encontro entre o escrito e o falado no modo heterogêneo de constituição da escrita com o qual trabalhei.

Dito dessa forma, porém, pode-se ter uma falsa idéia sobre esses encontros. As mediações sócio-históricas que os regulam são as mesmas pelas quais, simultaneamente, se constituem o sujeito que enuncia e sua relação específica com a linguagem. Observar o encontro entre o falado e o escrito, portanto, não é tomar essas práticas como dados autonomamente observáveis, mas apreendê-las pelas marcas que o sujeito, assim constituído, imprime em seu texto.

A heterogeneidade que constitui o sujeito e seu discurso, bem como a representação que orienta a construção de sua enunciação são os pontos fundamentais pelos quais a textualização levada a efeito pelo escrevente deixa aberta a possibilidade de investigação de como se dá a sua inserção particular, revelando encontros surpreendentes entre aquelas práticas. Há, pois, um dado teórico importante a se constatar: o caráter heterogêneo da linguagem e o caráter de réplica das práticas lingüísticas constituem a propriedade em torno da qual se dá a possibilidade de flutuação entre (e também de observação de) as marcas da representação do sujeito sobre a (sua) escrita. Além desse aspecto dialógico, que inclui a sua relação com o já falado/ouvido e já escrito/lido (com o seu modo de leitura), destacam-se dois outros movimentos do escrevente: um movimento na direção de certos dados de ineditismo, emergentes de sua individuação histórica (a partir de sua relação com o que imagina ser a gênese da escrita – supostamente a capacidade da escrita de representar integralmente o falado) e outro na direção da reprodutibilidade de uma prática (sua relação com o que imagina ser o institucionalizado para sua escrita). Esses dois últimos movimentos são, portanto, modos pelos quais o escrevente representa a escrita: ora como participante de *um mesmo e único processo* de enunciação, indiferenciado, portanto, do falado (encontro com o que imagina ser sua gênese), ora projetando sua enunciação sobre um *produto* acabado (encontro com o que imagina como o já institucionalizado que deve ser retomado).

Em sua atuação conjunta, esses três movimentos em torno do imaginário sobre a escrita, apresentados como três eixos de circulação do escrevente e eleitos como lugares para observação da relação sujeito/linguagem, mostraram que o modo heterogêneo de constituição da escrita é a materialização textual desse jogo de representações.

Com relação às pistas lingüísticas que permitem detectar essa circulação do escrevente, acredito ter demonstrado que elas são tão variadas quanto imprevisíveis. Essa imprevisibilidade, embora se marque como tal pelo dado de ineditismo de que toda prática se potencializa, não está exposta, porém, ao caos. Utilizando-me do paradigma indiciário[1], foi possível estabelecer regularidades de acordo com pontos de individuação, definidos ora em função de várias dimensões da linguagem (no caso dos eixos de representação da gênese da escrita e do código escrito institucionalizado), ora em função de *pontos de heterogeneidade* (no caso do eixo da dialogia com o já falado/ouvido e escrito/lido).

Dessas regularidades obtidas, pude determinar três propriedades definidoras do modo heterogêneo de constituição da escrita: a propriedade da fragmentação/envolvimento (nos momentos de representação da gênese da escrita); a propriedade da integração/distanciamento (nos momentos de representação do código escrito institucionalizado); e a da heterogeneidade – propriedade que, retomando uma dimensão fundamental da linguagem, caracteriza o terceiro eixo de circulação dialógica e dá nome ao modo de constituição que defendo para a escrita. Esta última propriedade marca a alternância entre o fragmentário-integrativo e o envolvido-distanciado nas retomadas do já falado/escrito. Além das propriedades que marcam a atitude do escrevente em relação à (sua) escrita – de envolvimento ou de distanciamento –, a alternância entre fragmentário-integrativo mostra a tendência à fragmentação quando o escrevente vale-se, por exemplo, da pressuposição de elementos retomados em seu texto, exacerbando na expectativa de cooperação por parte

---

1. Sobre a utilização do paradigma indiciário na análise de textos escritos, cf. Abaurre, M. B. M.; Fiad, R. S.; Mayrink-Sabinson, M. L. (1997).

do leitor no que se refere a sua aceitabilidade; e tendência à integração, não só quando as retomadas permitem um ponto de equilíbrio entre o que é pressuposto como conhecido e o que é trazido como novo, mas também quando caracterizam uma tentativa de alçamento em relação ao que o escrevente imagina como mais erudito ou, simplesmente, como o institucionalizado para a (sua) escrita.

Constatar um modo heterogêneo de constituição da escrita pela via da relação sujeito/linguagem pode contribuir, em primeiro lugar, para que não nos espantemos tanto com a heterogeneidade presente nos vários textos com que deparamos cotidianamente. Se, por exemplo, em determinado momento do texto, o escrevente explora escolhas lexicais mais formais e, em seguida, pressupõe a presença de traços prosódicos deixando faltar a pontuação adequada, acredito que não se pode, do ponto de vista analítico, julgar esse fato apenas como um simples desvio da norma tida como padrão.

A respeito dessa maneira de encarar o processo de textualização, pode-se incluir também um importante objetivo alcançado. Tinha como preocupação desvincular o encontro do falado com o escrito das avaliações estereotipadas que tomam como parâmetro um modelo abstrato de boa escrita. A desvinculação alcançada não só recusa o preconceito comum com que se tomam as produções escritas consideradas como menos integradas a esse modelo, como dá indicações de que mesmo o padrão de escrita tido como legítimo pode ser concebido, em seu grau próprio, como produto do mesmo modo heterogêneo de constituição. Uma tal desvinculação pode ter boas conseqüências pedagógicas.

Vale lembrar, a propósito, que a preocupação pedagógica, especialmente no ensino fundamental e médio (mas também no universitário), com o reconhecimento da heterogeneidade da língua não tem ido muito além de noções gerais sobre as variedades lingüísticas. Tem sido enfatizado, com mais força para a escrita, o argumento (mas também, freqüentemente, álibi) incontestável de que o aluno deve ter contato com a norma culta da língua. No entanto, em função desse álibi, parece que a época atual tornou-se mesmo uma época de recrudescimento normativo, seja nos manuais da redação dos grandes jornais, seja nos programas educativos sobre língua portuguesa difundidos pela mídia. Tudo se passa como se a Lingüística não tivesse fôlego para interferir no uso institucional da língua, especialmente no que se refere à escrita.

Reintroduzir, no ensino de língua portuguesa, uma visão lingüística sobre a escrita significa trazer de volta a questão das variações e da heterogeneidade que constituem a língua. Mas não apenas isso. Em termos da prática pedagógica, talvez signifique reintroduzir também um outro discurso sobre a escrita, trazendo à tona práticas lingüísticas que, presentes no amplo espectro dos usos da escrita, rarefazem-se no modelo abstrato que se institucionalizou para ela, não restando senão meia dúzia de regras por meio das quais supostamente se poderia produzir um bom texto. Dar voz a essas práticas corresponderia, na verdade, a explorar a reflexão do aluno sobre a escrita e sobre a sua própria constituição como escrevente.

Em termos de perspectivas teóricas abertas, a constatação de um modo heterogêneo de constituição da escrita em textos dissertativos de vestibulandos é um primeiro passo para estender essa heterogeneidade para outros gêneros e para outras situações de uso da língua. Isso, naturalmente, sem contar com a possibilidade – apenas apontada neste trabalho – de definir esse modo heterogêneo também para textos falados.

Restrinjo-me, a título de ilustração, aos textos escritos provenientes da literatura e da burocracia. Que a oralidade tem, na literatura, uma existência mediatizada é assunto que Maingueneau já comenta (1993, pp. 86-7). A atividade epilingüística praticada pelos escritores – e reclamada por Koch (1996, p. 4) para o ensino – indica também, em seu jogo com a heterogeneidade e com o imaginário sobre a língua, uma percepção do encontro entre as práticas do oral/falado e do letrado/escrito. Por sua vez, a própria dominância de traços do código escrito institucionalizado em textos de circulação burocrática pode ser vista como um aparente silenciamento de uma fala que, embora não participe propriamente do processo de textualização, imprime-se em geral num gesto – freqüentemente pleno de rabiscos idiossincráticos – de alcance jurídico: a assinatura. Dada a presença do sujeito, que como tal é indissociável das práticas em que se constitui – incluindo as do oral/falado e as do letrado/escrito –, pode-se supor que nenhum texto escrito se caracteriza por uma representação da escrita fixada apenas num dos três eixos propostos. A ausência de pistas sobre a circulação por um deles é ela própria uma pista sobre a representação que o escrevente faz da escrita, tanto no que concerne ao eixo excluído como no que concerne aos eixos privilegiados. Além desse aspecto, há um outro relativo à qualidade do texto. Um texto, por exemplo, em que tendessem a zero as marcas da imagem que o escrevente faz da gênese da escrita, não seria, por isso, necessariamente melhor ou pior que qualquer outro. É bastante conhecido, por exemplo, o chamado estilo cartorial, em que a atitude afirmativa em relação ao código escrito institucionalizado não garante um bom texto, em geral apresentando, no entanto, bons exemplos de tentativa de alçamento ao saber instituído e à autoridade dele decorrente.

Parece, portanto, bastante possível ampliar o alcance do modo heterogêneo de constituição da escrita. A pergunta básica a ser feita ao texto escrito pode ser a seguinte: há uma fala nessa escrita? Uma tal pergunta pressupõe, naturalmente, uma certa perspectiva sobre os encontros entre o oral/falado e letrado/escrito; mais especificamente, uma perspectiva que permita *visualizar uma relação dinâmica e constitutiva entre o sujeito e a linguagem* (Abaurre, 1997, p. 83), modo de abrir caminho para uma ação pedagógica que possibilite *voltar a [...] atenção para os sujeitos reais e suas histórias individuais de relação com a linguagem* (id., ibid.). No presente trabalho, procurei adotar essa perspectiva, evitando, por meio dela, não só a consideração de tais encontros como interferência da oralidade na escrita (fato que levaria a propor a pureza de cada uma dessas práticas), mas também evitando conceber o sujeito/escrevente como o indivíduo que produz sua escrita a partir de si mesmo. Neste particular, trabalho com a idéia de um sujeito *individuado* (Veyne, 1971, 1983), que marca lingüisticamente, segundo tipos de ruptura que seu texto pode apresentar (pontos de *individuação*), a especificidade de sua identificação a grupos. Essa perspectiva defende a presença do outro como constitutiva do sujeito e de seu discurso, fato que, neste estudo, foi marcado pelas idéias de heterogeneidade e representação. Por sua vez, essas idéias deram as pistas lingüísticas da divisão enunciativa do sujeito, permitindo, assim, definir o modo heterogêneo de constituição da escrita dos vestibulandos.

A possibilidade de ampliar o alcance desse modo heterogêneo abre uma perspectiva para um novo tratamento do texto também para áreas como a da chamada Comunicação Social, em que as contribuições podem multiplicar-se. Atribuir um estatuto heterogêneo ao texto radiofônico, por exemplo, parece ser um caminho para atender a exigência do próprio veículo, que pede, numa formulação pouco clara, mas sugestiva, um texto escrito para ser falado. Esse novo tratamento do texto escrito, que inclui uma atenção especial às marcas do processo de produção, pode ser útil também para as mais diversas áreas científicas em que seja relevante explorar a relação sujeito/linguagem pela consideração do texto escrito.

Como última palavra, gostaria de destacar a relação entre o modo heterogêneo de constituição da escrita e as grandes transformações tecnológicas que estão ocorrendo no campo da comunicação, caracterizadas – embora não seja uma exclusividade do momento atual – pela heterogeneidade de materiais significantes. Se, de uma perspectiva autonomista, pode-se discutir o declínio da escrita em favor de outros modos de comunicação, seria o caso de perguntar se – encarada como um tipo particular de enunciação (portanto como constitutivamente heterogênea) – o seu modo heterogêneo de constituição não estaria apto a compor, com esses recursos tecnológicos, novos e inusitados encontros. As mensagens que circulam pela internet não deixam dúvidas quanto à composição entre a fala que há naquela escrita e essas novas tecnologias[2], exemplo, portanto, de novos modos também heterogêneos de constituição da escrita.

---

[2]. A multiplicação das possibilidades tecnológicas de combinação é descrita por Lévy quando o autor trata da noção de "interface". Segundo o autor, o próprio vocabulário da informática indicava, tempos atrás, a colocação em lados opostos a "entrada" e a "saída" de informação, tendo ao meio a máquina central. Lévy mostra que esta época terminou e que "através de uma verdadeira dobradura lógica, as duas extremidades juntaram-se e, viradas para o mesmo lado, compõem hoje a 'interface'". O computador passa a ser um encaixe, uma rede de interfaces sucessivas. Associando as redes de interfaces às tecnologias intelectuais, Lévy define o "próprio princípio da escrita" como "a interface visual da língua ou do pensamento". A essa interface vem acrescentar-se a de "uma embalagem particular", que é "a interface romana, e não a grega ou a árabe". E a esta, sucessivas alterações, até chegar ao livro. Seria este, pergunta o autor, "uma sociedade de palavras"? E responde: "Certamente, mas estas palavras encontram-se materializadas, conectadas, apresentadas e valorizadas junto ao leitor por uma rede de interfaces acumulada e polida pelos séculos. Caso se acrescente ou se suprima uma única interface à rede técnica da escrita em um dado momento, toda a relação com o texto se transforma". E conclui: "o sentido remete sempre aos numerosos filamentos de uma rede, é negociado nas fronteiras [...], *ao acaso dos encontros*" (1993, pp. 177-80, grifo meu).

Bibliografia

ABAURRE, M. B. M. *Oral and Written Texts*: Beyond the Descriptive Illusion of Similarities and Differences. [s/l, s/n], 1989.
____. "Lingüística e psicopedagogia". *In*: SCOZ, B. J. L. *et al.* (orgs.). *Psicopedagogia*: o caráter interdisciplinar na formação e atuação profissional. 1.ª reimpr. Porto Alegre: Artes Médicas, 1990a, pp. 186-216.
____. "Língua oral, língua escrita: interessam à Lingüística, os dados da aquisição da representação escrita da linguagem?". *In*: *Anais* do IX Congresso Internacional da Alfal. [s/l], 1990b, pp. 1-16.
____. "Ritmi dell'oralità e ritmi della escrittura". *In*: ORSOLINI, M. e PONTECORVO, C. *La costruzione del texto scritto nei bambini*. Roma: La Nuova Italia, 1991.
____. "Os estudos lingüísticos e a aquisição da escrita". *In*: *Anais* do II Encontro nacional sobre aquisição da linguagem. Porto Alegre: PUCRS/Centro de Estudos sobre Aquisição e Aprendizagem da Linguagem, 1992. [Publ. posteriormente em: CASTRO, M. F. P. (org.). *O método e o dado no estudo da linguagem*. Campinas: Ed. da Unicamp, 1996, pp. 111-63.]
____. "Indícios das primeiras operações de reelaboração nos textos infantis". *In*: Seminário do Grupo de Estudos Lingüísticos do Estado de São Paulo, 41. Estudos Lingüísticos XXIII. *Anais* de Seminários do GEL, 1994, v. 1. São Paulo, pp. 1-6.
ABAURRE, M. B. M. *et al. A relevância teórica dos dados singulares na aquisição da linguagem escrita*. Campinas: Instituto de Estudos da Linguagem, Unicamp (Projeto Integrado de Pesquisa – CNPq), [s/d].

____. (Em colaboração com R. S. Fiad, M. L. Mayrink-Sabinson e J. W. Geraldi.) "Considerações sobre a utilização de um paradigma indiciário na análise de episódios de refacção textual". *Trabalhos de Lingüística Aplicada 25*. Campinas: IEL/Unicamp, 1995, pp. 5-23.

ABAURRE, M. B. M.; FIAD, R. S. e MAYRINK-SABINSON, M. L. *Cenas de aquisição da escrita*. Campinas: Mercado de Letras/ABL, 1997.

ACHARD, P. "Um ideal monolíngüe". *In*: VERMES, G. e BOUTET, J. (orgs.). *Multilingüismo*. Campinas: Ed. da Unicamp, 1989, pp. 31-55.

ALVES, I. M. "Prefixos negativos no português falado". *In*: ILARI, R. (org.). *Gramática do português falado*. Campinas: Ed. da Unicamp, 1992, pp. 99-109.

AUTHIER-REVUZ, J. Heterogeneidade(s) enunciativa(s). *Cadernos de Estudos Lingüísticos*. Campinas, 1990, v. 19, pp. 25-42.

AZEREDO, J. C. *Iniciação à sintaxe do português*. Rio de Janeiro: Zahar, 1990.

BAKHTIN, M. (Volochinov, V. N.) *Marxismo e filosofia da linguagem*: problemas fundamentais do método sociológico na ciência da linguagem. São Paulo: Hucitec, 1979.

____. *Problemas da poética de Dostoiévski*. Rio de Janeiro: Forense-Universitária, 1981.

____. *Estética da criação verbal*. São Paulo: Martins Fontes, 1992.

BARTHES, R. *Aula*. São Paulo: Cultrix, [s/d].

____. *Crítica e verdade*. São Paulo: Perspectiva, 1970.

BARROS, D. L. P. *A festa do discurso*: teoria do discurso e análise de redações de vestibulandos. Tese de livre docência em Lingüística, Departamento de Lingüística e Línguas Orientais da Faculdade de Filosofia, Letras e Ciências Humanas da Universidade de São Paulo. Tomo II, 1985.

____. "Dialogismo, polifonia e enunciação". *In*: BARROS, D. L. P. e FIORIN, J. L. (orgs.). *Dialogismo, polifonia, intertextualidade*: em torno de Bakhtin. São Paulo: Edusp, 1994, pp. 1-9.

BENVENISTE, É. *Problemas de lingüística geral*. São Paulo: Nacional/Edusp, 1976.

____. *Problemas de lingüística geral II*. Campinas: Pontes, 1989.

BERRUTO, G. *La sociolinguistica*. Bologna: Zanichelli Editore, 1974.

BIBER, D. *Variation across speech and writing*. Cambridge: Cambridge University Press, 1988.

BRAIT, B. "As vozes bakhtinianas e o diálogo inconcluso". *In*: BARROS, D. L. P. e FIORIN, J. L. (orgs.). *Dialogismo, polifonia, intertextualidade*: em torno de Bakhtin. São Paulo: Edusp, 1994, pp. 11-27.

BROWN, G. e YULE, G. *Discourse analysis*. Cambridge: Cambridge University Press, 1985.

BRUNER, J. e WEISSER, S. "Cultura escrita e objetividade: o surgimento da ciência moderna". *In*: OLSON, D. e TORRANCE, N. (orgs.). *Cultura escrita e oralidade*. São Paulo: Ática, 1995.

CADIOT, P. "As misturas de língua". *In*: VERMES, G. e BOUTET, J. (orgs.). *Multilingüismo*. Campinas: Ed. da Unicamp, 1989, pp. 139-54.

CAGLIARI, L. C. "Da importância da prosódia na descrição de fatos gramaticais". *In*: ILARI, R. (org.). *Gramática do português falado*. Campinas: Ed. da Unicamp, 1992, pp. 39-64.

CAMACHO, R. G. (1988). "A variação lingüística". *In*: SÃO PAULO (Estado). Secretaria da Educação. Coordenadoria de Estudos e Normas Pedagógicas. *Subsídios à proposta curricular de língua portuguesa para os 1.º e 2.º graus*. São Paulo: SE/CENP, 1988, v. 3, pp. 29-41.

CÂMARA JR., J. M. *Manual de expressão oral e escrita*. 3.ª ed. Rio de Janeiro/São Paulo: J. Ozon, 1972.

____. *Dicionário de lingüística e gramática*: referente à língua portuguesa. 8.ª ed. Petrópolis: Vozes, 1978.

CAPRETTINI, G. P. "Peirce, Holmes, Popper". *In*: ECO, U. e SEBEOK, T. A. (orgs.). *O signo de três*: Dupin, Holmes, Peirce. São Paulo: Perspectiva, 1991.

CASTILHO, A. T. "Variação lingüística, norma culta e ensino da língua materna". *In*: SÃO PAULO (Estado). Secretaria da Educação. Coordenadoria de Estudos e Normas Pedagógicas. *Subsídios à proposta curricular de língua portuguesa para os 1.º e 2.º graus*. São Paulo: SE/CENP, 1988, v. 3, pp. 53-9.

____. *A língua falada no ensino de português*. São Paulo: Contexto, 1998.

CASTILHO, A. T. e CASTILHO, C. M. M. "Advérbios modalizadores". *In*: ILARI, R. (org.). *Gramática do português falado*. Campinas: Ed. da Unicamp, 1992, pp. 213-60.

CHACON, L. *Ritmo da escrita*: uma organização do heterogêneo da linguagem. São Paulo: Martins Fontes, 1998.

CHAFE, W. L. "Integration and Involvement in Speaking, Writing, and Oral Literature". *In*: TANNEN, D. (org.). *Spoken and Written Language*: Exploring Orality and Literacy. Norwood: Ablex, 1982, pp. 35-53.

____. "Linguistic Differences Produced by Differences Between Speaking and Writing". *In*: OLSON, D. R. *et al.* (orgs.). *Literacy*,

Language, and Learning: the Nature and Consequences of Reading and Writing. Cambridge: Cambridge University Press, 1985, pp. 105-23.

DAHLET, P. A produção da escrita, abordagens cognitivas e textuais. *Trabalhos de Lingüística Aplicada*. Campinas, 1994, v. 23, pp. 79-95.

DECROSSE, A. "Um mito histórico, a língua materna". *In*: VERMES, G. e BOUTET, J. (orgs.). *Multilingüismo*. Campinas: Ed. da Unicamp, 1989, pp. 19-29.

DUARTE, M. E. L. "Clítico acusativo, pronome lexical e categoria vazia no português do Brasil". *In*: TARALLO, F. (org.). *Fotografias sociolingüísticas*. Campinas: Pontes/Ed. da Unicamp, 1989, pp. 19-34.

DUCROT, O. *Princípios de semântica lingüística*: dizer e não dizer. São Paulo: Cultrix, 1977.

____. *Provar e dizer*: linguagem e lógica. São Paulo: Global, 1981.

____. "Esboço de uma teoria polifônica da enunciação". *In*: *O dizer e o dito*. Campinas: Pontes, 1987.

ECO. U. "Chifres, cascos, canelas: algumas hipóteses acerca de três tipos de abdução". *In*: ECO. U. e SEBEOK, T. A. (orgs.). *O signo de três*: Dupin, Holmes, Peirce. São Paulo: Perspectiva, 1991, pp. 219-43.

FAUNDEZ, A. *A expansão da escrita na África e na América Latina*: análise de processos de alfabetização. Rio de Janeiro: Paz e Terra, 1994.

FIORIN, J. L. "Polifonia textual e discursiva". *In*: BARROS, D. L. P. e FIORIN, J. L. (orgs.). *Dialogismo, polifonia, intertextualidade*: em torno de Bakhtin. São Paulo: Edusp, 1994, pp. 29-36.

FOUCAULT, M. *L'Ordre du discours*. Paris: Gallimard, 1971.

GERALDI, J. W. (org.). *O texto na sala de aula*: leitura e produção. 8.ª ed. Cascavel: Assoeste, 1984.

____. *Linguagem e ensino*: exercícios de militância e divulgação. Campinas: Mercado de Letras/ALB, 1996.

GINZBURG, C. *Mitos, emblemas e sinais*: morfologia e história. São Paulo: Companhia das Letras, 1989.

____. "Chaves do mistério: Morelli, Freud e Sherlock Holmes". *In*: ECO, U. e SEBEOK, T. A. (orgs.). *O signo de três*: Dupin, Holmes, Peirce. São Paulo: Perspectiva, 1991, pp. 89-129.

GNERRE, M. *Linguagem, escrita e poder*. São Paulo: Martins Fontes, 1985.

GOODY, J. *La raison graphique*: la domestication de la pensée sauvage. Paris: Minuit, 1979.

HAVELOCK, E. A. *A revolução da escrita na Grécia e suas conseqüências culturais*. São Paulo/Rio de Janeiro: Edunesp/Paz e Terra, 1996.
JAKOBSON, R. *Lingüística e comunicação*. 8.ª ed. São Paulo: Cultrix, 1975.
JUBRAN, C. C. A. S. "Inserção: um fenômeno de descontinuidade na organização tópica". *In*: CASTILHO, A. T. (org.). *Gramática do português falado*. Campinas: Ed. da Unicamp/Fapesp, 1993, pp. 31-74.
KATO, M. (org.). *A concepção da escrita pela criança*. 2.ª ed. Campinas: Pontes, 1992.
KLEIMAN, A. B. *Leitura*: ensino e pesquisa. 2.ª ed. Campinas: Pontes, 1996.
____ (org.). *Os significados do letramento*: uma nova perspectiva sobre a prática social da escrita. Campinas: Mercado de Letras, 1999.
KOCH, I. G. V. "Principais mecanismos de coesão textual em português". *Cadernos de Estudos Lingüísticos*. Campinas, 1988, v. 15, pp. 73-80.
____. "Um caso singular de seleção lexical em redação de vestibular". Campinas: Instituto de Estudos da Linguagem, 1996, pp. 1-4 (xerox).
KOCH, I. G. V. e TRAVAGLIA, L. C. *A coerência textual*. 2.ª ed. São Paulo: Contexto, 1990.
KOCH, I. G. V. *et al*. "Aspectos do processamento do fluxo de informação no discurso oral dialogado". *In*: CASTILHO, A. T. (org.). *Gramática do português falado*. Campinas: Ed. da Unicamp/Fapesp, 1990, pp. 143-84.
LAPA, M. R. *Estilística da língua portuguesa*. 2.ª ed. Lisboa: Francisco Franco, [s/d].
LEMOS, C. T. G. "Interacionismo e aquisição de linguagem". *D.E.L.T.A.* São Paulo, 1986, v. 2, n.º 2, pp. 231-48.
____. "Coerção e criatividade na produção do discurso escrito em contexto escolar: algumas reflexões". *In*: SÃO PAULO (Estado). Secretaria de Educação. Coordenadoria de Estudos e Normas Pedagógicas. *Subsídios à proposta curricular de língua portuguesa para os 1.º e 2.º graus*. São Paulo, 1988, v. 3, pp. 71-7.
____. "A função e o destino da palavra alheia: três momentos da reflexão de Bakhtin". *In*: BARROS, D. L. P. e FIORIN, J. L. (orgs.). *Dialogismo, polifonia, intertextualidade*: em torno de Bakhtin. São Paulo: Edusp, 1984, pp. 37-43.
LÉVY, P. *As tecnologias da inteligência*: o futuro do pensamento na era da informática. Rio de Janeiro: Editora 34, 1993.

LOPES, E. "O texto literário e o texto de massa e o ensino da Língua Portuguesa". *A palavra e os dias*: ensaios sobre a teoria e a prática da literatura. São Paulo/Campinas: Edunesp/Ed. da Unicamp, 1993, pp. 27-43.

LURIA, A. R. "O desenvolvimento da escrita na criança". *In*: VIGOTSKI, L. S. *et al. Linguagem, desenvolvimento e aprendizagem*. São Paulo: Ícone/Edusp, 1988, pp. 143-89.

MAIA, E. A. M. "A dialética da gênese do empréstimo na constituição da psicolingüística". *D.E.L.T.A.* São Paulo, 1985, v. 1, n.º 1/2, pp. 95-109.

MAINGUENEAU, D. *Novas tendências em análise do discurso*. Campinas: Pontes/Ed. da Unicamp, 1989.

_____. *Le contexte de l'oeuvre littéraire*: énonciation, écrivain, société. Paris: Dunod, 1993.

MARCUSCHI, L. A. *Análise da conversação*. São Paulo: Ática, 1986.

_____. "Contextualização e explicitude na relação entre fala e escrita". Versão preliminar da conferência apresentada no I Encontro Nacional sobre Língua Falada e Ensino, na UFAL, Maceió (AL): 14 a 18 de março de 1994a, pp. 1-19 (xerox).

_____. "Premissas para um tratamento adequado da oralidade e da heterogeneidade lingüística no ensino de língua materna". *In*: *O tratamento da oralidade no ensino de língua* [s.l.]. 1994b, pp. 1-14 (xerox).

_____. "Oralidade e escrita". Conferência pronunciada no I Colóquio Franco-Brasileiro sobre Linguagem e Educação. UFRN, 26 a 28 de junho de 1995, pp. 1-17.

_____. *Da fala para a escrita*: atividades de retextualização. São Paulo: Cortez, 2001.

MARTINS, W. *A palavra escrita*. São Paulo: Anhembi, 1957.

OLSON, D. R. "From Utterance to Text: the Bias of Language in Speech and Writing". *Harward Educational Review*, v. 47, n.º 3, ago./1977, pp. 257-81.

PÊCHEUX, M. *Semântica e discurso*: uma crítica à afirmação do óbvio. Campinas: Ed. da Unicamp, 1988.

_____. "Análise automática do discurso". *In*: GADET, F. e HAK, T. (orgs.). *Por uma análise automática do discurso*: uma introdução à obra de Michel Pêcheux. Campinas: Ed. da Unicamp, 1990a, pp. 61-162.

_____. *O discurso*: estrutura ou acontecimento. Campinas: Pontes, 1990b.

PÊCHEUX, M. e FUCHS, C. "A propósito da análise automática do discurso". *In*: GADET, F. e HAK, T. (orgs.). *Por uma análise automática do discurso*: uma introdução à obra de Michel Pêcheux. Campinas: Ed. da Unicamp, 1990, pp. 163-252.
PÉCORA, A. *Problemas de redação*. 3.ª ed. São Paulo: Martins Fontes, 1989.
PERELMAN, C. *L'Empire rhétorique*: rhétorique et argumentation. Paris: J. Vrin, 1977.
PERELMAN, C. e OLBRECHTS-TYTECA, L. *Tratado da argumentação*: a nova retórica. São Paulo: Martins Fontes, 1996.
PERINI, M. A. *Sintaxe portuguesa*: metodologia e funções. São Paulo: Ática, 1989.
PEZATTI, E. G. "A ordem de palavras e o caráter nominativo/ergativo do português falado". *Alfa: Revista de Lingüística*. São Paulo, 1993, v. 37, pp. 159-78.
POSSENTI, S. "O 'eu' no discurso do 'outro' ou a subjetividade mostrada". *Alfa: Revista de Lingüística*. São Paulo, 1995, v. 39, pp. 45-55.
____. "O dado *dado* e o dado *dado*". *In*: CASTRO, M. F. P. (org.). *O método e o dado no estudo da linguagem*. Campinas: Ed. da Unicamp, 1996, pp. 195-207.
PRETI, D. *A linguagem dos idosos*: um estudo de análise da conversação. São Paulo: Contexto, 1991.
QUIRK, R.; GREENBAUN, S.; LEECH, G. e SVARTVIK, J. "Prosody and Punctuation". *A Comprehensive Grammar of the English Language*. Londres/Nova York: Longman, 1985.
REBOUL, O. *O slogan*. São Paulo: Cultrix, [s/d].
____. *Langage et idéologie*. Paris: Presses Universitaires de France, 1980.
RIBEIRO, J. *Curiosidades verbaes* (Estudos applicaveis à língua nacional). São Paulo/Rio de Janeiro: Cayeiras/Melhoramentos, 1927.
RISSO, M. S. "'Agora... o que eu acho é o seguinte': um aspecto da articulação do discurso no português culto falado". *In*: CASTILHO, A. T. (org.). *Gramática do português falado*. Campinas: Ed. da Unicamp/Fapesp, 1992, pp. 31-60.
ROJO, R. (org.) *Alfabetização e letramento*: perspectivas lingüísticas. Campinas: Mercado de Letras, 1998.
ROSSI-LANDI, F. *A linguagem como trabalho e como mercado*: uma teoria da produção e da alienação lingüísticas. São Paulo: Difel, 1985.
SCARPA, E. M. "Sobre o sujeito fluente". *Cadernos de Estudos Lingüísticos*. Campinas, 1995, v. 29, pp. 163-84.

SECCO, C. L. T. "O mar e os marulhos da memória na ficção do angolano Manuel Rui". *Estudos Portugueses e Africanos*. Campinas: Núcleo de Estudos de Culturas de Expressão Portuguesa (Necepo) do Instituto de Estudos da Linguagem da Unicamp, 1993, v. 21, pp. 59-65.

SIGNORINI, I. (org.). *Investigando a relação oral/escrito e as teorias do letramento*. Campinas: Mercado de Letras, 2001.

SILVA, A. *Alfabetização*: a escrita espontânea. São Paulo: Contexto, 1991.

SOARES, M. *Letramento: um tema em três gêneros*. Belo Horizonte: Autêntica, 2001.

STAM, R. *Bakhtin*: da teoria literária à cultura de massa. São Paulo: Ática, 1992.

STREET, B. V. *Literacy in Theory and Practice*. Cambridge: Cambridge University Press, 1984.

_____. "Cross-Cultural Perspectives on Literacy". In: VERHOEVEN, L. (ed.). *Functional Literacy*: Theoretical Issues and Educational Implications. Amsterdã/Filadélfia: John Benjamins, 1994, pp. 95-111.

SUASSUNA, L. *Ensino de língua portuguesa*: uma abordagem pragmática. Campinas: Papirus, 1995.

TANNEN, D. "The Mith of Orality and Literacy". In: FRAWLEY, W. (org.). *Linguistics and Literacy*. Nova York: Plenum Press, 1982, pp. 37-50.

TARALLO, F. *A pesquisa sócio-lingüística*. 2.ª ed. São Paulo: Ática, 1986.

TFOUNI, L. V. *Adultos não alfabetizados*: o avesso do avesso. Campinas: Pontes, 1988.

_____. "Perspectivas históricas e a-históricas do letramento". *Cadernos de Estudos Lingüísticos*. Campinas, 1994, v. 26, pp. 49-62.

_____. *Letramento e alfabetização*. 2.ª ed. São Paulo: Cortez, 1997.

URBANO, H. "Do oral para o escrito". Estudos Lingüísticos XIX. *Anais* de Seminários do GEL. Bauru: Unesp, 1990, pp. 633-40.

VACHEK, J. *Written Language Revisited*. Amsterdã/Filadélfia: John Benjamins, 1989.

VAL, M. G. C. *Redação e textualidade*. São Paulo: Martins Fontes, 1981.

VANOYE, F. *Usos da linguagem*: problemas e técnicas na produção oral e escrita. Trad. e adaptação: Clarisse M. Sabóia, Ester M. Gebara, Haquira Osakabe, Michel Lahud. 6.ª ed. São Paulo: Martins Fontes, 1986.

VERMES, G. e BOUTET, J. (orgs.). *Multilingüismo*. Campinas: Ed. da Unicamp, 1989, pp. 7-15.

VERÓN, E. *A produção do sentido*. São Paulo: Cultrix/Edusp, 1980.
VEYNE, P. *Comment on écrit l' histoire* (suivi de: Foucaul révolutionne l'histoire). Paris: Éditions du Seuil, 1971.
____. *O inventário das diferenças*: história e sociologia. São Paulo: Brasiliense, 1983.
VIGOTSKI, L. S. *Pensamento e linguagem*. São Paulo: Martins Fontes, 1987.
____. *A formação social da mente*: o desenvolvimento dos processos psicológicos superiores. 2.ª ed. São Paulo: Martins Fontes, 1988.
WEINREICH, U.; LABOV, W. e HERZOG, M. I. "Empirical Foundations for a Theory of Language Change". *In*: LEHMANN, W. P. e MALKIEL, Y. (ed.). *Directions for Historical Linguistics*: a Symposium. Austin/Londres: University of Texas Press, 1968, pp. 97-195.